UNA DECISIÓN
INEVITABLE

Una decisión inevitable

MARÍA MONTESINOS

Papel certificado por el Forest Stewardship Council®

Penguin
Random House
Grupo Editorial

Primera edición: enero de 2022
Primera reimpresión: abril de 2022

© 2022, María Montesinos
Autora representada por Editabundo, Agencia Literaria, S. L. / www.editabundo.com
© 2022, Penguin Random House Grupo Editorial, S. A. U.
Travessera de Gràcia, 47-49. 08021 Barcelona

Printed in Spain – Impreso en España

ISBN: 978-84-666-7077-7
Depósito legal: B-17.684-2021

Compuesto en Llibresimes

Impreso en Rotoprint by Domingo sl

BS 7 0 7 7 7

A mi familia, siempre.
Y a la memoria de tantas mujeres
invisibles y olvidadas de nuestro pasado que
también merecen su lugar en la Historia,
por pequeño que sea

«Yo no puedo olvidar nunca la emoción de Riotinto. Es algo enorme, todo allí es tan grande, tan triste, tan desolado. [...] Todo tiembla y hasta el suelo parece que solloza. No solamente es el quejido de los hombres el que se oye, es también el quejido supremo de la tierra que parece que también pide libertad».

CONCHA ESPINA
Transcripción de testimonio sonoro
grabado en 1932

Y antes del amanecer,
abiertos miran al mundo
y no lo quieren creer...

CONCHA MÉNDEZ

1

15 de noviembre de 1887

Victoria Velarde se despertó con una sacudida, aferrada a los brazos de la butaca de madera. Todavía podía sentir la angustia, las palpitaciones provocadas por esa sensación de caída continua por algún abismo interior, sin hallar lugar al que agarrarse, con la que soñaba últimamente.

Tardó unos segundos en ubicarse bajo el balanceo cadencioso del barco y el traqueteo de fondo de las máquinas de vapor. Sus ojos adormilados recorrieron el camarote en penumbra hasta detenerse en la figura enlutada de su suegra, Clarissa, inclinada en su labor de bordado. A la tenue luz del quinqué, parecía una sombra borrosa de la elegante mujer que había sido: su delicada tez de nácar había perdido carnosidad y firmeza; el cabello blanco, antes siempre impecable, lo llevaba ahora recogido en un moño tirante poco favorecedor para el rostro de facciones desdibujadas; y aunque el amplio corpiño de tafetán negro conseguía disimularlo, bastaba con apoyar la mano sobre los hombros enclenques para notar la extrema delgadez del cuerpo consumido en su propio dolor a causa de las desgracias. El mismo dolor que se había llevado por delante su carácter mullido y complaciente, capaz de sobrevolar los problemas más graves sin que le afectaran lo más mínimo, y la había convertido en una anciana que ejercía una autoridad caprichosa y egoísta por temor a la soledad.

Siguió durante un rato los movimientos hipnóticos de sus dedos, puntada tras puntada, el hilo dibujando abigarrados paisajes florales sobre la tela del bastidor. En apenas dos años, la duquesa madre de Langford había perdido a su marido, el viejo duque («Cuántas veces le rogué que dejara de salir en esas partidas de caza agotadoras, que él ya no tenía edad de aguantar el ritmo de los jóvenes pese a lo que quisiera aparentar, pero jamás me hizo caso, bien lo sabes tú»), de un súbito ataque al corazón durante una cacería, y meses después, un lluvioso día de noviembre, tuvo que afrontar la peor de las muertes, la de su hijo, su preferido, su James. No era de extrañar que esos dos años hubieran pasado sobre ella con la intensidad devastadora de una década.

Al igual que han pasado sobre mí, pensó Victoria, bajando la vista a su propia falda, tan negra como la de su suegra. No necesitaba mirarse al espejo para saberlo. Estaba a punto de cumplir veintisiete años y se sentía como si cargara una vida entera en su alma, un pesado fardo más lleno de decepciones y amarguras que de alegrías, por pequeñas que fueran. En cierto modo, ella también se sentía envejecida, cansada. Ya no era la joven segura de sí misma que se las ingeniaba para hacer siempre su voluntad. Era una viuda. Una viuda en la flor de la vida, una viuda estéril. Una mujer a medias, dañada, inservible.

Apenas quedaba rastro de aquella Victoria resuelta que llegó a Inglaterra tres años atrás, confiada en su habilidad para manejar los hilos del destino que le había deparado su padre, el duque de Quintanar, flamante embajador plenipotenciario de España en Gran Bretaña, al acordar su matrimonio con James Langford, primogénito de los duques de Langford. Ella no se opuso, no protestó; de nada habría servido. La decisión más importante de su vida no le correspondía tomarla a ella. Además, se lo había prometido hacía tiempo, a cambio de que la dejara estudiar en la Asociación para la Enseñanza de la Mujer de Madrid: aceptaría al hombre que eligiera para ella, convencida de que en la elección de su padre no solo pesaría el linaje y el patrimonio familiar, sino también el amor que este le profesaba. Federico Velarde no entregaría su hija a alguien que no le infundiera confianza y, al parecer, James representó el papel a la perfección: era el yerno ideal, considerado con todo el mundo, inteligente, apuesto, educado para convertirse en el heredero del viejo duque cuando este muriera. Cierto es que nunca estuvo enamorada de él, pero ¿acaso importaba? La ausencia de amor no era un obstáculo para formar una familia, al contrario; como solía decir la tía Clotilde, era preferible casarse con un hombre que le demostrara respeto antes que caer presa de un enamoramiento incierto en brazos de alguien que no la merecía.

Alguna vez, como ahora, le venía el recuerdo de Diego Lebrija, de sus manos suaves manchadas de tinta, de sus besos, de la única noche que pasaron juntos, y enseguida lo apartaba con una sensación agridulce. Ya ni siquiera recordaba el motivo por el que discutieron, el tiempo lima las aristas de los recuerdos más lacerantes. Después de aquello no se volvieron a ver, quizá porque todo se precipitó: la súbita muerte de tía Clotilde, la invitación de los Langford, el nombramiento de su padre como embajador en Londres, la mudanza a Inglaterra. En cualquier caso, don Federico jamás habría consentido su relación con un plumilla de periódico de familia humilde.

Se casó con la esperanza de que James y ella fueran una de esas parejas bien avenidas que basaban su felicidad en el respeto, el cariño, la libertad y la confianza mutua. Bonita palabrería hueca. ¡Qué poco sabía entonces del matrimonio y de los hombres! Tan poco como de las severas reglas que regían las relaciones de la alta sociedad inglesa, encarnadas en su idolatrada reina Victoria.

Desde el principio notó la frialdad y el desdén con que la acogieron en los ambientes más respetables de la nobleza; era la extranjera, la intrusa, la «española», oía silabear con deje despectivo a ciertas damas, indignadas por el hecho de que los duques de Langford la hubieran elegido a ella antes que a sus hijas, educadas en los elevados preceptos morales victorianos. En aquel entonces no le dio mayor importancia. Todo lo contrario. Durante los primeros meses de su matrimonio, sentía un cierto placer desvergonzado al acercarse a saludar a esas señoras con toda la naturalidad y el desparpajo que le permitía su «españolidad». Hacía gala del «ridículo orgullo español», se burlaba James cuando pretendía herirla, a lo que ella replicaba rechazando la «insoportable arrogancia británica», sin amilanarse. La misma arrogancia con la que peroraban en los salones, en los diarios nacionales o en las sesiones del Parlamento sobre las virtudes superiores del imperio colonial, político y comercial del Reino Unido que extendía sus dominios por gran parte de África, el sur de Asia, Oceanía e, incluso, buena parte de América del Norte.

En cualquier caso, con orgullo o sin él, no hay forma

de escapar del aire que respiras, pensó, al igual que era casi imposible escapar de las rígidas normas que limitaban sus movimientos, ya fuera en salones privados o en espacios públicos —nada peor visto que la conducta liviana y espontánea en una dama—, ni de la agenda de visitas organizada por lady Langford para cultivar sus amistades femeninas y llenar el hueco del desinterés de James, ni de ese puritanismo excesivo, rayano en el ridículo, que regía las relaciones entre hombres y mujeres, tanto si estaban casados como si no, y que reducía las conversaciones de los salones a las cuestiones más anodinas e intrascendentes.

Su suegra alzó la vista de repente y la sorprendió observándola.

—¿Ya te has despertado? Te has quedado traspuesta mientras leías —dijo, esbozando una leve sonrisa antes de continuar con su labor—. No debe de ser muy interesante esa lectura tuya. Deberías aficionarte a las labores, son más provechosas.

Le molestó el tono condescendiente, la sonrisa resabiada. Como si no supiera que despreciaba «esa afición excesiva» que manifestaba por la lectura.

—Al contrario —replicó, inclinándose a recoger el libro de Elizabeth Gaskell caído a sus pies—. Es una novela muy entretenida sobre la vida y los conflictos sociales en una ciudad industrial del norte de Inglaterra.

Debería usted leerla, resulta muy reveladora de la actividad en las fábricas y las condiciones laborales de los obreros.

La anciana le sostuvo la mirada unos segundos antes de retomar su labor con mayor ímpetu. Victoria bajó la vista al libro, disimulando un cierto regusto de triunfo, y se distrajo en buscar la última página leída, que marcó con la cintita de seda. Se arrepintió al instante, ¿qué necesidad tenía de discutir por una nimiedad?

—Anoche no dormí bien —aclaró en un tono más amable—. Me desvelé por el temporal.

Clarissa también suavizó su expresión.

—Deberías beber una taza de tisana con una gotita de jarabe de láudano antes de acostarte, como hago yo. Me lo recetó el doctor Thompson para los nervios después de la muerte de Albert, y gracias a eso duermo como una bendita. ¿Quieres que le diga a Helen que esta noche te traiga a ti también una taza? Yo me la bebo antes de mis oraciones para que le dé tiempo a surtir efecto.

Victoria rehusó con un gesto de la cabeza; no era necesario, dijo levantándose de la butaca. Junto a la cama tenía siempre un libro al que recurrir si se hartaba de dar vueltas sin pegar ojo. La noche anterior, sin embargo, estaba tan espabilada que se sentó ante el pequeño escritorio y se puso a escribir hasta las primeras luces del alba. Había dormido apenas tres horas, de ahí el cansancio acumulado, pensó mientras reunía las cuartillas desperdigadas por la superficie de madera y las guardaba en una carpetilla con el resto de los manuscritos, junto a su diario. Hacía meses que no escribía nada en él. Se sentía incapaz de enfrentarse a su última anotación, y tampoco le hacía ningún bien rememorarlo. Las circunstancias en que se produjo la muerte de James no le habían dolido tanto como la pérdida del bebé que crecía en sus entrañas.

Victoria desvió la vista hacia el horizonte que se mecía en el ojo de buey y apartó los recuerdos de su cabeza. No quería abandonarse de nuevo a la oscuridad en la que se había sumido durante semanas, meses, sin ganas de nada, ni siquiera de levantarse de la cama. Deberían haberla dejado morir, ¿qué sentido tenía seguir viva? Había perdido a su hijo, y su marido se había dejado la vida en la cuneta de un camino cuando regresaba de la casa de su amante. La vida que imaginó en su juventud era irreal, pura ilusión, y ella solo era un cuerpo hueco, incapaz de engendrar vida. ¿Para qué salvarla? Después de la desgracia, el silencio envolvió la casa entera y la revistió de la desolación lúgubre del luto. Clarissa ordenó cerrar todas las cortinas, detener los relojes del dormitorio de su hijo en la hora de su fallecimiento y tapar con velos negros todos los espejos mientras durara el duelo impuesto.

En fin. James estaba muerto y ella era ahora su viuda, la duquesa de Langford, un título que para ella no significaba nada, salvo su carta de libertad. Le correspondía una generosa asignación anual que disfrutaría mientras no se volviera a casar, y eso, sumado al escudo de autonomía y respetabilidad que le otorgaba su condición de viuda, le permitiría manejar su vida hasta cierto punto. ¿No era justo lo que siempre había deseado, tomar sus propias decisiones, emanciparse de la tutela constante que primero su padre y sus hermanos, y después su marido, ejercían sobre ella? Pensó en su querida tía Clotilde, que disfrutó de una viudedad anárquica, excéntrica, un tanto solitaria, en la que ni siquiera le faltó algún que otro amante. Jamás, ni siquiera en sus últimos tiempos, cuando su ceguera se agravó y su vitalidad comenzó a apagarse, Victoria consiguió convencerla de que se mudara a vivir con ellos a la casa familiar en Madrid, pues la veía demasiado sola; ella se negó, decía gozar de su soledad sin más compañía que la de su imaginación y sus pensamientos. A Victoria siempre se le quedaría dentro la espina de que muriera sola en su alcoba, sin nadie a su lado que la acompañara en sus últimas horas. Cierto que su tía era ya una señora madura al enviudar, mientras que ella no llegaba a la treintena y tenía toda la vida por delante. Sin embargo, ese era el destino que le esperaba, el de una viuda solitaria, como su tía. Y eso la aterraba.

Fue entonces cuando decidió abandonar Inglaterra. No la ataba nada allí, aquel no era su sitio. Su sitio estaba en Madrid, en el palacete que le había dejado en herencia la tía Clotilde, rodeada de personas a las que apreciaba, de sus amistades y, sobre todo, de su familia. Ejercería de tía cómplice y consentidora con los hijos de su hermano Álvaro, y en especial de su ahijada Laurita, a quien no había visto desde su bautismo.

Se lo comunicó a lady Langford en cuanto reunió la fuerza de ánimo suficiente: partiría de allí poco después de que Phillip, el hermano menor de James y nuevo duque de Langford, volviera a Inglaterra para asumir las responsabilidades del título y hacerse cargo de su madre. «Pero no lo entiendo... ¿Cómo que te marchas? ¿Por qué? Eres la duquesa viuda de Langford, nadie te va a echar de esta casa. Además, ¿qué voy a hacer yo sola, a mi edad? Ya has visto el poco afecto que me profesa mi hijo: ignora mis cartas, desoye mis peticiones, me tiene abandonada. Aquí siempre contarás con el sostén y la protección del ducado. ¿Cómo te vas a marchar? Ahora eres una Langford, tu sitio es este. Solo te pido que no decidas nada hasta que llegue Phillip».

Un día irrumpió en su alcoba, la miró fijamente y en tono acusador le reprochó: «Te marchas porque estás pensando en casarte de nuevo, ¿verdad? ¿Por esa razón piensas renunciar a todo, niña tonta?». Por supuesto que no. No tenía ninguna posibilidad de volver a casarse, ni ahora ni en el futuro. ¿Quién iba a querer desposar a una mujer yerma como ella, un cuerpo estéril?

Pero Phillip no llegó. Envió una breve misiva a su madre en la que le explicaba que le era imposible abandonar su trabajo en el hospital en ese momento, le habían nombrado jefe de cirugía, un ascenso que llevaba tiempo esperando. Pero no debían preocuparse: había dado las instrucciones necesarias al administrador de los Langford para que asegurara el bienestar de las dos duquesas viudas. Y aunque fuera algo que jamás se mencionaba, Victoria supo que también se había ocupado de la otra mujer y de su hija, la hija ilegítima de James. Lady Langford se derrumbó. ¿Qué sería de ella mientras tanto? ¿Y del ducado, de las propiedades y del asiento que le correspondía en la Cámara de los Lores?

A través de la puerta les llegó el suave tintineo de la campanilla que anunciaba a los pasajeros la hora de la cena. Después de tres días de navegación, ambas estaban familiarizadas con los sonidos de las rutinas de a bordo: las campanillas avisaban de la apertura de la sala de comedor, una cornetilla servía para confinar a los pasajeros en sus camarotes ante la mala mar o la proximidad de una tormenta, y el bramido de la bocina avisaba de la ubicación del Seawinds a otros navíos o cargueros cercanos.

—Es la última noche de viaje —dijo Victoria—. Deberíamos asistir a la cena que organiza el capitán como despedida.

La dama torció el gesto.

—¿Es realmente necesario? No me agrada la idea de cenar con esa gente... —dijo con poca convicción—. Además, no tengo demasiado apetito.

—Deberá hacerse a la idea de que «esa gente», como usted dice, serán algunas de las personas con las que se deberá relacionar durante su estancia en Huelva —replicó Victoria, cortante—. Y tiene que comer algo. Helen me ha dicho que a mediodía solo ha almorzado un trozo de pudin. Si continúa así va a enfermar. —Al ver que su suegra no reaccionaba, probó a convencerla de otra manera, con más suavidad—: Clarissa, lleva dos días encerrada aquí. Le conviene salir, moverse un poco, airearse. El contramaestre me ha dicho que mañana a media tarde llegaremos al puerto de Huelva y...

—¿A media tarde? —Los ojos castaños de la duquesa viuda se clavaron en ella, anhelantes—. ¿Lo sabrá Phillip? ¿Le habrá llegado nuestro telegrama a tiempo? Dicen que las comunicaciones en España no son muy seguras... ¿Crees que estará esperándonos?

—Por supuesto que sí, no debe preocuparse por eso —respondió ella, tranquilizadora.

Hasta hacía poco más de un mes no habría imaginado que lady Langford se atrevería a abandonar su querida Inglaterra y emprender viaje a España para traer de vuelta a ese hijo desconsiderado que eludía sus obligaciones familiares. «Lo hago tanto por la memoria de su padre y de su hermano, que en paz descansen, como por el futuro del ducado de Langford, que él no parece valorar lo suficiente», le había explicado a Victoria, para después suplicarle que cambiara sus planes y la acompañara a Huelva antes de continuar viaje a Madrid, porque ella sola no podría hacerlo, embarcar en un vapor comercial entre extraños y cruzar al continente, a su edad. No sería capaz... Y, además, estaba segura de que, con ella a su lado, le sería más fácil convencer a Phillip de que su sitio estaba allí, al frente de las propiedades ducales en Hampshire: «A ti te escuchará, siempre te ha tenido en mucha estima, Victoria —le dijo con la voz quebrada por la amargura—; en más que a mí, al parecer. Sinceramente, no sé qué puede ser más importante que convertirse en duque de Langford y ocupar el lugar que le corresponde».

La medicina, evidentemente, se decía Victoria, por más que Clarissa se negara a admitirlo. Aun así, accedió a viajar con ella hasta Huelva. Sentía que se lo debía, era su forma de agradecerle el desvelo con que la cuidó durante su convalecencia de las fiebres, después de perder al bebé.

—Pero ¿y si no le ha llegado? ¿Y si no aparece? ¿Qué haremos? —preguntó la anciana, temerosa.

—En ese caso, cogeremos un coche de punto que nos lleve al hospital o a donde sea. No se preocupe, yo me ocuparé —replicó, disimulando su impaciencia. Se incorporó para tirar del cordón que reclamaba la presencia de

Helen, la única doncella del servicio que había accedido a viajar con ellas a cambio de una sustanciosa paga, por supuesto. Y aprovechó para añadir en un tono casi maternal—: Pero debe hacerme caso y alimentarse bien antes de que lleguemos. No querrá que Phillip se lleve un disgusto al verla tan pálida y débil, ¿verdad? —Clarissa negó con un mohín amargo, y Victoria prosiguió—: Además, esta mañana el capitán ha vuelto a invitarnos a cenar a su mesa. Sería una grosería por nuestra parte rechazar de nuevo su ofrecimiento. Si usted no desea acompañarme, iré yo por mi cuenta.

La simple idea de quedarse sola en el camarote la convenció.

—No, no. Tienes razón, debemos asistir. El capitán Travis ha sido muy considerado con nosotras —admitió. No solo se había ocupado personalmente de acomodarlas en el mejor camarote de primera clase, sino que también había accedido a prescindir del tratamiento nobiliario de ambas damas al resto del pasaje, como le había rogado Clarissa al embarcar en Portmouth: «Le estaríamos eternamente agradecidas si nos identificase como las señoras Victoria y Clarissa Langford, simplemente», dijo, esbozando su sonrisa más encantadora. Prefería evitar la humillación de que en Inglaterra se supiera que la anciana duquesa de Langford se había visto obligada a cruzar al continente con el fin de traer de la oreja a su hijo. Lady

Clarissa recogió su labor con un suspiro de pesar—. En ese caso, deberemos vestirnos para la ocasión. ¿Dónde se ha metido Helen?

Aún no había respondido cuando la doncella golpeó suavemente la puerta antes de entrar en el camarote. Traía las mejillas arreboladas y el aliento entrecortado, como si hubiera cruzado el barco de proa a popa corriendo hasta llegar allí. Victoria se imaginó el motivo: la había visto coqueteando en cubierta con uno de los marineros. De haber sido por ella, no habría elegido a Helen para ese viaje. Era demasiado joven y se distraía con cualquier cosa, aunque nadie podría negarle que tenía una paciencia infinita, cualidad esta casi indispensable para atender a una persona como lady Langford.

2

—Si quiere que le diga la verdad, no sé lo que nos vamos a encontrar allí. Es la primera vez que mi hermana y yo salimos del condado de Bedfordshire, un sitio encantador, ¿lo conoce? —le oyó decir a la señora Gordon, sentada junto a su suegra, que le respondió: «Me temo que no, desafortunadamente»—. En sus cartas, mi marido no es demasiado claro respecto a las condiciones del lugar, pero me ha asegurado que la vivienda que nos ha asignado la compañía en la colonia de Bella Vista es muy parecida a nuestra casa en Bedford salvo que, al parecer, nadie ha conseguido todavía que arraiguen las rosas en los jardines.

La mujer de ojos saltones no había parado de hablar desde que Clarissa y ella ocuparon sus asientos y el capitán Travis las presentó al resto de los invitados a la mesa: el reverendo Kirkpatrick y su mujer, Joanne, a quienes el mismísimo presidente de la Compañía Río Tinto, el señor Matheson, había escogido para hacerse cargo de la iglesia presbiteriana que estaban terminando de construir dentro de Bella Vista; el orondo señor Williams, auditor de contabilidad de la compañía en las oficinas de Londres; la mencionada señora Gordon, que se dirigía a Huelva para reunirse con su marido («el jefe de excavaciones más experimentado de la compañía», como bien se encargó de recalcar en cuanto tuvo ocasión) en compañía de su hermana, la señorita Jones, y por último, John Foster, a quien el capitán presentó como su ahijado, un joven titulado en química con una espesa mata de cabello cobrizo y fosco, al que acababan de contratar para el laboratorio de experimentación en las minas.

—Tal vez no sea el clima más apropiado para las rosas —intervino la mujer del pastor con voz pausada—. Al parecer, apenas llueve y hace un calor abrasador.

—Oh, pero estoy segura de que nosotras lo conseguiremos, ¿no es cierto, Jane? —La señora Gordon se dirigió a su hermana, a quien todavía no se le había escuchado ni una palabra—. Hemos traído un buen manojo de esquejes de distintas variedades y mi hermana es una jardinera excepcional.

El rostro poco agraciado de la tímida señorita Jones se cubrió de un repentino rubor que ocultó entre el picadillo de la sopa y asintió con un débil «confío en que sí».

—No se hagan ilusiones. El único fruto valioso que da esa tierra endemoniada son los minerales. Allí no crece ni la hierba más rastrera —refunfuñó el señor Williams, que aseguró conocer bien el terreno: desde hacía cuatro años, se trasladaba a Huelva durante un mes para auditar las cuentas anuales de la explotación—. Y, créanme, aquello seguiría siendo una tierra yerma y miserable si no fuera porque el señor Matheson supo ver el potencial de las minas cuando casi nadie daba un penique por ellas. Pero él lo hizo, asumió un enorme riesgo, y miren ahora dónde está... Sus rivales le criticarán cuanto quieran, pero nadie negará que ese hombre es un visionario.

Un murmullo de aprobación recorrió la mesa. Victoria recordó que algo muy parecido había dicho de él su padre después de que se lo presentaran los Bauer en la recepción organizada en su honor años atrás, cuando el gobierno español le concedió la Gran Cruz de Caballero de la Orden de Isabel la Católica por su contribución a la prosperidad de la región de Huelva. Lo comparó con un león: implacable ante sus presas, noble en su proceder. Ella también estuvo allí y lo que más le chocó del señor Matheson fue la combinación de sencillez y autoridad que emanaba su figura en medio de todos aquellos prohombres españoles deseosos de conocer al poderoso propietario de la Compañía Río Tinto que, en apenas diez años, había convertido unas minas ruinosas en una gran empresa de influencia mundial. Nadie lo hubiera creído unos años antes, cuando el recién estrenado gobierno que surgió tras la proclamación de la república en España no vio otra forma de evitar la bancarrota de las arcas del Estado que vender al consorcio liderado por Hugh Matheson los derechos de explotación de las minas, además de la propiedad del suelo y del subsuelo, por un precio de noventa y dos millones de pesetas. Era algo menos de lo que había estimado el gobierno español, aunque a más de uno le pareció una cantidad excesiva para unas minas que solo habían generado pérdidas y constantes quebraderos de cabeza al Estado durante décadas. Ahora, visto en perspectiva, ese precio parecía un capital irrisorio comparado con las ganancias que estaba obteniendo la compañía británica, propietaria del yacimiento de cobre más grande del mundo.

—Y no se olvide de la ciencia, señor Williams —agregó el joven Foster—. Sin los hallazgos científicos y los avances técnicos ingleses, tampoco estaríamos hoy aquí.

—Cierto, cierto. El señor Matheson no escatima a la hora de contratar a los mejores profesionales en su campo.

Victoria paseó su mirada por los pasajeros sentados a la larga mesa de comedor, una docena de hombres de distintas edades que formaban parte de la nueva remesa de personal contratado por la Compañía Río Tinto para ocupar puestos técnicos y de responsabilidad en la explotación minera. «Unos van por primera vez y otros regresan después de una corta estancia en Inglaterra... aunque estos son los menos», le había dicho esa misma mañana el capitán. El clima, la presión, la dureza y la exigencia del trabajo provocaban que una gran parte de los británicos no aguantaran más de un año allí. «Aprovechan su primer permiso para viajar a su país y no regresar a Huelva jamás, así los maten». Se lo decía alguien que llevaba tres años haciendo esa misma travesía cada semana en el vapor fletado por la compañía para transportar a empleados y familiares, así como maquinaria ligera, mobiliario, documentos y objetos de la más variada índole.

—No pretendo restarle mérito al arrojo del señor Matheson, pero esas minas se llevan explotando en España desde hace siglos —apuntó el capitán desde la cabecera de la mesa.

El señor Williams hizo un gesto de desprecio con sus manos regordetas.

—Minucias. Existían tres galerías subterráneas que no producían ni la milésima parte del cobre que extraemos ahora. Para bien o para mal, los españoles nunca han sabido cómo aprovechar esa riqueza del subsuelo. Si aún fueran sus propietarios, seguirían perdiendo dinero, como ocurría antes de que llegáramos nosotros —explicó en tono condescendiente. Hizo una pausa para indicarle a uno de los camareros que le rellenara la copa de vino antes de continuar hablando—: No solo carecen de la ingeniería necesaria; además, son holgazanes, descuidados y tienen mal carácter: abundan las peleas entre ellos y, pese a las restricciones que pone la empresa, se gastan la paga semanal en vino y juegos.

A Victoria le escoció en su orgullo patrio escuchar tales afirmaciones.

—Me extraña que hable usted así de unos hombres que arriesgan sus vidas a diario para que su compañía obtenga pingües beneficios, señor Williams —replicó, comedida.

El hombre se llevó la copa de vino a los labios y aprovechó para examinarla con curiosidad mientras paladeaba el caldo.

—Y por esa razón perciben una paga más elevada que los mineros de otras regiones del país —respondió al fin, con una media sonrisa—. No me malinterprete, señora; simplemente digo que lidiar con las costumbres y la pereza propia del carácter español es la mayor dificultad a la que se expone cualquier empresa que desee prosperar allí. Cuando desembarquemos en Huelva lo entenderán: es la capital de la provincia y, sin embargo, carece de red de saneamiento de aguas, de un buen adoquinado o de carreteras transitables que la conecten con otras capitales cercanas. Las calles no han tenido alumbrado público hasta que el señor Matheson en persona se reunió con las autoridades para convencerlas de la necesidad de instalar farolas a gas por toda la ciudad, y la única línea ferroviaria que comunica Huelva y Sevilla se terminó de construir gracias a las gestiones de la compañía con la empresa de ferrocarril participada por la familia Rothschild. Baste decirles que, hasta no hace mucho, los telegramas llegaban a Sevilla y de ahí debían llevarlos en carruaje hasta Huelva.

—¡Dios mío! Y ¿cómo llegan ahora? —exclamó Clarissa, alarmada.

—Afortunadamente, las estafetas de la ciudad ya disponen de telégrafo —respondió el señor Williams—. Pero si no fuera por la compañía...

—En cualquier caso, señor Williams —le interrumpió el capitán Travis, al percibir cierta inquietud entre las damas ante el desolador cuadro pintado por el auditor—, todos los pueblos tienen sus virtudes y sus defectos, como bien sabemos. ¿No es así, señora Langford? Mi contramaestre me ha dicho que es usted de origen español, como él.

—Así es, de Madrid —corroboró Victoria, ajena a los gestos de sorpresa que intercambiaron el resto de los comensales—. No conozco esta parte de España, pero sé que no hay gente más hospitalaria ni generosa que mis compatriotas.

—Eso es cierto —corroboró el capitán—. En ningún sitio me he sentido tan bien acogido como cuando recalo en los puertos españoles. En especial, en estas ciudades del sur. Debo confesar que tengo debilidad por la luz deslumbrante y el clima soleado de estas tierras.

—Eso es porque usted no ha estado nunca en Riotinto durante los meses de verano, capitán —se rio el señor Williams.

—Se equivoca. Hace dos años, el señor Matheson me invitó a visitar la zona y sé de lo que hablo. Admito que resulta muy caluroso hasta que el cuerpo se aclimata. Pero, el resto del año, Huelva es una bendición comparada con nuestra lluviosa Inglaterra.

—La lluvia también es una bendición para la tierra, capitán Travis —le reconvino con suavidad el reverendo Kirkpatrick—. Aun así, le doy la razón en que no debemos juzgar al prójimo sin conocerlo, porque nadie está libre de pecado. Como bien dijo el Señor: «Expulsad el miedo y los prejuicios de vuestros corazones». Todos somos pastores del rebaño de Dios que nos ha sido confiado; a todos nos corresponde velar por él actuando como ejemplo allá donde los designios del Todopoderoso dirijan nuestros pasos.

La señora Kirkpatrick pronunció «amén» y el resto de las señoras la secundaron, reconfortadas por el hecho de tener cerca a un bastión moral de la comunidad como era el pastor.

—Tranquiliza saber que estará usted al frente de la

iglesia de Bella Vista, señor Kirkpatrick —dijo la señora Gordon—. No sé si sería muy osado por mi parte pedirle que el enlace de mi hermana sea el primero que oficie usted en la nueva iglesia.

—¿Se va a casar usted? —dijo la señora Kirkpatrick dirigiéndose a la señorita Jones en un tono que pretendía sonar amable.

—Así lo espero...

—¡Por supuesto que sí! —exclamó la señora Gordon, casi ofendida por la duda. A continuación, se dirigió a la mujer del pastor, aunque su pretensión era hablar para todos los presentes—: Mi hermana está comprometida con el señor Malcolm Reid. Es el ayudante técnico de mi marido en las minas y un hombre de grandes cualidades, por lo que sabemos.

—¿No lo conocen en persona? —inquirió Victoria, sin disimular la sorpresa que eso le causaba.

La mesa entera guardó silencio y todos miraron expectantes a la señorita Jones, que bajó la vista, azorada.

—En realidad, no.

—Pero se han carteado todo este año y es como si se conocieran de toda la vida, ¿no es cierto, Jane? —se apresuró a aclarar su hermana—. Si no hubiera sido así, jamás habríamos aceptado su proposición de matrimonio, por supuesto.

—Sí, eso es cierto —afirmó Jane a media voz.

Y no satisfecha con la respuesta de su hermana, la señora Gordon creyó conveniente dar más explicaciones:

—Y como yo tenía previsto viajar a Huelva, le dije a Jane que se viniera conmigo y arreglaríamos allí el casamiento lo antes posible. ¿Qué necesidad había de que viajara él a Inglaterra a desposarla si nosotros estábamos en Huelva?, ¿no les parece? —Sus ojos se posaron en el matrimonio Kirkpatrick como si buscara su aprobación, que llegó en forma de sonrisa beatífica—. Así podremos celebrar en Bella Vista una boda como Dios manda.

—Por mi parte, estaré encantado de celebrar el enlace en la iglesia —afirmó el pastor.

A partir de ese momento, la conversación general discurrió por los apacibles caminos de la meteorología hasta enlazar de nuevo con la jardinería, tan del gusto de las damas.

—¿También ustedes vienen a visitar a algún familiar, lady Langford? —le preguntó el señor Williams a Clarissa.

—Sí, mi nuera y yo vamos a reunirnos con mi hijo, el doctor Langford. Es médico en el hospital de la compañía.

—Mmm... Sí, conocí al doctor en un viaje anterior. El servicio médico de la compañía es de lo mejor que tenemos en Huelva —prosiguió el señor Williams, ajeno a su repentino silencio—. Es usted afortunada de contar con un médico en la familia.

Clarissa esbozó una sonrisa comedida y se guardó mucho de expresar lo que realmente pensaba: que habría preferido que su hijo fuera un canalla o un vividor antes que verlo volcado en cuerpo y alma en la dichosa medicina. Dios solo le había dado dos hijos, dos varones que ella había parido con riesgo incluso de su vida. Sobre todo Phillip, que la dejó tan débil que el doctor le advirtió al duque de que no aguantaría otro embarazo. Y así fue. No volvió a quedarse encinta. Criaron y educaron a sus dos hijos para que llevaran con orgullo y honor el apellido Langford. Y, después de todo, ¿para qué tanto esfuerzo? Dios se había llevado al mejor de sus chicos, el que estaba llamado a ser cabeza y sostén de la familia. Sí, quizá James había tenido algunos deslices, había cometido algunos errores, no lo iba a negar. Siempre había tenido un carácter voluble, desde niño había sido inquieto, irascible. Si se encaprichaba de algo, no paraba hasta conseguirlo, y una vez que lo tenía, dejaba de interesarle, lo abandonaba o lo tiraba para que no pudiera disfrutarlo su hermano pequeño. Sin embargo, jamás se desentendió de sus obligaciones, ni antes de que muriera su padre ni después de asumir él el título. Phillip, en cambio, era distinto. Con él no sabía nunca a qué atenerse: era terco, descastado, hacía su santa voluntad, como cuando rechazó un puesto en la Secretaría de Salud Pública, donde habría podido hacer carrera política, y se marchó a la India a ejercer de médico en el ejército de Su Majestad... Ni su padre ni nadie conocían sus intenciones hasta que se presentaba ante la familia con los hechos ya consumados. Ah, sí. Phillip había sido una pequeña decepción para ellos. Pero ahora no le iba a quedar más remedio que asumir su responsabilidad al frente de la casa Langford. Y a ella le correspondía velar por que así fuera. Lo obligaría a regresar a Inglaterra y le buscaría una esposa de entre las familias de la nobleza que ella conocía. No deseaba morir sin asegurarse de que hubiera un heredero que garantizara la continuidad de la familia.

—¿Y usted, señora Velarde? ¿La espera alguien en Huelva? —inquirió la esposa del reverendo.

—No, señora Kirkpatrick. Solo acompaño a lady Langford hasta que se reúna con su hijo. Me quedaré una semana, dos a lo sumo, y luego proseguiré viaje a Madrid.

—¿Unos días? —intervino Clarissa, con una sonrisa vacilante—. Pero, querida, me aseguraste que te quedarías con nosotros varias semanas, hasta que «todo» —y enfatizó esa palabra en la que depositaba sus únicas esperanzas— se resolviera.

—Precisamente. Estoy segura de que en ese tiempo «todo» —replicó Victoria con idéntico énfasis en esa palabra— estará resuelto.

3

A media tarde, con la pleamar, el Seawinds se adentró en la desembocadura del río Odiel y remontó lentamente sus aguas mansas, rodeado de la quietud de la tarde y los graznidos de las aves ocultas entre las marismas. Victoria se alejó de su suegra y del corrillo de damas sentadas en cubierta, y se dirigió a la barandilla de proa para contemplar en el horizonte el espectáculo de la puesta del sol bajo el cielo rosáceo. Siguió el vuelo de dos gaviotas a ras de la superficie del río, alejándose. Poco a poco, se sintió inundada de una profunda calma ante la visión de la tibia luz otoñal que teñía de ocres la vegetación y arrancaba destellos plateados en el agua. Estaba de vuelta a su país, a su tierra. Se solazó un rato en los giros caprichosos de una bandada de pájaros que surcaba las brisas marismeñas, en los pescadores que faenaban en una barquichuela descolorida, y un poco más arriba, en la margen izquierda, descubrió una pareja de garzas caminando sobre el agua con la elegancia de las bailarinas. Respiró hondo el olor a mar, el aire fresco del atardecer.

—Me has dejado ahí sola y te has ido sin avisarme —le reprochó Clarissa, que apareció a su lado envuelta en su estola de astracán.

—Creí que estaba usted a gusto en compañía de las señoras —se justificó ella. Pero al mirar hacia el lugar donde las había dejado, vio que las damas ya no estaban. Habían abandonado sus asientos para aproximarse al grupo de señores que disfrutaban del paisaje apostados en la baranda.

—Habría estado más a gusto si hubieras permanecido a mi lado. —La anciana frunció la boca en un gesto altivo.

A medio camino avistaron una flota de cargueros fondeados en la ría y, no muy lejos, una asombrosa estructura curvilínea de hierro en tres alturas construida sobre el lecho del río se recortaba imponente contra el cielo. Oyó a uno de los hombres—uno de más edad, que hablaba en tono grandilocuente— explicar que aquel era el muelle de la Compañía Río Tinto ideado para que el ferrocarril de las minas pudiera descargar el mineral directamente en los barcos gracias a la gravedad. El joven Foster se mostró entusiasmado, ignorando las dudas expresadas por la tímida señorita Jones sobre la seguridad de una construcción de esa envergadura enclavada en el agua, a merced de las corrientes. «Es un verdadero prodigio de ingeniería», añadió otro caballero allí presente. Y elevando su voz sobre el resto, el pomposo señor Williams sentenció: «Ahí lo tienen, la prueba evidente de la impronta de la civilización inglesa en este lugar inhóspito», y sonó con tal aire de suficiencia, que Victoria tuvo que morderse la lengua para no replicarle como se merecía.

Media milla antes de llegar al puerto, el Seawinds ralentizó la marcha y puso rumbo hacia un solitario muelle de madera rodeado de barquitas y chalupas varadas en las orillas del arenal. Reparó en las miradas de desconcierto que intercambiaban las señoras: ¿qué tipo de embarcadero era ese?, ¿dónde estaban las instalaciones del puerto?, y si esa plataforma destartalada era el muelle de pasajeros de Huelva, ¿cómo sería la ciudad?, porque allí lo único que había era un desangelado quiosco para la recepción de los viajeros y unos chiquillos harapientos subidos sobre unos toneles que los saludaban a gritos con los brazos en alto. Y en tierra firme el panorama no era más alentador: un buen número de hombres —oscuros, descamisados, de aspecto inquietante si hacía caso a los murmullos de las damas— vigilaban impasibles la llegada del barco apostados frente al muelle, entre mulos, cabras y perros de aspecto famélico. «Si era esto a lo que se refería el señor Williams anoche, Dios mío, es mucho

peor de lo que me imaginaba», oyó murmurar a la señora Kirkpatrick.

Mientras el vapor realizaba las maniobras de atraque,
Victoria buscó con la vista la figura alta y espigada de su
cuñado entre el grupo de señores trajeados que aguardaban el desembarco de pasajeros.

—¿Puedes ver a Phillip? —inquirió Clarissa, enganchada de su brazo.

—Todavía no —respondió ella, sin mostrar la menor
preocupación. No tenía ninguna duda de que pronto apa-
recería.

Al cabo de un rato, todo estaba listo. Dos marineros
desplegaron la pasarela de desembarque y un tercero abrió
el portalón de acceso por el que comenzaron a descender
los pasajeros con la cautela pegada a los zapatos. Los primeros fueron los empleados de la compañía, entre quienes
divisó al señor Williams y a John Foster, que miraba fas-
cinado de un lado a otro, como si tuviera ante sus ojos un
mundo exótico por explorar. A pie de barco los aguardaban, solemnes, dos señores uniformados con idéntica vestimenta de chaquetilla color canela y pantalones blancos.
Los saludaron, ceremoniosos, uno por uno, a modo de
comité de bienvenida. Después desfilaron ante un tercer
hombre uniformado, quien comprobó sus nombres en un
papel y les entregó a cada uno un sobre, al tiempo que les
señalaba uno de los tres carruajes negros marcados con

las siglas de la compañía —RTCL, Rio Tinto Company Limited— entrelazadas en dorado.

—Señoras, nosotras ya nos vamos —oyeron decir a su lado. Ambas se giraron hacia la señora Gordon y su hermana. Venían a despedirse. Su marido estaba esperándolas en el muelle y los mozos ya habían comenzado a descargar su equipaje—. Espero que nos reencontremos pronto en Bella Vista. ¿Se alojarán ustedes allí?

—Eso tengo entendido —respondió Clarissa, con una sonrisa comedida que extendió también a la señorita Jones.

—Ojalá consigan cultivar sus rosas —añadió Victoria—. Y no hagan caso al señor Williams, ya encontrarán la manera de que arraiguen. Sol no les va a faltar.

—Eso pienso yo, señora Langford —murmuró la señorita Jones, forzando una tímida sonrisa que ocultó con la mano.

A las dos hermanas las siguieron poco después el reverendo Kirkpatrick y su esposa. Los vieron partir con un joven de traje oscuro y alzacuellos en una elegante berlina. Pronto la cubierta se vació de pasajeros y en el muelle no quedaban más que los mozos que descargaban las cajas y enseres almacenados en las bodegas del barco.

—¿Dónde está Helen? —preguntó Clarissa, inquieta.

Victoria echó un vistazo alrededor y la localizó cerca

de la escotilla de proa, más pendiente del marinero que trajinaba a su lado que de supervisar el traslado del equipaje desde el camarote hasta la cubierta. Le molestó su expresión remilgada y la sonrisa bobalicona con la que reaccionaba a las carantoñas que le dedicaba el hombre. Actitudes como esa la sulfuraban, no podía con ellas. Sintió un arrebato de rabia y allí que fue con paso decidido.

—Helen, te estamos esperando, deja de entretenerte y ocúpate de tu trabajo —la reprendió allí mismo, delante del marinero.

La joven se irguió al sentirse pillada en falta, se despidió nerviosa del hombre y pasó por delante de ella con las mejillas ardiendo. El marinero miró a Victoria con expresión burlona, sus ojos derramándose descarados por su figura enlutada. Ella le sostuvo la mirada un instante antes de darle la espalda y alejarse, muy digna. Otra boba que se dejaba embaucar por unas cuantas lisonjas y muchas promesas falsas, como tantas otras. ¿Es que nunca aprenderían?

Cuando estuvo el equipaje listo, Victoria y Clarissa se despidieron del amable capitán Travis y abandonaron el barco. Poco después, el vapor levó anclas y se alejó del embarcadero río arriba, rumbo al muelle norte, donde descargarían la maquinaria ligera destinada a la explotación minera.

Así que, de pronto, se vieron las tres solas —una anciana nerviosa que miraba con aprensión a los «nativos» a su alrededor, una doncella todavía disgustada por la brusca despedida de su «enamorado» y Victoria, que intentaba disimular su inquietud al ver que Phillip no llegaba—, en mitad de un embarcadero y con una pila enorme de equipaje a su lado.

—Lo sabía, sabía que no debíamos fiarnos de las comunicaciones de este país —se quejó Clarissa con voz trémula—. Y ahora, ¿qué va a ser de nosotras?

—Señora, ¿y si nos volvemos a Inglaterra? —gimió la doncella—. Podemos pedir que nos lleven de vuelta al barco, seguro que al capitán no le importa...

—No digas tonterías, Helen —la interrumpió Victoria—. Vamos a esperar unos minutos más antes de tomar una decisión.

Si no aparecía en breve, no tendría más remedio que aproximarse a alguno de los hombres apostados junto a las carretas de carga y pedirles que las llevaran a la ciudad. De vez en cuando notaba que las miraban, que intercambiaban unas palabras y les dedicaban sonrisas ladeadas, como si supieran algo que ellas no sabían.

Justo cuando el tiempo de espera parecía haberse agotado, vieron llegar un carruaje que se detuvo al final del camino de tierra. Victoria contuvo la respiración mientras aguardaba a que se abriera la portezuela, por la que al fin asomó un pasajero.

—Gracias a Dios... ¡Es Phillip! —exclamó Clarissa, aliviada.

A Victoria todavía le costó unos segundos cerciorarse de que el hombre desgarbado que se apeaba del coche era él, pero tan pronto como lo vio caminar con sus largas zancadas características, sus dudas se disiparon. Estaba más delgado y sus facciones se le habían afilado confiriéndole una apariencia más madura y apuesta. Sus miradas se cruzaron un instante y su rostro se iluminó con una sonrisa mal disimulada.

—Dios mío, pero si parece un pordiosero... —murmuró Clarissa al ver lo desaliñado que vestía su hijo, con el traje arrugado y polvoriento igual que si hubiera atravesado un campo de batalla.

—¡Lamento haberos hecho esperar! —Fue lo primero que dijo al acercarse, visiblemente nervioso. Se inclinó a besar a su madre en la mejilla, después la besó a ella y por último, saludó a Helen con un leve movimiento de cabeza, antes de agregar—: Me ha sido imposible llegar antes, la cirugía de esta mañana se ha complicado y no he tenido más remedio que tomar el tren de la tarde, muy a mi pesar: es el más lento de los que parten de Riotinto, se detiene en todos los poblados mineros del trayecto hasta llegar a Huelva. Y luego no encontraba ningún carruaje de punto y no he tenido más...

—Deberías haberlo previsto, Phillip —le cortó lady

Langford—. Nos has tenido muy preocupadas, sobre todo a mí. Temía que no aparecieras, después del largo viaje que he soportado solo por venir hasta aquí...

—Pero aquí estoy, madre.

—Y, encima, en este lugar horrible... —prosiguió la dama, como si no lo hubiera oído, paseando la vista alrededor con gesto de desamparo.

—No es tan malo como parece —dijo su hijo, conciliador—. Ya verá cómo termina cogiéndoles cariño a la tierra y a sus gentes.

El rostro maternal de lady Langford adoptó de pronto la expresión severa del deber que la había arrastrado hasta Huelva.

—No espero cogerle cariño a nada, Phillip. Mi hogar está en Inglaterra, igual que el tuyo. Espero que no lo hayas olvidado.

Su hijo le sostuvo la mirada y optó por guardar silencio.

—Lo importante es que ya estamos aquí —intervino Victoria al notar que el ambiente comenzaba a tensarse. Lo que menos necesitaban ahora era una discusión familiar—. Me alegro mucho de verte, Phil.

—Yo también me alegro, Victoria —respondió él, y aprovechó que su madre estaba distraída, para inclinarse hacia ella y agregar a media voz—: No sé si preguntarte cómo ha ido el viaje...

—Te he oído, Phillip —protestó Clarissa, muy seria.

Victoria y él intercambiaron una sonrisa disimulada, minúscula, que restableció al instante la vieja complicidad entre ambos. Siempre había sido así, desde que se conocieron. Se entendían bien, había una gran afinidad entre ellos, como si fuera una cuestión de piel o de carácter, algo que fluía natural, sin forzarlo. Con Phillip resultaba fácil conversar, expresarle sus pensamientos más íntimos, a diferencia de lo que le ocurría con James, con quien nunca tuvo esa confianza. Con su marido debía pensar bien lo que decir y lo que callar, porque nunca se sentía del todo segura de su reacción.

—Debemos marcharnos cuanto antes. Los atardeceres son ahora más cortos y pronto se hará de noche —dijo Phillip, y les hizo una señal con la mano a los porteadores que aguardaban en el muelle.

Acudió un hombre patizambo seguido de tres compañeros, y entre los cuatro cargaron el equipaje —tres baúles de considerable tamaño, cuatro maletas, dos bolsas de cuero y tres sombrereras de las que se hizo cargo Helen, no fueran a aplastarlas con sus rudas manazas— en la carreta desvencijada. Cuando comprobaron que no quedaba nada más por recoger, Phillip le indicó al carretero en un español más que correcto la dirección a la que debía transportar el equipaje y luego se montó en el carruaje junto a las mujeres.

—¿Estás seguro de que ese hombre no nos robará nuestras cosas? —preguntó Clarissa cuando su hijo se hubo sentado a su lado.

—Por supuesto que no, madre —respondió él, algo molesto—. Son gente honrada que vive de su trabajo.

—Al menos los sombreros vienen con nosotras, milady —murmuró la doncella cuando el carruaje se puso en marcha—. El cochero los ha colocado en el pescante, bien sujetos, junto al maletín de lady Victoria.

—Es un alivio. —Clarissa se recostó contra el respaldo almohadillado, cerró los ojos y emitió un largo suspiro—. Me siento como si todavía estuviera a bordo del barco, qué sensación tan desagradable. Estoy deseando acostarme en una buena cama sobre tierra firme y descansar —musitó sin abrir los ojos. El viaje la había dejado agotada.

—Podrá descansar en cuanto lleguemos al hotel —dijo Phillip—. He reservado habitaciones para las próximas tres noches en el mejor establecimiento de la ciudad.

No pudo saber si la anciana duquesa lo había oído porque enseguida comenzó a emitir suaves ronquidos acompasados propios de un sueñecillo descoyuntado. También Helen se arrellanó en el rincón y no tardó en dar grandes cabezadas sobre su pecho. Victoria le colocó un pequeño cojín de terciopelo entre su cabeza y la pared del coche para evitar que se dañara el cuello. Al terminar, se cruzó con los ojos risueños de Phillip y desvió la vista, turbada.

—Te veo bien, Victoria. —Su gesto era serio; su voz, cálida—. Me gustó recibir tu carta, aunque fuera para decirme que quieres abandonarnos.

Ella lo miró con un atisbo de burla en los labios. No era él la persona más indicada para reprocharle que deseara marcharse.

—Sabes que no es eso, Phillip. Te dije que no era nada personal. Tal vez preferías que no te lo hubiera dicho... —repuso ella con voz calmada—. Pero pensé que te gustaría saberlo con un poco de antelación y así organizar lo necesario. Por eso te escribí.

La respuesta de él se había hecho esperar, pero al final llegó: si era lo que ella quería, lo acataba, no pondría obstáculos a su marcha, pero se mostró dolido de que le hubiera escrito con la decisión ya tomada y no antes, como si a él no le afectara ni tuviera nada que decir al respecto. Y, en realidad, eso era justo lo que pensaba Victoria: no necesitaba la bendición de Phillip para tomar sus propias decisiones, ahora que su marido había muerto y ella era una mujer adulta, capaz de valerse por sí misma.

—¿Estás segura de que es lo que quieres? —volvió a insistir—. Podrías alternar temporadas en Madrid con estancias en Londres. No tendría por qué ser un traslado definitivo.

—Estoy segura, Phil. Quiero instalarme en Madrid, cerca de mi familia. Nada me une ya a Inglaterra —replicó ella, serena, rotunda—. Es lo mejor para mí, aunque no lo creas.

—Como quieras. Lo que más me duele es que no hayas encontrado tu hogar entre nosotros. Siento lo que has debido de pasar, y siento todo lo ocurrido con James, no debería haber sido así —dijo al fin. También ella lo sentía; sentía el desencanto, la decepción, el vacío, pero en su interior todo eso ya formaba parte del pasado y no era de esas personas que se pasan la vida lamentándose de aquello que ya no pueden cambiar. Luego, en un tono más ligero, como si quisiera restarle gravedad al momento, Phillip agregó—: Tal vez todavía pueda hacerte cambiar de opinión durante el tiempo que pases aquí.

Victoria esbozó una leve sonrisa y guardó silencio.

—¿No tienes que trabajar mañana en el hospital? —preguntó, por cambiar de tema.

Él negó con la cabeza y se repantigó en el asiento, estirando las piernas lo poco que le dejaba la estrechez del coche.

—He pedido el día de permiso para poder quedarme con vosotras en la ciudad el fin de semana. Así podremos asistir al torneo de tenis que organiza este domingo el club inglés en el mismo hotel. Será una excelente ocasión para presentaros a mi jefe, el doctor John MacKay, y algunos directivos de la compañía que vendrán con sus esposas al *lunch* posterior. Tal vez así a madre le resulte más fácil aclimatarse al lugar antes de llegar a Riotinto. —Hizo una pausa y al ver que Victoria no decía nada, agregó, bajando la voz—: No sabes cómo agradezco que estés aquí; ya sabes que ella y yo no nos entendemos demasiado bien.

—No me voy a quedar mucho tiempo, Phillip. Y tú tendrás que encontrar el modo de llevaros mejor. Eres su hijo, el único que le queda, el cabeza de familia.

—Lo sé, créeme —respondió él, algo molesto—. Lo que no entiendo es por qué tienes tanta prisa por marcharte. ¿Hay algo urgente que te reclame en Madrid?

No, nada más que la impaciencia por reencontrarse con los suyos, reiniciar su vida y volver a ser ella misma, si es que eso era posible.

—Tengo asuntos que atender relacionados con la obra literaria de mi tía, entre otras cosas —se inventó—. En cualquier caso, imagino que podré decidir yo el momento de mi partida, ¿o no?

Phillip suavizó el tono de su voz:

—Solo te pido un poco de tiempo, Victoria. Hasta que mi madre se haya hecho a las costumbres de aquí. —Sus ojos de un azul intenso se anclaron a los de ella—. Por favor.

Victoria suspiró. Un mes. Le daba un mes, no más.

—¿Te refieres a las costumbres españolas o a las costumbres británicas en Huelva? —preguntó ella con retintín.

—A ambas, por supuesto. —Phillip sonrió—. Aunque aquí las damas británicas no son muy dadas a frecuentar los ambientes de los habitantes locales o «nativos», como los llaman muchos; prefieren mantenerse al margen, protegidas detrás de los muros de Bella Vista.

Lo imaginaba. Sin embargo, no tenía demasiado interés en cuestionar la vida y costumbres de la colonia británica en Riotinto; era algo que no le concernía. Pronto se alejaría para siempre de todo aquello. Victoria se inclinó para mirar a través de la ventanilla. Fuera, la oscuridad devoraba lentamente el paisaje. Vio cómo dejaban atrás la constelación de luces de los barcos anclados en el río, la silueta de las grúas del puerto, el intenso olor a pescado, y se aproximaban a la ciudad. Enfilaron una calle mal iluminada salpicada de casitas bajas, destartaladas, en cuyas puertas se sentaban corrillos de mujeres rodeadas de críos. Pensó en Madrid. Allí la vida discurría en la calle, aquí también.

Unos minutos después, el carruaje aminoró la marcha al traspasar las puertas enrejadas de la propiedad en la que se alzaba un gran edificio iluminado de farolillos colgados de la fachada.

—Madre, despierte. Ya hemos llegado —anunció Phillip, palmeando suavemente el antebrazo de lady Langford.

4

El Gran Hotel Colón se alzaba en un extremo de la ciudad como un oasis en mitad del desierto. Un oasis de paz, comodidad y refinamiento que las sorprendió apenas se adentraron en el elegante vestíbulo del edificio principal, decorado con una mezcla de arquitectura británica, modernista y colonial inesperadamente armoniosa, pensó Victoria, admirando las pinturas que recreaban el descubrimiento de América, las molduras estilizadas de las paredes, el mobiliario exquisito. Centroeuropeo, al parecer. Unas puertas acristaladas se abrían del otro lado del edificio hacia el exótico jardín central, en torno al cual se ordenaban en puntos cardinales los otros tres pabellones del hotel. El encargado de recepción se los mostró de camino a sus aposentos: el pabellón Norte, enfrentado al edificio de la entrada principal, albergaba la sala de comedor, el salón de baile, la sala de lectura, la de billar y un pequeño auditorio para reuniones y congresos, mientras que los dos pabellones laterales —Levante y Poniente— estaban destinados a los dormitorios y las suites de los huéspedes. Contaban con baños de agua corriente y calefacción a gas, un lujo del que muchas de las mejores residencias londinenses todavía no podían presumir, les dijo Phillip con el orgullo de un anfitrión deseoso de impresionarlas, una vez estuvieron instaladas en sus respectivas habitaciones.

Sin duda el hotel constituía un mundo aparte, tan alejado de la vida en las calles de Huelva como familiar resultaba la atmósfera inglesa que se respiraba en cualquier rincón de la propiedad. Esa fue la impresión que tuvo Victoria aquella mañana soleada de domingo, dos días después de su llegada, en que el establecimiento abrió sus puertas a una veintena de damas y caballeros que tomaron posesión del recinto como si fuera un apéndice del Reino Unido en tierra onubense. Y salvo por el azul intenso del cielo, bien podría serlo, se dijo desde lo alto de la escalinata del porche: ante sus ojos se extendía una tupida pradera de hierba de un verde tan brillante como el que crecía en plena campiña inglesa; la bandera británica ondeaba junto a la española en lo alto de la carpa blanca plantada a un lado y un grupito de señoras paseaban a resguardo de sus sombrillas de volantes ajenas a la curiosidad que suscitaba la escena en el puñado de chiquillos encaramados a la verja de hierro.

—No entiendo la insistencia de Phillip en hacernos venir a un torneo de tenis; parece olvidar que estamos todavía de luto —se quejó Clarissa mientras descendían la escalinata.

Victoria no la contradijo. A ella también se le olvidaba, a pesar de su atuendo. Pronto se cumpliría el año de rigor.

—Según dijo, quiere presentarnos a algunas personas relevantes de la colonia inglesa —respondió. Paseó su mirada entre el público desplegado a lo largo del lateral de la pista de tenis, atentos al partido. Phillip debía de andar por ahí.

—¿Te ha mencionado algo sobre sus planes de regreso a Inglaterra?

Ella negó con la cabeza.

—Desde que llegamos, apenas hemos tenido ocasión de hablar de nada —contestó—. Y tampoco creo conveniente forzar el tema.

—No, eso es cierto. Este hijo mío es muy obstinado. Si se da cuenta de que te he pedido que hables con él, no le arrancarás ni una palabra. —Guardó silencio un instante antes de añadir—: Pero ya sabes que cuento contigo para hacerlo entrar en razón...

Sí, lo sabía. Igual que sabía que Clarissa no cejaría hasta conseguir lo que esperaba de ella.

—Mire, allí está, en el campo de tenis —dijo Victoria, señalando hacia los hombres con indumentaria blanca que corrían por la pista, raqueta en mano—. Está jugando ahora.

Se encaminaron hacia el extremo de la fila donde quedaban varias sillas libres. Victoria sintió una batería de miradas femeninas vigilando sus pasos hasta ocupar los dos asientos, al lado de un par de mujeres apartadas del resto. Hubo un cierto revuelo, lo notó. También las jóvenes a su lado se removieron inquietas. Evitaban mirarlas, cuchicheaban entre ellas.

—Disculpen... ¿cómo va el tanteo? —les preguntó Victoria en español. Lo hizo no solo porque creía haber captado ciertos sonidos de su lengua natal, también había algo en su expresión, en sus gestos e incluso en su apariencia que las distinguía claramente de las señoras inglesas.

Ambas se giraron a la vez con expresión de asombro, pero fue la mayor de las dos —la de rostro más dulce, que lucía un más que incipiente embarazo— la que le respondió con un fuerte acento andaluz:

—El doctor MacKay y el doctor Langford —señaló discretamente a la pareja colocada a un lado de la red— pierden ante el señor Colson y mi esposo, señora.

—Como siempre —se rio la otra joven, una muchacha muy guapa de tez morena y ojos almendrados—. Los doctores llegan a la final, pero nunca ganan el torneo. Por eso nadie apuesta ni un real por ellos.

—¡Rocío! No seas mala. —La amonestó su amiga a media voz, con un toque de su abanico en el brazo—. No puedes soltar esos comentarios tan alegremente. —Se volvió hacia ella y agregó—: Disculpe a mi amiga, a veces no mide sus palabras.

—No debe disculparse, no me molesta en absoluto. Permítame presentarme: soy la señora Victoria Langford, cuñada del doctor Langford. La dama a mi lado es su madre. Acabamos de llegar de Inglaterra.

Ellas también se presentaron. La joven embarazada era la señora Rosario Palmer y la otra joven, Rocío Alonso, hija del doctor Alonso.

—¿Qué ocurre? ¿Qué han dicho? —susurró Clarissa, a su lado, intrigada por la conversación.

—Que Phillip y su compañero van perdiendo —respondió Victoria, volviendo al inglés.

—Hum... no me extraña. De niños, James siempre decía que no quería estar en el equipo de su hermano porque a Phillip no le importaba ganar o perder. —La expresión de lady Langford se suavizó con el recuerdo.

Victoria siguió con la vista las carreras de Phillip en el campo. Sí, eso era muy propio de él, de su carácter afable, tolerante, poco dado a los conflictos. Jugaba sin ningún ánimo competitivo, por placer o por cualquier otra razón, a diferencia de James, que sentía la necesidad de ganar, de sobresalir, de imponerse a los demás y demostrar su superioridad como si fuera un atributo inherente a su título. Lo hizo hasta en el día de su boda, cuando se jactó ante sus amigos allí presentes de que podía robarle la novia incluso a su propio hermano. Fue un comentario cruel, innecesario, de mal gusto, y así se lo dijo después. Entre Phillip y ella nunca hubo nada, ni siquiera en aquellos días en la mansión de Treetop Park, pese a lo que quisiera pensar él.

Se oyó un fuerte golpe, una exclamación del público y la bola salió disparada fuera de la pista, para rodar hasta los pies de Victoria y lady Langford. Phillip llegó corriendo, y antes de inclinarse a recoger la pelota, les dedicó un saludo jovial.

—¡A por ellos, Phil! —le animó Victoria.

—¡Vamos, doctor Langford! —gritó también la joven señorita española.

Él le dirigió una mirada fugaz, la saludó con una leve inclinación de cabeza, y se dio media vuelta para regresar al partido. A su lado, la amiga pegó un respingo en su asiento y llevó su mano al vientre abultado.

—¡Madre del amor hermoso! Como siga dándome patadas, me va a destrozar el hígado —se rio con la respiración contenida.

—¿De cuánto está? —le preguntó Victoria.

—De siete meses largos —respondió ella—. Ya no queda nada. Pero no me quejo, estoy teniendo un embarazo muy bueno.

—Entonces es que todo va bien —murmuró, aguantándose las ganas de posar su mano sobre esa panza perfecta.

A Victoria le consolaba pensar que siempre tuvo la intuición de que algo no iba bien en su embarazo, que su cuerpo le fallaba, se revolvía contra sí mismo. Cada día se levantaba con molestias en el vientre o sufría de repentinos dolores agudos que se diluían al rato. El médico la palpó. «El niño está bien», le dijo. Le ordenó un poco de reposo y que dejara de preocuparse, no era bueno en su estado, pero ¿cómo no hacerlo? ¿Cómo no temer por la vida que crecía en ella? Vivió esos meses angustiada, atenta a cualquier señal, a cualquier movimiento que le anticipara algo de lo que ocurría en su interior. Pasaba las horas recostada en la cama. A ratos leía para distraer los pensamientos, a ratos bordaba, pero la mayor parte del tiempo dormitaba. Dormía para que los días, las semanas, los meses se sucedieran más rápido y pudiera despertar un día con su bebé en brazos, a salvo. Hasta aquella mañana. Nunca sabría si tuvo algo que ver la noticia del accidente de James o si ocurrió porque así estaba escrito, porque era inevitable. Sintió un fuerte pinchazo en el vientre, la sensación de la sangre deslizándose por el interior de sus muslos, y supo que lo había perdido. Le dijeron que era un varón, un bebé de un tamaño poco mayor que la palma de su mano que nació sin vida. Eso era lo último que recordaba de aquel momento. Mucho después, Clarissa le contó que comenzó a desangrarse. El doctor se esforzó en cortar la hemorragia como buenamente pudo y la vació por dentro, era la única manera de intentar salvarla, le aseguró su suegra apretándole la mano entre lágrimas; Clarissa tenía depositada toda su confianza en el doctor Thompson, el médico que llevaba atendiendo a la familia toda la vida. Pero ni así logró evitar las fiebres; la infección se extendió por su cuerpo y a punto estuvo de matarla. «No queríamos perderte también a ti, créeme que lo hicimos por tu bien, Victoria», insistió lady Langford con gesto compungido. Despertó al cabo de una semana en la misma alcoba oscura y silenciosa. Se tocó la tripa plana, los pechos flácidos, y el recuerdo le vino al mismo tiempo que el repentino dolor en el bajo vientre, un dolor intenso y sostenido: había perdido al bebé. En su lugar, quedó una inmensa sensación de vacío y fragilidad; unos días antes latían en su interior dos corazones acompasados, el suyo y el de su bebé, y al despertar no existía nada más que el silencio helador y una tristeza enorme que le corría por las venas, adueñándose de cada gramo de su ser.

—¿Quiere tocarla? —La joven se señaló la tripa.

Victoria titubeó. No, mejor no. Pero extendió su brazo y posó con cuidado la mano sobre el vientre tenso. No notaba nada.

—El doctor MacKay dice que pocas veces ha asistido a una mujer encinta tan saludable —terció su amiga, Rocío, sacándola de sus divagaciones.

—Eso debería decírselo a Harry, me trata como si me fuera a romper. —Sonrió con dulzura, mirando a su marido en la pista. De pronto respingó de nuevo y, volviéndose a Victoria, preguntó—: ¿Lo ha notado? —Ella sintió un vuelco en el corazón y asintió en silencio. La futura madre agregó—: A veces me da patadas tan fuertes que me dejan sin respiración.

Al finalizar el partido, el público aplaudió con poca emoción antes de abandonar rápidamente sus asientos en dirección al *lunch* dispuesto bajo la carpa. Lady Langford se levantó y se distrajo buscando con la vista a Phillip, mientras Victoria se despedía de las dos jóvenes.

—¿No vienen? Se van a quedar aquí solas.

—Oh, no se preocupe, estamos acostumbradas —dijo Rosario con suavidad—. Harry vendrá a recogernos y nos marcharemos a casa.

—A las inglesas no les gusta que las españolas nos mezclemos con ellas —explicó Rocío, que señaló con un gesto airado a las señoras que se alejaban—. Se creen superiores.

—Pero usted está casada con un empleado británico...
—dijo ella, dirigiéndose a la mujer encinta.

La joven se encogió de hombros y dibujó en sus labios una sonrisa resignada.

—Los matrimonios entre británicos y españolas no están bien vistos en la colonia inglesa —repuso—, especialmente por las señoras, que han prohibido el acceso de las esposas «nativas» a las instalaciones de la compañía. No podemos entrar en Bella Vista, ni asistir a sus bailes en el club, ni tampoco disfrutar de las casas de descanso que la empresa tiene en Punta Umbría.

A Victoria le pareció indignante. ¿Cómo podían permitir ese desprecio no solo hacia la gente del lugar, sino incluso hacia sus propios compatriotas ingleses? Y entonces se dio cuenta de lo que eso significaba: ¿le negarían también a ella la entrada en sus recintos? Que lo intentaran. No se le ocurría mejor justificación para recoger rápidamente sus cosas y subirse al primer tren que partiese a Madrid.

La expresión de su cara debía de ser un libro abierto, porque Rosario la tranquilizó:

—No se preocupe, a usted no le afectará. Ha venido de Inglaterra y, además, no es usted de aquí, de Huelva. No la consideran «nativa», como a nosotras.

—Pero el hotel no es propiedad de la compañía, nadie puede prohibirles estar aquí...

—Eso no significa que seamos bienvenidas en estos eventos —puntualizó la joven—. Si venimos es porque a mi marido le encanta jugar al tenis con sus compañeros y a mí me gusta verlo jugar, pero nunca nos quedamos al *lunch* posterior para así evitar disgustos.

—Yo que tú, me quedaría solo por fastidiarlas —sentenció Rocío.

Pero su amiga meneó la cabeza en desacuerdo.

—No digas eso. ¿Sabes lo violento que es para Harry y para mí, en mi estado, soportar los malos gestos y los desplantes de esas mujeres? —Se acarició lentamente la barriga abultada y esbozó una sonrisa tranquila—. No nos merece la pena.

—Victoria, ¿vamos? —oyó que la reclamaba Clarissa, cansada de esperar.

—Mi estancia en Riotinto va a ser breve, pero espero que tengamos ocasión de encontrarnos en algún otro evento —dijo Victoria a modo de despedida—. Salvo que alguien lo impida, y espero que no se atrevan, estaré alojada en la casa del doctor Langford, para lo que deseen.

Con la anciana duquesa enganchada del brazo, pasaron de largo por delante de la carpa y se dirigieron hacia la mesa de las bebidas. Mientras el camarero les servía sendos vasos de limonada con una ramita de menta, Victoria oteó el jardín hasta dar con Phillip y sus compañeros junto a la fuente de agua, refrescándose de los sudores del partido. Metían las cabezas bajo el chorro de agua, se remojaban la cara, los brazos. Después de sacudirse el agua, Phillip cogió una de las toallas que les ofrecía el camarero y lo vio secarse con fruición la nuca, el pelo húmedo y, por último, la cara entera. Al retirar la toalla de sus ojos, sus miradas se cruzaron.

—¡Victoria! —las llamó alzando la mano.

Ella le devolvió el gesto con el vaso de limonada. Al cabo de unos minutos, los tres hombres caminaron hacia ellas entre bromas y sonrisas, tan despreocupados, joviales y atractivos con su indumentaria blanca que atraían la atención alrededor.

Phillip las presentó —«mi cuñada, lady Victoria Langford, y mi madre, lady Clarissa Langford»— y luego hizo lo propio con sus compañeros:

—Mi jefe, el doctor John MacKay, director del hospital de Riotinto, y los señores Robert Patterson, jefe de contabilidad, y Tom Colson, encargado de las relaciones institucionales.

—Entonces, ¿es usted el responsable de que mi hijo no quiera regresar a Inglaterra? —Fue lo primero que dijo Clarissa con sonrisa inocente, dirigiéndose al doctor MacKay.

—Madre...

—¡Cielos! Espero que no. —El doctor, un escocés de

mirada bondadosa, se rio campechano por debajo de su gran mostacho—. Aunque le confieso que resulta tan difícil atraer a buenos médicos hasta aquí, que la compañía se esfuerza en cuidar a los que ya tiene para evitar que salgan huyendo. Por eso nos tientan con excelentes salarios, buenas condiciones laborales y oportunidades de ascenso para quienes lo merezcan, como el doctor Langford, ¿no es cierto, Patterson? —dijo, guiñándole un ojo a su colega—. Puede estar usted muy orgullosa, señora.

—Estaría igual de orgullosa si ejerciera en Inglaterra, cerca de casa —repuso la anciana.

Victoria captó la mirada de entendimiento que cruzaron Phillip y el doctor MacKay, quien respondió:

—Me temo que en eso no podemos ayudarla por el momento, milady —afirmó con voz aterciopelada—. El doctor Langford tiene un compromiso irrenunciable conmigo y con la compañía hasta dentro de dos años.

Antes de que la anciana pudiera replicar, el corrillo se amplió con la llegada de dos caballeros que provocaron un sutil envaramiento entre los presentes.

—Excelente partido, señores —los felicitó el más corpulento de los dos, un hombre de mediana edad, cara achatada y barba canosa, que MacKay presentó como el señor John Osborne, director general en funciones de la compañía hasta que el consejo de administración nombrara a su sustituto. El señor Osborne se dirigió a los doctores con sonrisa ufana—: Esta vez han estado ustedes más cerca que nunca del triunfo.

—En el próximo torneo podrá apostar a que ganaremos —respondió Phillip.

—Tomo buena nota —dijo el director, ya más serio—. Lo cierto es que venía a interesarme por el estado de salud de «nuestro hombre»... —La mirada inquisitiva del director saltó de MacKay a Phillip y volvió a MacKay.

Ambos sabían de lo que les estaba hablando.

—Ha recibido un fuerte traumatismo en la cabeza y ha perdido un dedo de la mano izquierda, pero si conseguimos evitar la infección, se salvará —respondió el doctor MacKay, y Phillip asintió—. Ha tenido suerte esta vez.

El director sonrió satisfecho. Eso era lo que quería oír. Ya habían perdido a dos maquinistas del ferrocarril, no podían perder a otro más.

—¿No se lo decía yo, Sundheim? Lo que no puedan hacer nuestros médicos no lo puede hacer nadie —comentó, volviéndose al otro caballero con el que había llegado—. Por cierto, señoras, les presento al señor Guillermo Sundheim, empresario alemán asentado desde hace años en Huelva, promotor y dueño del Gran Hotel Colón, amén de socio comercial de la Compañía Río Tinto en algún que otro negocio complementario.

—Y lo que es más importante: un enamorado de Huelva, como todos sabemos. Su mayor valedor aquí y en el extranjero, el hombre al que todos acuden cuando desean hacer negocios en la provincia —agregó Phillip, dirigiéndose a Victoria y a su madre.

—Me atribuye usted más bondades de las que tengo, doctor. —El susodicho sonrió halagado—. Pero en algo sí le doy la razón: soy un enamorado de esta tierra que me acogió con los brazos abiertos hace cuarenta años y a la que tanto debo, empezando por mi familia. —Las saludó con una leve inclinación de cabeza y dijo—: Encantado de conocerlas, señoras. Espero que todo esté a su gusto en las habitaciones... Si desean algo especial, por favor, háganmelo saber.

—Muy amable, pero solo podemos felicitarle. Posee usted una propiedad maravillosa. Debo confesar que no esperaba encontrar aquí un establecimiento hotelero de esta categoría —respondió lady Langford.

—¿Han conocido ya la ciudad?

Clarissa arrugó el gesto.

—¿Tiene algún interés? —inquirió, sorprendida—. En realidad, a mí me basta con disfrutar del hotel y sus jardines.

La expresión amable del alemán mutó en un gesto contrariado.

—Yo tuve ocasión de pasear ayer por el centro, de camino a la estafeta de Correos, y me pareció una ciudad muy apacible, con esa luz deslumbrante incluso en esta época otoñal. Y la gente es tan alegre... —dijo Victoria, recordando el ratito que había disfrutado sentada al sol en un banco de la plaza de las Monjas mientras observaba el ir y venir de los transeúntes a su alrededor.

—¿Saliste tú sola? —Phillip sonreía, aunque su tono ocultaba un leve reproche—. Deberías haberme avisado, te habría acompañado hasta allí.

—Oh... Te lo agradezco, aunque no era necesario —replicó ella—. En recepción me dieron las indicaciones oportunas.

Sabía que Phillip lo decía con la mejor voluntad, pero eso era, precisamente, lo que había querido evitar: que él o Clarissa pudieran trastocar sus planes. Se había levantado temprano con el fin de aprovechar su visita a la oficina de Correos para alejarse un rato de ellos y conocer la ciudad. Antes de abandonar el hotel, el joven de recepción, un muchacho español de avispados ojos castaños, le hizo un dibujo en un papel y le dijo que no tenía pérdida, pues en Huelva estaba todo a tiro de piedra, pero que si la señora deseaba un coche, él se lo pedía de inmediato. Victoria rehusó el ofrecimiento, prefería caminar. Por primera vez desde hacía mucho tiempo, disfrutó de la libertad de explorar a su aire una ciudad en la que no se sentía ni extraña ni perdida.

Ya en la estafeta, puso sendos telegramas, uno a su padre en Washington, informándole de su llegada a Huelva, y otro a su hermano Álvaro, en el que anunciaba su regreso a Madrid en una fecha próxima, aún por determinar. Luego se colocó en la fila de personas que aguardaban delante del mostrador de correos y cuando le tocó el turno, entregó el fajo de cartas a franquear, seis en total, destinadas a otras tantas personas en las que confiaba para introducirse de nuevo en la vida social y literaria madrileña.

—Este le va a costar un poco más —le dijo el empleado de Correos al comprobar en la balanza el peso del último sobre, más abultado que los demás.

Ella asintió mientras sacaba las monedas de su ridículo. No le había sorprendido. Era la tercera y última crónica —diez cuartillas enteras, escritas por una cara, con letra pequeña y apretada— de la serie que le había encargado don Abelardo de Carlos, el director de *La Ilustración Española y Americana*, después de que coincidieran en los actos organizados por la embajada de España en Londres en torno a la cultura patria. Victoria se había acercado a saludarlo al finalizar su intervención en una de las conferencias, confiando en que se acordaría de ella y de los artículos de viajes sobre Viena, París y Berlín que le publicó hacía años en su revista. Claro que se acordaba. «¡Cómo no!, la señorita Velarde —exclamó don Abelardo, encantador—, todavía recibimos algunas cartas de lectores que nos piden ejemplares de aquellos números en los que aparecían sus guías de visita de esas ciudades, tan amenas y detalladas». Antes de despedirse, él ya le había propuesto escribir una serie de artículos para su revista «sobre lo que usted considere más interesante de la vida social londinense, desde la perspectiva de una española asentada aquí», que ella aceptó, halagada. *La Ilustración Española y Americana* todavía era una de las revistas más leídas en España y le seducía la idea de volver a su país y a los salones literarios de Madrid precedida por esa serie de artículos firmados con su nombre real. A más de uno le sorprendería topársela de nuevo en esas páginas.

—Huelva es como una pequeña piedra preciosa aún por pulir y con las virtudes necesarias para convertirse en un diamante —afirmó el señor Sundheim, satisfecho con las palabras de Victoria sobre su ciudad—. Un clima templado, cientos de días luminosos, una tierra rica con gente hospitalaria y deseosa de prosperar, un puerto abierto al mundo, unas playas como no se conocen en ningún lugar de Europa...

Estaba tan ensimismada en las palabras del alemán, que no se dio cuenta de que Clarissa se había apartado del grupo. Phillip le murmuró cerca del oído: «Ven, Victoria, quiero presentarte a alguien». Ella lo miró, reticente. No le apetecían más presentaciones. Pero notó la presión de su mano en la espalda, haciéndola girar suavemente, y ella lo siguió. Se unieron a Clarissa y dos señoras más de una

cierta edad vestidas con recargados trajes de frunces, volantes y tela, mucha tela, que Phillip presentó como la
señora Elaine Osborne, esposa del director de la compañía, y la señora Dora Patterson, «las damas más veteranas
de Bella Vista y las responsables de animar nuestra limitada vida social en la colonia». Las mujeres la saludaron
al tiempo que le hacían un fugaz repaso de arriba abajo.
Ella aguantó el escrutinio sin inmutarse, consciente de la
misión que las había llevado hasta allí: obtener información con la que despejar algunas de las preguntas que ya
debían de circular entre las señoras sobre las dos damas
recién llegadas y el motivo de su presencia en Huelva.
Ambas sonreían y se deshacían en comentarios halagado-
res sobre el doctor Langford, siempre tan caballeroso y
servicial.

—Piensa usted en todo, querido Phillip. Ha sido un
acierto alojarlas aquí estos primeros días. Así no se lleva-
rán la fuerte impresión que sufren algunas señoras al llegar
a Riotinto —dijo una de ellas, la señora Patterson. Era una
mujer de rostro afable, que les dedicó una sonrisa comprensiva.

Cuando Phillip se disculpó y regresó con los hombres,
ellas se sintieron en la obligación de ofrecer a las recién
llegadas los primeros consejos imprescindibles para su estancia, empezando por reforzar la cara interna de las sombrillas contra el sol abrasador y siguiendo por las bondades

del té importado de la India que podrían adquirir en los economatos de la compañía a un precio muy asequible. En ese punto, Victoria se distrajo y prestó oídos a la conversación que mantenían los caballeros a su espalda.

—Solo falta atraer más industria, más inversiones, más actividad empresarial... —continuaba diciendo el señor Sundheim.

—Eso será difícil si no conseguimos más apoyo del gobierno para controlar la situación —repuso el señor Osborne—. Ya no solo debemos vigilar los movimientos de ese anarquista agitador, Maximiliano Tornet, por los alrededores de las minas, ahora también tenemos que enfrentarnos a una comisión formada por alcaldes y caciques de los pueblos de alrededor que han viajado a Madrid para recabar apoyos contra las calcinaciones, acusándonos de matar el ganado y de envenenar los campos.

Otro de los hombres respondió algo que Victoria no consiguió escuchar, así que su atención retornó a las señoras.

—Ya las pondremos al tanto de la agenda de actividades de la colonia. Por lo pronto, sepan que todos los miércoles nos reunimos a tomar el té en la Casa del Consejo, gracias a la señora Osborne...

—Le pedí a mi marido que nos permitiera utilizar el salón de reuniones del consejo una tarde a la semana para nuestras reuniones de té, y tras consultarlo con la almohada, estuvo de acuerdo —aclaró la aludida, bajando la voz, como si hubiera sido un logro excepcional—. Nos juntamos para hacer nuestras labores mientras charlamos o escuchamos cómo mi sobrina Alice nos lee las noticias más interesantes de la prensa llegada de Inglaterra. Además, dos sábados al mes el club se abre también a las damas y celebramos unas agradables veladas con música y, en ocasiones, hasta organizamos un baile. Ya verán...

—¡El responsable de todo es ese maldito cacique de Zalamea! —El vozarrón del señor Osborne barrió como un huracán las últimas palabras de su esposa y atrajo de nuevo la atención de Victoria, que lo escuchó proseguir—: Él está detrás de todas estas maniobras, estoy seguro. Al igual que está tras la de los regidores que pretenden seguir el ejemplo del Ayuntamiento de Calañas y prohibir ellos también las teleras en sus municipios, pero no podrán: el gobernador ya ha revocado la prohibición de ese alcalde rebelde de Calañas. Eso los desanimará a seguir adelante.

—Por lo que sabemos —esta vez era el señor Patterson quien hablaba en tono mesurado y con una perfecta dicción británica—, la comitiva se ha reunido con varios miembros de las Cortes y les han entregado unos informes redactados por no se sabe quién en los que declaran que los humos constituyen una grave amenaza para la salud pública. Y no solo eso: han solicitado al Congreso que envíe una comisión hasta aquí para que puedan comprobarlo por sí mismos.

—Francamente, no creo que debamos preocuparnos; en la última reunión que mantuvimos con el ministro ya quedó clara nuestra posición: somos propietarios del suelo y del subsuelo, no unos simples concesionarios de la explotación, y eso nos da derecho a decidir el modo de extracción del mineral. El gobierno lo sabe, no actuará contra los intereses de una compañía extranjera, por la cuenta que le trae —afirmó Colson con mucho aplomo.

—Lo sé, pero me preocupa que se extienda en Madrid el clima de opinión contrario a las teleras y el gobierno se vea presionado a exigirnos la reducción de las calcinaciones —dijo Osborne—. Afectaría seriamente a nuestros objetivos de producción.

Sus rostros se ensombrecieron. Eso no gustaría en Londres.

—Y sería un desastre para las cuentas de la compañía —confirmó el señor Williams, que debía de haberse unido después al corrillo.

A esas alturas de la conversación, Victoria había dado la espalda a las damas y escuchaba lo que hablaban los caballeros con creciente interés.

—¿Han aumentado de forma significativa los ingresos de pacientes en el hospital con problemas respiratorios en los últimos meses, MacKay? —le preguntó Osborne.

Todas las miradas confluyeron en el doctor, que meneó la cabeza, dubitativo.

—Que han aumentado es indudable. Habría que valorar a qué llama usted «significativo».

—Lo más preocupante son las afecciones en mujeres y niños por problemas respiratorios y digestivos, señor —añadió Phillip, que había permanecido callado hasta ese momento.

Un silencio elocuente cayó sobre los presentes en la conversación.

—En cualquier caso, señores, la última palabra al respecto la tendría el gobernador civil de Huelva —intervino Sundheim— y dudo de que vaya contra los intereses de la compañía de la que depende el pan y el sustento de tantas familias en esta tierra.

—Por si acaso, deberíamos anticiparnos y dar a conocer nuestra versión del asunto tanto en las Cortes como en la prensa nacional. Necesitamos contrarrestar esos informes. ¿Te encargas tú, Colson?

—Por supuesto, señor Osborne —afirmó el otro con un gesto envarado—. Ya estoy en ello: he hecho llegar al director de *La Provincia* un dosier con datos y argumentos que utilizarán en una serie de artículos con los que desmontarán los informes, y en *El Diario de Huelva* se han comprometido a publicar dos o tres crónicas en defensa de la compañía.

—Eso está bien, pero hay que salir en los principales periódicos nacionales, los que se leen en Madrid. Mueve tus influencias y haz lo que sea necesario, Colson. No nos interesa que venga una delegación de las Cortes a curiosear por aquí.

A Victoria se le ocurrió que tal vez a alguno de esos diarios de Madrid le interesaría contar con una corresponsal en la zona que mandara sus propias crónicas.

5

Madrid, noviembre de 1887

Las campanas de la iglesia del Carmen daban las nueve de la mañana cuando Diego Lebrija salió de la casa de baños recién aseado, y entró a desayunar en el cercano café La Iberia antes de que comenzaran las sesiones del Congreso. Echó un vistazo alrededor del local de decoración decadente —las paredes adornadas de carteles amarillentos, las tapicerías usadas y sin lustre, y hasta los camareros, tres hombres de mediana edad que atendían con parsimonia ausente, parecían detenidos en una época pasada—, y sin embargo era el preferido de la mayoría de los periodistas de la capital para sus tertulias. Comprobó que solo había un puñado de clientes solitarios, dispersos por los veladores de mármol rosado y encaminó sus pasos hacia una de las mesas de madera pegada al enorme ventanal. Fuera el día era frío y apagado, apenas se veía gente por las aceras y la que había pasaba rápido, encorvada, irreconocible bajo los sombreros encasquetados hasta las cejas y las caras parapetadas tras las solapas de la chaqueta o el abrigo. Aun así, a Diego le suscitaba curiosidad observarlos; seguía sus pasos hasta verlos desaparecer detrás de una esquina y luego dejaba deambular la vista en lo que ocurría en la calle. Allí dentro, en cambio, el fuego de la estufa de hierro irradiaba un calor tibio, acogedor, que los recién llegados procedentes del exterior recibían con expresión placentera.

Pidió un café negro bien cargado («con dos porras, por favor»), y mientras esperaba, disfrutó de la agradable sensación de lasitud que le había dejado el baño caliente. Se había sumergido en la pila vaporosa y, lentamente, había notado cómo se le aflojaba el cuerpo, se le expandía en el agua, reblandecido de la cabeza a los pies. Luego se había enjabonado y frotado a conciencia para eliminar de su piel el rastro de la noche pasada. Los efluvios del alcohol, el olor a tabaco, a sudor, a sexo. Las huellas del pecador noctámbulo, que diría Nicolás con sorna, como si lo viera. En su defensa podría decir que fue algo fortuito, inesperado, que su única pretensión al abandonar la redacción la tarde anterior fue unirse un rato a la tertulia del Fornos y después marcharse a casa como acostumbraba, pero poco antes de medianoche, un colega de *El Liberal* le tentó con unas entradas gratuitas para la cuarta función del Apolo, y se animó, ¿por qué no? Ahí arrancó su periplo nocturno que terminó —prefería no recordar al detalle cómo— en la cama de madame Ducroix, entre cuyos brazos amaneció, deseoso de salir corriendo de allí. Con las primeras luces del alba se levantó despacio, con cuidado de no hacer ruido, recogió sus ropas desperdigadas por la habitación y cuando se disponía a marcharse oyó la voz ronca de Valeria reprochándole que solo los canallas huían a escondidas de una dama, sin un mínimo gesto de despedida. «Es muy temprano, no quería despertarte», se defendió él desde el vano de la puerta. Era una mala excusa, ambos lo sabían. No hacía tanto —tres meses, quizá cuatro—, él la despertaba regando de besos su cuerpo desnudo y disfrutaban de amaneceres gloriosos entre las sábanas.

Fue amante de la soberbia Valeria Ducroix, tan admirada como vilipendiada por muchos empresarios del teatro en Madrid que no soportaban el hecho de que una mujer como ella pudiera imponerles sus condiciones y ejercer de implacable promotora-representante de una *troupe* de vulgares bailarinas de varietés en espectáculos algo subidos de tono, tan populares en la capital. Nadie sabía con certeza su origen («Su apellido será francés, pero su sangre es más española que la del toro de lidia, ya se lo digo yo», sentenció una gran dama de los escenarios madrileños de quien se decía que le tenía tirria por su influencia sobre la programación teatral), ni su estado (¿divorciada?, ¿separada?, ¿viuda?), ni su edad (los más prudentes le echarían treinta y cinco, aunque para los escépticos sobrepasaba con creces los cuarenta, bien llevados, eso sí), ni tan siquiera se conocía su verdadero nombre. A Diego se la presentaron en una fiesta de Bernardo Laporte, el conocido director teatral, por expreso deseo de ella, que mostró un enorme interés en que los diarios de Madrid mencionaran la actuación de su *troupe* en las secciones de espectáculos. Extendió hacia él su largo brazo torneado, le ofreció el dorso de la mano cubierta de encaje negro con la languidez de una diosa, y Diego se embriagó del suave olor del ámbar impregnado en su piel. Era hermosa, astuta, mordaz, muy experimentada en los juegos de seducción con los que lo atrajo, incluso después de saber que era reacio a utilizar su influencia en la redacción en beneficio de amigos o conocidos. Ella sonrió, provocadora. «No se preocupe, ya nos ocuparemos de eso a su debido tiempo. Mientras tanto, tal vez lleguemos a algún entendimiento en otros aspectos más... sensuales», se le insinuó con voz grave y mirada inequívoca. Y él, que llevaba mucho tiempo dando tumbos por ahí, entre cafés, salones y bailes en los que buscaba compañía femenina sin demasiado afán, se dejó seducir sin esfuerzo.

—Hombre, Lebrija, qué suerte encontrarte aquí. —Diego interrumpió sus cavilaciones y se volvió hacia el recién llegado, que soltó un par de diarios sobre la mesa y tomó asiento a su lado—. Odio desayunar solo. —Le hizo un gesto al camarero, que acudió veloz—. Tráigame un chocolate y media docena de churros, por favor.

—¿Cómo tú por aquí a estas horas tan tempranas, Sinesio? —lo recibió sin disimular su sorpresa. Sinesio Delgado, poeta y director de la revista satírica *Madrid Cómico*, fino de humor y de aspecto (vestía trajes de paño un tanto deslucido con la apostura de un «dandi de provincias», como gustaba de autoproclamarse con esa ternura guasona con la que observaba el mundo), era un habitual de los teatros, de las sesiones canallas y del noctambulismo madrileño más empedernido—. Si no recuerdo mal, ayer de madrugada os dejé a ti y a Mariano de camino al café cantante de la Marina en muy buena compañía.

Sinesio se echó a reír de buen humor.

—No tanto como la tuya, si no me equivoco. Así que has vuelto a los brazos de la Ducroix, ¿eh? —Le dio una palmada en el hombro—. ¡Qué mujer! Dicen que es insaciable. —Y bajando la voz, inquirió—: ¿Es cierto?

Sonrió al rememorar los inicios, aquellas noches épicas con Valeria Ducroix. Durante varios meses gozaron de una relación intensa y fogosa de la que ambos salieron un tanto escaldados, sobre todo él. Toda esa fuerza de carácter que la Ducroix exhibía en público se transformaba, en la intimidad de su relación con Diego, en una retahíla de inseguridades, suspicacias y celos infundados (medio en broma medio en serio, le había prohibido hablar con cualquier jovencita sin estar ella presente) de los que se acabó cansando muy pronto. Ella le acusó de frío, desalmado e inútil sentimental, y tuvo que reconocer que tal vez lo fuera, tal vez su historia con Victoria, que tanto le había costado quitarse de la cabeza, le había convertido en eso que siempre despreció: un majadero insensible que renegaba del amor y de cualquier sentimiento remotamente parecido. Le quedaba poco para llegar a los treinta años, la edad en que los hombres de provecho buscaban una buena esposa, y sin embargo él había hecho el camino inverso por culpa del desamor: huía de las mujeres complicadas, de las promesas fútiles, de las relaciones que le exigieran más de lo que estaba dispuesto a ofrecer, sin ataduras, sin compromisos. Y, a pesar de todo, le daba la impresión de que con Valeria se había puesto una venda en los ojos y había acabado metiéndose él solito en la boca del lobo.

La dejó antes de terminar el verano. Pronto se enteró de que ella tenía un nuevo acompañante, un joven poeta gaditano con quien se paseaba por los teatros y los salones, hasta que unas semanas atrás salieron a la luz unos versos del poeta dedicados a otra mujer, una bella señorita, hija de un diputado de Madrid. Los chismógrafos de la capital dieron fe de que los gritos de la discusión entre la Ducroix y el jovenzuelo alcanzaron la sierra de Guadarrama. Desde entonces no había sabido nada de ella. Pero la noche anterior se cruzaron a la salida del Apolo. La acompañaban otras dos damas, dos amigas que él recordaba vagamente. «Señor Diego Lebrija, ¡cuánto tiempo! —lo saludó Valeria con exagerada efusividad—. Lo hemos echado de menos, ¿verdad?». Como era natural, sus amigas asintieron con una sonrisa de complicidad, y ella le invitó a acompañarlas: se dirigían a Atocha, al Liceo Rius. Hacía dos semanas que no salía de su casa («Un catarro mal curado, ya sabe cómo son esas cosas», le dijo) y ahora que por fin se notaba con fuerzas necesitaba airearse, distraerse, entretenerse un rato. «No irá a hacerme el feo de decir que no, ¿verdad? —insistió ella, enganchándolo del brazo—. Quiero que me cuente qué ha sido de su vida estos meses».

—Solo estuvimos conversando un rato en la Cervecería Inglesa, bebimos unos licores, nos invitaron a unos buñuelos y luego la acompañé hasta su portal. No hubo más —aseguró Diego, contundente. Con Sinesio había que tener cuidado, porque a poco que le contaras, te retrataba en uno de los ingeniosos poemillas que publicaba en su revista.

—¡Mientes muy mal, Lebrija! —exclamó, riendo de

nuevo mientras prendía la punta de la servilleta en la pechera. Le habían traído ya el desayuno y comenzó a devorar con gusto los churros mojados en el chocolate espeso de la taza—. No te preocupes, no diré nada.

Diego miró el reloj de pared del café. Se le hacía tarde. Se levantó de su asiento y con un gesto le pidió al camarero la cuenta. Dejó a Sinesio relamiéndose de su chocolate, cruzó la carrera de San Jerónimo y se adentró en el edificio del Congreso, con la seguridad que le daba la experiencia acumulada en sus dos años de cronista parlamentario en *El Globo* de don Emilio Castelar, demasiados para un joven entusiasta e idealista que entró confiando en ser testigo de los nuevos aires de progreso, igualdad y libertad que traería al país la llegada de Sagasta al poder y que salió de allí descreído, desencantado de su labor como cronista de la inacción, la charlatanería, la corrupción entendida como la defensa de intereses espurios a costa de los intereses del pueblo. Ahora volvía a pisar esos suelos alfombrados sin otra expectativa más que dar buena cuenta de lo que ocurría y debatían en el Congreso los señores diputados.

El ujier de la entrada lo recibió con afecto, se acordaba de él. «Cómo no, señor Lebrija, que aquí dentro uno debe tener buena memoria para las caras o ya se nos habría colado algún que otro listillo», dijo, recordando a aquel chaval —Perico Retortillo, se llamaba, aprendiz de actor— que se apostó con sus amigos que entraba en el hemiciclo, ocupaba un escaño durante la sesión y pedía la palabra para subir al atril y pronunciar un pequeño discurso. «Pero uno ya es perro viejo, y, para bien o para mal, huelo a un político a distancia sin necesidad de que abra la boca, y ese no lo era, así que lo desenmascaré en cuanto pasó por mi lado», presumió el hombre, muy ufano.

—¿Y hay algo especial previsto para hoy, aparte de la sesión?

El ujier se encogió de hombros, soltó un lacónico «pse, lo de siempre, ya sabe».

—Aquí dentro cambian poco las cosas, son los mismos perros con distintos collares —dijo, encogiéndose de hombros—. Y si no, vaya usted a la tribuna y ya me contará.

6

Diego recorrió el pasillo y subió las escaleras que conducían a la tribuna de prensa. La primera fila de asientos estaba ocupada por media docena de colegas, entre quienes reconoció a un viejo compañero de *El Globo*, José Rianxo. Se saludaron efusivos, hablaron de los viejos tiempos, intercambiaron información de compañeros que ambos conocían, hasta que la voz del presidente del Congreso los interrumpió, anunciando el inicio de la sesión. Un diputado del partido conservador subió al atril y pronunció un discurso en defensa de los aranceles a la importación de productos extranjeros, «porque es imperativo proteger nuestra industria harinera, textil y siderúrgica frente a la competencia arrolladora de países como el Reino Unido y Estados Unidos», que generó un encendido debate posterior entre los partidarios del librecambismo y los del proteccionismo. El debate se trasladó luego al atraso del campo español, a las cosechas perdidas el último año, culpables de la subida del pan, de la carne y de las patatas que tanto sublevaba a la gente. «Pronto no tendrán otra cosa que llevarse a la boca más que piedras, señorías —denunció un liberal de pie en su escaño—, y eso por no hablar de lo que deben soportar los agricultores y ganaderos de Huelva, a los que los humos de las minas de la Compañía Río Tinto están contaminando sus tierras, matando sus reses, enfermando a sus familias, con la complicidad de algún ministro despistado, ¡y aquí tengo la prueba que lo demuestra! —gritó, agitando en el aire unos papeles que sujetaba en la mano—. En estos últimos años, señorías, el número de teleras en Riotinto ha crecido tanto que emiten un volumen de humos sulfurosos diez veces mayor de lo que figuraba en el contrato de compraventa de las minas. ¿Por qué el gobierno lo permite, a costa de la salud de los onubenses?».

A partir de ahí se desataron las acusaciones, las protestas, los insultos.

—¿Qué es eso de los humos de Huelva? —preguntó Diego a media voz, inclinándose hacia su colega.

—Ah, eso. No es nada nuevo —contestó Rianxo con desgana, sin darle demasiada importancia. No añadió nada más, atento a la intervención de otro diputado, que resultó ingeniosa y tan breve que enseguida el presidente de la Cámara anunció un receso en la sesión. El periodista cerró su libreta y, ahora sí, se explayó en contestarle—: El tema de los humos en Riotinto aparece y desaparece del debate político como el Guadiana, y en eso algo tendrá que ver la compañía minera, que sabe cómo cultivar las buenas relaciones con diputados de las Cortes y miembros del gobierno, tanto de este presidido por Sagasta como del anterior, de Cánovas; da igual. Imagínate cómo es, que hasta tienen una oficina de representación en Madrid que se encarga de resolver cualquier cuestión de índole política.

De pronto Rianxo se puso de pie, cogió su chaqueta colgada del perchero y le preguntó si le apetecía bajar a tomarse un café en la cantina. Diego aceptó de buena gana. Mientras descendían la escalera, el periodista retomó el hilo:

—Lo que ocurre ahora, y de ahí el revuelo, es que ha venido una comitiva formada por una veintena de ediles de municipios afectados que han presentado en la Comisión de Salud Pública del Congreso un informe médico avalado por expertos independientes en el que, al parecer, demuestran con datos empíricos los efectos de los humos sobre la población de la comarca alrededor de Riotinto. Y a tenor de esos datos, piden que se promulgue una ley que prohíba expresamente a la Compañía Río Tinto la utilización de las teleras, que son las que emiten los humos al aire. Pero, claro, la compañía no es tonta y ya presentó a principios de este año otro informe médico, firmado por el prestigioso doctor higienista Ángel Pulido, que demostraba justamente lo contrario, es decir, que los humos no afectaban a la salud ni de la población ni de los animales. Así que me da a mí que, salvo que ocurra una desgracia, Dios no lo quiera, esto va a seguir igual unos años más.

También los diputados aprovechaban el receso para tomar un café, charlar entre ellos o retirarse a sus despachos. Algunos tenían por costumbre salir del edificio y reunirse en cafés o tabernas cercanas, donde gozaban de más privacidad para hablar; otros se quedaban en la cantina, como hicieron Diego y José Rianxo, que ocuparon sendos taburetes junto a la barra y pidieron dos carajillos.

—Mira, allí está el diputado que ha hablado de los humos y del informe. —Diego señaló con un leve movimiento del mentón a un grupo de hombres sentados a una de las mesas de la cantina.

Rianxo lo confirmó sin necesidad de mirarlo.

—Es Nemesio Gálvez, ¿lo conoces?

Diego dijo que no, no le sonaba de nada.

—¿Desde cuándo ocupa su escaño? —preguntó.

—Desde las elecciones de abril del año pasado —respondió Rianxo—, en las que sacó escaño del partido liberal por Huelva, contra todo pronóstico. Allí es la Compañía Río Tinto la que pone y quita diputados, pero Gálvez tenía también sus padrinos... Es buena gente, muy llano, muy tozudo. Yo lo conozco porque escribió una columna de opinión para *El Globo* y me pidió el favor de que la leyera antes de entregarla. Me pareció un buen gesto por su parte, de humildad y de respeto a nuestra profesión... ¿no crees? —Diego movió la cabeza en señal de asentimiento—. Bueno, y además escribe bastante bien, no te creas. Clarito y con menos florituras altisonantes que otros colegas de la prensa que ambos conocemos. ¿Quieres que te lo presente?

—Claro, ¿por qué no? —Le interesaba el tema y le vendría bien contar con una fuente como Gálvez.

Se terminaron sus carajillos y cuando vieron que el diputado se disponía a marcharse, se aproximaron a él.

—Señor Gálvez, ¿cómo está? —lo saludó José, que se apresuró a tenderle la mano.

El diputado se paró y al reconocerlo, su rostro redondo, mofletudo, se ensanchó con una sonrisa jovial.

—Ah, Rianxo —pronunció *Riansho*, con un marcado gracejo andaluz, que a Diego le recordó a su padre—, me alegro de verle.

—Quería presentarle a mi colega Diego Lebrija, de *El Liberal*. Le ha gustado su intervención y le interesa el asunto de los humos y el informe.

—¿De veras? —Nemesio Gálvez clavó sus ojos saltones en él, con curiosidad.

—Bueno, no había oído hablar del tema hasta que le he escuchado a usted —repuso Diego—, y me extraña que una denuncia tan grave no haya aparecido publicada en los diarios. O, al menos, yo no recuerdo haber leído nada al respecto.

—Algo salió hace un tiempo, aunque siempre con una visión favorable a la compañía. —Hizo una pausa, como si recordara algo—. ¿Y dice usted que escribe en *El Liberal*? No le había visto antes por aquí.

—Suelo escribir para la sección de Noticias y coordino la de Provincias. Ahora estoy haciendo una sustitución temporal de un compañero.

—Usted le conoce, es Julio Vargas —apuntó Rianxo.

—Ah, sí, Vargas. A él me he dirigido alguna vez, pero no ha mostrado mucho interés en el asunto. —Sonó con cierto rencor velado—. No digo que sea su caso, pero algunos compañeros suyos de profesión se creen a pies juntillas lo que les cuentan los poderosos y a los que venimos de provincias, nos tratan como si fuéramos unos ignorantes. Y le aseguro que nadie pretende perjudicar la explotación minera de la Compañía Río Tinto. Soy muy consciente de que el trabajo y el salario de miles de familias dependen de ella. Las minas son la riqueza de Huelva y han traído muchos beneficios para la provincia. Lo único que pedimos a la compañía es que utilice otro procedimiento de extracción del cobre que no sean las teleras. ¿Sabía usted que en Inglaterra están prohibidas desde hace muchos años? Y en Portugal también. Precisamente por los efectos de los humos. Y digo yo que, si allí los obligan a emplear otro método, no entiendo por qué aquí lo permitimos y negamos la evidencia.

—¿Tiene algún documento que pruebe eso que dice de Inglaterra? Sería bueno mencionarlo.

El señor Gálvez pareció ofendido con la duda.

—Pues claro que lo tenemos —afirmó, muy serio—, que nosotros no vamos por ahí comprando testimonios ni presionando a los obreros para que digan lo que ellos quieren, como hacen los señores de la compañía. —Se metió la mano en el bolsillo de su chaqueta y extrajo una tarjeta de visita—. Mire, aquí tiene mi dirección. Mande un recadero mañana a primera hora y le haré llegar copias de ese documento y del informe. ¿Cómo dice que se llama usted?

—Diego Lebrija.

Gálvez volvió a sonreír, como si hubiera dicho algo gracioso.

—Lebrija... ¿Es usted de allá abajo, *quillo*?

—No, no. —Diego sonrió al recordar esa expresión en boca de su padre. La utilizaba cuando se enteraba de alguna de sus travesuras y se empezaba a calentar. «*Qui-*

llo, ven *p'acá,* que te voy a decir yo una cosita, ven»,
decía, y ya te podías poner a temblar—. Yo nací aquí,
pero mi padre era de una aldea en la frontera entre Sevilla y Huelva.

—Ah, ¡mira tú qué bien! Medio paisano, entonces.
—Sonrió, satisfecho con la explicación—. Quedamos entonces así, señor Lebrija. Y no se apure, que ya no se me
olvidará su nombre.

Puede que fuera culpa de Nemesio Gálvez y su gracejo
andaluz o del recuerdo repentino de su padre, que faltaba
desde hacía muchos años —ocho, para ser exactos—, pero
esa tarde, al salir de la redacción, Diego fue caminando hasta la imprenta familiar que regentaba su madre junto a su hermano Santiago, en el barrio de Lavapiés. Al
traspasar la puerta del local, le envolvió el ruido rítmico
y monótono de las máquinas en funcionamiento y aspiró,
una vez más, como tantas veces a lo largo de su niñez y
juventud, el olor a papel y a tinta que tanto le gustaba. En
los últimos tiempos, la imprenta había crecido en máquinas y en personal gracias a los trabajos que realizaban para
la compañía de ferrocarriles MZA: allí se imprimía la car-
telería de las estaciones, los anuncios, la billetería de los
trenes, la revista para los pasajeros y muchos otros encar-
gos que Diego seguramente desconocería porque él había

preferido mantenerse al margen del negocio familiar y dedicarse al periodismo. Buscó a Santiago entre los empleados que se movían junto a las máquinas, las prensas y los chibaletes, y al no encontrarlo, se fijó en Félix, el tipógrafo más veterano de cuantos empleaba la imprenta, un tipo trabajador y minucioso, que lo saludó de lejos con un gesto.

Diego se acercó a él, le preguntó cómo iba todo: el trabajo («Ya ve, con mucho jaleo, si las máquinas no paran, nosotros no podemos parar»), la familia («Bien, bien. A mi señora no le falta faena en casa, los zagales en la escuela y el mayor, Antonio, va a empezar aquí de aprendiz, ya lo hablé con su hermano») y la pierna de la que cojeaba («Ah, como siempre, dando guerra, pero eso no tiene remedio, hay que aguantarse», dijo, esbozando una sonrisa tranquila).

—No encuentro a mi hermano Santiago, ¿lo has visto?

—Se ha subido a la casa hace un ratito y ya no creo que baje otra vez. Ahora que tiene al crío, le cuesta más quedarse hasta tarde, y es natural, qué me va a contar a mí, que he tenido cinco chavales.

—¿Y Quino?

Félix bajó la vista a las hojas que tenía delante, recogió los tipos sueltos y meneó la cabeza, con gesto preocupado.

—Pues Quino no anda muy bien de salud —respondió

en un tono de voz sombrío—. Lleva dos semanas muy flojo, cansado, dice que tiene mareos, no sé... Y encima, desde que la Araceli lo dejó, no tiene a nadie que lo cuide. Bueno, doña Carmina sube todos los días a su cuarto y le lleva comida, pero... está muy solo. Hoy no ha venido a trabajar, su hermano dice que el médico le ha aconsejado quedarse en la cama, y me ha pedido que me ocupe yo de sus tareas. —Hizo una pausa, como si de repente fuera consciente de otras obligaciones de su puesto en las que no había caído antes—. ¿Los necesita para algo? ¿Le puedo ayudar yo?

Diego sonrió.

—No, no, solo venía de visita.

Se quedó preocupado con la noticia de Quino. En el último año había envejecido de golpe, como si hubiera bajado varios escalones seguidos de su vida. Puede que algo tuviera que ver que su esposa Araceli lo abandonara, aunque por algunos detalles y comentarios que había ido captando todos esos años, Diego sabía que Quino y su mujer hacían vidas separadas desde hacía tiempo, tal vez desde que Rosalía se escapó con aquel muchacho, Gabriel, el sobrino de Quino, y sin la hija en la casa, la pareja perdió lo único que les quedaba en común. Él dejó la vivienda de la calle del Calvario y se mudó a uno de los cuartos abuhardillados del último piso que Carmina alquilaba a los empleados de mayor confianza. En cierto modo, todos lo vieron como una decisión natural; hacía ya muchos años que la imprenta era casi su casa.

Deambuló un rato entre las máquinas, ojeando planchas, pruebas, impresiones. Le gustaba curiosear los trabajos, conocer lo que salía de allí. Luego subió la escalera que conducía al piso principal en el que seguía viviendo su madre y Santiago con su mujer, Luisa, y su hijo, Yago, un bebé rollizo de ocho meses que había conseguido lo que parecía imposible: dulcificar el carácter duro y severo de Carmina. Desde que nació Yago, la madre de Diego había reducido el tiempo que dedicaba a las tareas de administración de la imprenta y pasaba las tardes con el nieto y la nuera, con la que mantenía una relación mejor de lo que él habría imaginado nunca. No por Luisa, que era una mujer serena, de carácter dulce y acomodaticio, sino por su madre y sus exigencias inalcanzables. Nada parecía lo suficientemente bueno para ella si de sus hijos o de la imprenta se trataba.

—¿Qué le pasa a Quino? —le preguntó en cuanto tuvo ocasión.

Carmina se sentó enfrente, con movimientos fatigados. Hacía rato que ellos tres —su madre, Santiago y Luisa— habían terminado de cenar, pero la madre siempre guardaba un plato por si de repente aparecía Diego sin avisar, como ocurría con cierta frecuencia.

—El médico dice que es el corazón, que le está fallando

—respondió. Y con un suspiro resignado, añadió—: Parece que no, pero los dos somos ya muy mayores. Y Quino está muy trillado. Tu hermano ya está pensando cómo cubrir su ausencia en la imprenta.

—Quino es como un toro, se recuperará como ha ocurrido otras veces. ¿Le ha mandado el médico algún remedio, alguna medicina?

—Sí, un jarabe para el estómago y unas pastillas para el corazón. Pero ese hombre es tan terco, que dice que él no necesita pastillas, que con el jarabe le sobra.

—En cuanto me termine la sopa, subiré a hacerle una visita.

—Te voy a dar una manta más para que se la pongas encima de la cama —dijo su madre mientras desaparecía por el pasillo, aunque Diego podía oírla decir—: La estufa que tiene no aguanta viva toda la noche y esta mañana, cuando he subido, el cuarto estaba helado.

Encontró la puerta entornada, la estancia casi a oscuras si no fuera por los rescoldos del brasero que permitía distinguir los contornos de algunos muebles. Le vino un fuerte olor acre, desagradable, a orines, a sudor, a enfermedad.

—¿Quién va? —oyó que le preguntaba Quino desde algún lugar de la habitación.

—Soy yo, Quino. —Diego movió en semicírculo el quinqué que sujetaba en la mano y la luz iluminó la cama pegada a la pared, con el cuerpo de Quino recostado cuan largo era. Se había incorporado un poco, apoyado sobre el codo de un brazo, y parecía mirarlo a través de sus ojillos miopes, entornados como si le molestara la luz.

Diego buscó una mesa o cualquier superficie elevada donde depositar la lámpara.

—Ponlo aquí, sobre la cómoda —Quino señaló el mueble a los pies de la cama—, y enciende las velas de esas lamparillas sobre la mesa, que parece que estemos en un velatorio.

Diego hizo lo que le dijo, y al tenue resplandor de las llamas la habitación adquirió un aspecto un tanto tenebroso: los escasos muebles se proyectaban con sombras agigantadas en las paredes.

—Traigo una manta de parte de mi madre. —Se la enseñó antes de dejarla colgada en el cabecero. No creyó necesario extendérsela sobre la cama, el cuarto estaba caldeado.

—Le dije que no hacía falta. Que me agobia tanta ropa encima.

Diego no dijo nada. Acercó una silla de madera y mimbre y se sentó a su lado. La relación entre su madre y Quino, entre la dueña y su mejor empleado, el regente de la imprenta, siempre había sido así, un tira y afloja constante que usaban para tomarse la medida de su cabezonería. Porque ambos eran tercos como mulas. Y, sin embargo, se tenían un enorme respeto, hasta el punto de que rara era la vez que su madre tomaba alguna decisión de calado para la imprenta sin consultar a Quino, y en el taller no se cambiaba una orden de trabajo sin que este lo hubiera hablado antes con la patrona.

—¿Cómo te encuentras?

—¿Cómo quieres que esté, *carallo*? Hasta la coronilla de estar aquí todo el día *tumbao*. En cuanto empiece a comer con más gana, salto de la cama.

—¿Te has tomado las medicinas? —Quino negó con un gruñido, para qué, no servían de nada, pero Diego insistió—: Haz caso al médico, aunque sea por una vez en tu vida.

—Qué sabrá ese matasanos. Yo sé bien lo que me pasa, y con eso me basta.

Diego se echó a reír, divertido.

—¿Y qué crees que te pasa?

—Pues que esto se acaba, Diego, que a este cuerpo le queda poca cuerda —dijo sin un atisbo de tristeza ni de amargura.

—No digas eso, Quino. Si haces caso a lo que te dice el médico, te pondrás bien.

Quino se dejó caer sobre el colchón, con gesto doliente. Cerró los ojos un instante y respiró hondo.

—Pues claro que me voy a poner bien —refunfuñó

poco después, arropándose bien con las sábanas—. En unos días estaré otra vez por el taller dando guerra, ya se lo he dicho a tu madre, que a mí la parca no me va a pillar en la cama como a un lisiado. —Hizo una pausa, se sumió en un silencio hosco, al cabo del cual prosiguió—: Pero no me engaño, mi tiempo ya no cuenta los días hacia delante; los descuenta, me los quita. Serán unas semanas, unos meses, no lo sé. Esto se acaba, es ley de vida.

—Hombre, Quino, la vida se acaba para todos, más tarde o más temprano. Pero tú eres fuerte, todavía te quedan unos años por delante.

—¿Años? Muy largo me lo fías. —Soltó una pequeña carcajada que terminó en una tosecilla seca—. Será cuando tenga que ser. Lo único que me duele es irme sin volver a ver a mi hija. —Se interrumpió, pensativo. Luego levantó los ojos decaídos hacia él y le interrogó sin esperar respuesta—: ¿Por dónde crees que andará? Últimamente pienso mucho en ella, no sé por qué. Quizá sea por el chiquillo de Santiago... ¡Cómo me hubiera gustado que hubiera sido suyo, de los dos, de Santiago y de mi Rosalía! ¿Te imaginas? —Sus labios esbozaron una leve sonrisa que le llegó por un instante a los ojos revividos. Fue un espejismo, porque enseguida la sonrisa se apagó en su boca—. Por eso se marchó. Por ese empeño mío, esa ceguera cerril que yo tenía por emparejarla con tu hermano.

—No merece la pena lamentarse por aquello, Quino. Lo hiciste pensando que era lo mejor para ella.

Volvió a cerrar los ojos y suspiró. La llama de la vela se agitó con un suave tronido que los distrajo unos segundos.

—Me pregunto cómo estará, cómo se las habrá arreglado, si tendrá algún crío, si se acordará de nosotros, de mí... ¿Tú qué crees? —Su mirada inquisitiva atravesó a Diego. Esta vez sí esperaba su respuesta, quería oírle decir lo que tanto anhelaba en su interior.

—Seguro que sí. Rosalía tenía buen corazón y el transcurso del tiempo nos hace ver las cosas de otra manera. Además, ¿no te ha estado escribiendo?

Quino negó con un movimiento de la cabeza, apesadumbrado.

—Hace ya más de un año que no recibo ninguna carta suya, y nunca ponía ni remitente ni una dirección a la que yo pudiera dirigirme o indagar por allí, que uno siempre tiene conocidos, compañeros, contactos en las imprentas de otras ciudades, pero Rosalía no me daba ni eso... —Se quedó callado, como si repasara de nuevo todas esas opciones a las que siempre tuvo la esperanza de poder recurrir algún día, y luego siguió hablando—: Solo podía guiarme por el matasellos, y así seguí sus pasos de Cádiz a Sevilla y de vuelta a Cádiz, y a Jerez, y después a Huelva. Ese fue el último sitio desde el que me escribió, Huelva. Si supiera que todavía anda por allí, me iría a buscarla, *carallo*, porque Huelva no debe de ser muy grande y alguien me podría dar cuenta de ella.

—Pero está muy lejos, Quino, demasiado para ti, en tus condiciones.

—Demasiado lejos, sí —suspiró, derrotado—. Pero moriría contento y en paz por el simple hecho de verla una última vez.

7

Riotinto, 22 de noviembre de 1887

Victoria contemplaba desde la ventana de su dormitorio la densa nube negra que desdibujaba la línea del horizonte ante sus ojos, emborronaba los contornos de las casas, devoraba la tierra alrededor. Llevaba ahí, estancada en los montes, dos días. Dos días enteros en los que la compañía les había desaconsejado («por el bien de vuestra salud», según Phillip) abandonar los límites de la barriada inglesa construida sobre un cerro al oeste de las minas, a salvo de los efectos de los humos.

Ya en el ferrocarril que los trajo a Riotinto lo habían anunciado. «Hoy ha amanecido el valle con "manta", mal asunto», oyeron que le decía el revisor a una pareja de alguaciles que viajaban en el mismo vagón de pasajeros que ellos. A Phillip se le puso mala cara, le cambió el humor de repente. Le entraron las prisas, debía ir al hospital cuanto antes. Los días de manta eran los peores allí, no paraba de llegar gente afectada por los humos tóxicos, porque eso era la manta, le explicó en el carruaje que los trasladó de la estación a su casa en Bella Vista, una niebla de humos sulfurosos generados por las calcinaciones de las minas que se quedaba apegada a la tierra, sin elevarse al cielo. En los fríos días de invierno en que no soplaba ni una brizna de viento, los humos se adueñaban de las calles del pueblo de Riotinto, cegaba los caminos, desorientaba a los perros y tiznaba las ropas tendidas, los cristales de las ventanas, la escasa vegetación que había. Apenas se podía respirar ni se veía a más de dos palmos de la nariz, así que no había más remedio que suspender el trabajo en el tajo y decirle a la gente que trancaran las puertas y se encerraran en sus casas hasta que cambiara el tiempo.

Victoria miró al cielo cubierto de nubes. ¿Y eso cuándo sería?, se preguntó, resignada a la espera.

Mientras tanto, esos días los habían aprovechado para instalarse en la casa que la compañía le había asignado a Phillip, una coqueta vivienda de dos plantas más la buhardilla destinada al servicio, que lady Langford inspeccionó con el ceño arrugado. «Dios mío, es horrible», la oyó murmurar para sí, a medida que él las guiaba apresuradamente por las estancias de decoración austera, cuyos muebles también eran propiedad de la compañía. Para él era más que suficiente; su jornada transcurría entera en el hospital y al regresar, tarde y agotado, no reparaba en demasiados detalles, les contó mientras les mostraba el escueto comedor ocupado por una mesa rectangular y cuatro sillas, una cocina que él apenas pisaba, y el *living*, que, en su opinión, era el lugar más acogedor de la casa, aunque a Victoria le pareciera más bien tristón. Les explicó que muchas noches se sentaba un rato en uno de los sillones orejeros a leer o a estudiar nuevas técnicas médicas al calor de la chimenea antes de retirarse al dormitorio, y Victoria fue entonces consciente de la enorme soledad que rodeaba la vida de su cuñado en Riotinto. Después de cenar acudía al club, jugaba una partida de billar con otros colegas, bebían una copa del mejor whisky escocés —obsequio del presidente Matheson a los directivos que habían cumplido cinco años de dedicación a la empresa—, charlaban un rato, comentaban la jornada, las noticias de la prensa inglesa, los chascarrillos de la colonia, y luego regresaba a su casa solitaria hasta el día siguiente.

Otros tenían allí a sus esposas, a sus familias, pero ¿y él? ¿A quién tenía él? ¿Acaso había allí alguna señorita o mujer soltera que le interesara y ellas lo desconocían?, se preguntó Victoria esa mañana, deambulando despacio por la salita de estar, examinando los detalles que hablaban de la exquisita austeridad que regía los gustos y aficiones de su cuñado. Hojeó las dos revistas que descansaban sobre el velador —una publicación de medicina y otra de ciencia—, abrió la tapa de una delicada caja de madera con motivos geométricos incrustados en nácar, en cuyo interior guardaba dos pipas, unos fósforos y un sobre casi vacío de tabaco. La caja, al igual que la escultura de madera y bronce de una diosa hindú con un laúd que dominaba la estancia desde un estante dedicado solo a ella, probablemente le habría acompañado de su etapa en la India. Repasó los libros colocados en la estantería, la mayoría sesudos títulos de medicina general y cirugía, a excepción de alguna novela y dos libritos finos que extrajo con curiosidad: eran dos obras de poesía, una de Tennyson y la otra de Keats. Al hojear esta última, descubrió anotaciones realizadas en el margen de un poema con una letra que no reconoció. Leyó los versos marcados: «Estas dulces escenas contigo, / el suave conversar de una mente, / cuyas palabras son imágenes inocentes, / es el placer de mi alma...». Si no era su letra, ¿a quién pertenecía? Se detuvo delante de la fotografía que reposaba en la repisa de la chimenea. Phillip, el doctor MacKay y dos hombres más, todos ataviados con elegantes trajes, posaban relajados a la sombra de un limonero en el patio de una casa desconocida. Se fijó en el perfil de Phillip, iluminado con una sonrisa irresistible. El motivo de esa sonrisa era lo que no sabía, se hallaba fuera de la foto.

De verdad que no sabía nada de la vida de su cuñado en Riotinto.

Por allí andaba la criada de Phillip, una mujer corpulenta de mediana edad, de cara expresiva y muy parlanchina; no callaba nunca, ni siquiera a solas. Se movía por la casa hablando consigo misma o canturreaba cancioncillas con deje flamenco. No lo hacía nada mal, pensó Victoria al adentrarse en la cocina y oírla tararear delante de los fogones mientras removía un guiso que desprendía un olor delicioso.

—Ramona, ¿cuánto tiempo lleva usted al servicio del doctor? —le preguntó.

—En febrero hará dos años, señora.

Victoria asomó la nariz a la cacerola y aspiró el delicioso olor. Era un sencillo guiso de conejo con cebolla y zanahoria, aderezado con dos ramitas de romero.

—¡Cómo echaba de menos estos olores! —suspiró con una sonrisa. Deseaba ganarse la confianza de esa mujer recelosa que la miraba desde el fondo de sus ojos oscuros sin saber muy bien cómo dirigirse a esa señora de apariencia y maneras inglesas que, sin embargo, le hablaba en su propio idioma. Victoria bajó la voz y le confesó—: No se lo diga a nadie, pero en Inglaterra no saben cocinar, no disfrutan del placer de la comida. Les vale con unas patatas cocidas y un trozo de carne sin ninguna gracia.

Le debió de tocar la fibra sensible, porque a la criada se le soltó la lengua:

—Qué me va a contar *usté*, señora. He servido en otras dos casas inglesas y tendría que haberlos visto al principio: daba lastimilla lo mal que comían. Hasta que entraba yo en la cocina, claro está —dijo con un acento andaluz tan cerrado que a Victoria le costaba captar todas las palabras.

—Seguro que más de una familia se la hubiera llevado con ellos a Inglaterra —la halagó un poco.

—Y *usté* que lo diga —asintió la mujer sin dejar de remover el guiso—. Pero a mí no me mueven de aquí ni por *to* el oro del mundo.

—¿Es usted de Riotinto?

Ramona negó con la cabeza.

—De un poco más allá, de Zalamea la Real, el pueblo más bonito de por aquí. Allí tengo mi casa y a mis hijos.

—¿Cuántos tiene?

—Siete vivos. Dos varones que trabajan en la mina, otro está de peón de albañil en las cuadrillas de la compañía, el cuarto se marchó y no sé por dónde andará, y tres hembras. Dos de ellas se fueron *pa* Sevilla a servir y ya casi ni vienen; pero la pequeña, la Pepa, vive con su marido muy cerquita, en la aldea del Romeral, un poco más allá de Zalamea. Tiene un chiquillo *mu* guapo y *mu* trasto también que no la deja ni a sol ni a sombra. —Su cara sonrió entera mientras lo decía—. Y ahora está *preñá* del segundo, ya ve *usté*...

—¿Y usted está a gusto aquí, con el doctor? —Los ojos negros de la mujer se posaron en ella, como si no entendiera la pregunta, de modo que Victoria se vio obligada a explicarse—: Me refiero a si el doctor la trata bien.

—¿El doctor? —repitió como si no hubiera oído bien. Y luego añadió, muy escueta—: Sí, señora.

—¿Y siempre ha vivido así, tan solo?

La mujer le dedicó una mirada de soslayo, sin responder. Victoria notó cómo su expresión mudó de repente, se volvió hermética, a la defensiva. Agarró con las manos las asas de la cazuela y la zarandeó de un lado a otro.

—Que yo sepa, sí, señora —dijo al fin—. Es un buen hombre. Lo que haga o deje de hacer, a mí no me pregunte, señora. Pero en las minas todo el mundo lo quiere bien, no como a otros.

Esa tarde, con Clarissa del brazo, recorrieron el agradable sendero interior, bautizado como «el paseo de las adelfas» de manera un tanto rimbombante, en dirección a la Casa del Consejo donde se reunían las mujeres de Bella Vista. Pasaron por delante de las hileras de casitas color crema, todas alineadas e iguales; rodearon la pista de tenis frente al edificio del club, vacío a esas horas, y se detuvieron delante de la enorme casona que, además de representar el máximo órgano de poder de la compañía en las minas, era también la residencia del director general. No estaban todas las damas, pero casi, les dijo la señora Osborne al recibirlas en la entrada con gran deferencia. Les presentó a algunas de las señoras y las acompañó a través del salón al lugar de honor que tenían reservado para ellas y para las otras tres recién llegadas a la colonia: la señora Kirkpatrick, la señora Gordon y su hermana, la señorita Jones, que las acogieron como si fueran viejas conocidas a las que llevaban mucho tiempo sin ver.

Apenas había empezado la señora Gordon a relatar en detalle qué habían hecho esos días atrás desde el desembarco en Huelva, cuando la esposa del director general se plantó bajo el enorme retrato del presidente Hugh Matheson que presidía la estancia y les dedicó un rimbombante discurso de bienvenida «a nuestra pequeña comunidad de Bella Vista, de la que formamos parte las familias de la Compañía Río Tinto. Nuestra presencia aquí es la mejor prueba de la grandeza y valentía de una nación de espíritu elevado como es el Reino Unido, bajo el auspicio de Su Majestad la reina Victoria». Al concluir, las mujeres irrumpieron en un encendido aplauso que cesó de inmediato ante el sonido de las primeras notas de la señora Patterson al piano y las voces de media docena de señoras que entonaron una emotiva canción popular.

—Ha hecho muy bien trayéndose a su doncella —oyó que le decía poco después la misma señora Osborne a lady Langford, ya acomodadas en los sofás frente a la chimenea, sosteniendo cada una su taza de té en la mano—; el servicio es uno de los problemas más serios que tenemos en Bella Vista. Me refiero al servicio de confianza, claro está. Aquí todas tenemos nativas para las labores del hogar y la cocina, pero pocas sirven realmente de doncellas... Y no lo digo solo por la cuestión del idioma, un impedimento que se podría solventar si aprendieran inglés de verdad y no las cuatro palabras que chapurrean; sino más bien por su ignorancia de nuestras costumbres y esa falta de delicadeza que tienen...

—Pero, Elaine, son campesinas. No pretenderás que tengan la habilidad de una doncella inglesa con experiencia —repuso la señora Patterson, sentada no muy lejos de ellas, con una sonrisa beatífica.

—No, no lo pretendo. Por eso creo que lady Langford ha hecho muy bien —afirmó en un tono de quien no admite réplica—. Yo misma le sugerí hace tiempo al señor Matheson que la compañía podría encargarse de seleccionar a doncellas británicas dispuestas a servir aquí en unas condiciones más favorables que las que disfrutan en el Reino Unido.

—Me parece una idea muy loable, querida. ¿Y qué le respondió? —inquirió lady Langford con curiosidad.

—Que no era rentable trasladar hasta aquí a mujeres inglesas para unas labores que podían realizar igual de bien las mujeres de la zona... y por menos dinero —replicó, despectiva, la señora Osborne.

—¡¿Mejor?! —se escandalizó otra de las presentes, la esposa del doctor Richards—. Dios me guarde de criticar a un hombre tan inteligente como el señor Matheson, pero qué poco conoce del gobierno de una casa.

—Pues yo estoy muy contenta con mi criada —declaró otra señora, más joven que el resto—. Entró muy joven al servicio del anterior responsable de personal de la compañía y su esposa la instruyó para servir como una auténtica doncella inglesa.

—Le aconsejo que no se fíe. Nunca se sabe lo que traman —sentenció la señora Osborne—. Usted no estaba todavía aquí, pero seguro que más de una se acuerda de la pobre señora Scott. —Varias mujeres cabecearon, asintiendo—. ¿Recuerdan lo transigente que era con sus criadas? Y mire lo que ocurrió: su marido la engañaba con una de ellas y la terminó dejando.

—¡Dios mío! ¿Cambió a su esposa por una criada? —exclamó la señora Gordon, escandalizada—. ¡Qué humillación!

—Por supuesto, nosotras nos encargamos de que la compañía lo despidiera y no volviera a pisar Bella Vista, y la señora Scott embarcó en el primer barco que partió a Inglaterra. Esta es una comunidad decente: no podemos admitir conductas desviadas ni otros vicios reprobables entre nuestros hombres. Son un mal ejemplo para todos, especialmente para nuestros niños —concluyó la esposa del director general.

Y en eso coincidieron todas las señoras a su alrededor.

—¿Usted no tiene hijos, señora Langford? —le preguntó la señora Richards, con amable curiosidad, a Victoria.

—No, no he tenido hijos.

Y como todas la miraban esperando alguna otra explicación que ella no estaba dispuesta a ofrecer, lady Langford se le adelantó:

—Mi nuera perdió el bebé que esperaba el mismo día que falleció su marido, mi querido hijo James, en un desgraciado accidente. —Un lamento compungido recorrió los rostros de las señoras, que la obsequiaron con sus más compasivas palabras. «Pobrecilla, qué terrible, perder a su hijo y a su marido el mismo día...». Lady Langford suspiró compungida y añadió—: Las desgracias nunca vienen solas. Una llama a otra y a otra y a otra... ¿Verdad, querida? —inquirió, dirigiéndose a su nuera.

Victoria se obligó a asentir en silencio, molesta con la intromisión de su suegra. No es que le sorprendiera. Lady Langford era de esas damas que gustaban de exhibir sus tragedias y sufrimientos ante los demás con el fin de llamar la atención y suscitar sentimientos de compasión o simpatía, pero le enervaba que se adueñara también de su propio dolor y dispusiera de él a su antojo.

—Todavía es usted joven y guapa. Podrá volver a casarse y tener hijos —dijo la señora Osborne.

Victoria forzó una leve sonrisa educada y se llevó la taza a la boca para beber un sorbo de té, señal inequívoca de que no tenía ningún interés en ahondar en ese asunto.

—Oh, me temo que esa no es una opción para ella, ¿verdad, querida? Mi nuera ya no puede tener hijos debido a las complicaciones que tuvo en el parto... Una pena —suspiró con cierto dramatismo exagerado.

Esta vez las exclamaciones de pena vinieron acompañadas de miradas horrorizadas hacia Victoria, a su pecho, a su vientre. Ella apretó los labios y bajó la vista al fondo de la taza que sostenía en su regazo. Clarissa se inclinó hacia la señora Osborne y oyó cómo le confesaba, a media voz:

—Le ofrecí que se quedara conmigo y nos hiciéramos mutua compañía, pero ya ve, prefiere abandonar una posición envidiable en Inglaterra por regresar a su país y llevar aquí una triste existencia de viuda solitaria. ¿No le parece realmente incomprensible?

Notó cómo se le encendía la sangre y el corazón le retumbaba en el pecho con fuerza. La mano le tembló al depositar la taza encima de la mesa y la señora Patterson acudió en su auxilio, sujetando el platillo. «No se preocupe, yo la ayudo», murmuró a su lado.

—¿Y Alice? ¿No nos va a leer hoy la prensa, Elaine? —preguntó en voz alta la misma señora Patterson a fin de distraer la atención de las señoras lejos de Victoria, un detalle que ella agradeció más de lo que podía imaginar.

—No, hoy no. —La señora Osborne acompañó su respuesta seca con una mirada de advertencia a su amiga, que volvió a su té en silencio.

—Si me disculpan... —Victoria se levantó de su sitio y se dirigió hacia la puerta, aprisa, muy aprisa. Si se quedaba un minuto más, estallaría allí mismo. No soportaba la indiscreción de Clarissa, ni los gestos de lástima reflejados en los ojos de esas mujeres. Sentía como si la estuvieran enterrando en vida, y todo su ser se rebelaba contra esa idea que tanto la asustaba, la de una vida solitaria, vacua, inútil.

Salió al porche de la casa y se quedó ahí quieta, agarrada con fuerza a la barandilla de madera. Se pasaría pronto; en unos minutos, ese furor impotente que se le aferraba al pecho hasta casi ahogarla se disiparía como un pequeño banco de neblina a merced del viento del que emergería decaída, arrepentida de haberse dejado llevar una vez más por esos arrebatos de rabia que la embargaban cuando sentía bullir en su interior la lava de frustración e impotencia acumulada en esos últimos años.

Llevaba enfadada consigo misma mucho tiempo, más del que quisiera reconocer. Quizá desde el momento en que fue consciente de que la joven cosmopolita, educada en los mejores salones europeos e instruida por algunos de los intelectuales más relevantes del momento en España, ella, que se presumía tan lista, tan audaz, tan independiente, tan satisfecha con el rumbo de su vida, se había dejado llevar dócil e inexorablemente a una existencia que representaba lo contrario a sus ideas y aspiraciones. ¿Cómo había estado tan ciega? Tanto como se había quejado de la decepción y el desengaño que había sufrido con James, cuando, en realidad, era ella la primera que se había decepcionado a sí misma. Ella, que había defraudado todas las expectativas vitales que esperaba alcanzar. Añoró con fuerza a su tía Clotilde, y esa confianza insobornable que tenía en ella y sus posibilidades. Añoraba su mirada irónica sobre el mundo que la rodeaba, sus consejos poco convencionales, su pensamiento incisivo, agudo, combativo. Tía Clotilde jamás habría permitido que se equivocara tanto, tanto.

Contempló el jardín silvestre de los señores Osborne a la cálida luz del atardecer. El suave balanceo de las ramas del sauce llorón con la brisa, el borboteo del agua en la fuentecilla de roca. Poco a poco recobró la calma. Respiró hondo, abrió los ojos. Tal vez debiera empezar por ahí, por admitir que aquella Victoria joven, ingenua, presuntuosa, demasiado segura de sí misma, sobrestimó su capacidad de cambiar la realidad inamovible del mundo.

De regreso al salón, dejó vagar la vista por los corrillos dispersos de mujeres. Junto al piano seguían las damas del coro, entre las que vio a la señora Kirkpatrick leyendo en alto una página de la Biblia. Las mujeres a su alrededor la escuchaban con gesto de recogimiento. La mirada gacha, las manos entrelazadas. Ocultaban su rostro bajo una cofia blanca, vestían severos trajes de paño, como si estuvieran allí cumpliendo una penitencia. Victoria se encaminó hacia un grupo de señoras algo más jóvenes que hacían sus labores cerca del ventanal. Bordados, calceta, remiendos. Las oyó hablar de recetas de tartas y pasteles mientras observaba sus rostros plácidos, limpios de cualquier rastro de maquillaje, sus gestos sosegados de mujeres en paz consigo mismas y con el mundo, hasta que fue consciente de que su presencia muda y pétrea comenzaba a incomodarlas, a abrir largos silencios en su conversación. Se levantó de su asiento murmurando unas palabras de disculpa y se alejó de allí. Continuó hacia la mesa alargada del consejo en la que cuatro niños de corta edad jugaban a los soldaditos, mientras que en el otro extremo, varias niñas y dos jovencitas se entretenían en montar colgantes y pulseras con cuentas, aros, cintas de seda y engarces. Esas jóvenes pronto partirían hacia el Reino Unido, como hacían todos los hijos de las familias de Bella Vista cuando alcanzaban una cierta edad, como le había explicado un rato antes la señora Patterson. Entre los diez y los doce años, los varones eran enviados a uno de esos estrictos internados ingleses en los que completar su educación, y en cuanto a las niñas, la mayoría abandonaban la colonia al cumplir los quince, antes de su presentación en sociedad, ya que ninguna madre de Bella Vista deseaba arriesgar la felicidad de sus hijas a la posibilidad, tan remota, por otra parte, de que en Huelva pudieran conocer a un joven inglés a la altura de sus expectativas matrimoniales. Y no digamos a un joven español, pensó Victoria, dirigiéndose hacia el mirador donde se hallaba la señorita Jones, hojeando unas revistas con interés.

—¿Cómo está, Jane? ¿Le importa que me siente? —dijo al llegar junto a ella. Solo entonces se dio cuenta de que el sillón cercano, colocado de espaldas a la sala, se hallaba ocupado por una mujer acurrucada, con la vista perdida en el jardín.

—Por supuesto que no, señora... —respondió la joven, azorada.

—Llámeme Victoria, por favor. Estoy aburrida de tanta formalidad. —La señorita Jones esbozó una tímida sonrisa que reveló una hilera de dientes pequeños y retorcidos. Victoria apartó la vista y la fijó en los figurines de vestidos de novia de la revista—. ¿Ya se ha visto con su prometido? ¿Es como usted lo imaginaba?

—Ah... No, no nos hemos encontrado todavía —dijo, y se ruborizó como si le avergonzara reconocerlo—. El domingo le fue imposible venir a tomar el té con nosotros, como esperábamos.

—¿Y no ha podido visitarla después? Tengo entendido que muchos empleados se han quedado en casa estos días por culpa de los humos.

La señorita Jones negó con la cabeza.

—El señor Reid no se aloja en Bella Vista, sino en una casa de solteros en Riotinto, propiedad de la compañía, al igual que el señor Foster, a quien conocimos en el barco, ¿lo recuerda? Mi cuñado Greg dice que el jefe de personal los ha enviado a la ciudad hasta que puedan volver al trabajo...

—Entonces ya tendrán ocasión de verse en cuanto pasen los humos —respondió Victoria, restándole importancia—. Yo estoy deseando que eso ocurra para poder visitar la zona.

—¿Salir de Bella Vista? ¿No tiene usted miedo? —replicó la joven con evidente aprensión—. Greg nos ha advertido de que los mineros son gente impredecible y no conviene dejarse ver demasiado por los alrededores de las minas.

—¿Eso dice? —Victoria la miró con ojos inexpresivos.

La buena impresión inicial que le había causado Jane se redujo un tanto—. En cualquier caso, me gustaría conocer el lugar y formarme mi propia opinión. Aquí en Bella Vista me siento como si estuviera encerrada dentro de un fortín.

Las niñas rompieron a reír a carcajadas en torno a una más pequeña a la que le habían colgado todo tipo de abalorios como si fuera un árbol de Navidad, y por un instante ambas se distrajeron de la conversación.

—A mí me parece un lugar agradable, dadas las circunstancias —afirmó Jane, suavemente, sin apartar la vista de las niñas. Pero de pronto se volvió hacia Victoria como si un pensamiento repentino le hubiera atravesado la mente—. No se marchará usted antes de Navidad, ¿verdad? Mi hermana ha acordado con el reverendo celebrar la boda el segundo domingo de diciembre, después de San Nicolás.

—Para eso queda menos de un mes. ¿No cree que es algo prematuro casarse con alguien que apenas conoce? —La señorita Jones no respondió y Victoria añadió—: Sé que no es asunto mío, pero si me permite un consejo... Tómese un poco más de tiempo para comprobar que su impresión del señor Reid se ajusta a la realidad. A fin de cuentas, las cartas solo reflejan aquello que deseamos mostrar a los demás.

—¿Por qué habría de engañarme? Yo he sido sincera

con él, me he descrito tal y como soy. Hasta le envié un retrato mío. Sabe que no soy ninguna niña, voy a cumplir veintiséis años, y que recibo una pequeña asignación que apenas me llegaría para mantenerme yo sola si mi hermana no me hubiera acogido en su casa después de que fallecieran nuestros padres. Pero no puedo vivir eternamente con mi hermana y su esposo —dijo en voz tan baja que casi era un murmullo. La miró con ojos serenos y agregó—: Y, con todo, el señor Reid desea casarse conmigo. Solo eso ya dice mucho de él, ¿no cree?

No, no lo creía, pero no la contradijo. La entendía mejor de lo que imaginaba. Volvió la vista a la mujer acurrucada. En todo ese rato no se había movido de su postura encogida en el sillón, ni había apartado la vista del jardín. A pesar de que solo veía su perfil, parecía una mujer hermosa. Su piel era fina como la porcelana y el largo cabello rubio le caía por encima de un hombro en una guedeja suelta sobre el pecho. Victoria la señaló con disimulo y le preguntó a Jane:

—¿Quién es?

La joven le dedicó una mirada fugaz.

—Es la señora Alice Colson, la sobrina de la señora Osborne.

—¿La señora Colson? —se extrañó Victoria—. Conocí a su marido en el torneo de tenis en Huelva... pero me dio la impresión de que residía allí.

—Y así es, por lo que he oído. Él trabaja en las oficinas de la compañía en la ciudad y viene los domingos para estar con ella, que reside aquí, con sus tíos.

Victoria la observó una vez más. Tal vez por esa razón tenía una expresión tan melancólica, tan ida.

8

Unos días después comenzó a soplar una suave brisa que desvaneció lentamente los humos aferrados a la tierra reseca, limpió el aire y elevó las masas de gases expulsados por las teleras hacia el cielo cambiante del otoño, que Victoria contempló desde la ventana de su dormitorio. Había amanecido una mañana soleada y luminosa. El ambiente estaba tan claro, tan límpido, que la vista le alcanzaba a distinguir con nitidez cada elevación del paisaje en varios kilómetros a la redonda, y eso bastó para alegrarle el ánimo sombrío de esos últimos días. Sin mucho que hacer dentro de la colonia, la tensión y la impaciencia por marcharse a Madrid comenzaron a adueñarse de ella. Volvieron los intensos dolores de cabeza de meses atrás que le aprisionaban la frente, las sienes, la base de la nuca, como si tuviera el cráneo metido a presión dentro de un cazo.

A ratos no soportaba la presencia de Clarissa, ni su conversación, ni los esfuerzos que hacía por agradarla. Siendo honesta, ni siquiera se soportaba a sí misma, se dijo mientras se enfundaba un vestido negro de paño liviano que ni se detuvo en examinar. Y para colmo de males, la tarde anterior le había llegado un telegrama de su hermano Álvaro en el que le reprochaba no haberle avisado con mayor antelación de su vuelta a Madrid, porque se disponían a salir de viaje a Santander, donde pasarían el invierno huyendo de las gélidas temperaturas de la capital que tan mal sentaban a los niños. Eso trastocaba sus planes por completo. Había contado con alojarse varias semanas con ellos mientras arreglaban los desperfectos que había sufrido el palacete de su tía después de tanto tiempo clausurado. El administrador le había escrito antes del verano informándole de que las nieves y las lluvias del último invierno habían sido tan abundantes que habían provocado el hundimiento de una parte del tejado, con el consiguiente destrozo en muebles y suelos, además de la aparición de numerosas humedades en el interior. Por fortuna, el arreglo del tejado estaba casi concluido, pero todavía quedaban las obras del interior, por lo que no tendría más remedio que postergar su regreso a Madrid hasta después de la Navidad. La otra alternativa era alojarse en Casa Quintanar, el palacete familiar que fuera su hogar durante muchos años, pero eso supondría reabrirlo solo para ella durante unas semanas o unos meses. Su mente voló a las estancias antaño tan ruidosas, y las recordó tal y como las dejaron antes de abandonar la ciudad, frías y silenciosas: pasillos oscuros, habitaciones fantasmales recubiertas de sábanas, invadidas por la quietud de la ausencia, y sintió un escalofrío al verse allí sola, en ese caserón inmenso. Prefería aguantar unas semanas más en Huelva.

En el desayuno, Clarissa anunció que la señora Osborne la había invitado a visitar con ella las obras de la iglesia, en la que solo quedaban por realizar pequeños remates interiores antes de su consagración, prevista para el primer domingo de diciembre. La «directora» estaba nerviosa. El reverendo Kirkpatrick se resistía a organizar una celebración especial una vez finalizado el servicio religioso, tal y como ella deseaba. Esa iglesia se había construido gracias a la financiación del presidente Matheson y se merecía algo de más empaque, sobre todo porque el arzobispo de Gibraltar había anunciado su presencia.

—Así que ha creado una pequeña comisión de señoras, entre las que me ha incluido, cuya primera misión será convencer al pastor de que un acontecimiento tan relevante para la colonia debe ir acompañado de un evento a la altura. —Bebió un sorbo de su taza de té humeante, antes volverse a su hijo y agregar—: Y puesto que yo estaré fuera gran parte de la mañana y tú hoy no tienes prisa por llegar al hospital, tal vez podrías aprovechar para dar un paseo con Victoria por los alrededores.

A Phillip la idea le pilló desprevenido. Su mirada saltó de su madre a Victoria, que alzó la vista tan sorprendida como su cuñado.

—Por supuesto —respondió él, apartando el ejemplar atrasado del *Times* que estaba leyendo—. Me parece una idea magnífica, si es que Victoria está de acuerdo.

—No me cabe ninguna duda de que Victoria lo está deseando, ¿no es cierto, querida? —Lady Langford le dirigió una mirada cargada de intención. Ahí lo tenía, la oportunidad que estaba esperando para hablar con Phillip y sonsacarle qué tenía en la cabeza ese hijo suyo.

—Me encantaría —corroboró ella, con auténtica ilusión—. Me muero de curiosidad por conocer las minas de las que tanto habla todo el mundo.

—No sé si nos dejarán acercarnos hasta allí. Me temo que hoy habrá mucho jaleo por la presión de recuperar los días perdidos —dijo Phillip, aunque al ver la decepción asomando en su cara, añadió—: Pero lo intentaremos, te lo prometo. Y también te enseñaré el hospital. Es nuestra joya particular.

El carruaje pasó por delante del guardia de la entrada y abandonó Bella Vista por un camino de tierra que descendía, serpenteante, la colina. Victoria se asomó a la ventanilla y divisó un campo de tierra oscura y yerma salpicado de una docena de chabolas de adobe derruidas. «Ahí vivían los mineros hasta hace unos años, cuando llegó la compañía», le explicó Phillip al pasar por delante de ellas. Al señor Matheson le había impactado tanto la situación de miseria e insalubridad en que vivía esa gente, que ordenó construir barriadas enteras de casas en las que sus empleados pudieran vivir en condiciones dignas por una renta pequeña. Poco a poco, a medida que les asignaban las viviendas nuevas, fueron abandonando las chozas miserables y se mudaron a las nuevas, ubicadas más cerca de los yacimientos.

Atravesaron despacio un pequeño puente de madera que desembocaba en un cruce. El camino a Riotinto estaba cortado por una barrera de madera custodiada por dos hombres armados y ataviados con largos abrigos azules y gorras de visera bordadas en el frontal con el anagrama de la compañía. Phillip se bajó del coche, intercambió unas palabras con ellos en su español de fuerte acento inglés y luego le ordenó al cochero dar media vuelta y tomar el otro camino, el que ascendía el cerro.

—Dicen que hoy está restringido el paso de carros al pueblo —anunció de vuelta al coche—, pero no importa: te llevaré al punto con las mejores vistas sobre las minas.

Ese lugar estaba en la cima del cerro, una planicie calva y rectangular que hacía honor a su nombre, el Alto de la Mesa. Había cuatro hileras de casitas sencillas y encaladas, una escuela y poco más. Todas, propiedad de la compañía, como rezaba una placa. Se apearon del carruaje y anduvieron hasta el filo para contemplar el municipio de Riotinto desplegado a sus pies. A Victoria le pareció más grande de lo que se había imaginado.

—¿Ves aquel corte escalonado en la tierra? —Phillip le señaló una colorida pared de roca picada con vetas grises, ocres y rojas, al otro lado del pueblo—. Es la corta Filón Sur, uno de los yacimientos más importantes, según los ingenieros. Esa es la mina a cielo abierto y allá —su brazo viró hacia el malacate levantado junto a la ladera oeste del cerro, donde divisó la entrada a las galerías apuntalada con maderas— está la boca de las minas subterráneas. Dicen que hay ocho pisos de galerías.

Victoria se asombró ante el gran número de mineros trabajando en la ladera de la montaña —no sabría calcular cuántos, ¿doscientos, trescientos?—; unos picaban la roca, otros seleccionaban el mineral, otros más lo cargaban hasta las vagonetas.

—¿No están picando demasiado cerca de las casas?

—Así es más fácil transportar el mineral a los vagones del ferrocarril. Mira estos edificios de aquí abajo y aquel junto a la estación, ¿los ves? —Phillip extendió el brazo muy cerca de ella, que aguzó la vista—. Esas son las escuelas de Riotinto, de niñas, de niños, de párvulos y también de adultos, todas financiadas por la compañía para los hijos de los mineros, aquí y en el resto de los poblados de la mina —expuso sin disimular el orgullo que denotaba su voz.

Y era justo reconocérselo, porque al igual que ella criticaba el carácter y las costumbres de los británicos, era innegable que también habían importado cosas buenas, como esas casitas que alquilaban a los mineros y la obligación de que todos los niños y niñas recibieran una educación básica, algo que ya quisieran muchos en otros lugares de España, se dijo Victoria. Le vino el recuerdo fugaz de Micaela, en cuyas cartas le contaba las obras de ampliación que habían tenido que realizar en su colegio de Santander para admitir a más niñas procedentes de los pueblos cercanos, y no solo de familias pudientes, también de las más pobres. Si hubiera más Micaelas en España, otro gallo cantaría.

Victoria levantó la vista al paisaje que se extendía ante sus ojos en suaves ondulaciones de cerros y montes de tierra árida, desnuda de árboles, escasa de vegetación. Al fondo, el horizonte aparecía surcado de columnas de humo ascendente acumulado en una inmensa boina negra que mancillaba la claridad del día. El carruaje continuó por el camino tres o cuatro kilómetros más y se detuvo frente a una explanada sembrada de centenares de montoneras de roca y madera con forma de conos. De ahí manaban los humos, de esas famosas teleras o calcinaciones, como las llamó el señor Osborne. En ellas se quemaba el mineral de cobre como si fueran hornos, bajo la vigilancia de los hombres encargados de alimentar el fuego sin descanso con la leña procedente de los cientos de troncos de árboles talados de los montes de alrededor que se apilaban en el suelo al lado de un cobertizo. «Aquello es la serrería», le aclaró Phillip. Los hombres llevaban la cara tapada por entero con un pañuelo atado a la nuca, al igual que había visto en los retratos de forajidos y asaltantes del ferrocarril.

—¿Les sirve de algo ese pañuelo? —preguntó Victoria, impresionada.

Su cuñado se encogió de hombros.

—Les protegería si solo estuvieran ahí un rato. Pero respiran ese humo día tras día, sin descanso. No hay tejido capaz de filtrar tal cantidad de partículas.

Y no solo había hombres, también distinguió a algunos críos que ayudaban en los hornos. Era horrible. Los humos, el calor de los hornos, la dureza del trabajo en ese entorno...

—¿Es que no hay otra manera de hacerlo? —murmuró, girándose hacia él.

—Supongo que no, o habrían probado a ponerla en práctica. Los humos no interesan a nadie, tampoco a la compañía; provoca demasiadas protestas entre la gente y muchas bajas entre los mineros con más experiencia, y, por lo que sé, no siempre resulta fácil sustituirlos. Lo que sí te puedo asegurar es que en el hospital no escatimamos recursos para tratarlos en cuanto nos llegan —dijo con la vista fija en los hombres.

Ambos contemplaron unos segundos más el paisaje hasta que, agarrándola suavemente del codo, Phillip la sacó de su ensimismamiento. Debían marcharse ya, en el hospital estarían preguntándose dónde se había metido.

La visita dejó a Victoria meditabunda durante un buen tramo del recorrido al hospital. Aunque se elevara al cielo, la enorme nube de humos sulfurosos no desaparecía; formaba una masa grisácea flotante, amenazadora. En algún momento, la carbonilla caería sobre la tierra y, cuando lloviera, el agua vendría sucia, contaminada, imaginó. De ahí las quejas de los agricultores de la zona. La imagen de esos hombres y niños caminando como espectros entre la bruma se le había quedado grabada en la retina. Su mirada se cruzó con la de Phillip, que la observaba con gravedad.

—¿Por qué me miras así? —le preguntó ella.

—Así, ¿cómo?

—Como si me fuera a desmayar en cualquier momento.

Phillip se echó a reír y sus ojos azules se le achinaron bajo un manojo de arruguitas.

—Es solo que ya he empezado a arrepentirme de haberte traído hasta aquí. Me parece oír los engranajes de tu cabeza dándole vueltas a todo.

Ella sonrió a su vez. Eso le solía decir Jorge, el menor de sus dos hermanos, aquel con el que tenía mayor complicidad. ¿Dónde estaría ahora? Llevaba más de dos años vagando por México y las antiguas colonias españolas del continente sudamericano hasta llegar a Perú, desde donde le escribió la última carta. Él también solía burlarse de las ideas y planes disparatados en que lo embarcaba a veces, cuando necesitaba de su ayuda.

—Parece mentira que no me conozcas, Phil. Habría encontrado la forma de venir contigo o sin ti, así que no tienes de qué preocuparte.

—Me preocupo precisamente por eso, porque te conozco, Victoria. —Sonrió con ternura—. Nada me gustaría más en este momento que saber en qué piensas.

—Te decepcionaría —dijo, convencida. Pero ya que habían abierto la caja de las confidencias, habló sobre otro asunto que le interesaba más—: Si quieres que te diga la verdad, llevo días preguntándome qué te retiene realmente en este lugar. —Phillip hizo amago de responder, pero Victoria se adelantó—: No me digas que es la medicina, eso ya lo sé, pero no me parece una razón suficiente, no después de cuatro años. Y tampoco es el salario, ni cualquier otro beneficio material que te pueda ofrecer la compañía, obviamente. Posees un capital mayor que el que podrían pagarte en toda tu vida. Y en cuanto a tu puesto de cirujano...

—Tal vez eso sea lo único relevante, en realidad. Aquí me nec sitan.

—¿Quién te necesita? ¿Los mineros? ¿O más bien la compañía para así remediar los efectos terribles de su actividad? —replicó ella—. Podrías ser igual de útil en un hospital de Londres o de Mánchester o de Birmingham. —Él había dejado de mirarla, perdido en algún pensamiento—. O tal vez haya alguna otra razón...

Sus palabras le trajeron de vuelta al cabo de unos segundos, el tiempo que tardó en asimilar la insinuación de Victoria.

—Puedes pensar lo que quieras —repuso, molesto—. Aquí me encuentro a gusto. Me siento apreciado, me reconocen mi valía como médico. Además, me gusta la gente, me gusta esta tierra.

—Y, sin embargo, estás solo, Phillip —dijo ella con suavidad—. Me resulta extraño que no hayas pensado en casarte, en formar una familia.

—Las cosas no siempre suceden como uno desea, tú lo sabes mejor que nadie —respondió él, mirándola a los ojos—. Y en la colonia, las relaciones son más complicadas de lo que deberían, sobre todo porque todas las mujeres están casadas y las señoritas solteras no suelen frecuentar este lugar. Y cuando ha habido alguna, me resultaron tan... —hizo una pausa, como si buscara la palabra exacta, hasta que al fin dio con ella—, tan inglesas... Yo deseo algo distinto.

—Bueno, esto es España, no Inglaterra, querido. Imagino que te habrás dado cuenta de que también entre las españolas hay mujeres hermosas con las que casarte.

—Pero yo quiero una mujer singular como tú, Victoria. —Ella se rio. Una risa pequeña, amarga. De qué le había valido tanta singularidad. Él pareció leerle el pensamiento, porque añadió—: Deberías haberte casado conmigo, todo habría sido diferente. Ya te lo dije en su día: elegiste al hermano equivocado.

—Nunca tuve la opción de elegir, Phil, lo sabes bien.

Se hizo un silencio incómodo dentro del carruaje. A veces lo pensaba, se preguntaba cómo habría sido su vida si hubiera podido decidir por sí misma. El recuerdo fugaz de Diego Lebrija pasó una vez más por su mente. ¿Se habría casado con él de haber podido? ¿Y si había idealizado ese primer amor juvenil? Nunca lo sabría. Sin embargo, con Phillip era otra cosa. ¿Cómo habría sido su matrimonio si se hubiera casado con él y no con James? Probablemente, más feliz; se habría sentido más apreciada, respetada y segura a su lado. Le habría resultado fácil llegar a amarlo.

En una ocasión incluso fantaseó con esa posibilidad,

con que fuera Phillip y no James su prometido. Fue poco antes del anuncio del compromiso que se iba a celebrar en Treetop Park. Los Langford los invitaron a disfrutar allí los días previos con el fin de que James y ella tuvieran la oportunidad de conocerse un poco mejor. No obstante, cuando arribó Victoria con su padre y su madrastra, James se había marchado. Dijeron que había tenido que ausentarse por un asunto urgente, que volvería antes del evento. Estaba Phillip, recién llegado a Inglaterra con una semana de permiso del hospital para asistir al compromiso, y sobre él recayó la tarea de entretenerla, de ser su anfitrión mientras regresaba su hermano. «Has tenido suerte —le dijo—: James nunca te habría enseñado los rincones más bellos y escondidos de la propiedad, no le gusta descubrir sus secretos. Conmigo, te prometo que nunca volverás a ver Treetop con los mismos ojos». Tenía razón. La llevó a recorrer las aldeas cercanas, realizaron excursiones a caballo a los lugares más bonitos de los alrededores, parajes idílicos de la campiña inglesa que parecían extraídos de algún cuento, en los que las horas se les pasaban volando.

Fueron unos días maravillosos que ella disfrutó como si fuera un pequeño anticipo de lo que podría ser su vida a partir de ese momento. Y entonces James regresó. Ellos habían salido a pasear a caballo hasta el castillo derruido de Stonefolk, construido sobre un promontorio. Había pertenecido a una rama extinguida de sus antepasados, el conde de Stonefolk, curtido en mil batallas junto a la Casa de York, según le contó Phillip mientras la guiaba entre los muros de piedra ennegrecida, invadidos por la vegetación. Había un olor ancestral a tierra húmeda, a madera requemada, a herrumbre. Decían que estaba maldito, que no se había visto a ningún animal merodear por allí durante siglos. Ni zorros, ni liebres, ni ovejas; ni siquiera lo sobrevolaban los pájaros. Phillip la condujo de la mano por una escalera desgastada y resbaladiza hasta lo alto del trozo de muralla que quedaba en pie, desde donde se podían contemplar los bosques frondosos, las verdes praderas y, en la lejanía, la mansión de Treetop Park bajo un cielo tormentoso. Luego la sujetó por la cintura, la giró hacia el torreón negro que se alzaba entre las ruinas y le contó esa historia terrible sobre el conde, que en una noche de borrachera creyó ver la sombra de un caballero en la ventana de los aposentos de su esposa. Loco de celos, rellenó de heno la base del torreón, agarró una tea y le prendió fuego. Las llamas se extendieron rápidamente y desde el patio descubrió en la ventana a su esposa con su hijo al lado, pidiendo socorro a gritos. Cuando el conde se dio cuenta de lo que había hecho, se adentró en el fuego para salvarlos, pero todo fue en vano: los tres murieron abrasados. Era una historia terrible, todavía sentía un escalofrío al pensar en ella, al igual que le ocurrió entonces.

Sobrecogida, se había vuelto a Phillip, que la miraba con sus ojos azules oscurecidos de deseo.

En ese instante podían haberse besado, llevaban varios días jugueteando con esa posibilidad, revoloteando alrededor de ese momento. Pero no ocurrió: ella desvió la vista y él se apartó, azorado. Señaló las nubes negras que recubrían el cielo y le contó el final de la historia con voz tenebrosa, fingiendo que no había pasado nada: «Dice la leyenda que en las noches de tormenta se ve un resplandor rojo dentro de la torre y una silueta negra asomada a la ventana». Retumbó un trueno en la lejanía y, en medio del silencio posterior, oyeron la voz de James entre las ruinas, llamándolos. Quizá fuera premonitorio, una señal de mal augurio como podría haber aventurado una gitana, pero Victoria no sabía interpretar las señales, ni esas ni otras más sutiles que entendió mucho después, cuando ya no tenía remedio.

Antes de que llegaran abajo, lo vieron aparecer por detrás de un muro. James se mostró orgulloso de haberlos encontrado. El mozo le había indicado el rumbo que habían tomado e imaginó que estarían allí. «Me conozco todos tus escondites, Phillip», se jactó. Volvieron los tres a caballo, James un poco retrasado y en silencio. Victoria sentía sus ojos fijos en su nuca, pero se mantuvo erguida, serena. No tenía por qué avergonzarse, entre Phillip y ella no había ocurrido nada. Tampoco se sentía obligada a darle explicaciones, era él quien había salido huyendo antes de que llegaran a Treetop Park. James tampoco se las reclamó, pero a partir de ese día el ambiente entre los hermanos se enrareció, se evitaban de forma sutil y casual, simulando una normalidad que nunca más existiría entre ellos. Phillip y ella no volvieron a encontrarse a solas sin que James apareciera a su lado, solícito, divertido, encantador como solo él sabía serlo cuando quería.

Todavía seguía callada cuando el carruaje atravesó el enrejado que rodeaba la finca donde se levantaba el hospital, y se detuvo delante de la entrada. Phillip se apeó y esperó junto a la portezuela con la mano tendida hacia Victoria, quien aceptó el apoyo que le brindaba su cuñado para descender el escalón.

—Tienes razón, perdóname —dijo él, que retuvo la mano de ella entre sus dedos más de lo apropiado—. No debería haberlo dicho.

Victoria le dedicó una sonrisa jovial. Ya estaba olvidado.

—No hay nada que perdonar, Phil. Es solo que resulta imposible cambiar el pasado, lo único que podemos hacer es mirar adelante.

—Siempre supe que eras más lista que yo.

La miró sonriente desde el fondo azul de sus ojos, que descendieron despacio por su rostro hasta detenerse, por un instante, en los labios. Ella desvió la vista, turbada por la expresión de deseo reflejada en sus pupilas, y él reaccionó enseguida:

—Muy bien, pues veamos qué tenemos delante.

Ambos contemplaron el porche porticado por el que se accedía al edificio. Lo habían terminado de construir hacía poco siguiendo los planos de un afamado arquitecto británico, conocido del señor Matheson, le explicó Phillip conduciéndola hacia el interior. Al verlos llegar, el conserje cerró el diario que tenía entre las manos y saludó al doctor con un gesto de deferencia.

—Buenos días, Isidro. ¿Alguna novedad?

—Ninguna, doctor. Hoy está en calma la cosa.

En calma y en absoluto silencio; no se oía ni un suspiro. Recorrieron el largo pasillo que comunicaba los cuatro pabellones paralelos del hospital por la mitad, como una columna espinal, de tal forma que permitía organizarlo en áreas y salas especializadas por afecciones y por tipos de pacientes, le explicó Phillip. A Victoria le admiró la blancura, la extrema limpieza que resaltaba allí donde posara la vista. Las alas del primer pabellón estaban destinadas a los mineros enfermos y a los accidentados, que ingresaban primero por la sala de curas. En el segundo pabellón, Phillip abrió una puerta marcada con su nombre y le franqueó el paso a la que era su consulta.

—Espérame un momento, voy a lavarme las manos —dijo, dirigiéndose al aguamanil—. Debo ponerme la bata antes de que la enfermera Hunter me vea. Es peor que un coronel en lo que se refiere a las normas del hospital.

Una vez que se hubo cambiado la levita por la bata, salieron de nuevo al pasillo y accedieron a la sala de accidentados. Repartidos por las camas, una docena de hombres presentaban heridas de lo más variado: piernas rotas, miembros amputados o una brecha en la cabeza a la que una mujer de baja estatura y cuerpo fornido le estaba cambiando el vendaje con destreza.

—Ahí la tienes: la enfermera Hunter —le susurró él, con una sonrisa disimulada.

—Son todos mineros...

—Mineros o ferroviarios o barreneros... Son los más expuestos a accidentes y los que más nos llegan. Aunque también contamos con otra sala para casos agudos de malaria o fiebres tifoideas o tisis.

—¿No tenéis ningún enfermo inglés?

—En este momento, no. Además, a los pacientes británicos se les atiende en otro pabellón distinto al que se accede por su propia puerta, situada en la fachada oeste.

—¡Phillip! —La voz del doctor MacKay atravesó la sala desde el umbral de la puerta. Le hizo una seña con la que le instó a acompañarlo—. Acaban de traer a dos hombres heridos por una explosión en la mina. Los han llevado al gabinete de cirugía.

Su gesto mudó al instante, debía dejarla. Tendrían que continuar en otro momento u otro día.

—Pregúntale al conserje por mi cochero, él te llevará de vuelta a casa —le dijo, alejándose a pasos apresurados.

Antes de que pudiera darse cuenta, la enfermera Hunter la apremiaba a salir de la sala. «Es mejor que espere fuera, aquí no debe quedarse», le comentó antes de marcharse ella también en la misma dirección que el doctor. De pronto se encontró sola, sin saber qué hacer, y decidió continuar un poco más, hasta el tercer pabellón. Pasó por delante de una puerta con el cartelito de LABORATORIO CLÍNICO, luego vio un cuarto con vitrinas repletas de material médico y medicinas, y antes de llegar al final del pabellón, se detuvo al oír una voz femenina que hablaba en español al otro lado de una puerta entreabierta. Al asomarse, se encontró delante el rostro de una mujer que no le costó mucho reconocer. La frente amplia, la nariz pequeña y, sobre todo, los ojos. Esos ojos de color meloso que brillaban con el descaro de la juventud.

—Usted es la señorita del torneo de tenis... —dijo Victoria en español, haciendo memoria para recordar su nombre—. Rocío, ¿verdad?

El rostro moreno de la joven se iluminó con una sonrisa radiante.

—Señora Langford, ¡qué sorpresa encontrarla aquí! ¿Está de visita?

Ella asintió. Había venido con su cuñado, pero había surgido una urgencia médica y se había quedado sin conocer nada más que la sala de accidentados.

—¿Y usted? ¿Trabaja aquí? —No le habría hecho falta preguntarlo, bastaba con fijarse en su uniforme gris claro con el delantal y la cofia blancos para saber que formaba parte del personal del hospital—. Me había parecido entender que las enfermeras también eran inglesas.

Lo eran. La enfermera Hunter y la enfermera Blackladder, dos raspas de cuidado, aunque muy buenas en su profesión, eso sí. Presumían de haberse formado en la escuela de enfermería de Florence Nightingale en Londres como si eso las elevara a una posición de autoridad y sabiduría inalcanzable para las otras tres ayudantes que tenían a su cargo; entre ellas, Rocío.

—Si lo desea, venga conmigo y le enseñaré la sala infantil. Voy de camino allí.

A ella la habían contratado como ayudante de enfermería poco después de la inauguración del hospital, cuando se dieron cuenta de que no disponían de personal suficiente para tantas salas con enfermos a los que atender. No le resultó difícil: su padre, el doctor Alonso, llevaba trabajando con el doctor MacKay muchos años, y fue él quien la presentó a la enfermera Hunter para que la pusiera a prueba.

—Si quiere que le diga la verdad, miss Hunter estuvo

a punto de rechazarme, pero no porque no supiera hacer lo que ella me pedía, sino por mi insubordinación. —Se rio, de buen humor—. Quería que hiciera una cura de una determinada manera y yo pensaba que era mejor hacerla de otra, de la forma en que me lo enseñaron a mí en clase.

—¿Ha estudiado Medicina? —dijo Victoria, sorprendida.

—Sí, pero ya ve de lo que me sirve. —Se miró a sí misma, vestida con el uniforme gris—. No tengo todavía el certificado que me permite ejercer y debo conformarme con trabajar de enfermera y observar el trabajo de los doctores hasta que los señores del Consejo de Instrucción del Ministerio dejen de ponerle todo tipo de trabas a mi solicitud.

Siempre quiso ser médico, como su padre. Era lo que había vivido desde pequeña, y en su casa a nadie le extrañó; tampoco a su madre, que provenía de una familia de médicos. También ella, en su temprana juventud, había albergado el sueño de estudiar Medicina, pero en su caso nunca tuvo la menor posibilidad, así que se preocupó de que su hija la tuviera, si así lo quería. Jesús Alonso tenía la consulta en su casa de Zalamea y Rocío creció sin distinguir dónde terminaba el dispensario y dónde empezaba el hogar familiar. Desde muy cría, sus juegos consistían en practicar con sus muñecos lo mismo que su padre con sus pacientes, y a medida que crecía, también lo hacía su curiosidad por saber más. El doctor Alonso, orgulloso del interés de su hija, comenzó a enseñarle cosas. A los doce años ya le ayudaba en la consulta, tomaba notas para él de las dolencias de sus pacientes y le preparaba el instrumental con pulcritud; a los catorce realizaba pequeñas curas y le asistía al examinar a mujeres y niños enfermos. Cuando fue evidente que su hija tenía vocación y dotes para la medicina, el doctor Alonso le puso un preceptor para que pudiera sacarse el bachillerato. Luego, él mismo la preparó para ingresar en la Facultad de Medicina de Sevilla. No sería la primera mujer en realizar esos estudios; hacía unos años el doctor Alonso había oído hablar de tres mujeres que se licenciaron en Medicina en la Universidad de Barcelona, con un permiso especial, eso sí, y aunque en aquel entonces ese «atrevimiento femenino» generó cierto revuelo entre sus colegas, cuando llegó el momento de que su hija pudiera ingresar en la universidad, hizo oídos sordos a cualquier comentario en contra. El doctor necesitó echar mano de algunas amistades, de alguna influencia en el rectorado para que por fin accedieran a admitirla. Aun así, le costó lo suyo: solo podría acudir a las clases de asistencia obligatoria y siempre escoltada por su primo Perico, también estudiante de Medicina.

—¡Pobre Perico! Tendría que haberlo visto en los primeros días de clase, lo mal que lo pasó. —Rocío soltó una carcajada divertida, recordándolo—. Se tomaba muy en serio la misión que le encomendaron, pero al mismo tiempo se avergonzaba de verme allí, entre sus amigos y compañeros. Llegábamos juntos, pero él miraba hacia otro lado, se apartaba ligeramente. Eso sí, no dejaba que nadie me echara ni un triste piropo. Luego se le pasó, no crea; a él y a los demás: en cuanto vieron que las calificaciones de mis exámenes eran mejores que las de muchos de ellos y que los profesores me empezaban a tratar como a un alumno más.

—Si le consuela, en Inglaterra conocí a una mujer excepcional, la doctora Elizabeth Garrett, a la que tampoco dejaron ejercer en hospitales al comienzo de su carrera, así que abrió su propio dispensario médico en Londres para atender a las mujeres y los niños, y ahora goza de gran consideración.

—¿De veras? ¡Eso es lo que yo también quiero hacer! —exclamó la joven—. En cuanto me entreguen el certificado, abriré mi propia consulta médica junto a la de mi padre. Pondré una placa en la puerta que rece: R. ALONSO, MÉDICO. Y a nadie le importará si soy hombre o mujer.

Victoria sonrió. Ojalá fuera cierto, pero había dejado de creer en que alguna vez pudieran cambiar las cosas para las mujeres. Elizabeth Garrett había sido un caso extraordinario, una rareza, porque creció en una familia singular en la que se estimulaba la educación de las chicas casi tanto como la de los chicos. A Elizabeth Garrett la conoció a través de su amiga Caroline, que la llevó —en secreto y a escondidas de Clarissa, que no veía con buenos ojos su amistad con esa señorita de «ideas y maneras un tanto estridentes»— a una de las reuniones de la Sociedad Nacional por el Sufragio Femenino en Londres, de la que también formaba parte la doctora Garrett y sus hermanas, Agnes y la jovencita Millicent, todas sufragistas. Una tarde a la semana se reunían una docena de señoras en el cuartito trasero de una imprenta y pasaban horas debatiendo lecturas, ideando campañas y panfletos sobre los derechos de las mujeres al trabajo, a la educación, a la emancipación económica del esposo y, sobre todo, el derecho al voto. Votar era lo más importante. «Si las mujeres no participan en política, ¿cómo van a influir en las decisiones del gobierno que las afectan?», decían. No les faltaba razón, pero, sinceramente, a Victoria le parecían debates inútiles. Había dejado de creer en esa lucha, era una batalla perdida. Los hombres nunca cederían su posición predominante, no solo porque se consideraran investidos de ella desde la noche de los tiempos y por la gracia de Dios, sino porque, ciertamente, no confiaban que ellas albergaran un intelecto capaz de razonar, decidir y actuar como personas adultas, autónomas, guiadas por el sentido común y la sensatez. Desde que nacían hasta que morían, se hallaban bajo la tutela masculina, ya fuera en el seno familiar o en determinados espacios públicos, en los que no pintaban nada. Y era difícil que eso cambiara: hasta en un país como Inglaterra, que se autoproclamaba liberal, las sufragistas constituían una minoría ridícula e insignificante, una categoría antipática de féminas protestonas y malhumoradas, enfrentadas al resto de la sociedad, que parecía preferir el desigual reparto de papeles entre hombres y mujeres a ese otro griterío furioso y reivindicativo, de consecuencias inciertas. Y ella estaba harta de escuchar discusiones que no llevaban a ninguna parte.

—Hace mucho tiempo que sueño con esa consulta, tengo hasta un dibujo de cómo dispondré los muebles. —Rocío hizo una pausa, se detuvo delante de una puerta de doble hoja rotulada con el nombre de PABELLÓN INFANTIL y añadió—: Pero mientras tanto, aquí estoy, ejerciendo de enfermera.

Con gesto resuelto, se adentró en la sala amplia y luminosa que acogía diez camitas, cinco a un lado y cinco al otro. Una gran cortina blanca dividía la sala en dos. En la zona de camas cercana a la puerta había cuatro niños acostados, y del otro lado de la cortina había otros tres. Todos eran niños de la mina, le comentó Rocío mientras recorría el pasillo haciendo un repaso rápido de los pequeños pacientes. En esa parte de la sala todos sufrían diarreas, vómitos, deshidratación. Se detuvo junto a una de las camas, una en la que dormía un pequeñín bajo la mirada anhelante de la madre, que se dirigió a la joven enfermera con la misma actitud reverencial con que apenas se atrevía a mirar a los doctores y le pidió:

—Hágame el favor, examínelo, a ver cómo lo ve *usté*, que el niño está *mu* mustio, tiene la tripa *mu hinchá* y eso que lo ha *echao to*, que no ha *dejao* de vomitar y de irse de vientre desde que *usté* se fue.

Rocío se inclinó sobre el cuerpecito del niño, le tomó la temperatura y el pulso con la destreza de un médico.

—No tiene fiebre, eso es buena señal —anunció. Después apartó la camisola y auscultó con detenimiento el pecho raquítico, la espalda estrecha. Le palpó la tripa despacio, el niño no se quejó.

—Está un poco mejor, pero luego pasará el doctor Alonso a examinarlo —la tranquilizó—. Intente que beba agua a sorbitos pequeños, que tiene los labios muy resecos. En un ratito le traigo un caldo para que se lo dé. A ver si conseguimos que retenga algo en el cuerpo, eso le ayudará.

Continuó examinando al resto de los críos sin perder el buen humor. Les tomó la temperatura, los auscultó, les dedicó unas palabras cariñosas mientras les daba de beber un poquito de agua. Del otro lado de la cortina les llegó el sonido de una tos ahogada, sibilante. Rocío dejó lo que estaba haciendo y fue hacia el otro lado de la sala. Victoria la siguió hasta la cama de una niña ojerosa, de no más de cuatro o cinco años, que apenas podía respirar. Sin esperar ni un segundo, la enfermera la incorporó para sentarla, la recostó contra su pecho y sujetó su frente sudorosa cada vez que le venía un nuevo acceso de tos.

—¿Qué le ocurre? —Victoria se colocó junto al cabecero, angustiada, sin saber qué hacer.

—Tiene inflamadas las vías respiratorias, le cuesta respirar y cuando tose, se ahoga —respondió Rocío a media voz.

La tos paró al cabo de unos minutos, la niña comenzó a llorar. Le dolía la garganta y le dolía también «aquí, aquí», se quejó, tocándose el pecho. Rocío la consoló con dulzura, le frotó la espalda despacio y cuando la niña se hubo calmado, la recostó suavemente en la cama.

—Siempre nos pasa lo mismo. Cuando hay manta, esto se nos llena de críos enfermos.

Los dichosos humos. Era inútil trancar puertas y ventanas, los vapores sulfurosos estaban por todos lados. Los respiraban cada vez que debían ir a la fuente a por agua o al economato a por comida o a las letrinas en el exterior de las casas; no había escapatoria posible.

Victoria se sobresaltó cuando una mujer apareció de pronto a su lado, como salida de la nada, se acercó a Rocío por la espalda y le tocó el hombro.

—¡Chara, por Dios! —respingó la muchacha, con la mano en el corazón—. No seas tan sigilosa, ¡un día de estos me matas del susto!

La mujer se echó a reír, como si esa fuera su intención. A pesar de la piel requemada por el sol, tenía un rostro bonito de rasgos bien delineados en el que destacaban los ojos claros y chispeantes, la boca risueña y una melena ondulada prendida bajo el pañuelo floreado que cubría su cabeza.

—A ver si os ponéis de acuerdo, que la Hunter me regaña por hacer ruido en los pasillos y tú por no hacerlo —dijo con desparpajo, en un acento que tenía más de castizo que de andaluz. Le dedicó a Victoria una mirada de soslayo y luego, dirigiéndose a Rocío, continuó hablando—: Niña, me manda Mariona, que dice que esta tarde hay reunión de los antihumistas en Zalamea con su alcalde, el de Valverde, el de Calañas y varios terratenientes. Que van a decidir qué hacer ante el informe médico de los señores de Sevilla, los investigadores, y que deberías venir tú también.

—Ni hablar —replicó Rocío al tiempo que recogía las cosas que había dejado sobre la mesilla auxiliar—. Dile a Mariona que no voy.

La mujer fue tras ella.

—Pero ¡niña! ¿No quieres saber lo que hablan?

—Ya me enteraré —repuso la joven sin dejar de moverse por la sala, revisando, recogiendo, ordenando.

—¿Qué informe? —preguntó Victoria, que asistía muy atenta a la conversación entre ellas.

—¿Quién es usted? —le espetó Chara, con expresión desconfiada—. ¿Y quién le ha dado vela en este entierro?

Victoria sonrió ante su descaro.

—Soy la señora Langford. Encantada. ¿Y usted?

La mujer no solo no le respondió, sino que le dio la espalda y se giró hacia Rocío, que se hallaba concentrada tomándole de nuevo el pulso al niño del estómago hinchado.

—¿De dónde ha salido esta? —le preguntó en voz baja—. Y eso de Langford... ¿Tiene algo que ver con el doctor?

—Soy su cuñada, en realidad —contestó Victoria, que la había oído. Ignoró su comentario y volvió a insistir en el asunto que la tenía en vilo—: Dígame, ¿a qué informe se refiere?

—Olvídelo, no le haga caso. Son cosas de los pueblos —murmuró Rocío al pasar por su lado.

—Pueden contármelo, no voy a decir nada. A ver si piensan que soy una espía de la compañía —afirmó, molesta con la idea de que sospecharan de ella. Y para intentar ganarse su confianza, agregó—: Quizá pueda serles de alguna ayuda, escribo para algún que otro periódico.

A Rocío no pareció impresionarle demasiado su faceta periodística, pero a la otra mujer, a Chara, le suscitó más interés:

—¿En qué diarios dice que escribe? ¿Son de aquí o de Madrid?

—De Madrid. ¿Le suena *El Imparcial*? ¿*La Época*? ¿*La Ilustración Española y Americana*? —preguntó con un tonillo impertinente, del que se avergonzó enseguida.

—Los conozco todos, señora. Yo me crie en una imprenta de prensa de Madrid y allí entraban esos periódicos y muchos más.

—Pues entonces sabrá la importancia de que se publique una nota sobre los humos en algún diario nacional. En cuanto a ese informe...

La mujer la interrumpió sin dejarla terminar. Debía de haberle convencido su argumento de la prensa.

—Ese informe es el de los médicos que han analizado la contaminación de los humos en las tierras, las aguas y los animales —explicó—. Lo encargaron los de la Liga Antihumista para contrarrestar el que encargó la compañía a un médico de Madrid, un señor que solo se entrevistó con los pacientes que la compañía le presentó y solo escuchó lo que la compañía quiso que dijeran. Si le digo la verdad, yo no sé lo que dirán estos investigadores, pero lo que sí sé es que es un informe independiente en el que nadie les ha dictado lo que tienen que decir —concluyó, muy brava ella. Luego se dirigió a Rocío en tono imperativo—: Tienes que venir y contar lo que ves en el hospital. A ti también te afecta.

La joven enfermera no había parado de ocuparse de sus tareas en la sala, pero al oír las palabras de la mujer, levantó la cabeza, la miró a los ojos y le dijo en un tono de falsa afabilidad:

—Mira, en eso tienes razón, Chara. Me afecta en que si me presento allí y la compañía se entera, perdería mi empleo en el hospital, y no quiero. Así que no. No voy.

Victoria se despidió de Rocío y salió de la sala infantil con Chara. Por primera vez se fijó en que la mujer llevaba una tablilla fina de madera con un taco de cuartillas sujetas a ella por una cinta, y un plumier de escuela.

—¿Es para los niños? —preguntó Victoria, señalando las hojas.

—¿Esto? —Chara le mostró la tablilla—. No, no. Es papel de carta. Dos días a la semana vengo al hospital y escribo al dictado las cartas de los mineros para sus familias.

Se había dado cuenta de que muchos de los mineros llegados de fuera no sabían leer ni escribir, así que se le ocurrió que podía ganarse la vida como amanuense ambulante, porque se manejaba de fábula con las palabras y se le daba bien expresar lo que esos hombres pretendían decir, pero no sabían cómo hacerlo. Había asistido a la escuela primaria en Madrid hasta que cumplió los once años y su padre la había instruido desde muy niña en las artes de la imprenta, en la composición de textos, en la corrección de pruebas. «Y los mineros son buenos clientes, no se crea usted». Redactaba cartas, escritos de reclamación y lo que le pidieran, porque si había algo que no sabía, ya se ocupaba ella de indagar en algún libro, documento o registro para averiguarlo.

Victoria atravesó el vestíbulo y, al pasar junto al conserje, se detuvo un instante para ojear los titulares de *La Provincia*, doblado sobre su mesa. En primera plana leyó: «Los humos o el pan». La compañía ya había iniciado su propia campaña de publicidad para proteger su negocio.

9

Esa misma noche, Victoria se sentó delante del secreter que tenía en su habitación y escribió un artículo sobre el problema de los humos en la salud de los niños de las minas de Riotinto. Lo firmó con seudónimo —Troyano, pensó, sin darle demasiadas vueltas—, ya que nadie publicaría el texto si llegara firmado por una mujer, pero sobre todo lo hizo por mantener el anonimato y no perjudicar a Phillip ni a Rocío, en caso de que el artículo, por un casual, llegara a las manos de los jefes de la compañía. Y ella no quería eso. Al terminarlo, cogió otra cuartilla y redactó una misiva dirigida a don Cecilio, el viejo amigo de su tía Clotilde, en la que le pedía el favor de ofrecer el artículo adjunto a los jefes de redacción de los diarios que él considerara conveniente. «Y por lo que más quiera, sin revelar mi identidad; en sus manos lo dejo».

Al día siguiente, cuando volvía de echar la carta en el buzón de correos de Bella Vista, vio llegar a lo lejos un chiquillo de por allí, un nativo, como los llamaban las inglesas. Corría medio agachado, ocultándose entre los setos del camino, y para su sorpresa, al llegar a la altura de la casa de Phillip, saltó la pequeña valla de madera y desapareció de su vista por el lateral del edificio. Victoria apresuró el paso, intrigada. ¿Quién era ese crío? ¿Cómo había podido burlar la vigilancia de los guardias y colarse en la colonia? ¿Qué buscaba allí? Sin embargo, al llegar a la casa, no notó nada raro, ningún ruido, ninguna presencia extraña.

—¿Ramona está en la cocina? —le preguntó a Helen al tiempo que le entregaba el tocado y la pelliza. La doncella no lo sabía, imaginaba que sí. La cocina formaba parte de los dominios de la criada y ella aparecía poco por allí.

En los primeros días, la doncella había mostrado su desagrado con la mujer de maneras bruscas y aspecto tosco que se le adelantaba a hacer tareas que le correspondían a ella («Señora, dígale que todo cuanto tenga que ver con el servicio personal a los señores es cosa mía, porque creo que esa mujer se niega a aceptar que solo es una criada y me da a mí que entiende lo que le digo más de lo que aparenta», le vino un día a quejarse muy airada), pero con el transcurso de los días se había producido un cambio sustancial entre ellas. Helen se había dado cuenta de que le

convenía estar a bien con esa mujer incansable que trabajaba con el brío y la rapidez de una locomotora. Limpia-
ba la casa, arreglaba las camas, hacía la colada, acarreaba
leña a la chimenea, planchaba la ropa del doctor, hacía la
compra en el economato —sin consultar con nadie, lo cual
resultaba inaudito, en opinión de Helen— y, entre medias
de todo eso, vigilaba los pucheros que ponía al fuego a
primera hora de la mañana para el almuerzo y la cena. Así
que la doncella resolvió callar y ocuparse de lo que le
parecía conveniente: el guardarropa de las señoras, los
arreglos de costura, poner y servir la mesa, además de
atender a lady Langford y, en definitiva, estar pendiente
de cualquier detalle que pudiera hacer la vida más agradable a la anciana duquesa.

—¿Sabes si ha llegado alguien? —volvió a preguntarle.

—No, señora. ¿Espera alguna visita?

—No, supongo que no.

Al pasar delante de la salita, vio a Clarissa sentada en
uno de los sillones, absorta en el fuego de la chimenea. Esa
mañana se había vestido con uno de sus trajes más severos
y una redecilla negra le cubría el moño bien tirante, en
honor al reverendo Kirkpatrick, que había anunciado su
visita. Al día siguiente se celebraba el aniversario de la
muerte de James, y lady Langford deseaba encargar una
misa por su hijo.

—Ah, ya has vuelto. —La anciana apartó la vista de la

lumbre al verla—. Estoy pensando en las palabras de Phillip cuando le comenté que querría estar de vuelta en Inglaterra antes del próximo verano, para evitar los calores de este lugar. Me dijo que tal vez fuera posible, que dependía de cómo se resolviera cierto asunto que tenía pendiente. ¿Tú sabes de qué se trata?

Antes de que Victoria pudiera responder, las interrumpió el revuelo de unos pasos apresurados por el pasillo hasta que Ramona apareció en el vano de la puerta con gesto descompuesto.

—Ay, señora, *usté* perdone —se dirigió a Victoria con los ojos trémulos, la voz tomada—, pero es que me tengo que ir, que me han *mandao recao* del pueblo, que mi hija Pepa está *mu* mal, que no saben si se ha puesto de parto o qué, y quieren que vaya sin tardar.

Por un instante, a Victoria se le encogió el corazón y se le revolvió el estómago.

—Faltaría más, Ramona, vaya corriendo —la instó—. ¡Dese prisa!

—¿Qué sucede? ¿Qué ha dicho? —le preguntó Clarissa.

—Que su hija está muy enferma y debe marcharse —le tradujo brevemente.

—¿Ahora? ¿No puede esperar hasta después del almuerzo? —replicó lady Langford, inflexible—. Pregúntale si ha terminado de hacer la comida y sus tareas.

Victoria se negó, le parecía humillante. Fue hasta la cocina, donde la mujer recogía sus cosas, y le preguntó:

—¿Cómo piensa ir a su pueblo, Ramona? ¿Tiene alguna forma de llegar rápido?

—Iré con el chiquillo, dice que ha traído una carreta con un mulo. Es lento, pero si hace falta iré caminando, que no está tan lejos. Vive en El Romeral, pero a buen paso, en algo menos de dos horas estaré allí.

—Ni hablar, no puede marcharse así. Venga conmigo —resolvió en un instante. Mientras se volvía a poner la pelliza, le dijo a Clarissa que iba a acompañar a Ramona a la casa de su hija, y luego se volvería. La dama hizo además de oponerse, pero Victoria zanjó la cuestión—: Estoy segura de que es lo que habría querido Phillip, Clarissa. No se preocupe, no me va a pasar nada, cogeremos uno de los carruajes de la compañía aparcados en la entrada. —Y girándose a Helen, le indicó—: Ocúpate de la señora, haz el favor, y si no he vuelto a la hora del almuerzo, que no me espere. Regresaré lo antes posible.

Entre los cocheros de los carruajes aparcados en la parada de Bella Vista, Victoria distinguió a Manuel, el cochero que solía recoger a Phillip por las mañanas para llevarlo al hospital, el mismo que los condujo al Alto de la Mesa unos días atrás. Le hizo una seña y el hombre llegó raudo a abrirles la portezuela.

—Llévenos lo más deprisa que pueda al Romeral, por favor —le pidió, ignorando el reparo del cochero al ver que la criada también se disponía a subir al coche—. Azuce con gana a los caballos, Manuel, y le daré una buena propina.

El carruaje voló por el camino de tierra que partía de Bella Vista en dirección a la pequeña aldehuela situada en las inmediaciones de Zalamea la Real. Ramona le contó que era un asentamiento de casas construidas alrededor de un gran cortijo que daba trabajo en el campo a varias familias, entre ellas a la del marido de su hija, los Peralta. El padre, Amado Peralta, era listo como un zorro; eso sí, trabajador como pocos, que por algo de muy joven le hicieron encargado de los jornaleros que laboreaban en el cortijo.

—... y mi yerno no crea que le va a la zaga, que es tan *apañao* y trabajador como el padre, ¿sabe *usté*?, y de mejor carácter, si me apura; gracias a eso, a que el padre lo tiene a su vera, no está el muchacho picando piedra en la mina, como los demás, y fue cosa de Maricruz, la madre, que se plantó y dijo que ningún hijo suyo se dejaría la vida en la mina, porque a ella se le mató un hermano en una explosión en las minas de Tharsis, ¿sabe *usté*?, así que el chico se ha *quedao* trabajando la tierra, y yo me alegro, que para una mujer, tener al hombre en la mina es un sinvivir, y no crea, que en esa casa a mi Pepa no le falta de *na*, que la madre la trata como si fuera su propia hija. Entre las dos cuidan a las cabras y las gallinas y, con la ayuda de mi yerno, cultivan un pequeño huerto cerca de allí que les da la vida, ¿sabe *usté*?, pero llevan un año malo porque los humos de las teleras se posan sobre la tierra y los cultivos, y las matas no crecen, se quedan chiquitillas, mustias, que casi ni dan frutos, y el patrón dice que no necesita tanto jornalero porque *pa'qué* si no hay *na* que recoger; lo único, los olivos, y tampoco traen este año buena cosecha, así que hay mucha familia en El Romeral que no tiene de qué comer, porque el Amado no puede dar trabajo a todos por mucho que quiera si el patrón no le deja, y entonces empiezan las malas caras, las peleas, los rencores entre vecinos, ya sabe *usté*.

Ramona se calló para mirar por la ventana su pueblo, Zalamea, al que habían dejado casi atrás envuelto en una ligera niebla, y avanzaron hacia el sur por el camino que ella misma le indicó al cochero. El campo había cambiado su habitual paleta de colores de la época, del dorado al ocre, por un tono apagado y ceniciento; las encinas y los alcornocales lucían grisáceos o incluso negruzcos, según adonde dirigiera uno la vista. Una capa de polvo gris lo recubría todo como si hubiera llovido suciedad en lugar de agua. A la altura de una caseta abandonada, el carruaje tomó el desvío por un sendero estrecho entre olivos. El aire se enrareció, se volvió denso. Victoria arrugó la nariz al notar el hedor azufrado, a putrefacción. Por el camino encontraron varios esqueletos de animales muertos: cabras, perros, una res.

—Eso es por las aguas agrias que salen de lavar el mineral en la mina, que han *contaminao* los abrevaderos y los manantiales, y también por los humos, que vienen todos *p'acá*, *pa* Zalamea y sus derredores, nadie sabe por qué, si por los vientos o los calores o... a saber —afirmó Ramona, muy segura—. Lo han resecado todo, el ganado ya no tiene *na* que comer y mi Pepa cuenta que algunos animales *s'atontan*, dan vueltas como si estuvieran borrachos, y caen de bruces en la tierra, muertos de sopetón.

A menos de dos kilómetros divisaron las casas semiescondidas detrás de una loma, difuminadas bajo un halo amarillento. El coche ascendió una calle empinada y se detuvo delante de una casita baja, con el marco de la puerta pintado de añil, a cuyo alrededor se arremolinaba un grupo de vecinas que se volvieron a mirar con curiosidad. Ramona saltó del carruaje sin esperar a que el cochero abriera la portezuela y cruzó entre las mujeres a la carrera, sorda a las palabras de consuelo y ánimo que le dedicaban a su paso.

—Muchas gracias, Manuel. —Tras apearse, Victoria le entregó la propina prometida, no sin antes pedirle—: ¿Le importaría esperarme un ratito? Voy a entrar a ver si necesitan algo y, si no, nos volvemos a Bella Vista.

El cochero asintió, la esperaría allí mismo, le dijo señalando un ensanche con una fuente, unos metros adelante. Victoria pasó entre las mujeres, ajena a sus miradas furtivas, y cruzó la puerta. Nada más entrar en la casa, se detuvo mientras sus ojos se adaptaban a la penumbra de la estancia. No había mucho que ver, la habitación era sencilla, muy humilde: había pocos muebles, una mesa tocinera, dos sillas toscas y un lar con una cacerola en la lumbre. A un lado, apartado del fuego, distinguió la figura de un hombre joven de piel cetrina y pelo muy negro, sentado en un taburete bajo y con un chiquillo de poco más de un año en su regazo, muy parecido a él. La miró con expresión taciturna y Victoria dedujo que debían de ser el marido y el crío de Pepa.

—Usted perdone, no le había visto —se disculpó, cautelosa. El joven la observó con gesto reservado, sin decir palabra—. ¿Le importa si paso adentro? He venido con Ramona.

El marido se puso en pie, al tiempo que sujetaba el cuerpecillo escuálido del niño, que se retorcía como una culebra entre sus manos, intentando zafarse de él.

—Pase *usté* por ahí —dijo, y cabeceó en dirección a una gruesa cortina colgada de un vano en la pared, a modo de puerta.

Victoria apartó la tela y avanzó con aprensión por un angosto pasillo de techo bajo, en el que se oían un murmullo lejano de voces y gemidos ahogados. Le llegó un fuerte olor a animal mezclado con alcohol o cloroformo o lo que fuera, que le revolvió el estómago y le provocó unas ligeras náuseas que la obligaron a detenerse un instante antes de continuar. En un cuarto de luz mortecina encontró a Ramona arrodillada junto al lecho donde yacía su hija Pepa, acompañada de otras dos mujeres. Victoria se adentró sigilosa, sin hacerse notar, incapaz de apartar los ojos del rostro de la muchacha deformado por el dolor. El pelo desgreñado se le pegaba a la frente sudorosa; tenía los ojos cerrados y la boca se le contraía en una mueca tensa con cada respiración. Una de las mujeres, la más mayor, delgada y nervuda, extendió una sábana por encima de las rodillas dobladas sobre el colchón, al tiempo que la otra agarraba su muñeca para tomarle el pulso con gesto diestro. Fue entonces cuando Victoria identificó a Rocío, la joven enfermera del hospital. Le había costado reconocerla sin el uniforme y con una pañoleta prieta recubriéndole la cabellera ondulada y abundante. La otra mujer era Maricruz, la suegra de Pepa, le dijo Ramona, que se aproximó un taburete junto al cabecero y colocó un pañito sobre la frente de su hija, suave y amorosa. Sus labios se movían como si rezara una oración para sí misma. Victoria se acercó a ella sin hacer ruido, posó una mano en su hombro e inclinándose susurró:

—Ramona, ¿cómo está su hija? ¿Puedo hacer algo?

La mujer la miró con expresión sorprendida.

—No, señora, nada —dijo, agradecida—. La señorita Rocío dice que ha perdido al niño, que su corazón ya no late. Ahora solo queda esperar a que su cuerpo lo eche afuera...

—¿Y no deberían llamar a un doctor?

—Ya han mandado aviso al doctor Encinas, que atiende en Zalamea, pero ese hombre aparece cuando le da la gana, sobre todo en las casas de los pobres —comentó con ademán resignado—. Menos mal que tenemos a la señorita Rocío, que acude enseguida, en *cuantito* se la llama, y sabe lo que se hace.

De haber estado en otro lugar, en otra situación, Victoria no se habría mordido la lengua: la joven no debería estar allí, ni debería tratar a ningún paciente como si fuera una doctora. No lo era, al menos, no legalmente, y si alguien la denunciaba, podría incluso acabar en prisión. Sin embargo, guardó silencio; no sería ella quien la acusara, y menos aún en esas circunstancias. Además, se le ocurrió que, muy probablemente, tanto a Ramona como a las demás mujeres de la aldea les importaba poco si la señorita Rocío tenía o no el papel que acreditaba su condición de médico, porque era evidente que confiaban en ella tanto o más que en cualquier otro médico.

De pronto, el cuerpo de la muchacha se arqueó sobre el colchón, los tendones del cuello se marcaron tensos como el alambre y un grito desgarrado, casi animal, llenó la estancia. Ramona agarró con fuerza la mano de su hija, como si así pudiera aliviarle el dolor. No podía, nadie podía, se dijo Victoria, acongojada.

Rocío se colocó entre las piernas de Pepa y, con expresión reconcentrada, introdujo su mano bajo la sábana que las cubría. Victoria no aguantó la visión, sintió un leve mareo, una arcada le subió a la boca y tuvo que salir del cuarto. Se quedó apoyada en el pasillo, doblada por la mitad, respirando hondo. El recuerdo de su propia experiencia le había revuelto el cuerpo entero.

Regresó al cabo de unos minutos, cuando oyó un revuelo en el interior del cuarto. El suelo estaba lleno de trapos manchados de sangre, Ramona sollozaba junto al rostro desmayado de su hija, y la otra mujer ayudaba a Rocío en lo que podía.

—¿Qué ocurre? —preguntó Victoria.

—¡Está sangrando mucho! —exclamó la mujer.

—Hago todo lo que puedo —replicó Rocío, que no se había movido de su sitio, intentando detener la hemorragia. Echó un vistazo alrededor y le ordenó—: Maricruz, limpie bien todo esto, traiga sábanas limpias, ponga más agua a hervir y que hiervan también algunos trapos, ¡deprisa!

La joven doctora parecía desbordada y la situación podía empeorar, Victoria lo sabía bien.

—¡Voy a mandar aviso al doctor Langford! —anunció.

—¿Al doctor Langford? —Rocío volvió la cabeza por encima de su hombro y miró fijamente a Victoria durante unos segundos, como si meditara la idea. Y entonces asintió—: Sí, que venga él o, mejor aún, avise a mi padre, el doctor Alonso. ¡Y que se dé prisa!

Estaba asustada, se lo vio en los ojos. Echó a correr hacia la puerta de salida, donde se tropezó con esa otra mujer, Chara, la amanuense, con una niña pequeña de la mano.

—¿Tiene aquí sus cuartillas? —le espetó sin saludarla siquiera.

La mujer se metió la mano en el bolsillo del mandil y sacó unos papelitos doblados en cuartos y un lapicero. Victoria cogió un papel y el lápiz y, apoyándose en la mesa, escribió un mensaje para Phillip en el que le apremiaba a acudir con su maletín médico, «lo más rápido que puedas, por favor, es urgente, te necesito». Lo firmó con su nombre y dobló el papel por la mitad. No dudaba de que el doctor Alonso era un buen médico, pero a ella le inspiraba más confianza su cuñado, aunque solo fuera porque era cirujano además de médico, y Victoria intuía que eso era lo que necesitaba ahora la hija de Ramona.

Corrió a la plazoleta en busca del cochero, a quien halló esperándola a la sombra de un árbol, fumando un cigarrillo que lanzó lejos en cuanto la vio llegar. Victoria le entregó el papel y le pidió por favor que fuera lo más rápido que pudiera al hospital y se lo entregara en mano al doctor Langford.

—A él en persona, Manuel, no se lo dé a nadie más, ni al conserje, ni a una enfermera. Solo a él, ¿me entiende? Es un asunto de vida o muerte. —El cochero asintió muy serio—. Y si no encuentra al doctor Langford, busque al doctor Alonso, y si no... —Lo pensó un instante, antes de añadir muy segura—: Y si no, a quien sea, pero regrese con un médico, por favor se lo pido.

Victoria se quedó allí de pie, con la vista puesta en el carruaje que doblaba la esquina y desaparecía calle abajo. No era ella de mucho rezar, pero de vuelta a la casa pidió a Dios o a quien fuera que hubiera allá arriba que Rocío pudiera mantener con vida a la chica hasta que llegara Phillip. Solo pedía eso.

Al llegar delante de la casa había un gran revuelo. Las vecinas murmuraban en corrillos, temerosas, inquietas, bisbiseando como avispas en el avispero. «Y ya van dos este mes», oyó que decía una. «Otro niño perdido antes de nacer, ¡angelito!», susurró otra. «Alguien ha echado una maldición sobre este pueblo, para que las mujeres dejen de parir, los niños se nos mueran descompuestos y a la aldea se nos trague la tierra». Pasó entre ellas hasta la puerta, que encontró cerrada a cal y canto.

—Órdenes de la niña, la Rocío —dijo una voz cercana. Al girarse se encontró a Chara, sentada en un banquito pegado a la fachada de la casa, con la niña en su regazo. A su lado había una anciana menuda, de pelo blanquísimo recogido en un moño y el rostro surcado de arrugas infinitas—. Ha dicho que hasta que no venga el doctor, no dejemos pasar a nadie.

Habría que esperar, entonces. Por más que corriera, Manuel tardaría un rato en regresar.

—¿Es su hija? —Victoria señaló a la niña, que la miró muy seria desde el fondo de sus grandes ojos azules, sabiéndose aludida—. ¡Qué bonita es!

—Sí, es mi lucerito —respondió Chara, achuchándola—. Se llama Quina.

No se parecía a la madre, de belleza más sureña. La cría tenía el pelo claro casi rubio, la cara fina, la piel de un suave color tostado en el que destacaba más si cabe el azul turquesa de los ojos.

—¡Y qué ojazos! —Victoria le sonrió, acariciándole el pelito ondulado. La niña se abrazó al cuello de su madre y escondió la cara en su pecho.

—Como los del padre, ¿verdad, corazón? —dijo Chara. Luego, dirigiéndose a Victoria, añadió en tono orgulloso—: Es minero, está trabajando en la corta del Filón Norte.

Ella sonrió, sin saber qué decir. El trabajo de los mineros en la corta le había parecido demasiado peligroso y duro como para alegrarse por ella. Volvió su atención a la niña.

—¿Cuántos años tienes?

La cría ladeó la cabeza, la miró y levantó su mano con tres deditos pequeños.

—Pero pronto va a cumplir cuatro, ¿a que sí? —dijo la madre, y la niña movió la cabeza asintiendo—. En febrero, si Dios quiere.

—«Cuatro años como cuatro soles a salvo de sombra y males» —recitó la anciana con un hilo de voz susurrante, agarrando la manita entre sus dedos huesudos y deformes.

—¿Qué males? —preguntó Victoria.

—No se preocupe, son cosas suyas —repuso Chara—. A veces Rufina recuerda mejor las cosas del pasado que lo que ocurrió ayer.

—¿Y qué es eso que hablan las mujeres, lo de los niños? —Victoria hizo un gesto imperceptible hacia un corrillo de niños de entre tres y seis años que jugaban alrededor de las mujeres.

Antes de que Chara pudiera responder, la anciana irrumpió a hablar con voz lastimera.

—Hay que ver, la Pepita... Pobrecilla —musitó, balanceándose pesarosa—. Con lo contenta que estaba. Cada vez que me veía, me decía: «Abuela, tócame la tripa a ver si puedes sentir si es una nena...». Y se la toqué y no sentí nada, pero le dije que la naturaleza era muy sabia, que traería lo que tenía que traer.

—Sí, Rufina, la naturaleza es sabia —dijo Chara, dándole una palmada comprensiva en el dorso de la mano apergaminada. Miró a Victoria y le respondió—: Las mujeres están nerviosas por lo de Pepa y las otras mozas de la aldea, que también perdieron a sus bebés hace unas semanas. Con la hija de Ramona ya son tres este mes, y en el mes anterior hubo otra más. Y está lo de los críos que enferman de la tripa y se nos mueren porque no retienen nada dentro, ni alimento ni agua, ya lo vio usted en el hospital. La semana pasada murieron tres, dos aquí y otro en Zalamea. —«Mama, hazme el caballito», le pidió su hija, y ella la agarró de la cintura y movió sus piernas arriba y abajo en un trotecillo suave, antes de proseguir—: Demasiadas desgracias para una aldea tan pequeña como esta. Por eso están asustadas, empiezan a murmurar cosas extrañas, se oyen rumores... ya sabe.

—¿Qué rumores? —insistió Victoria.

La mujer se encogió de hombros.

—Tonterías sin sentido, digo yo —repuso, venciendo su reticencia a hablar—. Hay quien dice que es un castigo de Dios por la construcción de la iglesia anglicana; otras creen que alguien nos ha echado un mal de ojo, e incluso hay quien habla de una enfermedad rara de los humos.

—¿Y las han visto los médicos en el hospital?

—A algunas sí, a las mujeres de los mineros; son las únicas a las que atienden —respondió Chara—. Y allí nadie dice nada; tan solo les aseguran que está dentro de lo normal, que los embarazos se malogran con frecuencia, pero qué quiere que le diga, a mí me parece que cuatro abortos en un mes son demasiados. Aunque también le digo que yo no creo en supersticiones ni maldiciones.

Victoria tampoco creía en ellas, estaba segura de que debía haber alguna explicación racional para lo que ocurría.

—No hay más maldición que la furia de la Tierra cuando se siente violentada por la mano del hombre —murmuró la anciana como si hablara para sí misma. Algunas mujeres se volvieron hacia ella, atentas a lo que decía—. Vendrán vientos de fuego que arrasarán árboles, matas, cosechas; manarán las aguas insalubres, arderá la tierra infestada de muerte, y cualquier vida futura será polvo y ceniza en el vientre. Ese el destino que nos espera.

Un largo silencio siguió a sus palabras, hasta que la niña empezó a cantar una cancioncilla acompañada de palmadas.

—¿Qué quieres decir con eso, Rufina? ¿Que es por culpa de los humos? ¿Que se van a desgraciar más embarazos? —inquirió una de las mujeres, aproximándose al banco. Lucía el vientre abultado de un embarazo avanzado.

La anciana la miró con ojos ausentes.

—No hagáis caso, ya sabéis cómo está la Rufina, son cosas suyas —dijo Chara.

—¿Y por qué habría de inventarse algo así? —preguntó otra mujer—. Esta vieja lleva aquí más años que nadie, se conoce esta tierra como la palma de su mano, hasta con los ojos cerrados. Y si dice que la culpa es de la mina, por algo será...

—Rufina no ha dicho que la culpa sea de la mina, la mina da de comer a muchas familias en los alrededores...

—Y también nos quita el alimento a muchas otras —replicó una mujer de gesto duro, a quien Victoria había visto llegar poco antes.

—Y si fuera cosa de la mina, ¿por qué no ocurre lo mismo en Riotinto o en Nerva o en Corta Atalaya? Pregunta por allí cuántas *preñás* han perdido a los hijos que traían en su vientre, a ver lo que te dicen, Mariona.

—¿Pues qué van a decir, Chara? —repuso la mujer—. Allí todos callan, por la cuenta que les trae. Tú lo sabes mejor que nadie, que tienes a tu hombre en el tajo y no os falta un techo, ni un plato caliente a la mesa, ni unos zapatos para la niña. A los de Riotinto y Nerva los tienen *domesticaos* como a perros, nadie se queja ni protesta, allí lo único que cuenta es cobrar el jornal a final de semana y nada más. ¿O no? —le espetó, acusatoria, como si ella, Chara, también tuviera culpa—. No les importa ni la tierra ni la gente de por aquí que vive del campo, y por eso tenemos que defender nuestra casa, nuestro campo y a los animales, por la salud y el pan de nuestros hijos.

—A mí no me calla la boca nadie, Mariona, y menos la compañía, bien que lo sabes. Y a mi marido tampoco, que él es de los que dan la cara por sus compañeros y por quien sea. Y si no, pregunta a quien quieras por Gabriel el Rubiño, y verás lo que te dicen de él. Te digo yo que si la salud de nuestros hijos está en juego, no hay compañía ni minas que valgan. Eso lo sabe hasta la cabra que nos da leche en casa.

Ni siquiera eso las calmó. Algunas de ellas siguieron empecinadas en las palabras de Rufina, buscaban algo a lo que aferrarse y culpar.

—... porque a alguien habrá que reclamar, y que nos expliquen qué está ocurriendo, ya sea el alcalde, los doctores ingleses, el gobernador, quien sea, pero ¡no podemos quedarnos de brazos cruzados mientras nuestras hijas se desangran y los niños se nos mueren! —gritó Mariona, soliviantando al resto.

—¡Escuchad! —volvió a hablar Chara. Se había subido al banco de madera para hacerse oír. Señaló a Victoria con el brazo extendido y dijo—: Esta señora escribe en diarios importantes de Madrid y puede contar lo que está pasando aquí para que se enteren los políticos en la capital.

—¿Y de qué nos sirve eso a nosotras, vamos a ver? —se oyó gritar a una.

—¿De qué sirve? Pues, para empezar, sabrán que existimos y que aquí pasa algo gordo. ¿O de verdad creéis que alguien os va a hacer caso?

Algunas mujeres titubearon, otras exclamaron «¡*Quiá!*» con gesto descreído.

—A quien hay que contárselo es a los de la Liga, que son los que están dando la cara por la gente de la comarca aquí, en Huelva y en Madrid. Si hay que confiar en alguien es en ellos —replicó Mariona.

—¿Y no crees que los antihumistas aplaudirían que se publicaran artículos en la prensa de Madrid apoyando la causa? —Chara se dirigió a Mariona y luego se volvió al resto—. Yo me he criado en Madrid y os digo que la gente poderosa lee los diarios, empezando por los señores ministros y los señores diputados de las Cortes, y los jueces, los médicos, los científicos, los dueños de las compañías... Todos leen las noticias que salen en los periódicos y luego circulan por las tertulias de cafés, salones, ateneos... donde sea. Eso es lo que necesitamos, ¡que conozcan lo que aquí ocurre y que hablen de ello! Y esta señora puede hacer que se sepa.

Todas las miradas se dirigieron hacia Victoria, que

guardaba un prudente silencio. No sería ella quien cuestionara a Chara delante de esas mujeres, por más que hubiera exagerado un tanto la influencia de unos artículos en la sociedad madrileña.

—Chara tiene razón, aparecer en los papeles de Madrid es importante —respondió—. Pero antes hay que saber de qué se trata. Ahora mismo, un médico del hospital inglés viene de camino hacia aquí. Cuando termine de tratar a la hija de Ramona quizá nos pueda decir algo más.

Y como si la Providencia la hubiera escuchado, se oyó el ruido cercano de los cascos de unos caballos, y el carruaje de Manuel emergió a la vuelta de la esquina. Las mujeres observaron en silencio cómo se abría la portezuela y se apeaba el médico con el maletín en la mano. Se quedó allí de pie, delante del corro de mujeres, buscándola.

—¡Phillip! —Victoria fue hacia él. Nunca se había sentido tan contenta de verlo ni tan orgullosa de su cuñado como en ese momento.

—¡Victoria! ¿Qué ocurre? ¿Tú estás bien? —Sus ojos la examinaron de arriba abajo, preocupado.

—Sí, yo estoy bien. Es la hija de Ramona la que necesita un buen médico. Ven. —Se enganchó a su brazo y lo condujo hacia la casa. Por el camino murmuró, aliviada—: ¡No sabes cómo me alegro de que hayas venido!

—¿Cómo no iba a venir después de leer tu mensaje? —Su rostro se suavizó al mirarla—. Le he pedido al doctor MacKay que me sustituyera en la ronda. Tendré que devolverle el favor con alguna guardia nocturna más, eso es todo.

Victoria empujó la puerta de entrada y lo guio a lo largo del pasillo hasta el cuarto ahora silencioso. Por el camino le advirtió de que estaba allí la enfermera Alonso. Phillip movió la cabeza con un gesto de reprobación, pero no dijo nada. En cuanto lo vio entrar, Rocío se levantó de su silla junto a la cabecera de la cama, con una mezcla de alivio y preocupación. Ramona corrió a recibir al doctor con lágrimas de agradecimiento en los ojos.

—Enfermera Alonso, cuénteme cuál es la situación —le ordenó Phillip en su español rudo.

Echó un vistazo rápido alrededor de la estancia mientras se quitaba la chaqueta, que le sostuvo Victoria. Abrió su maletín, extrajo un par de instrumentos y se acercó a la muchacha tendida en el lecho. Victoria se quedó a un lado, en silencio. Era la primera vez que veía a Phillip en su papel de médico y le asombró la transformación que se operó en él nada más entrar en la habitación. Le habían bastado unos segundos para evaluar lo que ocurría y hacerse con las riendas de lo que debía hacer; estaba en su elemento, actuaba con movimientos firmes, precisos, sin titubear ni un instante con el fin de salvar una vida. Se quedó mirándolo con profunda admiración, rebosante de cariño y orgullo a partes iguales.

—Me llamaron para que atendiera el parto junto con la matrona y... —comenzó a decir Rocío.

—Ya habrá tiempo para explicaciones, enfermera. Me refiero a la paciente —la cortó él, que se había empezado a arremangar la camisa—. Necesito jabón y agua hervida para lavarme las manos. Y usted también. Láveselas bien, me va a tener que ayudar.

—Aquí tiene el agua y el jabón de sosa, doctor. He intentado mantener limpia la zona afectada y el entorno todo lo que me ha sido posible —dijo, señalándole la cacerola de agua sobre la mesilla y una palangana.

—Aun así, necesitaremos más agua —pidió, dirigiéndose a Maricruz, que salió de la habitación a buscarla.

Mientras él se lavaba, Rocío procedió a describir el estado de la muchacha desde que llegó a media mañana, después de que la avisaran, hasta poco antes de que llegara el doctor, cuando consiguió extraer los restos de placenta que se habían quedado adheridos dentro y contener la hemorragia.

—Bien. Pues comencemos. Vosotras —les indicó a Victoria y Ramona—, tendréis que esperar fuera. No quiero a nadie aquí, con la excepción de la enfermera Alonso. Victoria, por favor, encárgate de que no entre nadie.

Como Ramona se resistía a levantarse, Victoria la rodeó con el brazo y la acompañó suavemente hacia la puerta.

—Pero ¿podrá salvarla, doctor? Dígame que se pondrá bien, por favor —suplicó la criada antes de abandonar el cuarto.

—Haré todo lo que pueda, Ramona, se lo prometo.

—Ah, Phillip... —Victoria se volvió hacia él, ya en la puerta—, otras muchachas de esta misma aldea han pasado por lo mismo que Pepa. Rocío sabe de lo que hablo, ella te podrá dar más detalles. Las mujeres están asustadas, no creen que sea casualidad y buscan algo a lo que echar la culpa. Si pudieras darles alguna explicación, por sencilla que sea, sería muy tranquilizador para ellas.

Se sentó a esperar fuera, junto a Ramona, Chara y las demás mujeres. «Habrá que tener paciencia», oyó que decía Maricruz, acunando a su nieto medio adormilado entre los brazos. Había mandado a su hijo a por agua a la fuente con dos tinajas que llenar. Al menos, Pepa tenía un hijo al que aferrarse después de pasar por ese trance, pensó Victoria con los ojos puestos en el niño de pelo fosco, tan negro como el de su padre.

Al cabo de un tiempo la puerta de la casa se abrió y salió Phillip seguido de Rocío.

—Su hija está ahora durmiendo, Ramona. Ha perdido al hijo que esperaba, pero ya vendrán otros, que no se preocupe —anunció él—. Ahora solo debe guardar cama unos días y alimentarse bien para recuperarse cuanto antes. Tómese un par de días libres y si notan que le sube la fiebre, avíseme cuanto antes. Lo más importante ahora es que no haya infección.

—Dios se lo pague, doctor —dijo la mujer con gesto compungido.

Las mujeres alrededor lo miraron en silencio, expectantes, como si les debiera alguna explicación más.

—¿Y *usté* no sabe por qué ha ocurrido esta desgracia? La Pepa estaba muy bien hasta ayer mismo, y de repente esto... —le espetó Maricruz, sin dejar de balancear al niño en sus brazos.

—Es imposible saberlo. Son cosas que pasan con frecuencia. Ustedes lo saben, muchos embarazos nunca terminan bien —habló Phillip elevando la voz, como si quisiera que le oyeran todas las mujeres.

Ya en el carruaje, Victoria quiso saber qué había ocurrido entre él y la joven enfermera para que estuviera tan seria y tan callada.

—Esta mañana pidió permiso para marcharse del hospital porque se encontraba mal. Si la enfermera Hunter se entera de que ha estado ayudando como matrona en un parto, la despedirá de inmediato —respondió Phillip—. Le he asegurado a la señorita Alonso que por esta vez no diré nada, porque gracias a su rápida reacción ante la hemorragia es probable que se haya salvado la hija de Ramona, pero no puede volverse a repetir.

—¿Estás seguro de que no hay nada extraño en que Pepa haya perdido a su bebé? Ramona dice que su hija estaba bien hasta hoy.

—¿Qué puede haber de extraño, Victoria? Tú también perdiste a tu hijo antes de nacer, ¿crees que fue por alguna razón concreta? Si les preguntas a las mujeres de más edad a cuántos hijos perdieron en el parto o antes del parto, todas te dirán que, al menos, a uno, si no más. Y nadie sospechó que hubiera alguna mano negra detrás.

Es posible que así fuera, pero a Victoria le parecía una explicación insuficiente. Pensó en pedirle a Rocío que la ayudara a indagar un poco entre las mujeres por si averiguaban algo.

Una semana después, Victoria recibió un telegrama urgente de Madrid remitido por don Cecilio: a *El Globo* le interesaba mucho el asunto de los humos de la Compañía Río Tinto, iban a publicar su columna en primera plana y querían que Troyano continuara remitiendo más crónicas desde allí. Pagarían bien por cada texto enviado.

Definitivamente, permanecería unas semanas más en Riotinto.

10

Los días en Bella Vista se sucedían con lenta cadencia, como el goteo apático de un grifo mal cerrado. Aletargados. Tediosos. Idénticos. Phillip en el hospital, Clarissa con su obsesión por los bordados, y Victoria, que leía, escribía, deambulaba por la casa, salía a dar un paseo por el pequeño recinto, y de regreso, se sentaba un rato en la cocina a charlar con Ramona al calor de los fogones. Habría sido difícil soportar tanta quietud si no fuera por su creciente amistad con la joven Rocío Alonso, a quien había acompañado en un par de visitas médicas a las aldeas más pequeñas cercanas a Zalamea, a pesar de las objeciones con que intentaba retenerla Clarissa cada vez que la veía ponerse la pelliza y coger el paraguas. ¿Para qué necesitaba salir? Ninguna dama traspasaba los muros de Bella Vista con tanta frecuencia, y mucho menos sola. ¿Acaso había olvidado que era una viuda en periodo de luto? Al principio, Victoria intentaba tranquilizarla con explicaciones; luego, al ver que no servían de nada, dejó de intentarlo. Jamás entendería que quisiera adentrarse en la miseria estancada en las casas y soportar la visión de los críos enfermos, afectados la mayoría por los temidos cólicos diarreicos; no se acostumbraba a los ojos hundidos, la piel grisácea, seca como el papel, el tono aletargado de sus cuerpecillos derrengados. Pocos sobrevivían por falta de atención médica a tiempo, se lamentaba Rocío, que ni siquiera podía regañar a las madres consumidas por la impotencia y la resignación. Nada de eso lo podría entender Clarissa, que pasaba los días encerrada en Bella Vista, sin otro pensamiento en su cabeza más que su amada Inglaterra y lo que había dejado allí.

Por eso, si no hubiera sido por Phillip y las sutiles artes conciliadoras de la señora Osborne, empeñada en mantener la armonía en el seno de la colonia, Clarissa no habría consentido en acudir a la velada del último sábado del mes en el club de Bella Vista. Una cosa era ceder a ciertos compromisos sociales ineludibles por respeto a su hijo —las reuniones de té femeninas lo eran, por descontado— y otra muy distinta asistir a una reunión con baile y juegos, lo cual sería absolutamente inapropiado para dos viudas aún en periodo de luto.

—Ya se ha cumplido un año y un día de la muerte de

James, Clarissa —dijo Victoria—. Podemos permitirnos algunas licencias.

—Sinceramente, querida, pienso que es pronto para pasar al alivio de luto —respondió la anciana—. Claro que cada cual conoce la hondura de su dolor, y el mío sigue muy vivo. En tu caso, tal vez lo sientas de otra manera. —La miró, inquisidora.

—Lo que sienta o deje de sentir de ahora en adelante será cosa mía, a nadie le tiene por qué interesar —repuso ella con firmeza. Ya lo tenía decidido: en cuanto llegara a Madrid, se desprendería de sus vestidos negros y los cambiaría por otros de colores más neutros—. He guardado luto riguroso por la muerte de mi marido, no creo que nadie pueda reprocharme nada.

En realidad, su duelo no fue por él. La muerte de James fue una fatalidad, una desgracia inesperada, horrible, pero no le dolió tanto como la pérdida de su hijo; eso sí que le rasgó el alma, le oscureció el ánimo durante los meses siguientes. Pero lo de James no, porque hacía tiempo que no sentía más que desprecio hacia él. En aquel entonces ya ni siquiera lo respetaba. Toda la gentileza, la caballerosidad, el encanto que desplegó con ella hasta la boda se fueron disipando poco a poco y apareció el auténtico James Langford, el hombre frío, altivo y pagado de sí mismo, que dejó de visitarla en su alcoba el mismo día que ella le comunicó que estaba encinta. Pronto retomó sus antiguas costumbres libertinas; salía todas las noches al club de caballeros y regresaba de buena mañana, después de haber pasado la noche en el lecho de su nueva amante, una jovencísima bailarina francesa de rostro angelical, tan inocente como Lucrecia Borgia, según la condesa de Whitman, que disfrutó lo indecible contándoselo. No, no le dolió su muerte. Su tiempo de duelo fue por su maternidad perdida, por el matrimonio fracasado, por esa etapa que había arrancado con la ilusión de la juventud y concluyó de una manera tan abrupta, que no sabía si quería continuar adelante.

—No es una fiesta, madre —intervino Phillip, acomodado en su sillón orejero, junto a la chimenea. Hasta entonces había permanecido al margen, enfrascado en la lectura del tomo de medicina que sujetaba con una mano mientras con la otra sostenía la pipa que acostumbraba a fumar todas las noches—. Es una velada tranquila en la que hay tertulias, música al piano y, a veces, cuando Smithson y el señor Burns sacan sus violines, algunas parejas se animan a bailar, pero eso es todo. El verdadero baile de la colonia se reserva para la noche de Fin de Año. Y en cuanto a los juegos, los solteros se reúnen en la sala del billar a echar una partida, o a jugar a los naipes o los dardos, como cualquier otra noche.

—Sigue sin parecerme muy oportuno —repitió Clarissa, obcecada.

—La señora Osborne ha avisado a todas las damas de que en esta ocasión no habría baile —agregó Victoria, y aunque no lo dijo, ambas sabían que lo había hecho por ellas.

—Iremos, madre. Esas veladas son el único evento social relevante del mes en la colonia y asiste todo el mundo —zanjó Phillip.

Victoria se detuvo de golpe en el umbral del club al notar el sutil tirón de Clarissa, a quien llevaba enganchada del brazo. A pesar de su edad, a la anciana duquesa le gustaba hacerse notar al llegar a los sitios, especialmente allí, entre aquella gente a la que consideraba de menor rango social. Y logró su objetivo. Las miradas de las personas reunidas en el amplio vestíbulo confluyeron en ellas, las dos damas enlutadas y escoltadas por el doctor Langford. El matrimonio Osborne se aproximó a recibirlos, arrogados del papel de anfitriones en calidad de máximos representantes de la compañía.

—¡Cuánto me alegro de que se hayan decidido a venir, señora Langford! —exclamó la señora Osborne, extendiendo las dos manos enguantadas hacia la anciana.

—¿Cómo nos lo íbamos a perder, querida? —Lady Langford le dedicó su sonrisa más encantadora.

—Dígaselo a su hijo, milady —repuso el director, que

la saludó con una venia antes de girarse hacia el doctor—. Hacía tiempo que no te prodigabas en estas veladas, Phillip.

—Sin una buena compañía no es lo mismo, lo sabes bien, John —concedió él.

—En eso le doy la razón. Y me alegro de que venga tan bien acompañado —dijo la señora Osborne. Y dirigiéndose a Victoria, agregó—: Verá qué bien lo pasan. Aquí también nos sabemos divertir, a pesar de hallarnos tan lejos de nuestro hogar. ¿No es cierto, doctor Langford?

—Muy cierto, señora. —Sonrió Phillip, que posó su mano en la espalda de Victoria y se colocó a su lado—. Y si no, haré lo imposible por que así sea.

Una vez dentro, las guio a través de una puerta de doble hoja hasta la sala principal que Victoria contempló con curiosidad. Era la primera vez que pisaba un club de caballeros, aunque fuera un sucedáneo de los exclusivos clubes londinenses de los que James era cliente asiduo, y lo cierto es que no le impresionó demasiado. La decoración era austera, masculina, si no fuera por los ramos de flores frescas con las que habían adornado algunos rincones de la estancia, presidida por el retrato de la reina Victoria, idolatrada por su pueblo casi como una divinidad. Justo debajo brillaba una placa dorada con el emblema de la compañía y la leyenda CLUB INGLÉS DE RIOTINTO,

INAUGURADO EN 1884. De las paredes forradas de madera colgaban varios paisajes de la campiña inglesa, una gran bandera británica desplegada y dos viejos palos de críquet cruzados que habían pertenecido a sendos empleados, los mejores jugadores que habían pasado por la colonia. «Los donaron al club poco antes de marcharse de aquí», les explicó Phillip, que también les mostró el estante sobre el que descansaba el trofeo del primer y único torneo celebrado allí, y una copa ganada al balompié en un partido que enfrentó a su equipo, el Minas de Río Tinto, contra el equipo formado por los empleados de las oficinas en Huelva, incluidos los españoles, que nunca habían oído hablar de ese juego hasta que llegaron ellos y se lo enseñaron.

—Así que este es vuestro territorio, aquí rigen vuestras propias reglas. —Victoria paseó la mirada alrededor.

En la sala reinaba un suave bullicio de saludos y sonrisas comedidas que parecían emular el ambiente encorsetado de las reuniones sociales en su añorada Inglaterra. A fin de cuentas, pensó Victoria, esas veladas, las reuniones de té, el club de caballeros y sus actividades de ocio no dejaban de ser una forma de defensa, una especie de rituales compartidos que los ayudaban a sobrellevar día tras día su condición de expatriados en ese lugar inhóspito, situado en los confines —mentales y geográficos— de su excelsa civilización británica. El miedo y la convicción de su superioridad mantenían unida a esa pequeña comunidad, aislada y cerrada sobre sí misma, en la creencia de que fuera del muro de Bella Vista no había nada que mereciera la pena conocer, solo miseria y barbarie. Y eso significaba preservar las rígidas normas sociales victorianas por encima de todo. De modo que a Victoria no le extrañó ver a las damas ataviadas con recargados vestidos de baile reservados para lucir en las escasas ocasiones que se presentaban, y a muchos de los caballeros vestidos de frac o con elegantes ternos de buen paño, camisas de cuellos almidonados, leontinas doradas, como era el caso de Phillip, enfundado en un traje de hechura impecable, encargado en una de las mejores sastrerías de Savile Row, que realzaba su figura elegante y estilizada. Tampoco le sorprendió comprobar que los pequeños corrillos en los que se distribuían los integrantes de la colonia reproducían la misma jerarquía social y laboral de la compañía: los directivos se juntaban con los directivos, los ingenieros con los ingenieros y los técnicos intermedios con los técnicos intermedios.

Se dirigieron al grupo formado por los Patterson, los Colson y los doctores MacKay y Richards con sus esposas, situados en uno de los lados de la sala. Los médicos eran una élite aparte que disfrutaba del privilegio de alternar con unos y con otros. Los hombres conversaban de pie, en un aparte, mientras que las señoras ocupaban el rincón de butacas alrededor de un pequeño velador sobre el que reposaban varias copas de vino y de ponche.

—Yo solo digo que una no puede llegar a un sitio y actuar como si fuera la reina de Inglaterra —decía la señora Patterson después de que ellas se les unieran—. Le dije que si quería arreglar el jardín, le convendría pedir consejo al jardinero de Bella Vista, porque nadie mejor que él para saber lo que crece aquí y lo que no. Pues resulta que el otro día, cuando salí a dar un paseo, vi que el jardinero apenas había avanzado con la poda del seto alrededor de la pista de tenis y cuando fui a preguntar a Stuart, el conserje, me dijo que no era culpa del jardinero, que la señora Gordon le reclamaba constantemente para que las ayudara a ella y a su hermana, la señorita Jones, en su jardín particular. Por supuesto, le dije que no debía permitirlo, ese hombre no puede descuidar el jardín común por atender los caprichos de una señora.

—Parece obsesionada con cultivar aquí sus rosas de Inglaterra, como si fuera la primera en intentarlo —intervino la señora MacKay, con una exquisita voz modulada, acorde a los modales aristocráticos un tanto impostados que exhibía en sus movimientos—. Si no lo consiguió nuestra querida señora Townsend, que era una experta jardinera, dudo que ellas tengan más habilidad.

—En el barco dijo que traían los mejores esquejes de

Inglaterra y que su hermana los plantaría —dijo Clarissa, echando más leña al fuego. Le encantaban los chismes.

—¿Y de verdad cree que van a arraigar aquí? —preguntó la señora MacKay—. Lo dudo.

—Pues yo me las encontré a las dos en el economato y llevaban en su cesto cuatro cajas de té, pese a que acordamos limitar la compra a dos cajas con el fin de que haya existencias para todos —intervino la señora Richards—. No quise decirles nada, pero alguien debería recordárselo.

Una criada de uniforme se acercó con una bandeja y les ofreció vino de Oporto o ponche caliente a las recién llegadas. Victoria cogió una copa de vino para ella y otra de ponche para Clarissa.

—Es muy posible que, simplemente, no lo sepan —se oyó decir a la señora Colson en un tono que reflejaba hastío. Todas la miraron. Hasta ese momento había permanecido sumida en un silencio defensivo, recostada en su asiento en postura indolente—. La señora Gordon tiene demasiadas ganas de agradar como para atreverse a romper sus normas de racionamiento, señora Richards.

Victoria la miró con curiosidad. Después de la reunión de señoras en la Casa del Consejo, le preguntó a Phillip por ella. Le había intrigado su figura hundida en el sillón, ajena a cuanto ocurría alrededor. Él se mostró un tanto evasivo, como si fuera un tema del que prefería no hablar. Se limitó a decirle que la señora Colson —Alice, la llamó— era una mujer muy sensible con una salud demasiado frágil. «¿Y por eso su marido la ha dejado aquí sola?», replicó Victoria, sarcástica. «Desconozco las razones de Colson —respondió Phillip, con sequedad—. Lo que sí sé es que aquí goza de más tranquilidad, tiene el hospital cerca y está bien atendida». Al mirarla ahora de frente, le pareció muy hermosa, aunque menos joven de lo que pensaba. Debía de rondar los treinta y tantos. Tenía el rostro alargado y las facciones un tanto desajustadas —la tez muy blanca, los ojos de un verde intenso, grandes y redondos, la nariz ligeramente aguileña, los labios rosados—, pero el conjunto resultaba muy armonioso. Más allá de su indudable belleza, quizá su mayor atractivo residía en el aire etéreo, un tanto ausente, que la envolvía, mezcla de hastío y de tensión contenida perceptible en sus gestos, como si cada nervio, cada tendón, cada músculo de su cuerpo, estuviera a punto de estallar en su interior.

—¿Cómo no lo va a saber, querida? —replicó la señora Patterson, con más suavidad de lo normal—. En la reunión de señoras del pasado miércoles estuvimos comentando la escasez de té que hay últimamente en el economato. Elaine ha enviado una carta al jefe de almacén de la compañía solicitando que aumenten el abastecimiento, pero, mientras tanto, debemos racionar las cajas que llegan.

—¿Os habéis percatado de quién es el prometido de la señorita Jones? —inquirió la señora Richards, inclinándose levemente hacia ellas, antes de dirigir una mirada de soslayo hacia el extremo opuesto de la sala. Seis pares de ojos se posaron con disimulo en el corrillo donde se hallaba la señora Gordon y su marido, junto a la señorita Jones y un señor rubicundo y fornido, no más alto que ella.

—¡El señor Malcolm Reid! —susurró escandalizada la señora MacKay. Cogió su copa de la mesa y, antes de beber un trago, añadió—: Pobrecilla. La compadezco.

—¿Por qué «pobrecilla»? —inquirió Victoria.

—Oh, por nada —respondió la señora MacKay, dejando de nuevo la copa en la mesa—. Es solo que el señor Reid no goza de muchas simpatías entre algunos miembros de la colonia. Es tan... burdo. Además —dijo bajando la voz a modo de confidencia—, mi doncella dice que ha oído en el pueblo que frecuenta mucho las tabernas de los nativos y que tiene una querida, una mujer que trabaja en las minas.

La señora Colson soltó una carcajada burlona.

—¿De veras? Por favor, Ann. Creo que todas aquí intuimos que nuestros compatriotas solteros no llevan una vida monacal, precisamente... Lo que ocurre es que el señor Reid no les quiso cambiar a ustedes su turno en la casa de salud de Punta Umbría la pasada temporada, para que pudieran coincidir allí con Dora y con mis tíos.

La señora MacKay se irguió en su sitio, ofendida.

—Por supuesto que no. Lo que ocurrió es que hubo una confusión con las fechas que solicitamos y...

—Bueno, dejemos el tema, queridas —medió la señora Patterson, alarmada ante el cariz que estaba tomando el asunto. Se dirigió a la señora Colson, que había vuelto a recostarse en su butaca en actitud desdeñosa—: Alice, me ha dicho Elaine que por San Nicolás quieres llevar alimentos a las familias más pobres de Riotinto, como el pasado año.

—Sí, al menos así me distraigo y me siento útil —admitió con desgana.

—Lo hemos comentado entre algunas señoras y nos gustaría participar, si te parece bien —dijo la señora Patterson—. Podemos hacer galletas, bizcochos y dulces para los niños.

¿De qué le servía a esa pobre gente unas cuantas galletas y bizcochos? Lo que necesitaban eran productos básicos que les permitieran cocinar comidas con las que alimentarse durante varios días, semanas incluso. Victoria pensó en las mujeres de El Romeral enrabietadas de desesperación por el hambre de sus hijos, y en los chiquillos, sobre todo en aquellos que había visto la tarde anterior, cuando regresó de nuevo a la aldea en compañía de

Rocío. Se encontraron a la hija de Ramona en el patio trasero de su casa, dando de comer a las gallinas con el niño pegado a sus faldas. La criada ya se lo había advertido: «Mi hija se ha recuperado muy rápido, a Dios gracias». Ni fiebres, ni infección, ni más dolor que el que debía guardarse para sí, se dijo Victoria, enterrado bajo el cacareo de las gallinas, el llanto de su hijo que la reclamaba, el montón de ropa sucia por lavar, y de las otras faenas domésticas que puso como excusa para negarse a que Rocío la examinara, «*pa'qué*, no hace falta, me siento bien, cada día más fuerte, y no puedo entretenerme en fruslerías, que hay mucho por hacer». No hubo forma de convencerla, ni siquiera Maricruz pudo, pero a cambio, y para que no desaprovecharan el viaje, las mandó a visitar a la Toñi, la otra muchacha encinta. Les indicó la casa, calle arriba por la ladera, y al subir la cuesta, los vieron. Un puñado de críos jugaban a las tabas a la puerta de una casa, sentados en el suelo como ranitas de piernas escuálidas y piececillos curtidos. Tenían el pelo polvoriento, las caras chupadas eran todo ojos, unos ojos oscuros y brillantes que la miraban a hurtadillas y se reían y volvían a mirarla, como si fuera un juego. Seguramente, eso era lo mejor que tenían para distraer el hambre, los juegos.

—En casa hacemos unas galletas de avena riquísimas y mermelada de naranja —afirmó la señora Richards—. Podría donar algunos tarros para que los repartas, Alice. No habrán probado nada así en su vida.

La señora Colson rehuyó su mirada, como si no las hubiera escuchado. Parecía poco interesada en el ofrecimiento de las damas. La señora Patterson alargó su brazo y le tomó la mano, con suavidad.

—Querida, nos gustaría ayudarte.

La señora Colson suspiró con expresión resignada.

—Está bien. Gracias, Dora.

—¿Y cómo lo vamos a hacer? Falta solo una semana para San Nicolás —advirtió la señora MacKay.

—Quiero llevar varios cestos de panecillos de leche, huevos y melaza —respondió Alice—. Si desean ayudar, pueden hornear panecillos, son un buen alimento para los niños. Además, estoy intentando convencer a mi tío John para que la compañía contribuya también con harina, garbanzos y otros productos del almacén.

—A mí también me gustaría sumarme, señora Colson —se ofreció Victoria al escucharla. El cargamento de la compañía sería de mucha ayuda para las familias—. Puedo hacer lo que necesite, además de acompañarla. Conozco una aldea en la que están pasando mucha necesidad. Nos recibirían con los brazos abiertos.

De eso se trataba, coincidieron todas, que comenzaron a intercambiar recetas de dulces, y también de galletas y bizcochos, porque la señora Richards insistía en que sería maravilloso que los nativos pudieran conocer la rica repostería inglesa.

Victoria volvió la vista hacia el grupo de los hombres y su mirada se cruzó con la de Phillip, que le sonrió. Le hizo un gesto interrogativo con las cejas, ella respondió con un leve encogimiento de hombros y un gesto de aburrimiento; él cabeceó sutilmente hacia un lado, cabeceo que ella interpretó como una invitación a algo, y asintió, efusiva. Al cabo de un minuto tenía a Phillip a su lado, saludando con una leve inclinación a todas las damas.

—Vengo a llevarme a Victoria, si no les importa. Le había prometido enseñarle la sala de lectura. ¿Desea venir con nosotros, madre? —La pregunta sonó tan inocente que Victoria temió que Clarissa aceptara.

—No, no. Aquí estoy muy a gusto.

—Ah, verá la pequeña y exquisita biblioteca que tenemos. Es el orgullo de mi marido, que es quien se ocupa de solicitar los libros a las oficinas de Inglaterra —dijo la señora Patterson.

La señora Colson se incorporó de su asiento y cogió su copa.

—¿De veras la vas a llevar a la biblioteca? ¿No hay un lugar mejor, Phillip? —preguntó, dirigiéndole una mirada irónica.

Phillip la ignoró. Cogió a Victoria del codo y ambos atravesaron la sala en dirección a una de las dos puertas laterales. Una de ellas conducía a la sala de billar; la otra, a la sala de lectura, que encontraron vacía y sin luz. Solo había un pequeño candil encendido junto a la puerta, más por iluminar el paso que por otra cosa. Phillip lo agarró y avanzó hasta una mesa rectangular, donde prendió dos quinqués. Una cálida luz amarillenta iluminó la pulida superficie de nogal, dos escribanías completas alineadas en el centro y las paredes cubiertas de estanterías acristaladas a media altura. Junto a la ventana, dos sillones orejeros llamaban a arrellanarse cómodamente en ellos con un libro entre las manos.

—Qué lugar tan encantador —dijo Victoria, contemplando la sala.

—Imaginaba que te gustaría.

Ella avanzó a lo largo de la estantería, examinando los lomos de los libros que llenaban los estantes por orden alfabético: Auden, Austen, las hermanas Brontë, Browning, Dickens, Eliot, Gaskell... Literatura inglesa, casi todos ellos. Se detuvo a mitad de camino, atravesada por una súbita duda, y se volvió hacia Phillip, que la observaba a distancia.

—¿Cualquiera puede tomar prestado un libro? ¿También las señoras? —preguntó.

—Por supuesto. Pueden pedirlos a través de sus maridos, como miembros del club. Basta con apuntarlo aquí. —Señaló un tomo de tapas enteladas que descansaba sobre una de las estanterías. Lo cogió entre las manos y lo abrió por la marca de la cinta. Era el registro de préstamos, allí estaban apuntados cada nombre, título del libro y fecha en que se tomaba prestado.

—Así que, si yo quisiera un libro, tendrías que pedirlo por mí.

—Lo haría encantado —repuso él, sonriente, mientras cerraba el tomo—. Tomaría prestados todos los que quisieras.

Ella continuó recorriendo los estantes de la biblioteca. La madera del suelo crujía bajo sus pies y había un suave olor a papel y a tinta que le hizo rememorar la imprenta de *El Globo* que visitó muchos años atrás gracias a Diego Lebrija. Él la guio por el mundo de las tipografías, los galerines, las pruebas de corrección y los cierres de diarios, con el ruido de las máquinas de prensa de fondo. El olor a tinta se agudizó en su nariz, sugestionada por los viejos recuerdos.

—Ahora que voy a quedarme unas semanas más, quizá te lo pida. —En la última estantería vio una pequeña sección de libros de poesía. Repasó los nombres de los autores. Eran una veintena, no más—. ¿Y tú la utilizas mucho?

—No demasiado —contestó Phillip, acercándose a ella—. Con mis lecturas médicas me sobra.

Victoria abrió la puertecilla de cristal, se quitó los guantes y extrajo uno de los libros, un tomo pequeño. «Emily Dickinson», leyó en la cubierta. Norteamericana. No la conocía. Hojeó sus páginas por encima.

—Y con tus libros de poesía, imagino...

La miró como si no supiera de qué hablaba, hasta que cayó en la cuenta.

—Ah, eso... Fueron un regalo, no los he sacado de la biblioteca.

—¿Quién te regala poesía? ¿Alguna mujer? —preguntó ella sin mostrar excesivo interés. Alzó la vista y se topó con su mirada risueña.

—¿Tanto te interesa?

Ella se encogió de hombros.

—Pura curiosidad, los encontré en tu estantería. Me llamó la atención que los tuvieras, si te soy sincera —dijo, devolviendo el librito a su lugar.

—¡Ah, eso me ha dolido en lo más hondo! —bromeó él, llevándose la mano al corazón en un gesto teatral—. ¿Acaso no crees que posea un alma sensible?

—¡Por supuesto que sí! —se rio ella—. Posees un alma terriblemente sensible al sufrimiento humano, por eso te hiciste médico.

—¿Y acaso un médico no puede disfrutar de la belleza y el misterio de la poesía?

—Tienes razón, querido. He sido muy injusta contigo.

En su rostro se dibujó una sonrisa de triunfo.

—Fue una mujer... Hace un tiempo —reconoció.

—¿Una novia? ¿Una amante? —Ella reanudó su paseo por los títulos de los libros en las estanterías.

Él dejó escapar una risa comedida.

—No, y tampoco creo que sea muy honorable revelarte esos detalles.

—¿Por qué no? —Se volvió hacia él, interrogante—. A estas alturas creo que existe suficiente confianza entre nosotros como para compartir confidencias. Yo no tengo muchos secretos, pero parece que tú sí. ¿Es que no confías en mí? Sabes que puedo ser tan discreta como el mejor de tus amigos.

Esta vez su carcajada grave resonó por toda la estancia.

—Ah, Victoria, Victoria... —La miró a los ojos sin dejar de sonreír—. Claro que confío en ti. —La tomó de la mano y, entrelazando sus dedos con los de ella, añadió—: De hecho, he estado pensando que haríamos una buena pareja, tú y yo.

—¿A qué te refieres?

—A que podríamos casarnos. Formaríamos un buen matrimonio, no creo que le extrañara a nadie.

Ella lo miró desconcertada. Bajó la vista a sus manos entrelazadas, los dedos largos y finos de Phillip la sujetaban con la misma firmeza y suavidad con que le había visto tratar a sus pacientes. Nadie le inspiraba más confianza y seguridad que Phillip, de eso estaba segura. Y sin embargo...

—Pero no... No es posible, Phillip.

—¿Por qué no? —inquirió con la misma calma con la

que realizaba una incisión quirúrgica—. A mí no me importa que fueras la mujer de mi hermano. Él está muerto, nosotros estamos aquí. Y sabes que siempre te he querido, Victoria, te quería ya antes de que te casaras con James.

Victoria se volvió y cerró despacio las puertecillas de la estantería. Se querían, pero no de esa manera. Quizá en el pasado podían haberse enamorado si las circunstancias hubieran sido otras, pero ahora...

—Eso fue hace mucho, Phillip. Sé que me quieres, y yo también a ti, pero no creo que sea esa clase de amor.

—Lo dices porque todavía me ves más como a tu cuñado que como a un hombre cualquiera dispuesto a casarse contigo. —Ella no respondió. Tenía razón, la imagen de James todavía se interponía entre los dos, aunque no quisiera reconocerlo. Phillip continuó hablando—: Tú misma me dijiste que no estabas enamorada de James cuando aceptaste desposarte con él, creo que ni siquiera lo querías.

—Apenas nos conocíamos —murmuró. Ese fue su gran error. Se dejó conducir al matrimonio por su padre sin conocer de verdad al que luego sería su marido, sin darse cuenta de que eso que al principio ella llamaba «las excentricidades de James» constituían señales de advertencia de su verdadero carácter ególatra y obsesivo.

Phillip deslizó el dorso de la mano por su mejilla en una leve caricia que ella no rechazó.

—Pero a mí sí me conoces, igual que yo te conozco a ti —insistió a media voz—. Y te quiero, Victoria. Nos llevamos bien, nos entendemos, los dos hemos crecido en un ambiente familiar parecido y compartimos una visión similar de la vida. ¿Qué más necesitas? —Puso un dedo bajo su barbilla y elevó su rostro hacia él—. Para mí es más que suficiente. Cásate conmigo, ¡hagámoslo! Será un nuevo comienzo, Victoria. Cuidaré de ti, serás mi esposa, mi duquesa.

No quería ser la duquesa de nadie, se conformaba con amar a alguien que la quisiera tal y como era, que deseara compartir su vida con ella, aun a sabiendas de que nunca podría engendrar hijos. Se hundió en el azul límpido de los ojos de ese hombre de cualidades excepcionales que la observaba con cariño sincero y sintió una inmensa ternura. Si se hubiera casado con él y no con James, estaba segura de que habría sido una mujer feliz, habría llegado a amarlo de verdad, porque era bueno, generoso, compasivo. Phillip no habría permitido que perdiera a su hijo, la habría protegido, habría impedido todo el daño que vino después. Y ese hombre la quería como esposa, a pesar de su tara, a pesar de su esterilidad. ¿Cuántos hombres le ofrecerían un amor así, tan grande? Pocos, muy pocos.

—Eres el mejor hombre que conozco, Phil. Dudo que encontrara a nadie mejor que tú para comenzar de nuevo, pero creo que no te convengo.

—Olvídate de las conveniencias, Victoria —respondió con ternura—. Soy el flamante duque de Langford, espero que nadie se atreva a oponerse a mi elección de esposa.

—Tu madre será la primera en oponerse, y no creo...

—Ya me ocuparé de mi madre cuando llegue el momento. Mientras tanto, no hay nada que deba saber.

Ella iba a contestar, pero él se adelantó, poniéndole un dedo en la boca:

—No digas nada más; no necesito que me respondas ahora, tenemos varias semanas por delante. Solo quiero que lo pienses. Solo eso.

¿Cómo negarse? Le pedía tan poco en comparación con lo que él le ofrecía... Le prometió que lo haría, lo pensaría bien antes de tomar una decisión.

De vuelta a la velada, la gente había comenzado a congregarse alrededor del piano, delante del cual se hallaba la señora Patterson, preparada para comenzar el recital. Los hombres acercaban las butacas y las sillas para que pudieran sentarse las señoras. Clarissa se había acomodado en un sillón en primera fila junto a la señora Osborne y la señora Richards. Phillip se alejó hacia el otro extremo de la sala en busca de un par de sillas para ellos dos.

Victoria vio aproximarse a Jane Jones, escoltada por el señor Reid.

—¡Señora Langford!

—¿Cómo está, señorita Jones? —la saludó al llegar.

—Me alegro de haberla encontrado, creí que se habría marchado —le dijo ella—. Tenía muchas ganas de presentarle a mi prometido, el señor Malcolm Reid.

El hombre se inclinó haciendo una venia exagerada.

—Es un placer, señor Reid —le saludó ella—. Yo también deseaba conocerle, la señorita Jones me ha hablado muy bien de usted.

—Más le vale, va a ser mi esposa muy pronto —replicó él, riéndose de su propia gracia con una carcajada exagerada.

A Victoria le resultó un tanto desagradable. Era un hombre de mediana edad, De pelo rojo y desgreñado, nariz chata y la actitud altanera de quien se siente demasiado seguro de sí mismo.

Jane bajó la vista al suelo, ruborizada hasta las cejas.

—Eso parece —comentó Victoria—. ¿Ya han fijado definitivamente la fecha de la boda?

—El reverendo nos ha dicho que podría celebrarla a partir de mediados de enero —respondió ella—. ¿Seguirá todavía entre nosotros?

—Ah, me temo que sí. Mi casa de Madrid está en obras y no terminarán antes de Navidad. Y ya sabe cómo son las obras... —contestó, soltando un suspiro resignado—. ¿Van a vivir ustedes aquí, en Bella Vista?

—¡No lo dude! —se adelantó a responder él—. En cuanto supe que la señorita Jones aceptaba mi propuesta de matrimonio, solicité al departamento de personal una vivienda familiar aquí, en la colonia. Después de dos años alojado en la casona de solteros, creo que me merezco entrar a formar parte de la «zona noble» —apostilló, muy ufano.

—¿No hay viviendas individuales para solteros en Bella Vista? —se extrañó Victoria.

—Hay alguna casa habitada por hombres solos, pero son casos extraordinarios, como su cuñado, el doctor Langford. La compañía tiene en mucha consideración a los médicos, en más que a un simple ayudante técnico —contestó con cierto resquemor en la voz—. Pero en cuanto nos casemos, eso cambiará. La compañía favorece a los empleados casados que residen aquí con sus esposas. Mire al señor Gordon: le concedieron la casa en Bella Vista en cuanto informó de la llegada de la señora Gordon.

Jane sonrió tímidamente.

—Es estupendo, así podrá seguir cerca de su hermana —comentó Victoria.

Justo en ese momento apareció a su lado Lisa Gordon con gesto preocupado, se disculpó ante Victoria por la pequeña interrupción y le dijo a Jane que debían marcharse, Greg estaba cansado y deseaba retirarse ya.

—Pero va a comenzar el recital de la señora Patterson al piano... —balbuceó la joven.

—Yo la acompañaré a su casa, si le parece bien, señora Gordon —se ofreció el señor Reid.

—No, Jane deberá retirarse con nosotros —afirmó el señor Gordon, que acababa de unirse a ellos, en un tono que sonó irritado—. No es decoroso que una joven soltera se quede sola en el club con la única compañía de su prometido, Malcolm.

Las mejillas de Jane se tiñeron de rojo y bajó la vista al suelo, abochornada.

—Si desean, yo puedo hacerme cargo de ella... —se ofreció Victoria. Pretendía ser amable, y lo que recibió a cambio fue la mirada airada del señor Gordon, como si le hubiera ofendido terriblemente la intromisión.

Su reacción hizo que Victoria se fijara con renovada curiosidad en ese hombre y en la severidad intransigente que destilaba todo él, empezando por las facciones angulosas de su rostro —el ceño prominente, la nariz afilada y una gran barba cobriza con la que parecía compensar la avanzada calva de su cabeza— y siguiendo por el porte envarado de su figura.

—Se lo agradezco señora Langford, pero no es necesario —murmuró Jane. No se atrevía apenas a mirar al señor Reid, que parecía haberse refugiado en un prudente silencio ante su jefe—. Greg tiene razón, es hora de retirarse.

—Te esperamos en el vestíbulo, querida —le dijo su hermana, alejándose del brazo de su marido.

Mientras los veía marcharse, Victoria reparó en el gesto de Phillip reclamándola junto a las butacas que tenía reservadas para los dos. La señora Patterson tocó dos compases al piano con los que anunciaba que iba a comenzar ya, y Victoria se despidió un tanto apresurada de la pareja:

—Mi enhorabuena por el compromiso. Ha sido un placer, señor Reid. —Y dirigiéndose a la señorita Jones, agregó—: Por cierto, la señora Colson está organizando un reparto de alimentos para el día de San Nicolás, hable con ella si su hermana y usted desean sumarse.

—Seguro que sí. Muchas gracias, señora Langford.

11

Cuando terminó de escribir la última frase, Victoria levantó la pluma del papel y releyó el párrafo que resumía la idea central del artículo: ya fuera culpa de las teleras o no —y, en su opinión, lo era, pues la neblina constante que envolvía El Romeral y la capa de polvo gris sobre el campo no podían ser buenas para que prosperaran las cosechas—, la realidad era que, en esa comarca del Andévalo, tan rica y productiva para la Compañía Río Tinto, había gente que se moría de hambre. Su mirada se perdió por el tranquilo paisaje frente a su ventana. Para cualquiera que no viera mucho más allá de los muros de Bella Vista, resultaba inimaginable pensar que la explotación de una mina podía ser perjudicial para los pueblos vecinos.

Estampó el nombre de Troyano en la firma del texto antes de doblar las cuartillas e introducirlas en el sobre destinado a la redacción de *El Globo*. Ese era el tercer artículo que enviaba y, por primera vez, se cuestionó si debía contárselo a Phillip. Volvió a recordar sus palabras, su declaración de amor, y no pudo evitar que sus labios esbozaran una pequeña sonrisa de ternura. Tal vez esa fuera su única oportunidad de no acabar sola y apartada del mundo, como su tía. Jugueteó con el sobre entre los dedos. ¿Qué pasaría si Phillip descubriera su actividad clandestina? Le inquietaba que pensara que se había aprovechado de él y de su estancia allí, entre ellos, para redactar unos artículos que podrían comprometerle en relación con la compañía. Pero apartó ese pensamiento de su cabeza. Ella tan solo describía lo que veía con sus propios ojos, no engañaba a nadie.

Oyó unos golpecitos en la puerta de su habitación y, al abrirse, vio asomarse a Helen, con el aliento entrecortado, anunciándole que había llegado la señora Patterson y que preguntaba por ella. La había hecho pasar a la salita con lady Langford.

—¿Por mí? ¿Ha dicho por qué? —preguntó, extrañada. No esperaban visita.

La doncella negó con la cabeza. Victoria se levantó, repasó de un vistazo su peinado en el espejo, se planchó la falda llena de arrugas después de dos horas sentada delante del escritorio, y bajó a la salita.

—Ah, querida, menos mal que la encuentro en casa

—exclamó la señora Patterson al verla llegar. Parecía muy alterada—. La señora Osborne me ha mandado a buscarla para... —Un súbito ataque de tos la obligó a interrumpirse. Lady Langford le hizo una seña a Helen para que le sirviera un vaso de agua, que la mujer tomó con mano temblorosa.

—Tranquilícese —dijo Victoria—. Beba con calma y luego me lo explica.

Dora Patterson bebió un sorbito y luego otro más, hasta que se sintió algo mejor. Se sacó un abanico de la manga del vestido y lo aleteó unos segundos sobre el rostro congestionado. Era un efecto de los nervios: le subían los calores internos como si fuera una estufa y comenzaba a transpirar por cada poro de su piel. Se excusó, sofocada, antes de lanzarse a contar el motivo de su visita:

—Me manda Elaine, necesitamos su ayuda con un asunto urgente. El director Osborne ha recibido un telegrama de la oficina de Huelva en el que le anuncian que una legación de diputados de Madrid, a los que esperaban para dentro de dos días, viene de camino hacia aquí, ¡así, sin avisar! —contó la señora Patterson, como si fuera algo inconcebible—. Dicen que llegarán a mediodía a la estación de ferrocarril de Nerva... —se interrumpió de pronto y preguntó—: ¿Qué hora tienen?

Clarissa miró el reloj de pared que tenía enfrente.

—Faltan diez minutos para las once —respondió con flema británica.

—¡Las once ya, Dios mío! —El movimiento del abanico se aceleró—. El director ha encargado a Elaine que acondicione el club lo más rápido posible, porque tiene previsto ir allí con los señores parlamentarios y habrá una recepción de bienvenida aquí, en el corazón de nuestra colonia. Él, mientras tanto, está organizando el transporte y el alojamiento de los diputados en el «hotel de visitantes», cercano al hospital.

—¿Y en qué podría ayudarlas yo?

—La señora Osborne la necesita como intérprete, querida. El director nos ha mandado a tres nativos para que nos ayuden con lo que haga falta de cara a la recepción, y Stuart, el conserje, no está; justo hoy debía hacer unas gestiones en la ciudad, así que no tenemos a nadie que pueda entenderse con esos operarios, hasta que Elaine se ha acordado de que usted habla perfectamente español. —Hizo una pausa y miró anhelante a Victoria, antes de proseguir—: ¿Tendría algún inconveniente en acompañarme al club? La pobre está a punto de que le dé un síncope.

—Claro, señora Patterson. Deje que vaya a por mi chaqueta y nos vamos.

Los hombres esperaban pacientemente junto a los escalones que subían al porche del club. Eran tres, dos más jóvenes —miraban apabullados las casitas coquetonas, los jardines con arbustos esculpidos de formas geométricas, la pista de tenis a su espalda— y otro de más edad y cierta actitud de jefecillo, que lanzaba miradas expectantes a la inquieta señora Osborne, que se paseaba de un lado a otro del porche. Al verlas llegar, la dama se apresuró a bajar la escalinata con expresión de alivio, le agradeció a Victoria que hubiera accedido a ir y, sin perder ni un minuto, le hizo una señal al jefe de la cuadrilla para que se acercaran.

—¿Puede traducir lo que le vaya diciendo, por favor? —le pidió a Victoria antes de emprender camino hacia el club al tiempo que señalaba lo que necesitaba: arreglar el escalón suelto del porche, los goznes chirriantes de la puerta de entrada; en el vestíbulo quería que colgaran la bandera española (la extrajo de una bolsa de papel y se la entregó al hombre) junto a la británica; en la sala principal debían mover la mesa maciza a un lado, montar una pequeña tarima de madera y cambiar de sitio unos cuadros—. Y dígales que no se entretengan, que nos corre prisa pues la comitiva llegará en un par de horas. Los estaré vigilando.

El operario repartió las tareas y comenzaron a trabajar mientras Victoria ayudaba a Elaine y a Dora con los arreglos de las flores que les había traído el jardinero para adornar la estancia.

—No entiendo por qué tienen que venir de fuera unos diputados a examinar unas minas que son propiedad privada de una empresa que, además, pertenece al Imperio británico —dijo Dora—, ¡después de todo lo que el señor Matheson ha hecho por esta gente!

—A John no le preocupa, querida —afirmó Elaine—. Dice que pueden venir a ver lo que quieran, pero no permitirá que nadie interfiera en las decisiones de la compañía.

—¡Qué complicado debe de ser dirigir una explotación tan grande como esta! Robert siempre dice que no envidia en absoluto a tu marido, al contrario; lo admira profundamente por haber aceptado asumir la dirección mientras nombran al nuevo director —repuso Dora.

La señora Osborne esbozó una sonrisa agradecida.

—Si te digo la verdad, querida, yo me opuse con todas mis fuerzas. John está en edad de retirarse y yo no deseaba retrasar más nuestro regreso a Inglaterra, después de tantos años aquí. Pero la compañía insistió y... bueno, ya sabes cómo es John. El deber está por encima de cualquier consideración —suspiró, resignada. Examinó con ojo crítico los arreglos de flores y añadió—: Le he dicho a mi criada que venga luego con otras dos de su confianza para servir el vino. Pondremos aceitunas y el mejor embutido que hemos encontrado en la zona. —Se giró hacia Victoria y preguntó—: ¿Cree que será suficiente, señora Langford, o deberíamos añadir algo más?

—Más que suficiente, señora Osborne, no se preocupe. Verá que todo sale bien.

—Usted se quedará a la recepción, ¿verdad? Asistiremos solo unas pocas esposas en representación del resto de las señoras de la colonia. —Victoria la miró dubitativa y la señora Osborne insistió—: Por favor, me sentiría más tranquila si estuviera usted cerca, por si la necesitamos. Nadie mejor que usted para conocer los gustos y las costumbres de esos caballeros.

Victoria se asomó por la barandilla del porche hacia el paseo de las adelfas y observó la llegada de la comitiva encabezada por el director Osborne, acompañado de dos señores emperifollados que caminaban a su lado con aires de importancia. Los seguían los señores Patterson, Colson y don Guillermo Sundheim, que debía de haber llegado de Huelva como acompañante de los diputados, seis caballeros a los que resultaba fácil distinguir, con sus sombreros de copa negros, los abrigos oscuros cruzados por una banda gualda y los andares parsimoniosos.

—Ya están aquí —avisó al resto de las damas, que se apresuraron a repasar su aspecto y revisar los últimos detalles en el salón antes de colocarse en el vestíbulo, donde recibirían a la comitiva.

El señor Osborne fue el encargado de presentar a las damas en su español chapurreado, según atravesaban los señores el vestíbulo en dirección a la sala principal: el primero fue el gobernador civil de Huelva, el más pomposo; detrás, entre un cierto barullo de voces, arribaron los demás caballeros, que fueron desfilando delante de las señoras, saludándolas con una sencilla venia.

—Es un placer recibirlos en Bella Vista, señores —los saludó Victoria según llegaban a su altura, conteniendo la sonrisa ante la expresión de sus rostros al oírla hablar en su idioma, pero mudaron del asombro a la complacencia en apenas un instante. Unos cuantos formaron un pequeño corrillo a su alrededor. «Una dama española en el seno de la colonia británica, ¡qué sorpresa tan agradable! ¿Y de dónde es usted? ¿Lleva en este sitio mucho tiempo? ¿Cómo ha acabado aquí?», quisieron saber.

Ella se rio, divertida.

—Es una historia demasiado larga, señores. Lo que sí puedo decirles es que nací en Madrid, aunque mi familia es oriunda de Santander —respondió antes de que el señor Osborne los invitara a proseguir hacia la sala principal.

En ese momento se incorporaron tres señores más que acababan de llegar.

—¿Has visto, Gálvez? ¡Tenemos a una compatriota

entre los ingleses! —exclamó un parlamentario dirigiéndose a uno de los recién llegados—. La señora Victoria Langford.

—Encantado, señora. Soy Nemesio Gálvez, diputado por Huelva —dijo el aludido con una inclinación cortés. Luego se giró y presentó a los hombres que tenía a su lado—: El señor Pío Torres, periodista de *El Imparcial*, y el señor Diego Lebrija, de *El Liberal*.

Al oír ese último nombre, Victoria no pudo evitar un pequeño sobresalto. Sus pupilas escrutaron el rostro del hombre que tenía enfrente, las facciones rectas y apuestas, la expresión de estupor cuando sus miradas se cruzaron un instante y ella se sintió trasladada de golpe a aquella noche que pasaron juntos en su pequeña buhardilla del centro de Madrid. Diego Lebrija... El corazón le latió liviano al calor de emociones casi olvidadas, aquella excitación juvenil por la huida a hurtadillas del banquete de boda de Micaela y Héctor, la subida sigilosa y a escondidas a su piso, los nervios de los dos al saberse a solas por primera vez, las risas cohibidas, la torpeza inocente de sus manos, y tocarse, besarse, quererse... aunque fuera una única noche. Ese hombre, su primer amor, se hallaba ahora frente a ella, contemplándola impasible desde el fondo aceitunado de sus ojos, fingiendo que no la reconocía.

—Señora Langford... —la saludó con una escueta venia, que a ella le dolió como un bofetón.

—Señor Lebrija... —respondió Victoria, simulando la misma indiferencia.

El señor Patterson les instó a entrar y ocupar sus asientos, el acto iba a comenzar. Victoria le dio la espalda a Diego y se dirigió a una butaca situada detrás de la señora Osborne, en el lateral reservado a las damas. Los hombres tomaron asiento delante de la tarima improvisada bajo las banderas española y británica. El director fue el primero en ponerse delante del atril y pronunciar un pequeño discurso de bienvenida, al que siguió el del gobernador civil de Huelva, que agradeció el recibimiento y dedicó unas palabras de alabanza engoladas a la compañía, a su trabajo y «a la repercusión que su presencia tiene en el enorme desarrollo, no solo de la comarca del Andévalo, sino de la provincia entera». Victoria no tardó en distraerse del tono ampuloso de su discurso. Todavía se sentía alterada por su encuentro con Diego. ¿Quién se había creído que era? Lo observó con disimulo, de perfil, sentado en la tercera fila, hierático como una efigie egipcia. Al principio le pareció algo cambiado, pero en ese momento, mirándolo bien, se preguntó si sería efecto de la barba, una barbita clara, recortada con esmero, que le confería un aspecto grave y relamido que no recordaba que tuviera. Y ese pelo ondulado, algo más largo de lo que se estilaba, peinado hacia atrás, como un dandi. Resolvió sin más que ese ya no era el Diego que tanto le gustaba.

Se había convertido en un hombre anodino, como tantos otros que había conocido tiempo atrás en los salones de Madrid, y, por alguna razón, le entristeció. No por ella, sino por él y el recuerdo que tenía de su espíritu idealista, demasiado confiado en la bondad de la gente, y de su convicción entusiasta con la que aspiraba a cambiar España con su pluma de periodista. Al menos seguía siendo redactor en su diario, *El Liberal*, y probablemente habría progresado en él, a tenor de su apariencia, pensó, al reparar en su traje de buen paño, en la corbata perfecta, en el lustre de sus botines de piel. Le extrañó su inmovilidad, la falta de curiosidad por cuanto le rodeaba, como si estuviera cautivado por las palabras del orador, de las que a veces tomaba notas en su libreta, ajeno a todo lo demás.

Se cansó de observarlo y su pensamiento se abstrajo en el asunto del reparto de alimentos de la señora Colson. Dos días atrás, cuando acudió a su cita con ella para revisar las tareas pendientes, la doncella le transmitió las disculpas de la señora: «Lo lamenta mucho, señora Langford, pero no puede recibirla, se siente indispuesta y está guardando cama». Poco después, Dora Patterson le contó que sufría uno de sus ataques de melancolía. «Ya me extrañaba a mí que se animara a organizar el evento benéfico; con ella no se pueden hacer planes, nunca se sabe en qué estado se hallará ni por cuánto tiempo», se quejó. Así que, mientras preparaban la sala para la comitiva de los diputados, Victoria buscó el momento para preguntarle a la señora Osborne por la salud de su sobrina.

—Me temo que sigue igual, querida. Lo que más me duele es tener que suspender el evento, después de la ilusión y el esfuerzo que han puesto todas las personas a las que involucró Alice, empezando por mi marido y la compañía.

Ella podría hacerlo, podría asumir las tareas de organización, y se ofreció a Elaine, cuyo rostro se iluminó de pronto. «¿De veras lo haría usted? ¿No estaremos abusando demasiado de su confianza?», preguntó. Por supuesto que no, lo haría encantada, le parecía una labor encomiable. Y pensaba sobre todo en las familias necesitadas de las aldeas, para las que sería un pequeño alivio recibir un paquete de alimentos que les permitiera, al menos, no pasar hambre en Navidad. «Venga usted mañana por la mañana a la Casa del Consejo. Intentaré que mi sobrina Alice hable con usted y le explique lo que tenía preparado hasta el momento. Es lo menos que puedo hacer», le dijo Elaine.

Diego oía de fondo el soniquete atiplado del discurso pronunciado por el gobernador, pero era incapaz de prestarle atención. No podía dejar de pensar en su lamentable proceder al encontrarse frente a Victoria Velarde. Sencillamente, se había quedado paralizado por la sorpresa y no supo cómo reaccionar; en definitiva, se había comportado como un auténtico fatuo, se dijo mientras garabateaba frenético la hoja de su libreta con el lápiz. Se sabía observado por ella, pero se negaba a girarse; no, al menos, hasta que pudiera mirarla a los ojos sin avergonzarse de su conducta. Se centró en la cara de sapo del gobernador, con su encerado bigote estilo imperial, y lo escuchó soltar una retahíla de argumentos en defensa «de la actuación generosa y comprometida de la Compañía Río Tinto hacia el pueblo onubense». Era más que evidente que estaba al servicio de los ingleses; tal vez, incluso recibía de ellos algún pago o prebenda bajo cuerda por sus favores. ¿Y qué pintaba ella allí, en ese lugar? Su cabeza volvía una y otra vez al momento de su encuentro y cada vez se enfurecía más consigo mismo. Qué desastre.

Lo último que supo de Victoria era que se había casado en Londres con un noble inglés, un duque o el hijo de un duque —no lo recordaba bien, pero conociendo a su padre, el duque de Quintanar, no aspiraría a menos para su hija—. Lo leyó hacía tiempo, en los ecos de sociedad del diario *La Época*. Poco después se publicó el nombramiento de Federico Velarde como cónsul en Washington; de ella se decía que permanecería en Londres, donde residía con su marido. Después de eso no quiso saber más; había logrado olvidarla, pero al pensar en la forma en que se separaron, todavía se resentía de un escozor, de un resquicio por el que se colaba una mezcla de sentimientos contradictorios al recordar aquellos días: arrepentimiento, dignidad, vergüenza, tristeza. Podría haber obrado de otra forma, pero en aquel entonces todavía era muy ingenuo y algo presuntuoso. Cuando ella le pidió que no incluyera el nombre de su padre en su artículo sobre los sobornos con los que Ignacio Bauer, agente de los Rothschild en Madrid, compraba favores a una larga lista de políticos y funcionarios, él se negó, no podía hacerlo, por principios, por integridad, por su lucha contra los privilegios de las élites: le había costado demasiado llegar hasta allí, conseguir esa información, como para silenciarlo. Ni siquiera por Victoria. No quiso entender que para ella era más importante su familia que sus esfuerzos por desenmascarar la corrupción en España; más importante incluso que él. Lo peor, lo más penoso y humillante de su ruptura fue que, poco después, Diego mismo aceptó el soborno que le ofreció José Canalejas en nombre de Bauer por idénticas razones: el bienestar de su familia. Esa integridad de la que tanto había presumido ante Victoria y ante sí mismo se resquebrajó en cuanto se le presentó la posibilidad de salvar de la ruina la imprenta familiar. Le exigían renunciar a la publicación de la información comprometedora, a cambio de que su familia obtuviera la concesión para convertirse en la imprenta de referencia de MZA, una de las dos compañías ferroviarias más importantes de España, participada por los Rothschild. Y aceptó. Se vendió. Solo entonces entendió lo vulnerables que son los principios cuando le tocan a uno lo que más quiere, pero ya era demasiado tarde. Ella partió hacia Inglaterra sin una nota, sin una sola palabra de despedida.

Y ahora estaba ahí. De Londres a Riotinto había una enorme distancia, y no solo física. ¿Tendría su marido alguna relación con la Compañía Río Tinto? O, tal vez, con los Rothschild, dueños de un buen paquete de acciones de las minas. Lo de los Rothschild le cuadraba más, no en vano la relación entre su padre, Federico Velarde, e Ignacio Bauer, agente de los Rothschild en Madrid, al que le hacía provechosos favores políticos a cambio de sobornos, fue el detonante de su ruptura con Victoria. Pero aun así, ¿qué sentido tenía que un noble inglés y su joven esposa vivieran apartados en esa colonia de casitas burguesas en tierra onubense? Era un misterio.

Se concentró en el acto y prestó atención al hombre que acababa de subir a la tarima, el diputado Nemesio Gálvez, de hecho el responsable de que él estuviera ahora ahí sentado y no ante su escritorio en la redacción de Madrid. En cuanto se supo que el Congreso había aprobado el envío de una pequeña legación de diputados a Huelva para inspeccionar el terreno y evaluar si las denuncias realizadas por los alcaldes de los pueblos de alrededor sobre los efectos de los humos en la salud pública tenían fundamento, Gálvez se puso en contacto con él. Quería invitarlo a que viajara con ellos, acompañando a la legación para informar sobre todo cuanto viera.

—¿Lo cree necesario? Imagino que habrá varios periódicos en Huelva que publiquen la información, ¿no cree? Y es muy probable que algún corresponsal en la provincia distribuya su crónica en diarios de Madrid —había replicado entonces Diego.

—Están *tos compraos* por la compañía, los diarios, los redactores...todos. ¡No se salva ni la tinta del choco! —respondió Gálvez con su gracejo andaluz—. Allí no hay forma humana de publicar *na* que cuestione la actuación de la Río Tinto, ya se lo digo yo. De ahí la necesidad de que nos acompañen periodistas con la mente y los bolsillos limpios como la patena, que cuenten lo que vean y lo que oigan, pero de verdad, sin andarse con paños calientes. —Hizo una pausa para tomar aire y calmarse antes de insistir en lo que le había llevado hasta él—: Me gustaría que viniera usted, señor Lebrija; a poquito de interés que le ponga, le va a faltar mina en el lápiz *pa* escribir, se lo advierto. De los periódicos nacionales, solo *El Globo* ha publicado alguna cosa de lo que ocurre allí firmado por un tal Troyano, que nadie sabe quién es, pero parece de la tierra, no sé. De los diarios provinciales, solo Lorenzo Leal, de *El Cronista* de Sevilla, y José Nogales se atreven a publicar información crítica con la compañía.

Diego no estaba muy convencido. Era un asunto que no parecía importar demasiado en la calle, Huelva estaba demasiado lejos de Madrid, a nadie le interesaba lo que ocurriera en un lugar perdido en el mapa. Y, además, dudaba de que Moya quisiera prescindir de uno de sus redactores de mesa.

El señor Gálvez era un hombre listo y probó con otro argumento más eficaz y convincente:

—Si no viene usted, tendremos que conformarnos con el otro periodista, el de *El Imparcial*. Por lo que sé, ya ha confirmado que vendrá.

—¿*El Imparcial*? —repuso Diego.

Eso le interesaría a Moya. Si *El Imparcial* iba a publicar una crónica sobre la visita de la legación del Congreso a Huelva, Moya querría que *El Liberal* también ofreciera su versión de los hechos. «Si *El Imparcial* va, *El Liberal* también va —decidió Moya, después de escuchar a Diego—. Prepárate y haz la maleta. Quiero crónica diaria con enjundia, ¿eh, Lebrija? A ver qué nos mandas».

Por el momento, no tenía demasiado material sobre el que escribir. Mucha palabrería, mucho discurso político, mucha declaración grandilocuente y pocos hechos. Eso era todo lo que había encontrado hasta ahora.

Eso... y a Victoria Velarde.

Al finalizar los discursos lisonjeros y los aplausos, el director de la compañía anunció que se serviría un refrigerio en el jardincillo delantero, y hacia allí se encaminaron los asistentes con ánimo ya más relajado. Diego se apresuró a salir antes de que lo hiciera el resto. Se mezcló con el grupo de colegas llegados con la legación, que enseguida se ubicaron en un lugar próximo a la mesa donde habían dispuesto unas cuantas bandejas de comida y varias botellas de vino de Jerez que iba descorchando un hombre de manos grandes y rudas, más propias de un agricultor que de un camarero. A su lado, tres criadas aguardaban órdenes muy quietas, enfundadas en sus uniformes negros, con los mandiles blancos y las cofias en el pelo. Un compañero sacó una cajita de cigarrillos y ofreció al resto. Diego cogió uno, pese a que no fumaba habitualmente, y tras encenderlo, aspiró una honda bocanada mientras vigilaba la salida de las señoras, seguidas de los hombres, los diputados y la camarilla de políticos locales revoloteando alrededor como moscones. Aguardó hasta que vio aparecer a Victoria acompañada del caballero alemán, el señor Sundheim, con quien parecía mantener una conversación muy animada. La notó distinta, más seria, más contenida. Las facciones de la cara se le habían afinado y resaltaban aún más sus grandes ojos negros sobre la tez blanca, o quizá era el contraste con el traje de luto que vestía, del que no se había percatado hasta ese instante. La gravedad de su porte la embellecía, pensó sin dejar de mirarla.

Las criadas les sirvieron las copas de vino y luego pasaron las bandejas de jamón y lomo ibérico entre los corrillos. En cuanto tuvo ocasión, Diego se acercó al alcalde de Riotinto, cargo que compaginaba con el de capataz en las minas, para hacerle varias preguntas que el hombre respondió entre vacilaciones y carraspeos.

—Me extrañó saber que ni usted ni el alcalde de Nerva habían firmado el documento que el resto de los alcaldes de la comarca enviaron a las Cortes. ¿Los humos no les afectan a ustedes?

—¡Hombre, claro! Los humos nos vienen a todos, qué me va a contar. Pero ya estamos acostumbrados, y si no firmamos ese informe es porque no estamos de acuerdo con que haya que prohibir las teleras, como reclaman ellos —respondió el alcalde, con el acento cerrado de la zona—. A menos teleras, menos producción de mineral; mucha gente se quedará sin empleo y en la calle. De ahí a las peleas, las protestas y los desórdenes públicos solo hay una miaja. Y a ver si ahora vamos a hacer un pan como unas tortas.

—Pero no se trata de un problema de producción de mineral, sino del procedimiento utilizado para extraerlo. ¿No cree que al pueblo le beneficiaría sustituir las teleras y eliminar los humos?

—Qué quiere que le diga... —El alcalde meneó la cabeza, dubitativo—. Los ingenieros dicen que gran parte del cobre de Riotinto tiene poca calidad y la única manera de extraerlo es así.

—La más barata y rentable para la compañía, querrá decir.

—Eso yo no lo sé. Pero si los ingenieros dicen que no hay otra forma, será que no la hay. Ellos saben más que todos nosotros juntos —zanjó el hombre.

—¿Y los mineros quieren que continúen las calcinaciones? —insistió Diego.

—¡Hombre, pues claro! Pregunte *usté* a quien quiera y verá lo que le dicen: que si tienen que elegir entre mantener los humos o cerrar las minas, eligen las minas, porque es lo que nos da de comer, lo que ha *sacao* a esta tierra y a su gente de la miseria.

Lo haría, desde luego. Le habían hablado de una taberna en Riotinto a la que solían acudir muchos mineros, y tenía pensado acercarse por allí en cuanto pudiera escabullirse de los hombres de la compañía. Y luego, además, tenía el otro asunto, lo de Rosalía. Le había prometido a Quino que intentaría averiguar algo.

Después de alejarse del alcalde, vio a Victoria sola delante de la mesa de la bebida, mientras le servían una copa de vino. Respiró hondo y, sin pensarlo demasiado, se dirigió hacia allí.

—Disculpe, señora...

Ella se volvió y posó sobre él sus ojos negros como el azabache, sin un asomo de benevolencia en su rostro.

—Langford. O si le ayuda a refrescar la memoria, puede que prefiera Victoria Velarde —replicó con cierto tonillo impertinente que le trajo el recuerdo vívido de la joven que había conocido años atrás. La reconoció en la expresión desafiante de sus pupilas, la barbilla altiva, los labios fruncidos en un gesto de determinación. El tiempo no había cambiado la esencia de la joven impetuosa y apasionada que le enamoró, muy a pesar suyo.

—Me lo tengo merecido —concedió él, obsequiándola con una sonrisa un tanto canalla—. Solo he venido a disculparme y a saludarla como debe ser. Antes he sido muy descortés.

—Sí, lo ha sido. —Ella desvió la vista y se llevó la copa a la boca, como si diera por zanjada la conversación.

Diego observó cómo sus labios rosados se humedecían con el vino, lo paladeaba despacio y descendía por el cuello largo y nacarado.

—No me diga que me va a guardar eterno rencor por mi desliz... No sería propio de la señorita Velarde que conocí —afirmó él, sin resistirse a la tentación de provocarla, como acostumbraba a hacer en el pasado.

Por los viejos tiempos, se dijo.

Ella lo encaró con una leve sonrisa en los labios.

—Y, sin embargo, debería, señor Lebrija —repuso en

tono burlón. Dio otro sorbo de vino y luego añadió—: Pero como bien dice, no soy una mujer rencorosa, más bien al contrario; tiendo a olvidar fácilmente las ofensas. Sobre todo si proceden de viejos conocidos.

—Entonces, empecemos otra vez —propuso él, al tiempo que se inclinaba con gesto cortés y la saludaba de nuevo—: Me alegro de verla, señora Langford.

—Lo mismo digo, señor Lebrija —respondió ella, imitándole.

—Si le soy sincero, nunca habría imaginado encontrarla aquí. La hacía felizmente casada en Londres con... —intentó recordar el nombre, pero no lo consiguió.

—James Langford, duque de Langford. Era mi marido.

—¿Era?

—Falleció hace un año, en un desafortunado accidente —dijo en tono neutro.

Por un instante Diego no supo qué decir. Le parecía extraño pensar en Victoria Velarde como una viuda recatada y piadosa, encerrada en su duelo. Cierto que había perdido la lozanía de la primera juventud y que el luto que la envolvía le sumaba años, pero confiaba en que bajo esa apariencia de entereza y serenidad que impregnaba sus palabras latiera todavía la joven vital e impetuosa que él conoció.

—Créame que lo lamento.

—Se lo agradezco —se limitó a responder.

Le hubiera gustado indagar más, pero Victoria se sumió en un silencio absorto ante el que Diego se sintió incómodo. Pero entonces ella lo miró y sus labios se fruncieron en una pequeña mueca contrariada.

—Discúlpeme, yo bebiendo y usted con la boca seca. ¿Le apetece una copa de vino?

Antes de que él respondiera, ella se había dado media vuelta y le pedía una copa a las criadas.

—¿Y a qué se debe su presencia en este lugar alejado del mundo? —preguntó él mientras tanto—. ¿Es algún tipo de penitencia desconocida que imponen los ingleses a sus viudas?

Victoria se rio con suavidad mientras le tendía la copa de vino.

—No, aunque no sé si sabe que en la India las viudas se inmolan al morir sus maridos.

—Espero que no esté pensando en seguir su ejemplo —continuó con la broma, arrancándole otra carcajada, esta vez más clara, más espontánea.

A Diego le gustó verla reír, sobre todo en esas circunstancias. Aprovechó para deslizar su mirada por el vestido de gasa negro que, aunque sencillo y recatado, se amoldaba suavemente a su figura. Nunca fue una mujer de grandes curvas, pero las leves redondeces que se intuían bajo el vestido la favorecían.

Sus manos enguantadas menearon lentamente la copa con la sonrisa muriendo en sus labios y la vista perdida en las tonalidades cambiantes del vino. Él sintió el deseo fugaz de acercarse a ella y arrancarle a besos el poso de tristeza impregnada en su piel.

—No es necesario, aquí existen otras maneras menos dramáticas de morir en vida —respondió Victoria al fin, mirándolo a los ojos.

—No me la imagino a usted...

—No, por supuesto. Es un decir —le interrumpió con fingida despreocupación—. En realidad, estoy de regreso a Madrid, pero antes debía acompañar a mi suegra hasta aquí para reunirse con su hijo, mi cuñado. Es médico en el hospital de la compañía, ¿sabe? Permaneceré aquí todavía unas semanas antes de proseguir mi viaje.

—Entonces, tal vez coincidamos en otra ocasión.

—Es posible. ¿Se va a quedar usted mucho tiempo?

—Unos días, lo que dure la visita de los diputados. Quieren que escriba sobre los humos en la comarca.

—No le será difícil, están por todas partes. Vaya a donde vaya, verá su huella en los campos, y si pregunta por ahí, también la verá en la gente —dijo ella, paseando la mirada alrededor hasta detenerse en las señoras. Una de ellas le hizo una seña a la que ella respondió con un gesto de asentimiento, antes de despedirse de él—. Debo dejarle. Ha sido un placer, señor Lebrija. Espero que disfrute de una estancia fructífera. Y si necesita algo, no dude en preguntarme, tal vez pueda ayudarle. Ya sabe dónde encontrarme.

12

Diego alzó la vista al cielo apagado sin el fulgor de las últimas luces de la tarde, y aspiró la brisa fresca por si le llegaba algún vestigio de los famosos humos. Nada. No olfateó en el aire ni rastro de olor a quemado, ni a carbón, ni a sulfuro o a podrido, como decían que apestaban los campos mortecinos por culpa de las teleras. Después del recorrido por Bella Vista, los ingleses los llevaron a visitar las oficinas de dirección y administración de la compañía, un edificio cuadrangular de dos plantas situado a la entrada del pueblo de Riotinto, que había pertenecido al marqués de Remisa, anterior arrendatario de las minas. Con orgullo indisimulado, les mostraron un gran mapa topográfico colgado en una pared, donde habían delimitado su territorio y, sobre él, habían marcado con chinchetas y banderines los emplazamientos de las cortas, los talleres e instalaciones, como si aquello fuera un campo de batalla y ellos, los generales al mando. Les explicaron las complicadas y costosas obras que habían tenido que realizar para llevar hasta allí el ferrocarril, y remover tierras, y construir puentes sobre el curso del río, y ensanchar caminos, además de crear otros nuevos, más llanos y firmes, para que las carretas pudieran pasar cargadas de mineral y no saliera despedido a causa de los socavones. Y todo ello bajo la dirección de los mejores ingenieros y técnicos traídos de Gran Bretaña, al igual que la maquinaria y las herramientas necesarias, de las que en España ni siquiera habían oído hablar.

—Esto nadie lo cuestiona, señor Osborne, al contrario; estamos muy orgullosos de que una compañía como la suya haya situado a Huelva en el mapamundi —dijo el señor Gálvez—. Pero entenderán que esto no es lo que nos ha traído aquí, ¿verdad? Lo que nos interesa es recorrer los terrenos que dedican a las teleras y comprobar la veracidad de las quejas de los agricultores y ganaderos.

—No se impacienten, caballeros. Mañana les llevaremos a visitar la explotación minera y podrán comprobar por sí mismos el terreno. —La voz del director sonaba amable pero firme—. Creo que por hoy es suficiente. Ha sido una jornada muy larga y supongo que tendrán ganas de descansar.

A las puertas del edificio, Diego se despidió de Gálvez

hasta el día siguiente. Los directivos ingleses iban a acompañar a los señores diputados al hotel de visitantes, un caserón de estilo victoriano situado en el valle, a un centenar de metros del hospital, en el que se alojaban los empleados de la compañía que iban y venían asiduamente a caballo entre Londres y Huelva. Por su parte, Diego y los colegas de la prensa se hospedarían en la pensión Casa Encarna, regentada por una viuda oronda y vivaracha que los recibió con una botella de Jerez y unos choricillos fritos de la tierra, «que vendrán ustedes con hambre. Los ingleses han descubierto aquí lo que es comer bien, por eso muchos vienen casi a diario a mi casa», les dijo, muy ufana. La mujer había transformado el salón principal de la casa en un comedor que solía estar concurrido por empleados ingleses solteros y comerciantes de paso, atraídos por la fama de sus pucheros. Los días de paga era fácil encontrar las mesas ocupadas por mineros solitarios, sin familia y sin casa propia, que se daban el gusto de disfrutar de la única comida decente que hacían a lo largo de la semana.

Diego compartió mesa con los otros periodistas, el redactor de *El Imparcial* y los dos reporteros de diarios onubenses, uno mofletudo como una morsa y otro de aspecto cenizo, que conocían bien el establecimiento de doña Encarna. Venían a Riotinto con cierta frecuencia, cada vez que surgía alguna información de interés sobre la empresa o su actividad minera, aunque hasta ese día nunca habían tenido la oportunidad de visitar la colonia de Bella Vista y conocer a sus señoras, poco dadas a dejarse ver por el pueblo. Diego pensó en Victoria y en su expresión grave, reservada, como si la vida la hubiera sobrepasado. La joven que él conoció no habría aguantado encerrada entre los muros de una colonia de señoras estiradas. Probablemente, incluso se las habría ingeniado para acompañar a la comitiva en la visita a las minas. Recordó de pronto aquella noche en que se la cruzó en la puerta de un oscuro café concierto de Madrid, disfrazada de hombre y acompañada por su amigo Nicolás. Ella se presentó con el nombre de Víctor y él no la reconoció hasta que ella misma se descubrió ante él... Ahora sonreía al recordarlo, pero en aquel entonces no le hacían tanta gracia ni su descaro ni su terquedad por salirse siempre con la suya.

Sus colegas se colgaron las servilletas de la pechera y aguardaron la llegada de la muchacha que ayudaba a la dueña a servir las mesas. La chica posó la cacerola en el filo y comenzó a servir los platos en silencio.

—¿Qué toca hoy, Lolilla? —le preguntó la morsa, asomando la nariz a la cazuela.

—Caldereta de morros. Y, de postre, potaje de castañas —respondió la muchacha con el acento cerrado de la tierra.

—¿Eres de por aquí? —le dijo Diego a la chica.

—Parida en la misma mina, señor —replicó ella con gesto orgulloso.

—¿Te suena una mujer llamada Rosalía Pontes? Es de Madrid.

La moza se quedó unos segundos pensativa. Luego se volvió hacia la dueña, que vigilaba el servicio desde el otro extremo del comedor, y gritó:

—Señora Encarna, ¿a *usté* le suena una Rosalía de Madrid?

—¿Rosalía? —repitió la mujer—. ¡*Quiá*!

—¿Y un minero que se llama Gabriel, con acento del norte? —insistió Diego.

—Mmm, no. Del norte han *llegao mushos* hombres a trabajar la mina, señor. Y Gabriel... no, no sé decirle.

—Quizá puedan dar cuenta de la muchacha en el prostíbulo —dijo el cenizo—. Aquí vienen de todas partes, también de Madrid, porque saben que hay dinero fresco cada semana.

—No, la persona que busco no es una prostituta —afirmó Diego, muy seguro.

—Nunca lo son, hasta que acucia el hambre.

Pero no Rosalía. Muy mal tenían que haberle ido las cosas para terminar en un prostíbulo. Y, aun así, no se imaginaba a la muchachita alegre y avispada que él recordaba metida en un lupanar. Antes se habría vuelto a Madrid o a donde fuera. O eso quería pensar él. Averiguar algo sobre Rosalía iba a ser más difícil de lo que Quino pensaba, si es que todavía andaba por Huelva. «Pregunta en las minas, el malnacido de mi sobrino no sabe hacer otra cosa que picar piedra y, quién sabe, puede que sus amigos los anarquistas le hayan ayudado a encontrar trabajo por allí», le dijo Quino la noche que pasó a despedirse de él. Lo encontró en su buhardilla, fumando un cigarrillo delante del ventanuco entreabierto, pese al frío helador de la noche. Había conseguido bajar por primera vez a la imprenta, despacio, eso sí, pero lo había logrado. Una vez abajo, los compañeros lo habían recibido con afecto, «aunque me miraban como a un viejo, Diego, como si no fuera yo el que les ha enseñado todo cuanto saben de tipografía, de publicaciones y de máquinas de imprenta», masculló. Cuando Diego hizo ademán de marcharse, Quino cogió un sobre que tenía sobre la mesilla de noche y, con mano temblorosa, se lo entregó. Había empezado a escribir la carta el mismo día que Diego le anunció que le mandaban de viaje a Huelva con el periódico. «Si la encuentras, dale esta carta, haz el favor. Pero no se te ocurra decirle que me muero; si vuelve, que sea porque ella así lo quiere; no quiero que venga por lástima, ni con rencor, ni por la obligación de cumplir la última voluntad de su padre. Eso no lo quiero, Diego, ¿me oyes?». Sí, lo había oído. «No te preocupes, no diré nada», le aseguró. «Tú solo entrégale la carta y que ella decida».

Diego se palmeó con suavidad el bolsillo de la camisa para asegurarse de que el sobre seguía ahí. Por si acaso se cruzaba de repente con Rosalía en el momento más inesperado, en el lugar más extraño.

Después de la cena, atravesó el pueblo hasta dar con la taberna de la que le había hablado el revisor con el que había charlado un rato durante el trayecto en tren. El hombre había trabajado muchos años como barrenero en las minas hasta que, en una explosión, perdió tres dedos de la mano, y gracias a Dios que lo recolocaron allí, en el ferrocarril, porque a otros muchos de la mina que habían tenido su misma mala fortuna los habían despachado con una paga de indemnización y adiós muy buenas.

La taberna se llamaba La Traca. Era un antro medio escondido al fondo de un callejón de tierra que apestaba a orines y vomitonas. En el tramo que iba hasta la entrada tuvo que sortear los cuerpos de varios hombres que dormían tirados en el suelo, totalmente ebrios. Al abrir la puerta de madera, le salió al encuentro una humareda de tabaco y el vocerío de una partida de dominó que se desarrollaba a golpetazo limpio de las fichas sobre la mesa. Había menos clientela de lo que se imaginaba. Notó los ojos oscuros de varios hombres con la cara tiznada de polvo u hollín, ataviados todavía con la ropa de faena de la mina, siguiéndolo hasta la barra. Diego se aproximó al tabernero y, elevando la voz, le preguntó por «el grupo de Tornet», como le había indicado el revisor. «Si quiere conocer la verdad de esas minas, debe hablar con él, con Maximiliano Tornet —le había dicho y, riéndose, añadió—: Le advierto de que es todo un personaje; cuenta que estuvo en Cuba luchando junto a los insurrectos antes de desembarcar en Barcelona y unirse a un grupo de anarquista sevillanos... Vaya usted a saber. Pero si quiere información de los entresijos de la compañía y las minas, Tornet le podrá contar lo que necesite, porque ha estado varios años aquí, trabajando para ellos como supervisor de horas y jornales. Hace unos meses lo pillaron leyendo a los compañeros un periódico revolucionario y el director ordenó que lo despidieran inmediatamente, así que ahora anda de aquí para allá, organizando la lucha minera», concluyó.

—¿Quién lo busca? —preguntó el tabernero.

—Me manda Tito Dosdedos, el revisor del ferrocarril.

El tabernero hizo una seña hacia una mesa arrinconada al fondo del establecimiento en la que bebían dos hombres.

—Se sientan allí, pero hoy no han venido. Venga dentro de dos días, a estas horas, y es probable que los encuentre.

—¿Y esos?

—Esos simpatizan con la causa, pero no son anarquistas. Puede preguntarles, si quiere.

Diego bordeó la barra y cruzó entre las mesas hasta llegar al rincón. Los dos hombres interrumpieron su conversación y levantaron la vista, desconfiados. Él repitió la consigna del revisor, que funcionó con la misma efectividad que con el tabernero. Uno de ellos le hizo hueco a su lado en el banco y le invitó a sentarse.

—Soy Diego Lebrija, trabajo en *El Liberal* —se presentó—. He venido de Madrid con la legación de parlamentarios de las Cortes para inspeccionar las teleras y las minas.

—Ah, algo hemos oído... —contestó uno, de pómulos afilados—. Los ingleses los esperaban dentro de dos días, ¡menuda sorpresa se habrán llevado! —dijo con sonrisa maliciosa.

—De sorpresa, *na* —replicó el otro—. Que nosotros llevamos toda la semana apagando teleras para la visita de los diputados.

—¿Se lo ha ordenado la compañía?

Los hombres se rieron a carcajadas.

—¿Quién si no? ¡A ver si se cree que podemos decidir por nuestra cuenta!

—Casi treinta hemos apagado o las hemos dejado solo con los rescoldos, para así reavivarlas en cuanto se marchen. Verá cómo mañana se respira mucho mejor en toda la zona. ¿O es que no lo ha notado?

—Al bajar del tren, un poco, quizá —concedió Diego—. Luego hemos visitado la colonia de Bella Vista y las oficinas, y el aire estaba limpio.

—Ah, claro. Más allá del cerro, en el valle, allí no hay humos. Los vientos lo respetan. Los ingleses escogieron el mejor lugar donde asentarse.

El hombre se sirvió un poco más de vino en su copa de la botella que reposaba en la mesa y Diego aprovechó para preguntar por el asunto que le había llevado hasta allí.

—Me gustaría hablar con Maximiliano Tornet. ¿Saben dónde puedo encontrarlo?

—Pse... A lo mejor mañana se deja caer por aquí —respondió el otro hombre—. Ya diré que lo anda buscando, últimamente se deja ver poco. Los ingleses han dado orden a sus guardias de detenerlo en cuanto lo vean asomar por los alrededores de la mina.

La corta más grande era el Filón Sur, que mordía a cielo abierto la ladera roja de Cerro Colorado desde el amanecer hasta las cuatro de la tarde, sin descanso. El golpeteo de los picos y las mazas en la roca reverberaba en las paredes de piedra con tanta fuerza que ensordecía los intentos del señor Osborne por explicar con palabras a los miembros de la legación lo que estaban contemplando sus ojos. Se aproximaron a la base del primer bancal excavado en la ladera y observaron el trasiego de hombres en el paisaje árido y polvoriento de la mina. Los mineros llevaban sombreros de ala ancha bien calados en la cabeza y pañuelos enrollados al cuello con los que se tapaban la nariz y la boca para no aspirar el polvo. Unos picaban la roca, otros paleaban el mineral extraído, otros más clasificaban las rocas en función de su pureza, al tiempo que los zafradores recogían los escombros restantes en grandes espuertas que luego se arrojarían a las escombreras que crecían alrededor como montañas estériles, inconsistentes, yermas. Las cuadrillas de mujeres y niños llegaban detrás y llenaban de mineral unos cajones que portaban hasta las vagonetas del tren. «Si quieren, pueden comprobar las edades de los críos: todos tienen más de diez años, como marca la ley», les dijo Patterson, aunque la talla menuda de alguno hiciera dudar de sus palabras a Diego. De los taludes más altos colgaban unos hombres que caminaban perpendiculares a la pared con una barra de hierro en la mano, removiendo rocas y salientes. Alguien preguntó qué hacían ahí colgados, amarrados por una simple soga a la cintura.

—Son los saneadores —explicó el directivo inglés—. Después de las voladuras de la mina, comprueban que no haya rocas sueltas. Si alguna se mueve, ellos se encargan de desprenderla y así se evita el peligro de los derrumbes.

La comitiva cruzó la vía del ferrocarril, escoltada en todo momento por los directivos de la compañía, en dirección al puesto de uno de los capataces. Diego retrasó sus pasos y se detuvo junto a una caseta en la que dos hombres revisaban las herramientas y arreglaban las que estuvieran rotas.

—¿Son ustedes de por aquí? —les preguntó.

Los hombres lo miraron de reojo y volvieron al trabajo.

—De Badajoz —respondió uno de ellos.

—¿Llevan mucho tiempo trabajando en la mina?

El que había respondido se incorporó despacio y lo miró, inquisitivo.

—Va para cuatro años ya —dijo.

—¿Y cómo llevan los humos?

—¿Los humos? Mientras salgan *p'arriba* bien, pero los días de manta... —El hombre se interrumpió, su mirada se desvió por encima del hombro de Diego.

—Señor Lebrija, le estamos esperando —oyó decir a su espalda. Tenía al señor Colson plantado detrás de él, con gesto serio—. Si desea hablar con alguno de nuestros empleados, dígamelo y yo le acompañaré.

Cuando se volvió de nuevo hacia el minero, este ya había reanudado el trabajo, en silencio.

A partir de ese momento, el señor Colson no se apartó de Diego, que sentía su presencia constante en la nuca, vigilando sus pasos ya fuera allí o en la visita posterior de los talleres de la maquinaria utilizada en la mina y en los del ferrocarril, donde trabajaban numerosos mecánicos, dedicados a arreglar las roturas de los vagones y las locomotoras, una tarea que era de vital importancia para la compañía, como les explicó el director: cada día partían de las minas hacia el puerto de Huelva dos convoyes con el mineral que descargaban directamente en uno de los vapores de la compañía. El mineral de mayor calidad —por su alto porcentaje de cobre— se enviaba directamente a Inglaterra, donde se encargaban de procesarlo en sus propias fábricas e instalaciones para luego comercializarlo por todo el mundo civilizado.

—Déjeme que le traduzca las palabras del señor Osborne, para que lo entienda mejor —le murmuró al oído Nemesio Gálvez—: la compañía extrae nuestra riqueza, se la llevan al Reino Unido con el fin de alimentar su industria y generar allí más riqueza, más progreso, más bienestar en la gente. Eso sin contar que la venta de esa producción genera cuantiosas ganancias a la compañía, de las que aquí apenas nos dejan unas migajas.

—Pero, dígame, ¿por qué existe ahora tanta demanda de cobre?

—¿Cómo que por qué? —El diputado lo miró casi escandalizado por su ignorancia—. ¡Pues por la electricidad, hombre! El cobre es indispensable en los usos presentes y futuros de la electricidad: motores, máquinas, generadores... ¿Sabe cuántas capitales europeas y norteamericanas están introduciendo iluminación eléctrica en sus calles? ¿Y cuántas lo harán en los próximos años? Y eso sin contar lo que supondrá cuando lleguen a las casas y a las fábricas y a todo... ¿Se imagina? —Diego asintió despacio. Sí, podía imaginárselo—. Pues el cobre de nuestras minas es uno de los sustentos principales de ese enorme mercado. ¿Y usted ve que aquí se note en algo? —No hizo falta que Diego respondiera, era más que evidente—. Pues eso.

Al finalizar la visita a los talleres, los montaron en los carruajes y los llevaron a la zona de las fundiciones, situada al otro lado del cerro. Según se acercaban, el aire se volvía más denso y maloliente, el cielo perdía sus colores límpidos y las nubes adoptaban un tono pardo, sucio. Del centenar de teleras distribuidas por el terreno, solo algo más de la mitad estaban encendidas y lanzaban oscuras fumarolas que flotaban alrededor de las montoneras antes de ascender al cielo. Era un paisaje siniestro, sin duda. La negrura de la tierra arrasada, recubierta de un grueso manto de cenizas, sin rastro de vida vegetal ni animal; las siluetas de los obreros emergiendo entre el humo como fantasmas, el calor intenso, el olor azufrado. Si existía el infierno, no debía de ser muy distinto a aquello.

—¿Por qué solo arden la mitad de los hornos? ¿Es normal que haya tantos apagados? —le preguntó Diego al señor Patterson, pensando en lo que le dijeron los mineros la noche anterior.

—Nunca los tenemos todos encendidos a la vez —contestó el directivo con aplomo—. Un tercio de los que ve apagados ya están inservibles y el resto no son necesarios en estos momentos.

—He oído por ahí que han apagado unos cuantos para que la comitiva no los viera a pleno rendimiento —insistió Diego.

—¿Cree usted que las teleras se pueden apagar de un día para otro, como si fuera la lumbre de un hogar? —El señor Osborne se echó a reír con una carcajada burlona—. Se necesita más de una semana para que se consuma la madera y el carbón en su interior antes de que los hombres puedan apagarlos.

—Tenemos constancia de que hace un mes aquí estaban funcionando ciento quince calcinaciones —terció el señor Gálvez.

—Eso es imposible, la producción de mineral no es tan grande —replicó el señor Patterson.

—Permítame que le corrija: en el informe del último año remitido al gobierno, sus cifras reflejan una producción diez veces mayor de lo inicialmente estipulado.

—Pueden preguntar a los trabajadores, si quieren

—intervino el señor Colson, que se dirigió a Diego y le preguntó—: ¿No le gustaría, señor Lebrija?

Por supuesto que sí. Tom Colson extendió la mano abriéndoles el paso hacia la primera fila de hornos encendidos, donde se veía a varios obreros trabajando. Diego se encaminó hacia allí junto con Gálvez y otro periodista. El calor que desprendían los hornos subía varios grados a cada paso que daban, hasta que resultaba casi insoportable. Un capataz que supervisaba el trabajo en las teleras se detuvo al verlos venir.

—Gómez, estos señores desean hacerle unas preguntas a algún obrero —le informó Colson.

El hombre se volvió hacia el grupo más cercano y llamó a uno de ellos, que fue corriendo con la ropa renegrida cubriéndole completamente de la cabeza a los pies, incluidas las manos enguantadas. Al acercarse, se bajó la pañoleta y dejó al descubierto la cara macilenta y sudorosa. El capataz les dijo que era el contramaestre, el responsable de mantener encendido el horno. A su cargo estaban los peones escorieros y los zagales que cargaban la madera.

—Buenas —saludó el minero, sin atreverse a mirar más que al encargado.

—Estos señores quieren preguntarte cosas, Chisco —dijo el capataz, y el hombre volvió hacia ellos sus ojos oscuros y enrojecidos.

—¿Cuánto tiempo lleva trabajando de contramaestre en las teleras? —se adelantó a preguntar Gálvez.

—Casi dos años, señor —respondió con voz cavernosa, como si una sierra le rasgara las cuerdas vocales.

—¿Cuántos hornos están encendidos normalmente? —interrogó Diego.

El hombre lanzó una mirada de reojo al capataz, que apartó la vista.

—Los que ve, más o menos. Hay semanas que alguno más; otras, alguno menos.

—¿Sabe si han apagado teleras esta semana? —insistió Diego, atento a los gestos que hacía el contramaestre.

—No, señor. —Lo dijo tan seguro, que a Diego le hizo dudar de lo que había escuchado en la taberna.

—¿Han sufrido alguna enfermedad por los humos? —preguntó el otro periodista.

—Lo normal, señor. Algo de ronquera y tos, pero cada vez que nos coge, a mí o a los compañeros, los doctores nos dan un jarabe que nos quita la carraspera en un santiamén. Y así podemos volver al trabajo cuanto antes, que es lo que queremos. Si enfermamos, no cobramos.

Diego oyó el suspiro resignado de Gálvez a su lado. Dijera la verdad o no sobre la actividad en las teleras, lo cierto es que ningún obrero deseaba perder ni un día de trabajo si de eso dependía su jornal.

Le dieron las gracias al contramaestre y se marcharon de vuelta al lugar donde los esperaba el resto de la comitiva.

—¿Desean saber algo más, caballeros? —preguntó el director.

Nada más. Ya habían visto lo suficiente.

13

La mañana siguiente a la recepción, Victoria se descubrió pensando en el breve encuentro con Diego mientras se abotonaba la camisa de popelín negro frente al espejo. Había sentido una suave agitación —todavía se turbaba al recordarlo— después de que se le acercara, ya a solas, con intención de disculparse. La conversación fluyó entre ambos como si no hubiera pasado el tiempo y, poco a poco, sintió reavivarse en su interior viejas emociones dormidas de aquella época. A su memoria solo le venían buenos recuerdos, como el día que le prestó su preciado librito de Mariano de Larra o la sesión fotográfica en la boda de Micaela, en que el fotógrafo los tomó por marido y mujer, o la única noche que pasaron juntos en ese cuartucho minúsculo y desordenado del centro de Madrid al que se había mudado a vivir poco después de entrar en *El Liberal*, y del que tan orgulloso estaba. ¿Por dónde rondaría esa foto? ¿Dónde la habría guardado? Tendría que buscarla entre sus viejos papeles, se dijo pensando en el contenido de los cajones del secreter. Respecto al librito de Larra, no tenía ninguna duda de que lo había metido en el baúl de libros enviado directamente de Inglaterra a su casa de Madrid.

Cuando bajó a desayunar, Phillip ya se había marchado. Clarissa había terminado su taza de té y leía una carta de la correspondencia recibida hacía un rato.

—¿Alguna novedad de Inglaterra? —preguntó Victoria, más por cortesía que por verdadera curiosidad.

Se sentó al otro lado de la mesa al tiempo que venía Helen, tetera en mano, a servirle una taza de té recién hecho al que añadió un chorrito de leche. Clarissa no respondió enseguida, sino que continuó leyendo hasta llegar al final. Con un suspiro, dobló la cuartilla y la volvió a guardar en su sobre.

—Nada, realmente. Al menos, de momento —respondió, enigmática—. Mi amiga Mildred Saint-Claire dice que el último baile de la temporada en Londres ha sido un auténtico desastre, porque el ambiente en la ciudad estaba tan revuelto por las protestas de los irlandeses, que muchas familias optaron por marcharse a sus casas de campo antes de tiempo. Es lo mejor que podían hacer, desde luego —murmuró casi para sí. Luego añadió—: Según me cuenta, la temporada que viene tiene pinta de ser muy prometedora. Las dos hijas mayores de los duques de Wiltshire y la pequeña del conde de Straton se presentarán en sociedad en el baile de las debutantes. Ojalá para entonces ya pudiéramos estar de vuelta.

Eso sería en primavera, demasiado pronto para que Phillip resolviera sus asuntos pendientes y se decidiera a regresar, se dijo Victoria, poco convencida. Desde aquella noche en la biblioteca, pensaba con frecuencia en su propuesta de matrimonio, en lo que supondría para ella. Se descubría a menudo examinando a Phillip en el papel de marido con la misma actitud reconcentrada con la que un entomólogo disecciona a un insecto bajo su lupa y apunta sus características. Lo hacía continuamente, de manera casi inconsciente, como si lo evaluara a la luz de lo que sabía ahora sobre el matrimonio y de lo que podría ser una vida en común con él, antes de tomar una decisión.

—Voy a ir a la casa de la señora Osborne para hablar con Alice Colson sobre la actividad benéfica —le anunció mientras vertía un poco de aceite sobre una rebanada de pan.

—¡Qué mujer tan desagradable! En mi opinión, solo pretende llamar la atención —aseveró lady Langford.

—No es eso lo que dice Phillip. Y la señora Patterson comentó el otro día que la señora Colson no es la primera que sufre de melancolía, ha habido otras señoras en Bella Vista que padecieron dolencias del espíritu insuperables y terminaron regresando a Inglaterra.

—Eso lo puedo entender. Este sitio es tan deprimente... —dijo, frunciendo la boca en una mueca de disgusto—. De cualquier forma, no me extrañaría que el resto de las señoras respiraran más tranquilas al comprobar que serás tú y no la señora Colson quien se encargue de organizarlo.

Un rato después, Victoria metió una libretita en su ridículo y recorrió a pie el camino hasta la Casa del Consejo. La doncella la hizo pasar a la salita, donde la esperaba Elaine Osborne, envuelta en un intenso perfume a nardo, con una taza de té entre las manos. Le ofreció otra a ella, que rechazó con una sonrisa educada; acababa de desayunar.

—Le he dicho a la doncella que avise a Alice de que ha llegado. Dudo que se sienta con ánimo de bajar, pero me ha prometido que la recibirá en su gabinete. —Dejó la taza en la mesa con cuidado y añadió—: También le he dicho a John que usted se va a encargar de organizar el reparto y se ha alegrado mucho. Las cosas andan un poco revueltas en las minas y en los pueblos de alrededor, y confía en que un gesto de buena voluntad como es el reparto de alimentos contribuya a calmar los ánimos exaltados de esta gente.

—Algo ayudará, aunque no sé si será suficiente.

—Lo sé. Es algo que tengo comprobado: cuanto más les das, menos te lo agradecen —afirmó con gesto altanero—. En fin. Mi marido me ha dicho que se pase después del almuerzo por su despacho y le entregará la orden dirigida al encargado del almacén para que le permita seleccionar los alimentos que considere más oportunos. Yo la acompañaría, pero tenía prevista una reunión con varias señoras con las que estamos organizando el baile de Fin de Año. Será el último que pasemos aquí, si Dios quiere, y me he propuesto que sea especial, sobre todo por John.

—No se preocupe, podré apañarme sola. Me llevaré a Ramona, la criada; ella me ayudará.

En ese momento apareció la doncella con el aviso de que la señora Colson ya podía recibirla, de modo que Victoria siguió sus pasos escaleras arriba. Recorrieron el pasillo hasta detenerse en una puerta que la doncella golpeó suavemente antes de abrirla y franquearle el paso a una estancia sumida en una suave penumbra. Halló a Alice Colson recostada en una *chaise longue*, y por un instante le vino a la memoria la imagen de su madre en su mecedora de la salita de las flores, frente a la cristalera que daba al jardín, y ella sentada a su lado en el suelo, leyéndole los poemas de santa Teresa que tanto le gustaban. También ella sufría de melancolía, según le explicó su padre mucho después de su muerte, cuando ya era lo suficientemente mayor para entenderlo; en realidad, los doctores nunca pudieron asegurar que fuera eso o una dolencia desconocida que le arrebataba las fuerzas para vivir, comer o tan siquiera levantarse de la cama. Victoria había crecido bajo la mirada vigilante de su padre, temeroso de que ella hubiera heredado la misma predisposición de su madre a la enfermedad.

Su atención volvió a Alice Colton, que la recibió pálida y taciturna, acurrucada de costado en la *chaise longue*, como una niña desvalida. Tenía la mirada apagada y unas ojeras violáceas bordeaban los ojos adormilados que se esforzaba por mantener abiertos. Sus labios se distendieron en una mueca con pretensiones de sonrisa.

—Siento que la hayan enredado con mis líos —murmuró.

—No lo sienta, he sido yo quien se ha ofrecido a ocupar su lugar —respondió Victoria, que agarró una silla por el respaldo y la aproximó a la *chaise longue*.

—Entonces es usted una loca, como yo. —Sonrió con desgana.

—Usted no está loca, no diga eso. Solo está enferma.

De su garganta brotó un resoplido a modo de risa sibilante y amarga.

—¿Eso le ha dicho Phillip?

No le pareció bien revelar que algo le había contado.

—Mi madre también sufría ataques de melancolía, sé cómo es.

—No, no lo sabe. Nadie lo sabe —dijo con un suspiro mezclado en su voz pastosa—. Ni siquiera yo misma sé por qué unos días sería capaz de bailar hasta caer rendida y otros, en cambio, me pesa el alma como si fuera un ancla de hierro que tirara de mí hasta dejarme exhausta y ahogada en el llanto. —Dirigió la vista al ventanal, hacia el cielo surcado de jirones de nubes blancas que resplandecían bajo el sol—. Estoy tan cansada...

—¿No desea que la examine uno de los doctores?

Alice se volvió hacia Victoria con expresión recelosa.

—¿Se refiere a Phillip?

—Él es cirujano, no sé si es el más adecuado. Supongo que el doctor MacKay sería mejor...

—Parece que Phillip le tiene a usted en gran estima... Es su cuñada, ¿verdad? La esposa de su hermano fallecido —dijo, esbozando una media sonrisa. Victoria asintió, incomodada por el tono insinuante de su voz—. Antes de que llegaran, nunca solía hablar de su familia. Ni siquiera me contó que su hermano había muerto.

No le sorprendió demasiado. Phillip llevaba mucho tiempo alejado de todos ellos, y en especial de James, con quien no se hablaba desde la muerte de su padre.

—Era su hermano mayor. Mi marido.

—Phillip y sus secretos... —murmuró Alice, cerrando los ojos.

Permaneció un buen rato así, muy quieta, como si hubiera caído en un profundo sueño. De repente abrió los ojos y su mirada perdida deambuló alrededor hasta que se posó de nuevo en Victoria.

—Estoy entreteniéndola con tonterías y todavía no le

he contado lo que desea saber —dijo—. ¿Ha traído algo para apuntar? —Victoria asintió, cogió su ridículo y extrajo la libretita que llevaba dentro. Alice le señaló el secreter que estaba al otro lado de la *chaise longue*, junto al ventanal—. Puede sentarse allí, tiene una pluma y el tintero, si los necesita.

Cuando Victoria estuvo lista, Alice comenzó a explicarle despacio lo que había pensado, lo que había hecho hasta caer enferma y las tareas pendientes, le dijo que el listado de las señoras que se habían comprometido a colaborar con panecillos u otras elaboraciones estaba en una esquina del secreter, y que su tío John le había prometido contribuir con una buena cantidad de alimentos y una carreta grande tirada de caballos y con dos hombres que le ayudarían a transportarlos.

—Si me encuentro ese día con fuerzas, las acompañaré —afirmó cuando casi habían terminado—. Dudo que alguna de las señoras de la colonia se ofrezca a acompañarla, tienen miedo a contagiarse de los males y enfermedades de los aldeanos. Si es así, haga que la acompañen tres o cuatro criadas de fiar, que puedan ayudarla a repartir los alimentos.

Victoria tomó buena nota. Contaba ya con la señorita Jane Jones, quien, al conocer la situación, se había presentado en su casa a ofrecerle su ayuda en lo que necesitara. «Soy más fuerte de lo que piensa, no crea que me dejo impresionar fácilmente», dijo. Además, no era la primera vez que se implicaba en esas tareas. En Bedford solía acompañar al clérigo en sus visitas semanales a los hogares de las familias más pobres de entre las pobres para atender a los niños y los enfermos.

Victoria aguardó a que Clarissa se hubiera retirado a su alcoba para ir en busca de Ramona, que la esperaba ya preparada y con la cocina impoluta. Salieron juntas de la casa y se dirigieron a la parada de los carruajes. Irían primero a las oficinas de la compañía y, de allí, al almacén del economato.

—Espéreme aquí, Ramona. Intentaré no entretenerme demasiado —le dijo al llegar frente al edificio de la Compañía Río Tinto.

—No se apure. Hasta que no terminan la jornada los mineros no abre el economato, y eso es a partir de las cuatro.

Le extrañó ver tanto guardia de seguridad alrededor del edificio de la compañía. Con paso decidido, traspasó la puerta enrejada, se acercó al mostrador del conserje y preguntó por el despacho del señor Osborne, que la estaba esperando. El conserje, un malagueño calvo y rechoncho, se puso en pie solícito y la guio con andares bamboleantes por un pasillo de paredes desnudas y suelos de mármol en el que se cruzaron con varios señores que la saludaron con una venia respetuosa. Cruzaron un patio central recubierto de mosaico sevillano y se detuvieron delante de una puerta marcada con el rótulo SECRETARÍA DE DIRECCIÓN.

—Siéntese, haga el favor. Voy a avisar.

El conserje le indicó un banco de madera negra pegado a la pared, frente al patio, llamó suavemente y abrió la puerta introduciendo medio cuerpo por el hueco. Al cabo de un minuto, el hombre salió y le hizo una señal para que pasara a una antesala con dos escritorios enfrentados tras los cuales trabajaban sendos empleados. Uno de ellos, de aspecto pulcro y puntilloso, la miró por encima de sus lentes y le indicó que tomara asiento en una de las butacas de madera alineadas junto a la puerta.

—El señor director está reunido. En cuanto termine, podrá usted pasar, señora —le comunicó.

Y Victoria se sentó. Su matrimonio con James le había enseñado a esperar con paciencia, a dominar ese nervio suyo que la empujaba a reaccionar de inmediato, sin pararse a pensar demasiado, un rasgo de su carácter del que en otro tiempo se había sentido más orgullosa que avergonzada, quizá porque honestamente pensaba que le había abierto la puerta a personas y caminos inesperados. Sin embargo, con James, esa impulsividad no le sirvió de nada, al contrario; lo aprovechaba para burlarse de ella o para despreciarla como si fuera más propio de una niña alocada que de una dama de la nobleza, y eso le hacía sentir una impotencia que la desarmaba por completo y contra la que no sabía cómo luchar. Así que aprendió a callar, a escuchar y a aguardar el momento adecuado para actuar.

Recorrió la estancia con la vista sin mostrar mucho interés —una estantería acristalada de tres cuerpos repleta de carpetas, legajos y archivos, un mapamundi colgado de la pared en el que aparecían delimitados los territorios del Imperio británico— y luego observó la aplicación con la que los dos secretarios trabajaban en silencio, sin intercambiar una sola palabra ni distraerse un segundo. La puerta del director se abrió y le oyó despedirse de los hombres que salían de su despacho.

—Infórmeme en cuanto averigüe algo, necesito saber quién se oculta detrás de ese seudónimo. Tiene que ser algún vecino de la comarca, quizá un miembro de la Liga Antihumista; conoce bien la zona y sabe cómo conseguir información. Es un peligro tener a alguien así suelto por ahí, escribiendo lo que le da la gana.

Victoria bajó la vista a su regazo, disimulando la sonrisa que había asomado a su boca al escucharlo. Pensó que debería ser todavía más cuidadosa en sus columnas y no dejar ningún indicio que les permitiera identificar al Troyano.

—Sí, señor —respondió uno de los señores.

—Y usted, Graham, acuérdese de pedir que, a partir de mañana mismo, me envíen de Huelva un ejemplar de cada periódico en el que trabajan esos redactores llegados con la legación parlamentaria, tanto los provinciales como los de Madrid —le pidió al otro—. En especial, el de ese reportero, Lebrija. Quiero saber qué escribe sobre nosotros.

Apenas habían salido los hombres de la antesala cuando el señor Osborne asomó la cabeza y la miró sonriente.

—Señora Langford, adelante. —Ella lo saludó y pasó por delante de él, que cerró la puerta a su espalda—. Permítame expresarle mi más profundo agradecimiento por encargarse de la actividad benéfica de Alice.

La guio hasta la zona donde recibía a las visitas, en la que había un cómodo sofá Chester de piel y dos sillones colocados frente a la chimenea en la que se consumía un tronco a punto de desmoronarse, convertido ya en carbón y ceniza.

—No tiene por qué, señor Osborne. Lo hago con gusto. —Ella extrajo un papelito de su ridículo y se lo entregó—. He escrito una lista de los productos y las cantidades aproximadas que necesitaremos.

—Excelente, excelente —dijo el director, que la revisó de un vistazo. Luego se arrellanó en el sofá, más tranquilo—. Cuando mi esposa me dijo que usted se había ofrecido a hacerlo, me pareció que yo no podría haber elegido a nadie mejor. Usted está más cerca de la gente, habla su idioma y, al mismo tiempo, la verán como alguien de la compañía.

No estaba muy segura de que se sintiera demasiado a gusto con esa imagen.

—Haré lo que pueda.

La puerta del despacho se abrió y entró el empleado pulcro con la bandeja del té, al mismo tiempo que las campanillas del elegante reloj Bracket sobre la repisa de la chimenea daban las cuatro de la tarde. Victoria se acordó de la pobre Ramona, que la estaría esperando junto al carruaje.

—Ah, el té. Excelente, gracias, George. —El director observó complacido cómo su subordinado depositaba la bandeja en la mesa de centro y servía el té. Cuando este hubo terminado, le preguntó—: George, ¿tiene preparado el documento que se debe llevar la señora Langford para entregarlo en el almacén?

—Está casi listo, señor director. En cuanto lo tenga, se lo traeré para que usted lo firme.

El señor Osborne asintió. Aguardó a que el empleado saliera del despacho para retomar el hilo de la conversación con Victoria—: Como le decía, ha sido usted mi salvación. Sé que no es culpa de mi sobrina Alice, pero ya había informado a Londres de la iniciativa y les había parecido una idea tan magnífica que no tardaron ni tres días en dar su aprobación al gasto que supondrá para la empresa, así que habría sido una auténtica decepción suspenderla. Por supuesto, habrá una pequeña representación de la compañía en el punto de partida del recorrido y yo pronunciaré unas breves palabras para que puedan hacerse eco de ellas los señores de la prensa. Que vean que también actuamos de manera desinteresada en beneficio de la gente.

—Ya veo. Es una oportunidad que no se debe desaprovechar.

—Especialmente en estos momentos tan revueltos para la compañía... —prosiguió él, aspirando el aroma de la taza de té que sostenía en la mano—. Aquí todo el mundo se queja: los mineros reclaman mejoras de salarios y condiciones laborales; los ferroviarios, más seguridad, ¡como si hubiera poca!; los contratistas desean aumentar su comisión; los alcaldes y caciques de los pueblos de alrededor protestan contra los humos, aunque, en el fondo, de lo que se quejan es de que la compañía les haya arrebatado su cuota de influencia...

—¿Y no es así? —inquirió Victoria, con expresión inocente, después de beber la mitad de su té. No debería, pero cedió a la tentación de tirarle un poco de la lengua—. Por desgracia, los caciques existen en toda España, son señores rurales que abusan de su posición de privilegio. No les vendría mal un poco de su propia medicina.

El señor Osborne soltó una de sus carcajadas sonoras.

—Tiene razón —corroboró, mirándola con simpatía—. Es inconcebible que un pequeño grupo de terratenientes decida a su antojo sobre esta tierra y su gente, como si fueran de su propiedad. La compañía es ahora dueña de una gran parte de la comarca y, como tal, debe defender sus intereses. No deseamos inmiscuirnos en la política local, no me malinterprete, pero tampoco dejaremos que se tomen decisiones perjudiciales para nuestra actividad, como intentan hacer algunos. No mientras yo pueda evitarlo. En fin, a veces hay que hacer verdaderos equilibrios para cumplir con nuestro deber.

—Dudo que nadie le pueda reprochar su compromiso con la empresa, señor Osborne —afirmó ella, que aprovechó para concluir la visita—. Me temo que debo marcharme, no deseo que se nos haga muy tarde en el almacén.

—Ah, por supuesto.

El señor Osborne se levantó del asiento con gran esfuerzo y la acompañó hasta la puerta. Al abrirla, se toparon con su secretario, que estaba a punto de entrar.

—Le traigo el documento, señor.

El director se colocó sus quevedos sobre la nariz, revisó el texto con gesto de aprobación y luego se aproximó al escritorio de su empleado con el fin de rubricarlo.

—Señor, si no es mucha molestia, está pendiente de su firma la orden de pago al juez de Valverde del Camino por sus diligencias en las indemnizaciones a los propietarios de las tierras afectadas por los humos —agregó el secretario cuando el director hubo firmado el primer documento.

—Ahora no, George —le cortó en tono seco. El secretario se apartó cabizbajo y dedicó una mirada de soslayo a Victoria, que le devolvió una sonrisa comprensiva.

El señor Osborne se incorporó y, doblando el folio por la mitad, se lo tendió a Victoria con expresión afable.

—Entregue este documento al jefe de almacén y pídale lo que usted considere oportuno. Y si le surge algún problema, acuda directamente a mí.

—Ponga bien de harina de trigo, señora, que una harina como esta hace mucho tiempo que no la catamos nosotros por aquí —le dijo Ramona en voz baja, mirando de reojo al jefe del almacén, un hombre menudo y enjuto, ataviado con la consabida chaquetilla azul añil bordada con el anagrama RTCL, que esperaba muy atento a lo que finalmente decidieran—. Lo más que encontrará en las tiendas, ya sea en Zalamea como en Huelva o Sevilla, es una harina basta y sucia que no sirve ni para hacer una torta de pan. Y también apunte harina de centeno, y garbanzos y judías, señora, que eso cunde mucho y alimenta.

El empleado las había recibido en silencio, sin apenas prestar atención a la orden del director que le entregó Victoria, como si ya supiera de la visita de la señora. Las condujo a través de un pasillo a lo largo del cual se apilaba un sinfín de productos ordenados por género en sacas o en cajas de madera o en toneles enormes que arrancaron a Ramona una retahíla de exclamaciones ahogadas por el asombro. «Virgen Santa, nunca había visto tanta comida junta, señora», murmuró. Ni ella ni nadie en la larga fila de mujeres y hombres que vieron al pasar por delante con el carruaje, esperando su turno para acceder al interior de la tienda con las sacas vacías al hombro y los capazos de mimbre enganchados al brazo. «Es que hoy es día de paga, ¿sabe *usté*?, y la compañía entrega casi *to* el sueldo en cupones *pa'que* los mineros se los gasten en el economato y no se lo beban en las tabernas, que es lo que más de uno haría si pudiera —le explicó la criada—. Ahora, también le digo que esos borrachines solo son unos cuantos; la mayoría se toman un chato en la taberna al terminar la *jorná* y se vuelven a su casa con su familia y no salen de nuevo hasta el amanecer, que aquí pagan muchos justos por pecadores, ¿sabe *usté*? Porque digo yo que tampoco está bien que los ingleses decidan qué debe hacer cada cual con el sueldo que se ha *ganao* honradamente sudando polvo de sol a sol, que ya son mayorcitos para que nadie les administre, como bien dice mi hijo Benito, el mayor, el que trabaja aquí, en el Filón Sur; ni tampoco que les obliguen a gastarlo en su economato, por barato que sea, ¿no cree? Porque puede que quieran gastarlo en el comercio de otro pueblo o en la ciudad o donde sea, y no aquí, para enriquecer aún más a la compañía, me parece a mí», concluyó. Victoria le dio la razón. La compañía ejercía un control excesivo sobre la vida de sus empleados, y no solo los españoles.

Tardaron un buen rato en acordar con el encargado los alimentos y las cantidades que querían —harina de trigo y de centeno, garbanzos, judías y algunos salazones— y la forma en que lo transportarían al lugar que ella les indicara el día en cuestión.

—Partiremos de aquí, de la plaza, y nos dirigiremos al asentamiento de chabolas del valle, por detrás de Bella Vista —le dijo.

Esa misma mañana, la señora Colson le había hablado de ese asentamiento sin nombre en el que malvivían medio centenar de personas —mujeres de mala vida con sus hijos, tullidos y hombres indeseables—, todos ellos marginados de las minas, desahuciados de cualquier trabajo o faena decente, que merodeaban de un lado a otro sin nada que llevarse a la boca. Y de ahí le gustaría ir hacia El Romeral y otra aldea cercana.

De camino a la plazuela donde aguardaba el cochero, Ramona le pidió permiso para acercarse a la casa de su hijo Benito, que vivía con su familia allí mismo, a unas pocas calles de donde se encontraban.

—Será media horilla, no más —le dijo la criada.

—Vaya usted. Yo aprovecharé para darme una vuelta por aquí y conocer el pueblo. Pero no se retrase.

A esas horas, con el final de la jornada y la luz del día en lenta retirada, había cierta animación en la pequeña plaza ovalada. Varios grupos de hombres se repartían por los bancos de piedra, hablando, discutiendo, fumando; los críos correteaban de un lado a otro, mientras unos pocos, más mayores, jugaban con un pobre perro despeluchado y viejo al que tenían mareado, y sentadas a la puerta de una casa, unas mujeres despedían la tarde murmurando entre ellas.

Victoria bordeó la plaza y continuó adelante por una calle en la que distinguió los rótulos de varios comercios. Muchos de ellos estaban cerrados a cal y canto, probablemente por culpa del dichoso economato en el que los mineros se veían obligados a comprar cuanto necesitaban. Los cupones de la compañía no servían en los pequeños negocios del pueblo. Pasó delante de una ferretería polvorienta y vacía. Unos pasos más allá había una panadería ya cerrada y, a continuación, una mercería con las puertas pintadas de un rojo intenso y un pequeño escaparate en el que se detuvo, atraída por la delicada mantilla de encaje expuesta sobre un busto de costura. Era tan fina que parecía más propia de un establecimiento de Madrid que de un pueblo minero. Echó un vistazo al interior de la tienda, pequeña y ordenada, y sus ojos se posaron en la figura de un hombre de espaldas, inclinado sobre el mostrador, al que creyó reconocer. Se decidió a entrar, empujada por la curiosidad.

—Ahora soy yo la sorprendida al encontrarle aquí, señor Lebrija —lo saludó, colocándose a su lado.

Diego respingó al verla.

—Vic... Señora Langford, ¡qué sorpresa!

Ella bajó la vista a su chaqueta, extendida sobre el mostrador, bajo un lote de muestrarios de botones de distintos tamaños y materiales.

—¿Ha perdido un botón?

—Dos —le dijo mostrándole el puño de su chaqueta y el hilillo suelto en la parte delantera—. No entiendo cómo se han podido caer.

La tendera regresó de la trastienda con una caja de cartón. Saludó a Victoria con un gesto de la cabeza en el que aprovechó para catalogarla de un vistazo. Una buena clienta.

—Aquí deberían estar... —Le quitó la tapa a la caja, se colocó las lentes que llevaba colgadas de una cadena sobre el pecho y empezó a hurgar entre varios cartoncillos pequeños con muestras hasta extraer uno con tres botones, similares a los de la chaqueta. Luego, volviéndose a Victoria, le preguntó—: ¿Qué se le ofrece, señora?

Nada, en realidad, pero no deseaba que Diego pensara que había entrado buscándolo.

—Esa mantilla que tiene expuesta en la vitrina... ¿Podría enseñármela, por favor?

—Faltaría más. En cuanto termine con el señor, se la traigo.

—No se preocupe, atienda a la señora —contestó Diego, que parecía muy interesado en los botones—. Yo sigo mirando.

La mercera levantó la tapa del mostrador y salió a la calle con un manojo de llaves tintineando en la mano.

—¿Piensa coserlos usted? —se interesó Victoria, señalando la botonadura.

—No sería la primera vez... —respondió él, sonriendo—, pero la dueña de la pensión donde me hospedo me ha dicho que se la deje un rato y ella me los coserá en un abrir y cerrar de ojos. Es la única chaqueta que me he traído.

Victoria pasó la mano despacio por el cálido paño de lana de color tabaco. Era suave y desprendía una intensa fragancia a él que embargó sus pensamientos unos segundos.

—¿Qué le parece? ¿Cuál elegiría usted? —le preguntó Diego, que había cogido una de las muestras de botones para contraponerla a la botonadura de la chaqueta.

—Yo creo que debería elegir este.

Se inclinó sobre el mostrador y estiró su brazo por delante de él. Escogió otro de los cartoncillos de muestras y lo colocó junto al suyo. Sus manos se rozaron levemente, y Victoria se estremeció al sentir la tibieza de su piel. Recordaba bien esas manos, las manos de Diego, recias, expresivas, de dedos hábiles y seguros, ahora sin rastro de tinta. Siempre le parecieron bonitas, pese a su falta de elegancia.

La tendera entró en la tienda con la mantilla colgada del brazo y se metió detrás del mostrador.

—Mire qué preciosura, con qué primor está hecha. —La extendió con mucho cuidado entre sus manos, para que Victoria pudiera tocarla. Tenía razón, era un encaje finísimo y delicado que se deslizaba como una caricia sobre la piel—. No encontrará nada igual en toda Huelva. Las hace una señora de Aracena con manos de ángel, y hasta de Sevilla vienen las señoritas a encargarle mantillas para su boda.

—Es una preciosidad, realmente —reconoció ella, antes de apartar su mano—. Pero, por el momento, creo que no me la voy a llevar. Tal vez más adelante.

—Tengo una mantilla negra en la trastienda, si lo prefiere... —insistió la mujer, que hizo ademán de ir a buscarla.

—Se lo agradezco, pero en negro no la necesito. Si me decido, volveré a por esta. Muchas gracias.

Victoria se dio media vuelta para despedirse de Diego, pero él le pidió que aguardase un segundo, se marchaba con ella.

—¿Me cobra los botones, por favor? —preguntó a la mercera, con las monedas ya preparadas sobre el mostrador.

La mujer quiso envolvérselos, pero él le dijo que no hacía falta, que los guardaría en el bolsillo de su chaqueta.

Salieron juntos a la calle y se quedaron unos segundos allí de pie, frente a la mercería, en un silencio vacilante, hasta que él lo rompió:

—¿Hacia dónde va?

Ella se encogió de hombros, sin mirarlo.

—Hacia ningún sitio, de hecho. Paseaba sin rumbo. Estoy haciendo tiempo mientras espero a mi criada para regresar a Bella Vista.

—Entonces la acompaño, yo tampoco tengo prisa —dijo él, muy resuelto—. Hace un rato que volvimos de la visita a las minas y en la pensión no sirven la cena hasta las ocho.

Ella titubeó un instante antes de decidirse a continuar calle arriba.

—¿Ya sabe lo que va a escribir?

—Si le soy sincero, todavía no. Necesito un poco más de tiempo para visitar la zona y hablar con algunos obreros que no se sientan coaccionados por la compañía.

Victoria guardó silencio, pensativa.

—Tenga cuidado, creo que ellos lo vigilan —le avisó a media voz.

Diego se echó a reír.

—Lo sé, aunque me sorprende que me lo diga usted.

—¿Por qué no se lo iba a decir? —le interrogó ella, deteniéndose.

Él también se detuvo y la miró a los ojos antes de responder:

—Porque está con ellos, forma parte de la colonia y, por lo tanto, de la compañía.

A Victoria le molestó un poco que pensara eso, aunque no le extrañó, por supuesto. Era lo más lógico y la razón por la que ella podía moverse por las instalaciones de la compañía y por la comarca sin levantar sospechas. Cómo le habría gustado poder contarle lo que hacía allí, tal vez por vanidad o por orgullo o (y esto le costaba reconocerlo incluso ante sí misma) por captar su interés, lograr su admiración.

—Eso no significa que calle o justifique sus actividades, si no me parecen honestas —replicó ella con rotundidad—. Y no lo hago por usted, si es lo que piensa.

—Ni se me había pasado por la cabeza —respondió Diego, disimulando una sonrisa.

Caminaron en silencio unos metros, al cabo de los cuales comentó:

—Ha cambiado usted mucho, Victoria.

No estaba muy segura de si era algo bueno o malo. En cualquier caso, tenía razón, ya no era la Victoria que él conoció. Y en cuanto a él, la tenía un poco desorientada, no sabía qué pensar. En apariencia, quizá había cambiado, pero en lo sustancial, en su forma de ser, sus ideas, eso no podía saberlo.

—¿A qué se refiere?

Diego hizo un gesto con la mano y Victoria sintió, azorada, cómo los ojos verdes descendían por los rasgos de su cara, hasta el escote recatado de su traje negro y continuaban por la línea de su cintura y sus caderas.

—A todo. Está diferente, ha madurado, tiene una forma de mirar distinta, más serena, reflexiva, es más... cómo lo diría... más mujer. —Sus pasos se ralentizaron al igual que lo hacían sus palabras, que sonaban cada vez más suaves, como una caricia. Alzó la vista y, sonriendo desde el fondo de sus ojos verdes, añadió—: Eso sí, sigue igual de guapa.

Victoria esbozó una sonrisa forzada con cierto regusto amargo.

—Gracias, es muy amable.

—No diga eso, me fastidia cuando dicen «es usted muy amable», como si fuera falso o me hubiera visto obligado a decirlo —replicó él, molesto—. No lo he dicho por ser amable, lo he dicho de verdad.

—Lo sé, no se enfade. —Ella reanudó el paso, esta vez sonriendo de verdad—. Usted, sin embargo, ha cambiado menos de lo que parece.

—¿Eso cree?

Doblaron la esquina de la manzana y Victoria tomó el camino que los devolvería a la plazuela.

—Yo diría que sí. —Hizo una breve pausa y preguntó—: ¿Está usted casado?

—No, por Dios. —Diego soltó una carcajada.

—¿Por qué no? Supongo que ya tendrá un buen puesto en el periódico y el reconocimiento que buscaba. ¿Me equivoco?

—Sí, eso sí. Pero al mismo tiempo me he acostumbrado a vivir solo, un poco a salto de mata, al ritmo de mi trabajo en la redacción, sin ataduras y sin compromisos. Y me gusta.

—Ya veo. —Ella asintió—. Supongo que, si fuera usted, tal vez yo también preferiría esa vida.

Al llegar a la plaza, Victoria divisó la figura de Ramona a lo lejos. El reloj del campanario de la iglesia dio las seis y media. Era la hora de marcharse. Antes de despedirse, le recordó a Diego:

—Hable con quien sea necesario, pero hágalo con discreción, tanto por usted como por esas personas con las que hable. La compañía no admite a empleados que la traicionen.

14

Saboreó en la boca el trago de brandy sin dejar de pensar en el rostro de Victoria y la negrura de sus ojos insondables como una laguna de aguas profundas. El líquido se deslizó por su garganta, notó su calidez entibiándole el cuerpo con su imagen en la cabeza, la de la mujer mesurada e inescrutable en que se había convertido, como si se hubiera despojado de su antigua piel de jovencita a ratos consentida, a ratos luminosa, a costa de un sacrificio excesivo que a él se le escapaba. Victoria Velarde. Con lo doloroso que fue olvidarla y qué fácil se había colado de nuevo en sus pensamientos.

—Lebrija, ¿no vienes? —oyó que le preguntaban dos de sus colegas de la prensa desde la puerta que separaba el oscuro recibidor de la salita de estar estrambótica a la que se había retirado tras la cena, atestada de muebles viejos revestidos de telas tapiceras o tapetes de encaje.

Parecían dos petimetres emperejilados para su primera cita con las posibilidades de la noche. Se habían cambiado de traje y, dado que una de las normas establecidas por doña Encarna era que a partir de las cinco de la tarde ya no había servicio de agua caliente para lavarse en las habitaciones, se debían de haber bañado en colonia porque un penetrante olor a regaliz surcó la estancia y alcanzó a Diego.

—No, creo que me quedaré aquí —les contestó, alzando la copa a modo de excusa.

La salita estaba vacía y él se había acomodado en un sillón de cuero cuarteado y recosido a leer la prensa bajo la luz tenue de un quinqué, mientras esperaba a que doña Encarna le devolviera la chaqueta con los botones cosidos. La buena señora había sacado del fondo del aparador una botella de brandy que le sirvió en una copa, «para la espera —le dijo—, ya verá cómo le gusta. Antes de que se lo haya terminado, tendrá su chaqueta lista». Era un brandy de solera traído especialmente de Jerez, porque a los ingleses, otra cosa no, pero por un buen brandy pagaban lo que hiciera falta, bien que lo sabía ella.

—No me digas que vas a desperdiciar una noche de juerga, con bebida y mujeres a cuenta de los ingleses, Lebrija —dijo el de la cara de morsa.

Esa noche, la compañía había reservado por entero La Colorá, el mejor café cantante del pueblo para disfrute de los miembros de la comitiva, incluido el gobernador civil y los señores de la prensa. Diego había oído hablar de ese sitio. En la época en que el periódico lo mandaba de corresponsal por las capitales de provincia y los pueblos de España, lo primero que hacía al llegar era averiguar cuáles eran los establecimientos más concurridos porque, en su opinión, allí era donde mejor se conocía a la gente de un lugar. Eso sin contar con que resultaba fácil entablar conversación con los parroquianos y sonsacarles la información que buscaba. «Cantinas y tabernas no faltan en Riotinto —le había dicho el viejo barrenero reconvertido en revisor—. Pero seguro que los invitan una noche a La Colorá, allí es adonde llevan a los visitantes y a los señores importantes a los que quieren dejar contentos. En la entrada pone «Café Cantante», pero no haga caso: aquí *to* el mundo sabe que es un lupanar; el mejor del pueblo, eso sí. Las mujeres que hay ahí no las encontrará en ningún otro garito, dicen que hay una que hasta habla en inglés». Sinceramente, no le suscitaba ningún interés conocer el lugar de esparcimiento sexual de políticos locales, caciques y algunos ingleses a quienes no les dolían prendas en saltarse las costumbres puritanas que regían en la colonia.

—Estoy cansado —se excusó ante sus colegas—. Id

vosotros y, por favor, disculpadme ante el señor Colson. Seguro que contaba conmigo.

Además, tenía otros planes, se dijo, volviendo al diario que sostenía en la mano, un ejemplar del onubense *La Provincia* que replicaba en su noticia de primera plana los mismos argumentos de la Compañía Río Tinto para justificar las calcinaciones. Por eso Gálvez lo llamaba «la voz de la compañía», y con razón. Lo dejó en su sitio y volvió a rebuscar entre los periódicos atrasados que acumulaba la señora Encarna en la salita, probablemente abandonados por los huéspedes de paso. A falta de algo más reciente, cogió *El Globo* y ojeó por encima sus páginas. Se detuvo en el titular «El campo onubense agoniza bajo el polvo» de una columna en la que se hablaba de cosechas perdidas, campos asfixiados, aguas contaminadas y de poblaciones enteras en las cercanías de Riotinto que habían perdido su modo de vida. Un buen artículo. Lo firmaba un tal Troyano, alguien que se refugiaba en el anonimato para evitar represalias, supuso.

La señora Encarna regresó al poco rato con su chaqueta arreglada y lustrosa. «Vaya tranquilo, que esos botones no se le van a caer en la vida», le dijo. Él se la enfundó agradecido y media hora después de que sus colegas abandonaran la pensión en dirección a La Colorá, partió rumbo a la taberna situada en el otro extremo del pueblo. A medida que se alejaba de la plaza, comenzó a cruzarse por las calles con hombres arremolinados en torno a las puertas de las cantinas. Se notaba que era día de paga: la taberna estaba abarrotada y reinaba un ambiente de jarana entre las mesas repletas de hombres que bebían y se jugaban los cuartos al dominó o a los dados, entre gritos y discusiones. Diego observó el interior del local y se detuvo en la mesa del rincón que días atrás le había señalado el tabernero, ocupada esta vez por media docena de hombres, los rostros semiocultos por la penumbra, que hablaban apiñados en torno a una frasca de vino.

—Disculpen, estoy buscando a Maximiliano Tornet. Vengo de parte de Tito, el revisor.

Los hombres se interrumpieron y lo miraron con desconfianza. Uno de ellos, un tipo de más edad que el resto, cargado de hombros y con la nariz picada de viruelas, preguntó:

—¿Qué Tito?

—Se refiere al Dosdedos, a Tito el barrenero —respondió otro.

—¿Usted es el redactor ese que ha venido con los diputados de Madrid? —quiso saber uno que lucía la cabeza pelada. Diego asintió y el hombre se dirigió a los demás—: Valentín me dijo que vino la otra noche preguntando por Tornet.

—¿Alguno de ustedes es él? —preguntó Diego, saltando de un rostro a otro—. Me gustaría hablar y hacerle algunas preguntas sobre las minas para un artículo que saldrá publicado en *El Liberal*.

Los hombres guardaron silencio, sin moverse.

—Yo soy Tornet.

Una voz se elevó por encima de los demás. Diego se giró hacia el hombre que había hablado: un tipo nervudo, de no más de treinta años, rasgos muy marcados y mirada escrutadora. Tenía algo que le hacía destacar del resto, una cierta apostura siempre alerta, o quizá fuera su forma de hablar, clara y con un leve acento que no conseguía ubicar. Con un gesto de la cabeza le indicó a Diego un taburete libre y dijo:

—Puede sentarse. Antes que nada, nos va a tener que explicar qué le ha traído hasta aquí, a qué intereses sirve.

—No sirvo a nadie. He venido con la legación de las Cortes y el único interés, mío y de mi periódico, es conocer de primera mano lo que ocurre con los humos de las minas, e informar a la opinión pública —respondió Diego, extrayendo su libreta de la chaqueta—. Me he leído los informes de los expertos remitidos a la comisión de las Cortes y, si son ciertos, creo que es un asunto muy grave. Por eso estoy aquí, para contrastar la versión de la compañía con la de los alcaldes de la zona.

—No nos fiamos de los periodistas —declaró el de la nariz picada—. Solo escriben mentiras. Todos los que vienen por aquí se marchan con las carteras llena de billetes y las palabras que la compañía les ha dictado en sus libretas.

—Si yo fuera uno de esos periodistas, no sé por qué me molestaría en venir a hablar con ustedes —razonó Diego.

Algunos hombres cabecearon, más convencidos.

—De acuerdo, nosotros hablamos y usted anota en su libreta. Pero con algunas condiciones —dijo Tornet. Diego le animó a continuar—. Aquí no hablo solo yo, hablará quien quiera, porque entre nosotros no existen jefes ni cabecillas, todos tienen derecho a expresar su opinión. Eso sí, el único nombre que podrá mencionar es el mío, los ingleses ya saben de sobra quién soy, pero no le daremos ninguno más por razones de seguridad, ya me entiende. Y por último, antes de marcharse, deberá mostrarnos sus notas.

A Diego le pareció bien, no puso ninguna objeción. Tan solo quería respuestas.

—Me han dicho que son ustedes anarquistas.

—Anarquistas y seguidores de Bakunin —respondió Tornet—. Luchamos por una sociedad de hombres libres que se gobiernen a sí mismos sin la opresión del Estado, y contra la explotación de los propietarios y el capital, como hace la Compañía Río Tinto con los mineros.

—Dígame una cosa: ¿los mineros están a favor de las calcinaciones? Hay quien dice que sí, y otros que no.

—Los mineros solo queremos trabajar y ganarnos el jornal —respondió el de la nariz picada—. Para nosotros el problema no son las teleras, las teleras se utilizan desde antes de que vinieran los ingleses. Aquí el problema es que llevan varios años subiendo la producción de la mina y las calcinaciones no han parado de crecer, como un sarpullido picajoso. A más teleras, más humos, y a más humos, más días de manta que tenemos. Y en los días de manta no se puede trabajar porque no se ve un pimiento, pero la compañía nos descuenta la mitad del jornal o más, depende de lo oscura que sea la manta.

—Eso y que también hay más compañeros enfermos por los humos —añadió otro, con la cabeza pelada—, pero la gente aguanta hasta que ya no puede más con tal de no perder un día de trabajo, porque si enfermas, no cobras. Cuando no tienen más remedio que ir al hospital, malo. Salen con los pies por delante.

—No solo eso, es que, además, cada mes nos quitan a todos una peseta del salario como contribución al servicio médico, lo usemos o no —se quejó un tercero.

Callaron todos y un silencio plomizo se instaló en la mesa mientras bebían sus vinos. Tornet fue el último en hablar:

—Así que la respuesta a su pregunta es que los mineros no están en contra de las calcinaciones, sino de las condiciones laborales que aplica la compañía derivadas de los humos —resumió el líder—. Y no debería decirlo, pero si la compañía actuara de otra manera, si pagara el jornal completo los días de manta, si eliminara la peseta facultativa y atendiera las necesidades de las familias cuando un minero enferma, probablemente nos sería mucho más difícil convencerlos de que se unan a nosotros.

—Pero, entonces, es cierto que la compañía ha multiplicado por diez la emisión de humos —dijo Diego.

—¡Por diez o por más! —exclamó el pelado.

—Qué hay, compañeros —oyó que decía una voz a su espalda, al tiempo que depositaba una frasca de vino sobre la mesa—. Traigo otra ronda.

—¡Rubiño, llegas tarde! Siéntate por ahí, hombre —le saludó Tornet. Los hombres de la bancada se apretujaron para hacerle un sitio a su lado—. Te has perdido lo mejor: tenemos un visitante, un periodista de Madrid que quiere saber lo que pasa con los humos y la compañía.

Diego miró al hombre que acababa de llegar. Tenía una buena mata de pelo rubio y fosco, la piel tostada por el sol y los ojos pequeños y vivos, de un azul muy claro. Lo reconoció al instante.

—Tú eres Gabriel, el sobrino de Quino —afirmó.

Este clavó sus ojos azules, inquisitivos, en el periodista. Tardó en reconocerlo un poco más; a fin de cuentas, a Diego apenas lo había visto dos o tres veces durante el tiempo que estuvo oculto en el cuartucho trasero de la imprenta, huyendo de la Guardia Civil, que lo había herido al escapar de una redada de la reunión anarquista que se celebraba en Guadarrama, en la sierra de Madrid. No sabía muy bien cómo pudo llegar a la casa de Quino, que cargó con él y lo llevó a la imprenta, el sitio más seguro y que mejor conocía para ocultarse de los guardias.

—Tú eres... —se quedó con la palabra en la boca, intentando recordar.

—Diego Lebrija.

—Eso, Diego... Tú ayudaste a esconderme en la imprenta —dijo, sirviéndose dos dedos de vino en un vaso.

—Lo hice por tu tío, y mal que nos lo pagaste. —Se paró ahí. No quería hablar entre esos hombres de asuntos que solo les concernían a ellos dos.

—Y mal que me sabe todavía. La imprenta era de tu familia, ¿no? —preguntó sin esperar respuesta. Se dirigió a sus compañeros alrededor y añadió—: Este hombre pudo denunciarme a la Guardia Civil hace años, cuando me perseguían por Madrid, y no lo hizo. —Lo miró fijamente—. Mi tío decía que eras un tipo decente.

—¡A ver si ahora resulta que va a ser uno de los nuestros! —se rio uno.

—¡Quiá! ¡Este es burgués hasta la uña del pie! Pero ¿no ves la pinta que tiene, quillo? —respondió el pelado.

Los demás le rieron la gracia. Diego sonrió también. Qué podía decir. Desde el momento que entró en la taberna fue muy consciente de las miradas extrañadas con que le obsequiaron los parroquianos.

—Es un burgués, pero es de fiar... —dijo Gabriel— O al menos lo era.

—Todavía lo soy, espero.

Los hombres comenzaron a hablar de otros asuntos que a Diego no le interesaban demasiado. Lo único que le mantenía allí, pegado al asiento, era la necesidad imperiosa de hablar a solas con Gabriel y preguntarle por el paradero de Rosalía.

—Creo que es hora de marcharme —anunció Diego.

Dejó su libreta sobre la mesa para que pudieran examinarla, tal como le habían exigido antes de empezar, pero Tornet se la devolvió sin mirarla.

—Si el Rubiño dice que eres de fiar, eres de fiar.

Diego le agradeció el gesto.

—¿Podríamos hablar un momento a solas, Gabriel? —le preguntó, incorporándose—. Es un asunto personal.

Gabriel bebió un trago de vino y se levantó también. Los dos atravesaron la taberna hacia la salida y, una vez fuera, buscaron un rincón apartado de los borrachos que bebían junto a la puerta, y de los cuerpos recostados en el suelo que se intuían entre las sombras del callejón. Diego se protegió la garganta con las solapas de la chaqueta y se frotó las manos desnudas. Se había dejado los guantes en la pensión y no por descuido; pensó que no serían necesarios, no en el sitio adonde se dirigía. Era una noche fría, pero aquel agujero oscuro y maloliente servía de resguardo a esos hombres de las inclemencias de la vida. Nunca se resignaría a admitir la inevitabilidad de la miseria.

—Estoy buscando a Rosalía. ¿Sigue contigo? —le soltó sin rodeos en cuanto estuvieron frente a frente—. Hace mucho tiempo que tu tío Quino no recibe noticias suyas.

—¿Te manda él? —preguntó, suspicaz. Diego asintió con la cabeza y Gabriel se sacó un envoltorio arrugado del bolsillo de la pelliza. Lo abrió, extrajo un pellizco de tabaco y una papelina y empezó a liarse un cigarrillo sin dejar de hablar—: A veces sueño con él, con el tío Quino. Se me aparece en mis pesadillas como una sombra que me persigue, vaya a donde vaya, con un cuchillo en la mano, dispuesto a llevarse lo que más quiero. Tengo que vivir con eso, pero no sabes cómo me gustaría encontrármelo de frente un día cualquiera y poder explicarle que no fue algo intencionado, que surgió sin más, que en ningún momento intenté convencer a Rosalía para que se viniera conmigo. Y por mucho que él se empecinara, ningún hombre la habría honrado más que yo, que la quiero más que a mi vida. —Cuando terminó de liar el cigarrillo, se lo ofreció, pero Diego lo rechazó, no tenía ganas de fumar—. Le diría que ella lo decidió por sí misma, libremente, y que yo respeté su decisión porque nadie es dueño de nadie, ni los propietarios lo son de sus empleados, ni los maridos de sus esposas, ni siquiera los padres son dueños de sus hijos. —Prendió una cerilla sobre una piedra saliente en la pared y la llama azulada iluminó suavemente su rostro, como una aparición en medio de la oscuridad reinante. Aspiró fuerte y continuó—: Eso no quita para que lleve la espina del tío Quino clavada aquí dentro el resto de mi vida. La única deuda que tengo en este mundo es con él. Si lo ves, díselo así.

—Quino está ya muy mayor, Gabriel. Ahora solo aspira a saber que su hija está viva y que se encuentra bien.

—Claro que está bien. Rosalía está conmigo, es mi mujer, mi compañera —respondió a la defensiva—. Yo no sé si ha escrito a su padre o no, porque ella no habla de él en la casa, ni siquiera cuando cuenta alguna cosa de la imprenta y de su barrio en Madrid. Dice que ahora su vida y su gente están aquí, todo lo demás le queda lejos. Si ella me preguntara sobre su padre, yo podría opinar, pero nunca le diría lo que tiene que hacer, porque nadie mejor que ella lo sabe. Rosalía es una mujer libre, como lo somos todos, al menos en nuestra cabeza.

—¿Crees que podría verla? Traigo una carta para ella de parte de su padre y debo entregársela en persona.

—No sé... —titubeó Gabriel—. Tendría que preguntárselo antes.

—Pregúntale —insistió Diego—. Yo me hospedo en Casa Encarna. Estaré allí hasta dentro de tres días, que es cuando regreso a Madrid con la legación de las Cortes. Mándame recado con lo que ella decida. Dile que es importante.

15

Poco antes del mediodía comenzó a soplar un viento turbulento que levantaba las hojas secas, silbaba entre las rendijas y traía olor a tierra mojada. Las nubes negras, apelmazadas, se cernieron como un tupido velo por delante del sol y el día se ensombreció bajo el cielo atronador. Durante un buen rato, Victoria contempló a través de su ventana la tromba de agua que caía gruesa, furiosa, implacable, sobre el suelo reseco, abrió profundos surcos en los montículos, encharcó caminos, enlodó jardines. Desde muy pequeña, la visión de las tormentas producía sobre ella un efecto calmante, casi hipnótico, del que le resultaba difícil sustraerse. Pero entonces, oyó un toquecito en la puerta de su alcoba tras la que asomó el rostro de Helen, avisándola de que iban a servir el almuerzo. Antes de pasar al comedor, se detuvo en la salita donde encontró a Clarissa arrebujada en su chal de lana en su sillón junto a la chimenea, con los ojos cerrados.

—¿Clarissa? —la llamó suavemente.

Al no obtener respuesta, Victoria se aproximó y solo en ese momento reparó en el leve estremecimiento que recorría su cuerpo bajo el ruido de los truenos. Volvió a pronunciar su nombre con suavidad y esta vez, la dama alzó el rostro y la miró con ojos atemorizados. Estaba asustada por la sucesión de truenos que retumbaban en las paredes, el silbido del viento, el azote de la lluvia contra los cristales, que parecían a punto de resquebrajarse.

—No me quiero morir en este sitio, Victoria —dijo con voz temblorosa.

—¿Por qué dice eso? Esto es solo una tormenta, nada más —intentó tranquilizarla. Pero Clarissa la rechazó con un gesto irritado de la mano, como si no la creyera. Llevaba así, con ese humor taciturno, desde que en el paseo matinal del día anterior, descubrieron por casualidad la existencia del cementerio, emplazado en un rincón de Bella Vista, más allá de la iglesia. Era pequeño, tranquilo, y se respiraba una inmensa paz al pasear entre las ocho lápidas grabadas con los nombres de otros tantos británicos fallecidos en la colonia a lo largo de los últimos quince años. No eran tantos, pensó Victoria, pero a lady Langford pareció afectarle mucho descubrir que esas personas yacerían allí, lejos de Inglaterra, para el resto de la eternidad. Leyeron sus nombres: cuatro hombres, tres mujeres y hasta un niño de corta edad llamado Edward Stanton. «¡Ah, sí!, el pequeño Eddy —recordó la señora Osborne cuando se lo contaron, poco después—, era un niño muy dulce y cariñoso. Murió a causa de una dolencia de corazón que padecía desde su nacimiento, pero no por eso su muerte nos afectó menos». Años después, cuando los padres regresaron al Reino Unido, decidieron dejar que los restos de su hijo reposaran allí para siempre, en la única tierra que él había conocido, algo que a Clarissa le había parecido absolutamente reprobable.

La dama se incorporó de su asiento con esfuerzo y se apoyó en el brazo de Victoria, que la guio hacia el comedor.

—Si me muriera aquí —dijo entonces la anciana—, mi deseo es que trasladen mis restos a Inglaterra. No quiero que mis huesos se pudran en tierra extraña, lejos de mi hogar, de mi país y de mi familia.

—No se va a morir aquí, Clarissa.

—Eso espero. Me quedan varias cosas que arreglar antes de abandonar este mundo.

La tormenta finalizó de manera tan repentina como había llegado y al cabo de una hora, las nubes se entreabrieron para dejar paso a los rayos del sol. No había nada más espléndido que la intensidad con la que brillaba el día después de un copioso aguacero. Cuando el reloj de pared dio las tres de la tarde, Victoria cerró la puerta de la casa tras de sí y contempló el paisaje limpio y reposado ante sus ojos con la misma sensación ilusionante que sentía ante una cuartilla en blanco. Aspiró una bocanada de aire fresco, desplegó su sombrilla y puso rumbo a la Casa del Consejo donde esa tarde acudirían las damas a entregar sus cestos llenos de panecillos y dulces recién hechos, destinados a alimentar «las bocas hambrientas de las pobres familias aldeanas que viven a nuestro alrededor, y a las que también tenemos el deber de ayudar como buenos cristianos», había declarado Elaine en la última reunión de té, delante de mujeres. Si el señor Osborne había defendido con vehemencia la implicación de la compañía en la acción benéfica ante los directivos de Londres, la señora Osborne, por su parte, se había propuesto hacer lo propio con las damas de la colonia, a las que no le costó demasiado convencer de que colaboraran con los panecillos.

Victoria avanzó con paso cauto a lo largo del paseo de las adelfas sorteando el rosario de charcos hasta que llegó a la altura de la casa de la señorita Jones, a quien había quedado en recoger de camino. Oyó en la lejanía el eco de un estruendo prolongado: la tormenta continuaba desplazándose hacia otras comarcas cercanas, aunque le había sonado más hacia Riotinto, pensó al tiempo que subía los escalones hacia el coqueto porche, decorado con una hilera de macetas de florecillas silvestres bajo la ventana entreabierta. Estaba a punto de tocar el timbre cuando le llegó un fragmento de la conversación que mantenían Lisa Gordon y su hermana Jane en la salita.

—Francamente, Jane, no sé por qué debes involucrarte tú más que esas otras señoras que residen desde hace años aquí. ¿No crees que nosotras ya vamos a aportar suficiente con las dos docenas de panecillos que hemos horneado? —oyó que se quejaba la señora Gordon.

—Los panecillos son suficientes, Lisa, pero esto es distinto. —La voz de Jane sonó en el tono bajo y sumiso, que solía emplear la joven al hablar con su hermana—. Sin Alice Colson, la señora Langford necesitaba a alguien que la ayudara a organizarlo y a mí me gusta ayudar. ¿Qué tiene eso de malo?

Se hizo el silencio alrededor y cuando parecía que la conversación había terminado, Lisa Gordon volvió a hablar.

—Espero que no hayas olvidado que a las cinco tienes cita con la modista. —Victoria no oyó la respuesta de la señorita Jones, pero algún gesto debió de hacer para que su hermana alzara de nuevo la voz—: ¡Dios mío, Jane! No me digas que has olvidado la prueba de tu propio vestido de novia.

—Lo siento, estaba convencida de que la cita era mañana...

—¡Mañana! —la interrumpió su hermana, como si no

diera crédito a lo que oía—. ¡No entiendo cómo puedes ser tan descuidada!

Y a continuación, pasó a reprocharle lo que ella consideraba una actitud sumamente egoísta, una falta de consideración por su parte a los esfuerzos que estaban haciendo, tanto ella como su esposo, por encontrarle un buen hombre dispuesto a casarse con ella y organizar cuanto antes el casamiento en Bella Vista y no en Inglaterra, donde habrían tenido que demorarlo casi seis meses hasta que el jefe de personal le concediera al señor Reid las semanas de permiso que le correspondían, como ella bien sabía. Y nadie deseaba eso, ¿verdad? Prometía convertirse en un acontecimiento memorable en Bella Vista, y no solo porque iba a ser la primera ceremonia que el reverendo oficiaría en la nueva iglesia, sino porque la señora Patterson decía que en los cinco años que ella llevaba en Riotinto, solo recordaba haber asistido a tres enlaces, y uno de ellos no contaba, porque fue entre un empleado y una nativa y se celebró al margen de la colonia. Así que, no entendía ese afán suyo por distraerse en las actividades benéficas que, sin duda, eran loables, sí, «y muy convenientes para dotar de algún sentido la anodina existencia de solteronas y viudas como la señora Langford, querida, pero no en este momento crucial para tu felicidad futura, no a costa de perjudicar tus intereses o los de su familia», o ¿acaso era tan tonta como para pensar que tendría alguna otra oportunidad de casarse si dejaba escapar al señor Reid?

Harta de escuchar sandeces, Victoria pulsó el timbre y una doncella abrió enseguida.

—Ah, señora Victoria, la estaba esperando —dijo la señorita Jones, que apareció por detrás—. Deje que me ponga el sombrero y nos vamos.

—Pero señora Langford, ¡qué sorpresa verla aquí! —La saludó con sonrisa empalagosa Lisa Gordon, de pie junto a la puerta—. No sabe lo contenta que está Jane de ayudarla con el reparto benéfico... No se quede ahí fuera y pase, por favor.

—Se lo agradezco, pero no podemos entretenernos, vamos con algo de prisa —se disculpó Victoria, esbozando una sonrisa muy educada.

—No te olvides de la modista, querida —le recordó la señora Gordon a su hermana al pasar por su lado. Y dirigiéndose a Victoria, agregó—: Si no se lo recuerdo yo, se olvidaría de la mitad de las cosas que debe hacer.

—Estaré de vuelta antes de la cinco, Lisa —se despidió Jane sin mirar atrás, con un cesto engarzado en cada brazo.

Las dos se alejaron de la casa y recorrieron en silencio un trecho del camino, hasta que Victoria se decidió a hablar.

—Espero no haberle traído problemas con su hermana.

—Por supuesto que no —se apresuró a responder la señorita Jones—. Es culpa mía, debería haber recordado la cita con la modista, y así haberla pospuesto. Lisa tiene razón, debo estar más atenta, pero han sido unas semanas tan intensas... —se justificó a media voz.

Victoria sintió una corriente de compasión por la tímida mujer que caminaba a su lado, empeñada en ocultar la fragilidad de su situación. Su caso era el de tantas otras mujeres solas, condenadas a una existencia muy precaria. Sin un hogar en el que refugiarse, sin capital suficiente para subsistir por sí misma y sin más parientes que su hermana, su vida se hallaba sometida a las decisiones que los demás tomaran por ella.

—Permita que le diga que si le preocupa algo, si necesita hablar con alguien, puede contar conmigo.

—Es muy amable, señora Victoria, muchas gracias. Lo cierto es que usted es la única persona en la colonia, además del reverendo Kirkpatrick, con la que siento que podría hablar libremente. Siempre ha sido muy atenta conmigo —afirmó la señorita, un tanto azorada. Se quedó callada unos segundos y enseguida continuó hablando—: No crea que he olvidado su consejo sobre conocer mejor al hombre con el que me voy a casar, al contrario: lo tengo muy presente en mis encuentros con el señor Reid. De hecho, el reverendo también era de su misma opinión y sospecho que fue eso y no otros compromisos pastorales, como le dijo a mi hermana, la razón por la que postergó la fecha de la boda al mes de enero, después de la Navidad.

—Es una fecha un poco más prudente, al menos dispondrá de unas semanas más para conocer al señor Reid. —Sonrió Victoria.

—Sé que Malcolm no le produjo muy buena impresión —dijo Jane, y ella la miró de soslayo, sin desmentirlo—, como sé que tampoco provoca demasiadas simpatías entre el resto de los habitantes de la colonia. No crea que ignoro los horribles rumores que circulan sobre él...

—No haga caso de los rumores, a veces esconden motivos malintencionados —respondió Victoria—. Y en cuanto a mis impresiones, no se preocupe; solo usted puede saber realmente si el señor Reid merece su confianza.

La joven caminó un trecho con la vista fija en el sendero, hasta que se decidió a hablar:

—Sé que es un hombre de orígenes humildes, su padre era herrero en un pueblo de Gales y por eso sus modales puedan resultar un tanto vulgares. Él mismo es consciente de que, en determinadas situaciones, habla en exceso y no mide como debiera sus palabras, pero tampoco intenta fingir ni engañar a nadie, lo cual me parece una cualidad digna de admiración, dadas las circunstancias en que vivimos ¿no le parece? —inquirió Jane Jones, como si necesitara su aprobación.

—Le aseguro que es más de lo que podría decir de muchas otras personas que conozco. —Sonrió Victoria, al tiempo que llamaban a la puerta de la Casa del Consejo.

Las dos saludaron con familiaridad a Trini, la risueña ama de llaves a quien la señora Osborne presumía de haber pulido y formado a su gusto con no poco esfuerzo por su parte, que les abrió la puerta y les franqueó la entrada al amplio vestíbulo. Una criada muy joven se hizo cargo de sus sombrillas y pellizas bajo la paciente mirada del ama de llaves, que esperó a que hubieran terminado para guiarlas a un comedor contiguo a la sala de juntas.

—¿Ha llegado alguien ya? —preguntó Jane, mirando alrededor.

—No, señorita, son las primeras. La señora Osborne me ha pedido que les diga que se acomoden como si estuvieran en su casa; ella bajará muy pronto con la señora Alice, que hoy se encuentra mejor. —Al reparar en la mirada que le dedicaba Victoria a la larga mesa situada a un lado de la estancia y cubierta con una gruesa tela de algodón, el ama de llaves aclaró—: Lo hemos puesto para que no se estropee la madera, al señor Osborne le daría un disgusto si se raya. La señora dice que pueden ustedes disponer del espacio como mejor les convenga.

—¿Sabe si han traído los capazos que pedimos? —inquirió Victoria.

—Sí, señora. Enseguida hago que se los traiga una criada. Los hemos forrado por dentro con la tela de unos manteles viejos, para que queden más apañaditos —respondió Trini, con sonrisa orgullosa.

—Es muy buena idea —corroboró Jane.

El ama de llaves desapareció de su vista y se quedaron ellas dos solas atentas a los ruidos que les llegaban de otros lugares de la casa. Victoria giró sobre sí misma inspeccionando la estancia. Hizo un rápido repaso mental de su lista de tareas que le sirvió para tranquilizarse: no quedaba mucho más por hacer que esperar a que llegaran las señoras con sus aportaciones particulares de alimentos, las colocaran todas en los capazos y las dejaran listas para llevarlas a las carretas.

—¿Cree que conseguiremos reunir suficientes panecillos? —preguntó Jane.

—No lo dude, señorita Jones —oyeron decir a Elaine Osborne, que irrumpió en el comedor. Venía del brazo de su sobrina, Alice Colson, cuyo semblante lucía pálido y ojeroso, pese a los toques carmesí en las mejillas—. Verá cómo todas las damas de nuestra colonia responden con creces a la causa

—Seguro que sí. El mal tiempo y el aguacero de esta mañana habrá animado a más de una a entretenerse con la repostería —bromeó Victoria, que se acercó a saludar a las dos damas—. Por cierto, ojalá tenga ocasión de transmitirle al señor Osborne lo agradecidas que le estamos al encargado de almacén y sus ayudantes. Ha sido de inmensa ayuda, en especial él, que se ha ocupado de adecentar y cargar las carretas y asignar a los hombres que vendrán con nosotras.

—¿Ha podido usted convencer a alguna otra señora para que las ayuden durante el reparto de comida? —preguntó Alice con una sonrisa desvaída.

—Mucho me temo que no, pero no nos preocupa, ¿verdad Jane?

—¿Ve lo que le había dicho, tía? —le dijo Alice a la señora Osborne, antes de dirigirse a ellas para aclarar—: Imaginé que sería así. El año pasado ocurrió lo mismo: a la hora de la verdad, ninguna de las señoras que apoyaron la iniciativa con entusiasmo, quiso luego acompañarme por los pueblos. Alguna se escudó en que tenía miedo a acercarse a las aldeas más miserables, por la posibilidad de que los nativos le contagiaran sus enfermedades.

—¿Usted cree que es ese el motivo? —inquirió Jane.

—Bueno, es comprensible, querida —admitió la señora Osborne—. Tenga en cuenta que los nativos poseen unas costumbres y una visión de la vida muy distinta a la nuestra. Parece como si se conformaran con lo que tienen y no pusieran mayor empeño en mejorar su situación. Viven entre tanta podredumbre que no creo que a nadie le extrañe que haya tantos enfermos de tisis y de fiebres tifoideas, como dice el doctor MacKay. No hace mucho se propagó una epidemia de tifus en los pueblos cercanos y nuestra colonia se libró gracias a las estrictas normas que se impusieron a la entrada y salida de nativos visitantes. —Hizo una breve pausa y luego les dijo en un tono que sonaba más a advertencia que a deseo—: Por eso deben ustedes extremar también las precauciones. No se aproximen demasiado a ellos, no respiren su aliento, no les toquen, sobre todo, eviten tocarles las manos.

Victoria reparó en el gesto de aprensión que atravesó el rostro de la señorita Jones y quiso restarle importancia.

—No se preocupe, tendremos cuidado —dijo, dirigiéndose a Jane—. Una de las ayudantes de enfermería del hospital vendrá con nosotras, así como dos criadas que conocen bien las aldeas y espero que transmitan confianza a los aldeanos. En cualquier caso, si prefiere mantenerse aparte, ellas harán lo que les diga.

—No será necesario, ya le dije que no es la primera vez que colaboro en este tipo de iniciativas para los pobres, aunque fuera en Inglaterra. El hambre y la miseria no saben mucho de nacionalidades, son parecidas aquí, allá o en el otro extremo del mundo.

Las primeras en llegar fueron las señoras Kirkpatrick y Patterson, quien entró escoltada por dos criadas cargadas con sendos cestos enormes llenos de panecillos y bollos que inundaron la estancia de aroma a vainilla, caramelo y canela. Detrás de ellas aparecieron la señora MacKay y la señora Richards, que traían galletas de avena y varios *plum-cakes*. A partir de ese momento, se sucedió un goteo constante de mujeres con los cestos repletos de bollería que volcaban en los grandes capazos que descansaban sobre la mesa.

Al cabo de un buen rato, cuando todas se hallaban allí reunidas y un alegre bullicio invadía el comedor, el ama de llaves buscó con la vista a su patrona y se dirigió hacia ella sorteando a las demás damas. Traía el rostro desencajado y sus ojos, redondos y brillantes, parecían a punto de salirse de sus cuencas.

—Señora, ha venido un muchacho con un recado del señor director; dice que ha habido un derrumbe en la mina, que no se preocupe, pero que no lo espere a cenar —dijo Trini con voz temblorosa—. La cocinera y la doncella de la señora Colson se han marchado corriendo, sus maridos trabajan en la corta de Riotinto y no saben si...

Elaine se quedó mirándola con gesto ausente, digiriendo lo que acababa de escuchar.

—¿Sabe si ha habido alguna víctima? —se adelantó a preguntar Victoria, consciente de la gravedad de lo sucedido.

—El muchacho ha dicho que hay varios mineros heridos, señora, pero no sabía mucho más. Los han llevado al hospital.

El alegre parloteo anterior decayó lentamente y la

estancia se sumió en un tenso silencio. Las señoras se habían congregado alrededor de ellas, pendientes de lo que pudiera decidir la esposa del director general quien, una vez hubo recobrado el dominio de sí misma, se limitó a declarar:

—Bien, entonces, lo único que podemos hacer nosotras ahora es mantener la calma y esperar —afirmó, muy tranquila. Luego se volvió al ama de llaves y ordenó—: Trini, haga el favor de ocuparse de disponer lo necesario para servir ya el té.

—¿Y si alguno de nuestros hombres ha resultado herido? —inquirió una de las señoras, asustada.

—¡Pero, querida, por supuesto que no! —rechazó Elaine en un tono de indulgente reprobación ante la simple insinuación—. Si alguno de los nuestros hubiera resultado herido, seríamos las primeras en saberlo. Si John ha dicho que no me preocupe, es que no debemos preocuparnos.

—Creo que deberíamos acudir a la iglesia a rezar —dijo la señora Kirkpatrick—, el reverendo nos guiará en las oraciones y reconfortará nuestros espíritus.

Varias señoras asintieron dándole la razón, el mejor lugar donde encontrar paz en la tragedia era la iglesia.

—Si me disculpan, yo debo marcharme. Tengo aún algunas tareas pendientes en casa —se excusó Victoria. Allí no había mucho más que hacer: al día siguiente, vendrían los hombres del almacén a recoger los capazos llenos y cargarlos en las carretas.

—Yo también debo dejarlas, tengo cita con la modista —se sumó la señorita Jones.

—Sí, no se preocupen. Váyanse tranquilas—respondió Elaine—. Aquí ya no queda nada más que hacer.

16

Recorrió el camino de vuelta a la casa a la carrerilla, resuelta a recoger su libreta y un lápiz, cambiar sus zapatos por unos botines más cómodos y salir corriendo hacia el hospital. Solo así podría conocer de primera mano qué había ocurrido realmente y redactar un suelto de urgencia que enviaría vía telegrama al diario. Además, también debería de contárselo a Ramona, se dijo, al recordar que sus dos hijos mayores trabajaban en la mina.

Sin embargo, al entrar en la casa, fue Helen quien le salió al paso muy aturullada y le dijo que Ramona se había marchado hacía un rato con mucha prisa con la cocinera de la señora Osborne, que se había presentado allí alterada y llamando a la criada a gritos. No sabía qué le habría contado a Ramona, «pero algo grave debe ser, señora, porque hablaban muy rápido y la cocinera parecía a punto de echarse a llorar en cualquier momento. ¿Y si estamos en peligro?».

Victoria tenía demasiada prisa como para detenerse en explicarle lo que ocurría a la joven doncella y a medida que se deshacía de la pelliza y el sombrero de camino a su alcoba, le explicó que se había producido un grave accidente en la mina de Riotinto del que todavía no sabían casi nada.

—Dicen que hay varios mineros heridos, por eso la cocinera de la señora Osborne y Ramona se han marchado, las dos tienen a sus hijos trabajando en la mina —le explicó mientras sacaba del ropero sus botines de piel. Se sentó en la descalzadora, se desprendió de los zapatos de barretas y medio tacón, y comenzó a ponerse los botines sin dejar de hablar—. Yo ahora me voy a ir al hospital y es muy posible que tarde en volver. —Se interrumpió, desesperada con esos estúpidos cordones que no conseguía desanudar. «Déjeme que la ayude», se ofreció Helen, arrodillándose delante, mientras ella terminaba de darle instrucciones—: Necesito que te encargues de calentar y servirle la cena a lady Langford, pero en la salita, no en el comedor, Helen, que estará más cómoda. Y luego le haces compañía hasta que el doctor y yo regresemos o bien hasta que ella decida retirarse a su alcoba. ¿Has entendido?

La joven doncella asintió con varios movimientos de cabeza. Al terminar, Victoria le dio un rápido repaso a su peinado frente al espejo, metió en su ridículo de ganchillo su libretita y el lápiz, y se lanzó escaleras abajo con paso sigiloso, para no alarmar a su suegra.

—Acabas de llegar, ¿y ya vuelves a marcharte? —le reprochó Clarissa, al verla entrar en la salita—. Cualquiera diría que hay aquí más actividad social que en Londres.

—No es lo que usted piensa. Nos han dicho que ha habido un accidente en la mina y quiero acercarme al hospital por si pudiera ayudar en algo.

Lady Langford la miró fijamente unos segundos y luego dijo:

—Pero, querida, ¿cómo podrías ser tú de ayuda si apenas sabes limpiar una herida? Aquel no es lugar para una dama. Serás más un estorbo que una ayuda.

—Si eso ocurre, descuide: estaré de vuelta antes de que se pueda dar cuenta —dijo, mientras Helen le tendía los guantes y el sombrero.

Por segunda vez en la misma tarde, Victoria abandonó la casa y repitió los mismos gestos que unas horas antes: se plantó en medio del sendero, miró a un lado y a otro, y si no desplegó la sombrilla fue porque a la vista del cielo encapotado la había sustituido por un paraguas. Sin embargo, se sentía distinta. Tomó el sendero en dirección a la parada de coches con la sensación de que el mundo a su alrededor se volvía a poner en marcha, como el engranaje de un reloj parado al que una mano invisible ha dado cuerda. Notaba en su interior una suave agitación que la hacía sentir más viva, como si la sangre circulara con más fluidez por las venas e insuflara un nuevo y desconocido brío en su ánimo.

Absorta en estos pensamientos, no se dio cuenta de que el último carruaje que quedaba en la parada acababa de partir hasta que lo vio alejarse en dirección a la salida. Se sujetó el sombrero con una mano, con la otra elevó un poco las faldas y echó a correr detrás llamando a gritos al cochero que no parecía oírla. No lo habría alcanzado si no hubiera sido por el guardia de la entrada, que la oyó de lejos y detuvo el carruaje delante de la garita hasta que ella llegó. Sin apenas resuello, Victoria preguntó que adónde se dirigía y el cochero, un hombre rechoncho y mofletudo, respondió que al hospital, órdenes del director Osborne.

—Es justo adonde me dirijo —dijo ella, que abrió la portezuela y se acomodó en el mullido asiento interior.

El coche circuló con lentitud sobre el camino embarrado y repleto de socavones que provocaban un fuerte traqueteo de la cabina. Cuando al fin traspasaron la verja de hierro forjado que delimitaba el terreno en el que se asentaba el hospital, Victoria divisó a lo lejos una muchedumbre congregada frente a la fachada principal del edificio. Sin pensarlo demasiado, alzó el paraguas y golpeó el techo dos veces para que el cochero se detuviera. La intuición le decía que era más prudente apearse allí mismo y recorrer a pie los cien metros que distaban hasta el edificio, que plantarse en medio de la multitud, en un carruaje estampado con el emblema de la compañía.

A medida que se aproximaba, notó cómo el ambiente que envolvía al hospital adquiría una densidad sombría y tensa, muy parecida a la que percibió el día de su llegada a causa de «la manta». Un buen número de hombres, ataviados todavía con las vestimentas húmedas y sucias del tajo, habían ocupado la explanada de hierba a la espera de noticias sobre sus compañeros heridos. Deambulaban de un lado a otro, compartían cigarrillos y palabras mascullladas con rabia, lanzaban miradas hoscas hacia los guardias de la compañía que acordonaban la entrada, y se impacientaban. Victoria se fijó en un grupo aparte formado de mujeres que se daban consuelo y apoyo entre ellas.

—¡Señora Victoria! —oyó gritar. Al girarse, vio la figura corpulenta de Ramona acudir a su encuentro entre la gente—. Ay, señora, pero ¿qué hace usté aquí? No ha debido venir, no vayan a calentarse los ánimos...

—No diga eso, mujer, no sea agorera —la reconvino con ligereza—. ¿Sabe algo de sus hijos?

La mujer se llevó la mano callosa al pecho y la miró aprensiva. Los dos estaban bien, gracias a Dios, sobre todo su hijo mayor, el Benito, a quien justo lo habían mandado picar piedra a unos metros de allí cuando se desprendieron las rocas. Vio cómo rodaban ladera abajo y en un visto y no visto, atraparon a sus compañeros, señora, tres hombres del pueblo: dos zafradores y un barrenero, y para más desgracia, dos eran los Floren, padre e hijo, y el muchacho, además, amigo de su hijo. El padre era un buen hombre, honrado y trabajador, de familia riotinteña y minera de siempre, que si a su edad seguía a cargo de las barrenas era porque le pagaban unos reales más, y con eso, mal que bien, su mujer y él podían tirar con la carga de su otro hijo, el pequeño, que había nacido tullido de cintura para abajo y no podía valerse por sí mismo.

—Dice Benito que ocurrió todo tan rápido que no les dio tiempo ni a respirar, pero en cuanto terminó, no faltaron manos que ayudaran a quitar piedras para sacarlos de ahí debajo —explicó la criada.

—¿Y cómo están?

—Pues eso es lo que no sabemos, señora. Mi hijo dice que los tres compañeros han llegado vivos al hospital. Ahora, lo que pase ahí dentro, eso no lo sabemos, ni yo ni las mujeres que tienen a sus maridos o hijos ahí dentro a las que no han dejado pasar. —Victoria contempló el edificio. El exterior parecía calmado pero estaba convencida que de puertas adentro bullía de actividad. Pensó en

Phillip mientras oía la voz de Ramona a su lado, que continuaba hablando—: Han metido a los heridos y han cerrado las puertas a cal y canto. Nadie dice ná, ni se oye ná y han colocado delante una barrera de *guardiñas* de la compañía, para que no dejen pasar a nadie, fíjese —concluyó, señalándolos.

Ella miró hacia la fila de hombres de uniforme que protegían la entrada armados con pistolas y largos chuzos terminados en lanza. No hacía mucho, Manuel, el cochero, le contó que fue la gente de la mina los que empezaron a llamarlos así, guardiñas, porque había mucho gallego entre ellos, hombres que emigraron a Huelva a picar en la mina y terminaron en el cuerpo de guardias de la compañía. Lucían los habituales abrigos largos que los hacían fácilmente reconocibles y las gorras de visera, bien caladas hasta las cejas, ensombrecían sus miradas, confiriéndoles un aspecto rudo y amenazador. Fue entonces cuando divisó a Diego Lebrija hablando con uno de ellos, un tipo flaco y envarado que parecía estar al mando. A pesar de la distancia, era evidente por sus gestos que intentaba convencer al guardia de que le dejara acceder al hospital, a lo que él se negaba con repetidos movimientos de cabeza.

—¿A las esposas de los heridos tampoco las han dejado entrar?

—No, señora. Pero digo yo que a lo mejor a usted, que

es como si fuera inglesa, sí la dejan pasar y podría ir adonde el doctor, a ver si se entera de algo. Así ayudaría a tranquilizar un poquillo los ánimos, que buena falta hace por aquí, ya sabe usté —dijo la criada antes de responder a la llamada de otra mujer, que la avisó de que su hijo el pequeño, el Ramón, la andaba buscando.

Victoria sacó su libretita del ridículo y lapicero en mano, apuntó, brevemente, las cuatro cosas que le había contado Ramona. No había terminado cuando unas voces llamaron su atención hacia los guardiñas apostados en la puerta del hospital: dos de ellos se habían salido de la formación, y echaban a Diego de allí a empujones, ante la mirada impasible del jefe. Él opuso cierta resistencia inicial, pero luego, cuando se dio cuenta de que era inútil, optó por marcharse por su propio pie entre grandes aspavientos.

Victoria aguardó a tenerlo cerca para llamarlo.

—No sé por qué no me extraña encontrarla aquí, Victoria —dijo él, a modo de saludo cuando llegó a su lado.

—Será que me preocupa lo ocurrido tanto como a usted —replicó ella. Miró hacia los guardiñas y advirtió la presencia de una pareja de guardias civiles que hablaban con el guardia al mando. Le preguntó, irónica—: ¿De veras pretendía que le dejaran entrar al hospital?

—Había que intentarlo. La noticia ahora está allí dentro —respondió, encogiéndose de hombros.

—Dudo de que la compañía permita a la prensa el acceso al hospital. Y menos a usted, ya se lo advertí.

—Eso es que no me conocen lo suficiente —replicó, con gesto airado y los ojos clavados en la puerta principal.

—O que ya lo conocen demasiado bien.

Él la miró fijamente a los ojos.

—¿Lo dice por ellos o por usted?

Ella se rio, divertida.

—Por ambos.

—¿Y creen que eso me va a detener? Esos mineros tienen derecho a saber qué ha sido de sus compañeros. Fueron ellos quienes los rescataron de debajo de las rocas y los trajeron aquí en una carreta de mulas. Ellos, no los capataces, ni los ingenieros ingleses, que tardaron casi una hora en aparecer por allí —replicó dejándose ganar por una indignación creciente. De repente, se calló como si fuera consciente de la inutilidad de su protesta, y le preguntó—: ¿Sabe cómo ocurrió?

Porque él sí lo sabía. Estaba allí, en el pueblo, cuando oyó y notó bajo sus pies el estruendo provocado por el derrumbe en la mina. Salió corriendo hacia allí sin pensarlo y llegó al borde de la excavación, desde donde contempló el caos que reinaba alrededor, la tierra enlodada por la tromba de agua, los utensilios abandonados en el suelo, las vagonetas paradas e inundadas como bañeras. Sus ojos siguieron a distancia las carreras de varios hombres hasta el lugar del derrumbe, en el que los mineros se afanaban en retirar las piedras. Luego, uno de ellos le contó que estuvieron trabajando empapados bajo la lluvia hasta que el aguacero arreció. El agua discurría con fuerza por las paredes, abría grietas en los taludes de los bancales, arrastraba arena, piedras, y lo que encontrara a su paso. Solo entonces dio el jefe de capataces, un inglés llamado Davies, orden de parar y resguardarse a cubierto. Cuando al fin la tormenta amainó, eran casi las tres de la tarde, quedaba apenas una hora para concluir la jornada. El terreno estaba resbaladizo, las herramientas mojadas y algunos saneadores advirtieron de que era peligroso volver al tajo sin inspeccionar antes las paredes porque la fuerza del agua podría haber removido rocas, pero los capataces les amenazaron con no cobrar el jornal completo y todos volvieron. No habían transcurrido ni cinco minutos cuando un saliente de roca se desprendió y cayó sobre esos hombres.

—Y ahora su amigo Osborne y compañía harán lo posible por ocultarlo.

Le molestó que aludiera de nuevo a su relación con los ingleses, como si no le concediera ni el beneficio de la duda respecto a su opinión ante lo ocurrido.

—¿Eso cree? Si tanto desea entrar, venga conmigo —le ordenó.

Lo había dicho con tal convicción, que Diego no dudó en seguirla cuando ella echó a andar delante de él con paso altanero, casi marcial. Nunca había menospreciado la determinación de una mujer que demostraba saber lo que quería y Victoria, por suerte o por desgracia, era una de ellas, pertenecía a ese tipo de mujeres capaces de sacar adelante ellas solas a su familia o dirigir un negocio a la sombra de su marido o trastocar los esquemas de cualquier hombre sobre la debilidad femenina. Lo supo desde el instante en que la conoció en casa de Carolina Coronado, oculta bajo la apariencia de don Juan Tenorio. Todavía sonreía al rememorar la cara de tonto que se le quedó cuando se arrancó el bigotito, se quitó el sombrero y su melena negra y ondulada se desbordó sobre sus hombros. Lo que no atinaba a entender era qué hacía en ese lugar la respetable señora Langford, cuál era el verdadero motivo por el que estaba allí y lo guiaba hacia no sabía dónde. Se alejaron de la entrada principal y rodearon el edificio por su parte posterior hasta dar con una discreta puerta de reja y cristal en un recodo de la fachada oeste. Ella tiró de la manilla y la puerta se abrió sin dificultad.

—¿Cómo sabía que existía esta entrada?

—Soy amiga de los ingleses, ¿recuerda? —respondió Victoria con todo el sarcasmo del que había hecho acopio para arrojárselo a la primera ocasión que tuviera. Diego pensó que se lo tenía bien merecido, por bocazas—: Esta es la puerta de acceso al pabellón de los británicos. Pase.

Atravesaron el vestíbulo solitario y continuaron con paso sigiloso por un largo pasillo desangelado que recorría el pabellón vacío. Cruzaron delante de varias puertas cerradas y de una gran sala de camas vacías.

En mitad del corredor, Victoria se detuvo, se llevó el dedo a los labios en señal de silencio y empujó despacio la hoja de una puerta que se abrió a otro corredor perpendicular, más largo que el anterior. Por su longitud y su orientación, Diego dedujo que debía recorrer el edificio de norte a sur hasta la entrada principal. Ambos se fijaron en un cartelito donde se leía sala infantil. Victoria giró con suavidad el pomo y asomó la cabeza al interior como si buscara a alguien. Luego volvió a cerrar, despacio.

Unos metros más adelante escucharon un murmullo de voces provenientes de una sala cercana, de la que surgió una enfermera con una bandeja entre sus manos que les dio la espalda sin verlos y desapareció tras doblar una esquina. De la misma sala salió un hombre alto y moreno, vestido con la bata blanca de los médicos.

—¡Phillip! —lo llamó Victoria sin alzar mucho la voz. El médico se giró sorprendido y ella fue a su encuentro no sin antes ordenarle a Diego en voz baja—: Deje que hable primero con él. Usted quédese aquí hasta que yo le llame.

Diego se pegó a la pared y los observó a distancia. Solo entonces recordó que ella le había mencionado que su cuñado era médico en el hospital, el doctor Langford. Los oyó hablar en inglés, un idioma del que él no entendía ni una palabra. Pero se tenía por un buen observador, era capaz de interpretar el lenguaje corporal, las posturas, los gestos sutiles, el significado de una mirada, y no necesitaba entender inglés para percatarse de que ese tipo no miraba a Victoria de la manera en que uno suele mirar a la mujer de su hermano. Observó cómo ella le rogaba mientras el doctor dirigía la vista a él. Supo que había aceptado por la inmensa sonrisa que iluminó el rostro de Victoria antes de que lo reclamara a su lado con un aleteo de la mano.

—Señor Lebrija, este Phillip Langford, mi cuñado. Ya le he explicado quién es usted y lo que necesita. —Él lo saludó con una leve inclinación de cabeza, y Victoria agregó que hablaba un español bastante correcto, así que podía preguntarle lo que quisiera—: Eso sí: le he prometido que no va a mencionar ni esta visita ni su nombre.

Aceptó sin dudarlo, al tiempo que extraía la libreta del bolsillo de su levita. Al levantar la vista, enfrentó la expresión severa y escrutadora con que lo miraba el doctor.

—¿Puede decirme en qué estado se encuentran los heridos? —fue lo primero que le preguntó.

—¿Se refiere a los del derrumbe de esta tarde?

—¿Acaso ha habido otros accidentes hoy? —inquirió él, como si fuera una broma.

—Señor Lebrija, todos los días nos llegan mineros heridos de mayor o menor gravedad. Los accidentes son bastante habituales en la mina, como imagino sabrá.

—Pero espero que todos los días no se produzcan derrumbes como el que nos ocupa —replicó Diego, sin dejarse intimidar.

El médico lo miró largamente y al final le dijo lo que deseaba saber, que de los tres mineros ingresados, dos de ellos, los dos más jóvenes, tenían fracturas de diversa gravedad por todo el cuerpo, aunque sus vidas no corrían peligro. El de más edad, sin embargo, seguía inconsciente desde que lo trajeron. Tenía un fuerte traumatismo en el cráneo, varias costillas rotas y el brazo derecho tan destrozado, que habían tenido que amputárselo.

—Dios mío... pobre hombre —murmuró Victoria, impresionada—. Si queda impedido para trabajar en la mina, ¿qué será de él y de su familia?

No era eso lo que más debía de preocuparles en ese momento, pensó Diego, mientras anotaba en el papel las palabras del doctor. Lo primero que debían saber era si ese hombre lograría sobrevivir.

—No le sabría decir, es demasiado pronto —respondió el doctor cuando Diego le preguntó. Estaban haciendo cuanto estaba en sus manos, pero no sabrían más hasta ver si despertaba—. Y, aunque lo haga, no sabemos si su cuerpo aguantará: Florencio ya era paciente del hospital antes de lo ocurrido hoy; padece una afección respiratoria que se le había agravado en los últimos meses.

—¿Provocada por los humos? —inquirió Diego.

—Los humos, el clima, la humedad en las casas... los humos por sí mismos no causan las enfermedades.

—¿Y cuándo podrán entrar las mujeres a visitar a sus maridos? Llevan mucho tiempo ahí fuera, desesperadas por saber lo que ha sido de ellos. ¿No podrías ordenar tú que las dejaran pasar? —le interrogó Victoria, en tono suplicante.

El doctor negó con una sonrisa comprensiva.

—Eso no depende de mí, Victoria... Yo soy médico, no me corresponde decidir.

—¿No están ustedes, los médicos, al frente de este hospital? —preguntó Diego, levantando la vista de su libreta.

—Por supuesto que sí. El doctor MacKay es el director.

—Entonces ¿es él quien puede ordenar que las dejen entrar? —insistió Victoria—. No sé por qué razón no lo ha hecho ya.

—Porque está reunido con el director Osborne, querida. Debes entenderlo —dijo Phillip en un tono de voz suave y paternalista que irritó a Diego—. Estas situaciones son más delicadas de lo que piensas y hay que manejarlas con tiento. Hay ciertas personas y organizaciones interesadas en sublevar los ánimos de los mineros y enfrentarlos a la compañía, y eso sería muy perjudicial para todos.

—Sobre todo, para la compañía, que quedaría en una situación muy delicada si los mineros se rebelan o se declaran en huelga ¿no cree? —dijo Diego, en tono acusatorio—. Por eso no quieren informar de lo ocurrido ni dejan que la prensa informe. Pretenden silenciarlo para que no llegue a Madrid.

El doctor se irguió, molesto.

—Esa es una acusación muy grave. Ya tiene la información que quería sobre los heridos, solo espero que no sea usted uno de esos gacetilleros que publica artículos subversivos contra la compañía —replicó, muy serio—. Porque si es así, esta conversación ha terminado y usted tendrá que abandonar inmediatamente este edificio.

—¡Señores, por favor! —La figura de Victoria se interpuso entre ambos. Se dirigió primero a Diego, a quien le remarcó—: El doctor Langford le ha dicho lo que sabe, pero él no es el portavoz de la compañía, señor Lebrija.

—Y luego, volviéndose a su cuñado, le reprochó—: Al igual que el señor Lebrija tampoco es ningún subversivo, solo hace su trabajo, Phillip.

—¿Eso crees? Porque a mí me parece que este hombre

oculta unas intenciones muy distintas —insistió el doctor, sin dejar de mirar a Diego que ya guardaba su libreta en la chaqueta.

—Es posible que contar la verdad le resulte a usted una actividad subversiva —replicó él.

—Váyase ahora mismo de aquí —le ordenó, señalando la puerta de salida.

—¡Por favor, Phillip! —protestó Victoria, que detuvo a Diego con un gesto desesperado—: Si lo echas a él, me echas a mí también.

Los ojos azules del médico la miraron imperturbables.

—Haz lo que consideres, Victoria, pero quiero que este hombre salga de mi hospital ya.

Diego se deshizo con suavidad de la mano de Victoria y se apartó de ella dispuesto a acatar las palabras del médico. No era su intención ponerla en una situación comprometida ni deseaba ocasionarle ningún problema entre los suyos.

—No se preocupe, a fin de cuentas, que me echen de los sitios forma parte de mi rutina periodística. —Sonrió, alejándose por el mismo sitio que había venido.

—Entonces me voy con usted —decidió ella, pasando por delante del doctor con expresión desafiante.

Recorrieron juntos el largo pasillo en silencio. Al llegar a la altura del pabellón oeste, Diego se adelantó, tiró de la puerta y le franqueó el paso a Victoria. A lo lejos, la figura erguida del doctor Langford, seguía inmóvil en mitad del corredor, observando cómo se alejaban.

Victoria realizó el camino de vuelta en silencio, con la mente nublada por la rabia. La reacción de Phillip le había parecido exagerada y fuera de lugar, pero también se sentía irritada consigo misma, por la parte que le tocaba: solo ahora era consciente de la difícil posición en la que había colocado a su cuñado al pedirle que hablara con Diego. La única razón por la que él había accedido fue por complacerla, no porque deseara hacerlo. Probablemente, si alguien de la compañía llegara a enterarse, podría suponerle algún problema, a pesar de que, en el fondo, Victoria estaba convencida de que Phillip sabía, al igual que ella, que la compañía no estaba actuando de una manera muy correcta. La negativa a permitir el acceso de las esposas de los mineros al hospital y a informar a sus compañeros mostraba muy poca sensibilidad y respeto por los trabajadores. Si los heridos fueran empleados ingleses, otro gallo les cantaría. Le molestaba que Phillip no lo apreciara y se sometiera —en su opinión— a una malentendida lealtad a la Río Tinto que lo impulsaban a comportarse de una forma inexplicable. Despreciar así el sufrimiento de esas mujeres o expulsar al señor Lebrija acusándolo de subversivo cuando ella misma le había explicado que era un viejo amigo suyo de Madrid de confianza... Miró de soslayo a Diego, que caminaba a su lado sumido en un silencio ceñudo, con la vista fija en el suelo y las manos hundidas en los bolsillos de los pantalones. Le alegró comprobar que no había cambiado nada: seguía siendo el mismo periodista honesto, incisivo e idealista que conoció tiempo atrás.

—Espero que ya tenga lo que necesitaba para su artículo —dijo ella, por romper el silencio, a punto de llegar a la puerta acristalada que los sacaría fuera del edificio.

Él la miró con gravedad.

—No era necesario que se enfrentara a su cuñado por mí —contestó, sujetando la puerta abierta mientras le cedía el paso.

Victoria se detuvo delante de él.

—¿Por qué piensa que lo he hecho por usted? —inquirió, esbozando una sonrisa burlona—: No sea tan presuntuoso, señor Lebrija. Lo he hecho por esas mujeres y porque me parece injusto que las traten así.

Afuera había empezado a oscurecer y la frescura que había dejado la tormenta se convirtió en un airecillo frío y húmedo que removía los arbustos. Ella atravesó el umbral sin reparar en el pequeño escaloncillo de la entrada que le hizo pisar en falso y perder el equilibrio hasta casi caer.

—¡Cuidado! —exclamó Diego. Por fortuna, se recompuso rápido y lo único que terminó desperdigado por el suelo fue el bolsito y su contenido. Él se apresuró a agacharse a su lado y entre los dos, recogieron una a una sus pertenencias: un pañuelo limpio, una peineta, un estuche donde guardaba dos alfileres de repuesto para el sombrero, el lapicero y su pequeña libreta, que él hojeó de un vistazo, antes de preguntar—: ¿Por qué lleva una libreta en su ridículo?

—¿Y por qué no? —respondió ella, incorporándose al mismo tiempo que lo hacía él. Intentó arrebatársela de las manos, pero Diego la esquivó con un movimiento ágil. Ahora era él quien sonreía con un brillo burlón en sus ojos verdes, esperando la respuesta a su pregunta. Ella alzó la barbilla, lo miró fijamente a los ojos y confesó—: La necesito para tomar notas. Estoy preparando un artículo. ¿Le parece mal?

—En absoluto —su sonrisa se hizo más amplia y divertida—. ¿Piensa escribir algo y publicarlo en algún periódico?

—Es muy probable, sí —afirmó ella que, de un movimiento, consiguió agarrar el cordoncillo que hacía de asa, pero Diego lo sujetó sin soltarlo—. ¿No cree que el asunto lo merece?

—De lo que no estoy tan seguro es de que a don Abelardo le parezca una información de interés para sus lectores de *La Ilustración Española y Americana*. Por cierto, que leí sus crónicas londinenses y me parecieron muy amenas... —dijo, y Victoria disimuló el íntimo orgullo que le produjo comprobar que Diego Lebrija se hubiera fijado en su renovada colaboración con la revista—. A no ser, claro está, que esté usted pensando en enviarlo a otra publicación.

—Ya se enterará si se publica. O, si tanto le interesa, yo misma se lo haré llegar. —Y su corazón palpitó expectante, como si se asomara al borde de un hipnótico torbellino dispuesta a saltar.

Sus ojos se posaron en ella risueños y Victoria sintió cómo crecía en su interior una llamarada provocada por el deseo irresistible de tocarlo, de besar sus labios y unir su cuerpo al suyo con una pasión que creía extinguida para siempre. Durante unos segundos eternos, se miraron en silencio. El aire pareció espesarse entre los dos y ella solo podía pensar en que se hallaban allí los dos a solas, a resguardo de miradas ajenas, y que era una mujer libre, adulta, sin ataduras, dueña de sus actos, de los que no tenía por qué rendir cuentas a nadie, y que deseaba que él la besara ahora, en ese mismo instante... Y a medida que estas ideas se sucedían de manera atropellada dentro de su cabeza, humedeció sus labios y deslizó sus ojos hasta su boca. Y entonces lo notó. Un sutil cambio en el aire, un parpadeo rápido, la mandíbula tensionada, señales apenas imperceptibles de su esfuerzo por resistirse a lo que ella le ofrecía. Diego carraspeó, desvió la mirada al ridículo que todavía sostenía entre sus dedos y preguntó:

—Creo que lo tiene todo, no ha perdido nada ¿verdad? —Inspeccionó el suelo entorno suyo.

—No, está todo, muchas gracias —dijo y su intento de esbozar una sonrisa se quedó en una mueca confusa. Fingió comprobar el contenido del bolsito, disimulando el sonrojo que ardía en sus mejillas.

—Creo que deberíamos volver —murmuró él—. Mañana regreso a Madrid con la legación del Congreso.

17

Al cruzar la puerta de la pensión, con los pies reventados y el ánimo meditabundo, le reconfortó el aroma a caldo de gallina que se respiraba en el piso de doña Encarna. La hora de la cena había terminado hacía rato, pero al pasar por delante del comedor, asomó la cabeza a la sala casi vacía: la moza de la patrona iba y venía recogiendo los últimos platos de la mesa, en uno de cuyos extremos, tres huéspedes rezagados continuaban de tertulia, ajenos a la hora, mientras daban buena cuenta de una botella de anís. Hablaban de los peligros de la mina, siempre tan traicionera. «Por más que uno conozca bien el terreno y ande diestro en la faena, nunca sabe de dónde puede venir el susto —decía uno, un cordobés de voz bronca y piel curtida, parroquiano habitual del establecimiento, meneando la cabeza—, cuando no es por los tufos que les envenenan en los pozos subterráneos, es por una explosión torcida o un derrumbe como el de hoy». Diego los saludó dándole las buenas noches y se acercó a Lolilla, la muchacha. Le preguntó en voz baja si podía servirle un cuenco de caldo o un trozo de pan con tocino u otro avío que hubiera sobrado de la cena. Cualquier cosa le bastaría, no tenía demasiada hambre.

—Uy, cómo voy a dejar que se vaya *usté* a la cama sin cenar, señor Lebrija, eso no *pué* ser —dijo la chica—. *Usté* vaya a su cuarto, que en cuanto termine aquí, le llevo yo un caldo y unos huevos fritos.

Ya en su habitación, Diego se sacó la libreta del bolsillo y la soltó sobre la mesilla de noche. Luego se deshizo de la levita, se desanudó la corbata, se quitó los zapatos manchados de barro reseco y se dejó caer de espaldas sobre la cama, agotado por la tensión y las emociones acumuladas a lo largo de la jornada. Se notaba el cuerpo molido, pero ¿qué era eso al lado de lo que soportaban aquellos hombres? Él no podría aguantar la dureza del trabajo en la mina, ni tampoco estaba muy seguro de que pudiera soportar el trato arrogante de la compañía con la resignada dignidad que veía en esa gente, a pesar de las palabras de Tito Dosdedos, el viejo barrenero con quien había recorrido el camino de vuelta a Riotinto; para él, cada accidente en la mina era un golpe a la moral de todo el pueblo, porque, a fin de cuentas, le dijo, «la mina forma parte de nosotros y nosotros somos parte de la mina, y no te hablo solo de lo que hay ahora ni de los ingleses, no, no... Te hablo de lo que significa de verdad la mina para los que somos de aquí, puñetas, que por más que nos duela, la llevamos en la sangre, en los huesos, en los pulmones y hasta aquí dentro —el barrenero se golpeó con fuerza el pecho—, en el corazón, porque esta tierra es nuestra riqueza y nuestra condena. Aquí tenemos enterrados a nuestros muertos, los de ahora y los de antes, mis abuelos, mis padres, los hermanos de mi padre, todos están aquí, al igual que está el futuro de los hijos, mal que nos pese a veces, porque la vida del minero es puñetera como pocas, pero es la que hay, la que los críos de aquí maman desde que nacen, y a la que tiran en cuanto pueden levantar una roca, porque si crecen en el tajo, ya nadie les podrá arrebatar el sustento, salvo la propia mina, que, a fin de cuentas, es la que nos da y la que nos quita... Así que, cuando ocurren estas desgracias (las explosiones en los pozos, los descarrilamientos de ferrocarril, los derrumbes de rocas) y nos matan a los nuestros, ¿qué otra cosa podemos hacer más que volver a coger el pico y la pala al día siguiente?».

Y contra eso, qué podía decir ni él ni nadie que viniera de fuera, pensó Diego, que había visto a los mineros abandonar la explanada del hospital poco antes de las nueve de la noche arrastrando los pies después de que el médico inglés, ese tal MacKay, compareciera al fin para decirles que los compañeros se recuperarían y que las esposas podían entrar a visitar a sus maridos, pero solo ellas y unos minutos, porque los heridos necesitaban descansar. Con eso les había bastado, porque al menos esta vez no habían tenido que velar a ningún compañero muerto, ni consolar a otra mujer recién enviudada, ni protestar para que la compañía se hiciera cargo de los niños huérfanos de padre. Clavó la mirada absorta en el techo amarillento. No sabía si en las palabras del doctor MacKay había tenido algo que ver el doctor Langford. Nunca lo sabría, pero bienvenido fuera.

Y entonces su pensamiento voló a Victoria, cuya presencia allí se le hacía a cada momento más viva, más extraña, sobre todo cuando la tenía cerca y percibía con claridad su rechazo a las tácticas de la Compañía Río Tinto, enfrentándose, incluso, a su propio cuñado. El inesperado reencuentro con ella, que al inicio le pareció una agradable coincidencia, ahora le suscitaba tanta curiosidad como prevención. Toda esa seguridad adquirida a costa de coser poco a poco las heridas del desamor, y de saberla fuera de su alcance, amenazaba con resquebrajarse ante esta otra Victoria a la que los años habían liberado de los corsés que la atenazaban y le habían concedido el aplomo y la serenidad necesarios para actuar conforme a sus propias ideas. Cerró los ojos y evocó la expresión anhelante de su rostro, el brillo trémulo de los ojos negros, los labios jugosos. Y sí, por un instante había sentido la tentación de estrecharla entre sus brazos y besarla hasta robarle el aliento, pero ¿y después?, ¿adónde los conduciría eso? A nada que le hiciera sentirse orgulloso de sí mismo, probablemente. Victoria, o mejor dicho, la señora Langford, era una aventura demasiado arriesgada para él, ni siquiera por el placer de rememorar viejos tiempos. Y, sin embargo, hacía tiempo que no se sentía tan vivo y expectante como ahora.

Sonaron unos golpecitos en la puerta y haciendo un gran esfuerzo, se levantó a abrir. Lolilla le traía en una bandeja lo prometido: el caldo humeante de gallina, los huevos fritos, un vasito de vino, un pedazo de pan y un trocito de membrillo. Demasiado para el poco apetito que tenía. Aun así, dejó que la chica depositara la bandeja sobre el estrecho tablero de pino que hacía de mesa tambaleante y, antes de que se marchara, se lo agradeció con unas monedas de propina.

—Ay, que casi se me olvida otra vez... —dijo ella, volviéndose. Rebuscó en su mandil hasta dar con un papelito doblado que le entregó—. Lo ha traído esta tarde un chiquillo para *usté*.

Diego aguardó a que se hubiese marchado la muchacha para leerlo. Era un mensaje de Gabriel; le decía que si quería hablar con Rosalía, le esperaban a las diez de la mañana en la dirección indicada, en el poblado de La Naya. Diego resopló: y se lo decían cuando estaba a punto de marcharse de allí... No sabía si le daría tiempo, su tren partía hacia Huelva a las dos de la tarde; tendría que preguntarlo.

Dejó el papel encima de su libreta y se sentó a cenar. Su padre solía decir que en el comer y el rascar, todo era empezar, y tenía razón. Se arrimó a la bandeja, y antes de pudiera darse cuenta estaba rebañando el plato hasta dejarlo limpio como la patena. Acompañó el membrillo con el último trago de vino y, ya saciado, arrancó una hoja de su libreta; tras pensarlo mucho, escribió:

Querida Victoria:

Creo que he sido yo el que ha perdido algo importante esta tarde y no he querido darme cuenta hasta ahora. Deseo volver a verte una vez más.

Diego Lebrija

A la mañana siguiente se arregló sin prisa, contagiado quizá de la quietud dominical que reinaba en la pensión, tan distinta al trajín cotidiano de voces y pasos con los que amanecían días atrás. Por más que lo evitaba, sus ojos volvían una y otra vez al papel doblado sobre la mesa que le había escrito a Victoria la noche anterior. Vertió una buena cantidad de agua en la jofaina y, después de asearse a conciencia, sacó la maleta de cuero de debajo de la cama y comenzó a guardar las escasas prendas de ropa desperdigadas por la habitación. En cuanto terminó de hacer el equipaje, depositó la maleta junto a la puerta, lista para recogerla más tarde, cuando se acercara la hora de tomar el ferrocarril de regreso a Huelva. Echó un vistazo rápido por la habitación para comprobar que no se olvidaba nada. La nota seguía allí, sobre la mesa. La cogió y la releyó de nuevo, pensativo. A la luz del día, las ocurrencias nocturnas parecían una oda a la insensatez. Rompió el papel en ocho pedazos y, tras arrojarlos al brasero, aguardó hasta verlos arder.

—¿Qué prefiere, café o chocolate? —le preguntó doña Encarna al verlo aparecer en el comedor.

Café, dijo aunque fuera de puchero, le daba igual. Y si fuera posible, en taza grande, sin leche y sin azúcar. A ver si así se espabilaba un poco y salía de esa nebulosa zumbona en la que tenía sumergida la cabeza desde que se había despertado.

—¿Usted sabría decirme cómo llegar a La Naya?

La mujer tuvo que pensarlo unos segundos.

—¿La Naya? Eso está hacia la corta del Filón Norte, pero no sabría decirle bien porque es una de esas barriadas nuevas que está construyendo la compañía cerca de los yacimientos. Vaya a la estación, pregunte por los trenes obreros y allí le dirán —le indicó mientras le ponía delante el tazón de café y una rebanada de pan tostado con miel.

Poco después de las nueve y media de la mañana, Diego se subió al primer «tren obrero» que partía de la estación de Riotinto en dirección a la corta del Filón Norte y ocupó uno de los asientos de madera. Desde la ventanilla, contempló el paisaje agreste y siguió el serpenteo de las vías entre los montes esquilmados cuyos contornos se desvanecían tras los humos de las teleras cercanas. El ferrocarril enfiló un valle inhóspito bordeado de negros montículos de escorias y cerros hendidos por cortaduras de tierra rojiza.

—La siguiente parada es la suya, La Naya —le avisó el revisor poco antes de llegar.

Diego se bajó en el sencillo apeadero y alzó la vista hacia el asentamiento de casas que destacaban por su blancura en el entorno de tierra gris y desolada. Cuatro hileras de viviendas todas iguales, pequeñas, sencillas y encaladas, alineadas en perpendicular a la ladera de una colina, y dos hileras más de casas en construcción, por encima de las anteriores. Y desperdigadas por los alrededores, montoneras de piedras, cemento y ladrillos, herramientas apiladas, varias carretillas y hasta un par de vagonetas abandonadas no muy lejos de las vías del tren. «No se engañe: es poca casa para tanto obrero como hay aquí, empleados en la corta o en los hornos de la fundición o en los lavaderos de mineral que están por aquí cerca, detrás de ese monte», le había dicho un hombre de piel curtida y ojos como lascas, con quien compartió asiento en el tren. En los últimos tres años, la compañía se había preocupado más de abrir nuevas cortas y extraer la mayor cantidad de mineral posible que en avanzar en la construcción de viviendas para albergar a los hombres que llegaban cada año por miles a trabajar en la mina. La mayoría malvivían en los poblados de chozas improvisados junto a las excavaciones o rentaban un cuarto entre varios en casas particulares de pueblos como Nerva o el propio Riotinto.

Tras abandonar el apeadero, Diego siguió los pasos de unos hombres hasta la barriada. Lo primero que vio fue el lavadero público techado, en el que distinguió a varias mujeres haciendo la colada. Continuó adelante hasta llegar a la altura del edificio vacío de las escuelas, y pasó de largo frente al almacén–cantina donde se despachaban los víveres suministrados por el economato de la compañía, cerrado a cal y canto por la festividad. Al parecer, en todos los poblados mineros era lo mismo: la compañía era propietaria y arrendadora de las viviendas, del negocio del almacén-cantina, de las escuelas y hasta de la ermita, si es que el poblado sumaba almas suficientes como para que el señor Matheson considerara oportuno la construcción de un templo. Al llegar a una plazoleta de tierra, se detuvo. Los hombres se habían desviado monte arriba y él se quedó allí de pie, indeciso, sin saber hacia dónde tirar. Oyó los ladridos de unos perros en algún sitio, el pitido estridente del ferrocarril acompañado de los penachos de humo en el horizonte. Pensó en dirigirse hacia la primera calle que subía cuando le llegaron unas voces femeninas aproximándose. Aguardó hasta ver aparecer un grupo bullicioso de mujeres cargadas con grandes cestos de ropa, camino del lavadero. Lo observaron intrigadas, cuchichearon entre ellas y cuando llegaron a su lado, él dio un paso adelante y les preguntó por la dirección que llevaba escrita en el papel.

—¿A quién busca?

—A un minero que se llama Gabriel y a su mujer, Rosalía.

Las mujeres se miraron entre ellas y negaron con la cabeza, no les sonaban esos nombres.

—¡Sí, hombre! —exclamó una de ellas, una bajita, de ojos chispeantes y mejillas rebolondas—. Es el *Rubiño*, Gabriel, y su mujer, la Chara. —Estiró su brazo y le indicó—: Siga por aquí; cuando llegue a la última calle, tuerza usted a la izquierda y siga hasta el final. Su casa es la penúltima.

Diego siguió las indicaciones de la mujer y a medida que se adentraba en las calles, comenzó a notar las señales de la vida cotidiana de sus habitantes: ropa tendida al sol, niños jugando, un corro de hombres sentados en un poyete fumando, vecinas que hablaban de puerta a puerta. Al llegar a la última hilera de casas, recorrió la numeración de la calle y se detuvo frente al número treinta y tres, dos treses pintados de negro con trazo infantil sobre la fachada blanca.

La puerta estaba entreabierta, pero aun así llamó con los nudillos. Fue Gabriel quien le abrió. En el suelo, abrazado a su pierna, una niña pequeña lo miraba con grandes ojos azules. Diego sonrió y le hizo una carantoña que provocó su huida al interior, llamando a su madre.

—No sabía si vendrías —le dijo el minero, invitándolo a entrar.

—Me entregaron tu mensaje anoche, demasiado tarde para responder —se disculpó—. Estuve en el hospital, con los mineros del derrumbe, supongo que ya sabes...

—Sí, claro que sé —dijo haciéndose a un lado.

Diego se adentró en la estancia principal de la casa, un cuarto austero de paredes desnudas y suelo de barro cocido, humilde pero limpio. La cocina de leña a un lado, una alacena de madera rústica al otro, y en el centro, una mesa cuadrada de madera vestida con un impoluto mantel de algodón y cuatro sillas de enea alrededor. En mitad de la pared de enfrente se abrían dos puertas interiores que daban a sendos cuartos.

—Tornet convocó una reunión de urgencia entre los

compañeros para discutir qué hacíamos, porque solo en este mes hemos sufrido tres accidentes graves en la mina: el primero fue el descarrilamiento del ferrocarril, que mató a un maquinista e hirió a otro compañero; poco después, la explosión de una barrena olvidada mató a dos hombres e hirió a otros dos, y ahora esto. Y, encima, la compañía nos echa la culpa a nosotros, a los obreros, porque dice que no tenemos cuidado.

—Hola, Diego —oyó a su espalda.

Se volvió a mirar a la mujer que había aparecido en el vano de una de las puertas. Había cambiado mucho desde la última vez que se vieron en Madrid, cuando era apenas una jovencita risueña de curvas incipientes. La Rosalía que tenía delante se había convertido en una mujer hermosa de redondeces voluptuosas. Los rasgos de la cara se le habían afinado, tenía la tez morena, los ojos vivaces y la melena le caía hacia el pecho recogida en una gruesa trenza floja.

—Rosalía —se acercó a saludarla con una sonrisa—, no sabes cuánto me alegro de verte. ¡Ha pasado tanto tiempo! Estás muy cambiada...

Notó que ella lo examinaba también con mirada escrutadora.

—Tú, sin embargo, estás igual.

—¿Es vuestra? —preguntó Diego, señalando a la niña escondida detrás de las faldas de su madre.

—Sí —contestó Rosalía, que se dio media vuelta y aupó a la cría en brazos. Era innegable que era hija de su padre: el pelito rubio, los ojos azules, la carita fina y la tez dorada, como la madre—. Quina, saluda al señor. Se llama Diego, es un amigo de mamá. De Madrid. ¿Te acuerdas lo que te he contado de cuando vivía en Madrid? —La niña asintió—. Pues de allí.

—Quina... Qué nombre tan bonito —dijo Diego mirando a Rosalía, que le rehuyó la mirada, como si se negara a conceder el reconocimiento que se escondía detrás del nombre que le había puesto a su hija, el de su abuelo.

Gabriel apartó una de las sillas de enea y le invitó a sentarse.

—Querías hablar conmigo, ¿no? Pues tú dirás —soltó Rosalía sin rodeos.

—Sí, pero estoy aquí por tu padre, Rosalía —dijo Diego, sin saber muy bien por dónde empezar. Era tanto lo que le gustaría saber, que de repente se dio cuenta de que no había preparado nada para ese momento—. Lleva mucho tiempo sin saber de ti, de vosotros, y cuando supo que yo venía a Huelva con el periódico, me pidió que preguntara por ti, que te buscara y te entregara esta carta. —Se sacó el sobre del bolsillo y lo depositó en la mesa empujándolo hacia ella, que lo observó sin decidirse a cogerlo.

—No vamos a volver a Madrid, si es lo que quiere.

—No, no es eso. No te voy a negar que le gustaría

verte y más cuando le cuente que tiene una nieta... —Diego miró a la niña, que jugaba con una muñequita de trapo hecha de retazos—. Pero creo que le basta con saber que estás bien, que estáis bien. Y que si necesitáis algo, él...

—No necesitamos nada ni queremos deberle nada, ni a él ni a nadie —replicó, tajante, Rosalía.

—Chara, no seas así, *amoriña*. Es tu padre, tu familia... —medió Gabriel.

—Mi familia sois Quina y tú —dijo ella, mirándole a los ojos—. No sé a qué viene ahora ese interés repentino de mi padre, que nunca se preocupó demasiado de lo que yo quería o necesitaba entonces... ¿Y se te ha olvidado la carta que le envió a tus padres, acusándote de cosas horribles?

—Eso ya no importa —dijo con suavidad Gabriel—. El tío Quino también me salvó la vida al esconderme en la imprenta. Yo ahora miro a nuestra Quina y no me quiero imaginar lo que le haría al hombre que se la llevara contra mi voluntad.

—Esto ya lo hemos hablado muchas veces, Gabriel. Tú no me llevaste, yo me marché contigo porque quise. —Rosalía miró a Diego y se lo repitió a él—: Me fugué con Gabriel porque yo así lo quise, lo decidí por mí misma. ¿Estamos?

—Estamos, no tienes que convencerme de nada —replicó Diego con firmeza—. Y tampoco merece la pena que discutamos. Quino solo quiere saber que estás viva, que estás bien. Ha envejecido mucho estos años, ya no es el que era, no te creas. No hay día que no lamente lo que ocurrió. —Y ante la mueca escéptica de ella, agregó—: No te miento, créeme. Nada le haría más feliz que saber que le has perdonado, que le habéis perdonado.

Por un momento, Diego dudó si romper la promesa que le había hecho a Quino y contarles que estaba muy enfermo, que ya ni podía trabajar en la imprenta y que su mayor deseo sería verla y abrazarla antes de morir. ¿Cambiaría en algo la actitud de Rosalía? Tenía sus dudas, y en cualquier caso, padre e hija eran demasiado orgullosos como para admitir sus errores.

—Pues dile que estamos bien y que tiene una nieta muy guapa, pero que nuestra vida ahora está aquí, en Huelva, y que de aquí no nos mueve nadie, porque para eso estamos luchando, para ofrecerle un futuro mejor a nuestros hijos —concluyó Rosalía. Se quedaron los tres callados y a la vista de que Diego no decía nada, ella preguntó—: ¿Cómo está tu hermano?

—¿Santiago? —Diego sonrió—. Está muy bien, sobre todo desde que madre ha dado un paso al lado y le deja a él dirigir el negocio sin inmiscuirse demasiado, lo que parecía imposible.

Rosalía se rio por primera vez, le costaba imaginar la imprenta sin la figura vigilante de Carmina. Diego también le contó que se había casado con una muchacha de Salamanca y que ya tenían un chiquillo, Yago, con el que a Carmina se le caía la baba.

—Cuánto me alegro. Santiago se merece eso y más. ¿Y tú? ¿Sigues en el periódico?

Antes de que Diego pudiera responder, sonaron unos golpes en la puerta y Gabriel se levantó a abrir. Al otro lado oyeron una voz masculina y ronca que preguntaba por ella, por la Chara.

—Es Lucho, viene a que le escribas su carta —dijo Gabriel.

—Dile que ahora salgo —respondió ella. Y de vuelta a Diego, le aclaró—: Soy la escribana de la correspondencia que envían los mineros a sus familias. Para eso me ha servido lo que aprendí en la imprenta, ¿qué te parece?

—Que con la habilidad que tenías, le sacas poco provecho.

—Qué lejos quedan aquellos tiempos, me parece que no era yo, sino otra persona la que creció allí, en Lavapiés. —Sonrió nostálgica. Hizo una breve pausa ensoñadora, de la que despertó enseguida—: En realidad, debo reconocer que me ha servido para eso y para alguna cosilla más, porque también le echo una mano a los compañeros del taller de imprenta de Zalamea que nos imprimen los panfletos de propaganda de la lucha obrera en la mina. Eso también puedes contárselo a mi padre, si quieres.

Seguro que le gusta saber que tiene una hija revolucionaria.

—¿No prefieres contárselo tú misma en una carta escrita de tu puño y letra? Salgo hoy para Madrid, podría entregársela en cuanto llegara.

Ella se quedó callada unos segundos, pensativa.

—No, es mejor que no. Tanta prisa no es buena y quiero leer su carta con calma antes de escribirle. Puede que dentro de un tiempo... —dijo al fin—. Cuéntale tú lo que te parezca.

18

Cuando se dio cuenta de que, por mucho que esperaran, ninguno de aquellos hombres que se calentaban al calor de una fogata y fingían ignorarlas, se acercaría a reclamar su lote de comida, Victoria resolvió que lo mejor sería recoger el puesto instalado delante del carro y continuar con el itinerario previsto. Seguro que en otros lugares las acogerían con más entusiasmo que en ese poblado, cuyos moradores recibieron la aparición de la caravana benéfica con una indiferencia rayana en el desdén, como si no necesitaran su ayuda ni la de nadie, pese a la miseria que los rodeaba. Más que una aldea, aquello era una colmena de chabolas armadas a base de materiales de desecho extraídos de los talleres de la mina. Alojaba a un centenar de mineros solitarios y huraños, llegados allí desde aldeas remotas de Extremadura, León, Galicia y la vecina Portugal, con la esperanza de trabajar en «la mina más grande de España», como presumían algunos. En sus pueblos habían dejado a la familia: padres, esposas e hijos a los que preferían mantener a distancia hasta que lograran reunir unas pocas pesetas que les permitirían rentar un cuarto decente y asegurarles una vida más digna que la que soportaban en esas chabolas miserables. Con todo, solo algunos hombres y unas cuantas mujeres que merodeaban por allí se aproximaron al carro a llenar sus talegas de legumbres, harinas y patatas.

—Tienen su orgullo, entiéndelo —le dijo Rocío, de vuelta al carruaje—. No quieren la compasión de los ingleses, lo que quieren es cobrar un jornal justo que les permita vivir con dignidad.

—Pero esto no tiene que ver con sus reivindicaciones obreras, es solo una ayuda para aliviar el hambre durante un tiempo.

—A estos hombres no es el hambre lo que los consume, Victoria.

Se acomodó en el asiento y echó una última mirada a los mineros. El orgullo era un alimento amargo.

—Mientras no tengan niños que alimentar, pueden hacer lo que les venga en gana —replicó con sequedad, concentrándose en el mapa desplegado en su regazo.

La caravana, compuesta por el carruaje en el que viajaban las mujeres y el carro que transportaba el cargamento de comida, continuó su recorrido hacia una aldea situada en las afueras de Nerva de la que le había hablado Alice Colson en su última reunión, al tiempo que la marcaba en el mapa. «No dejéis de deteneros en ella. A no ser que haya cambiado mucho desde la última vez que la visité, y lo dudo, encontraréis familias enteras que viven en unas condiciones lamentables», le aseguró. El carruaje abandonó el camino principal y se adentró por uno estrecho y pedregoso que hizo bambolearse a las mujeres en sus asientos. Jane entreabrió los ojos adormilados y volvió a cerrarlos de nuevo. Al principio, a Victoria le preocupaba que la señorita Jones pudiera sentirse fuera de lugar entre la joven enfermera, las dos criadas y ella misma, que pronto desistió de traducir al inglés todo cuanto hablaban entre ellas, pero enseguida se tranquilizó: la señorita Jones parecía contenta de estar ahí y se esforzaba en hacerse entender con señas o con las cuatro palabras que chapurreaba en español con mejor voluntad que acierto. Sin embargo, eso bastó para que Felisa y Toñi la acogieran con simpatía y estuvieran pendientes de ella en todo momento. Ambas eran oriundas de la zona y se conocían al dedillo las aldeas y a la gente. «Usted confíe en ellas, señora —le había dicho Ramona antes de partir—. Sabrán cómo pararle los pies al primero que intente aprovecharse o armar bulla para conseguir más que los demás, que alguno habrá, ya verá *usté*».

Victoria se asomó a la ventanilla y comprobó que el carro las seguía a cierta distancia, lento pero seguro.

—Si le digo la verdad, mi padre y yo creíamos que, después de lo ocurrido ayer, el director Osborne suspendería el reparto de comida —le dijo Rocío, agarrada al maletín médico de cuero que llevaba sobre sus rodillas.

También ella lo pensó al meterse en la cama la noche anterior. Dadas las circunstancias, le habría parecido lo más prudente. Sin embargo, esa misma mañana, antes de que comenzaran los oficios dominicales del reverendo Kirkpatrick, John Osborne había convocado una reunión de urgencia con sus principales directivos. Después de debatirlo a puerta cerrada durante más de una hora, habían resuelto mantener la actividad benéfica. Se negaban a que un puñado de mineros alterados por lo que no dejaba de ser un accidente fortuito («Trágico y desafortunado, sin duda, pero accidente, a fin de cuentas», había concluido Patterson) influyeran de ninguna manera en los planes de la compañía. No solo se llevaría a cabo el reparto de comida tal y como estaba previsto, sino que, además, Osborne dio orden de asignar una docena de guardiñas que escoltarían el cargamento para garantizar su seguridad durante todo el recorrido, por lo que pudiera pasar.

—¡No necesitamos guardias! Vamos a parecer más una caravana militar que benéfica —había protestado Victoria con gran vehemencia.

—Considérelo una medida de protección, además de una expresión de fuerza. Deben saber quién manda aquí —respondió el director.

—Permítame decirle que, en mi opinión, refleja más miedo que fuerza, señor Osborne.

Después de insistir un poco más y amenazar con renunciar a la empresa, el director accedió a reducir la escolta a la mitad. «De acuerdo, que sean seis guardiñas, pero ni uno menos —concluyó Osborne, firme—, nunca está de más ser precavidos». Pero lo cierto es que más allá del desplante que sufrieron en el poblado de chabolas, no habían notado mayor tensión o agresividad en los mineros, como temía el director. De hecho, la gente con la que se cruzaron apenas prestó atención al carro pintado con los colores de la bandera británica y el emblema de la RTCL en los laterales, demasiado llamativo y un tanto provocador, por otra parte.

—Estamos llegando —anunció Rocío al ver las primeras casas a lo lejos.

Victoria se aproximó al cristal. El lugar era más sórdido y miserable de lo que había imaginado. Niños escuálidos corriendo descalzos, hombres de edad incierta deambulando entre las chozas, errantes y desnortados, mujeres de gesto desabrido, consumidas por las penurias. Animales que entraban y salían de las casas a su antojo, gallinas medio desplumadas, perros sarnosos, cabras famélicas. Todos ellos convivían en esa aldea destartalada de casas de mampostería con techumbre de juncos entre desechos y suciedad.

—Verá cómo aquí no nos dejarán plantadas —dijo Rocío—. La mayoría de los habitantes de esta aldea son familias que no pueden permitirse pagar los precios que piden los caseros por alquilar un cuarto en el pueblo y están a la espera de que algún día les asignen una vivienda de la compañía.

—Siempre hay quienes quieren aprovecharse de la necesidad de la gente, señora —intervino Felisa—. Si algo falta en Riotinto o en Nerva son viviendas para tanto minero, porque, eso sí, la compañía no hace más que pedir que venga mano de obra, pero no tienen adónde meterlos y luego se sorprenden de que haya robos, pelas, reyertas y borrachos por las calles. Pues ¿qué quieren, si no tienen un techo decente donde vivir? Porque tanto que presumen de las viviendas nuevas, pero en cuanto hay que hacer alguna obra para las minas, quitan peones de la construcción de casas y los ponen a trabajar en lo otro.

—Felisa dijo saberlo de buena tinta, que tenía dos hermanos trabajando de peones de albañil para la compañía.

—*Ea*, pues por eso hay gente malviviendo por todas partes... Hay hasta quienes duermen a la intemperie o en cuevas excavadas en la tierra —agregó Toñi.

El carruaje se adentró por una calle embarrada, perseguido por un griterío de chiquillos mugrientos, y se detuvo en el llano que había delante de la ermita. Unos minutos después arribó el carro y los niños enmudecieron al ver aparecer a los guardiñas, con sus largos abrigos azules, las pistolas al cinto y los chuzos en la mano, caminando al lado con paso firme.

El carretero desenganchó las mulas mientras los peones instalaban el puesto: dos tableros largos sobre borriquetas a modo de mostrador donde las mujeres comenzaron a colocar los capazos, las talegas de harina, de garbanzos y judías, y la cubeta de madera con los arenques en salazón. Al cabo de unos minutos, cuando estuvo todo dispuesto, comenzaron a acercarse algunos críos pequeños. Al principio tímidamente, pero luego, en cuanto los demás comprobaron que volvían con los bolsillos llenos de panecillos y dulces, les faltó tiempo para correr hacia ellas y reclamar su ración.

No tardó mucho en circular por la aldea la noticia de que había un grupo de señoras inglesas («unas *mohínas*», oyó decir Victoria, refiriéndose a ellas, y cuando le preguntó a Toñi, la criada se ruborizó y le confesó que así era como algunos de por allí llamaban a los ingleses por el gesto *avinagrao* que tenían) repartiendo comida y una enfermera del hospital visitando enfermos, puerta a puerta. Comenzaron a llegar mujeres que se estiraban sobre el mostrador con disimulo y miraban con ojos ávidos el contenido de las sacas y los cajones colocados tras el mostrador, vigilando que a esas señoras no se les olvidara poner en la cesta lo que les correspondía, como le había ocurrido a fulanita o zutanito. Una detrás de otra, las aldeanas les entregaban sus cestos y ellas se los devolvían llenos con las talegas de harina y de legumbres, unos cuantos arenques envueltos en papel de estraza y un buen montón de patatas. Victoria reparó en que Josefa y Toñi rellenaban más las cestas si la destinataria era alguna conocida, y las llamó a un aparte para reconvenirlas: debían repartir a todos lo mismo, era lo justo.

—Ya, señora, pero es que hay algunas mujeres, que si *usté* supiera... Esa de ahí —dijo Felisa, señalando a una mujer tan esmirriada, que apenas si podía cargar con su cesto—, la Susana, se ocupa de su madre enferma, de un sobrino huérfano y de un hermano lelo. Trabajaba de cocinera en la colonia hasta que la patrona la acusó de robar unas cucharillas de plata que ella no sabía ni dónde se guardaban. Todas las que la conocemos sabemos que Susana es lo más honrado que hay en este mundo, no se atreve ni a coger del suelo un real si no es suyo, pero la señora se empecinó en que había sido ella y no hubo quien la bajara del burro. La despidió sin más, y poco después de perder el trabajo, el casero los echó de la casa que rentaban en Nerva, y mire dónde ha terminado, la pobre. ¿Cómo no vamos a darle una *mijita* más para que se apañe?

Lo entendía, pero ellas mejor que nadie debían saber que la mayoría de las mujeres que esperaban cola podrían contar historias no muy distintas a la de Susana. De vuelta a la faena, Victoria agarró el capazo que había dejado sobre el mostrador una muchacha muy joven, ni veinte años tendría, calculó de un vistazo, aunque su aspecto —la figura escurrida, los ojos hundidos, las mejillas demacradas— la hiciera parecer mayor. Y aun así le pareció que por debajo de las huellas que había dejado el hambre en su rostro se escondía una joven bonita de penetrantes ojos color miel.

—Me han dicho que también ha venido un doctor y que pasa consulta sin cobrar —le dijo la chica en un tono de voz tan bajo que a Victoria le costó oírla.

—Es una doctora, pero no está aquí ahora —respondió Victoria mientras le devolvía el cesto bien provisto de víveres con una sonrisa—. Vuelve dentro de un rato y la encontrarás. Está haciendo visitas médicas por la aldea, puerta a puerta. —La moza titubeó sin decidirse a marchar—. ¿Necesitas algo más? ¿Te encuentras bien?

—No es para mí, es para una vecina que ha parido y no está bien. Si pudiera venir a visitarla la doctora...

—¿Dónde está tu casa?

La muchacha extendió el brazo hacia una calle lateral que partía de allí mismo, le dijo que la siguieran hasta el final, hasta llegar a un corral medio derruido, la puerta de al lado era la suya. Victoria le prometió que en cuanto regresara la doctora, la mandaría a visitar a su amiga. Pero la chica seguía ahí pegada, no se decidía a marcharse. Titubeó unos segundos y al fin se volvió a Victoria y le preguntó:

—Si le traigo los cestos de mis vecinas, ¿me los llenarían para ellas? —Victoria la miró con expresión dubitativa y la chica se apresuró a añadir—: No vaya a creer que le miento o que quiero aprovecharme... La señora Josefa es ya mayor y está sola, tiene una pierna lisiada, así que yo la ayudo en lo que puedo; la otra, Piluca, es la que está recién parida, y necesitará comer bien para recuperarse.

—¿Viven cerca de ti? —Y como la mujer le contestó que pared con pared, Victoria le dijo—: Vete, que en un rato iremos nosotras para allá y os llevaremos unos cestos de comida.

Se quedó contemplando la figura escurrida de la muchacha mientras se alejaba con su cesto lleno.

—¿Ha visto esos niños? —oyó que le preguntaba Jane en voz baja, al tiempo que dirigía una mirada disimulada hacia dos críos que apenas llegaban al mostrador.

—¿Qué les pasa? —preguntó Victoria, observándolos.

—Mire qué ojos tan azules y esa piel tan clara... ¿No le resulta extraño?

Victoria se fijó con más detenimiento en ellos. No le habrían llamado demasiado la atención —había visto esos ojos azules en otros andaluces, por llamativos que fueran— de no ser porque oyó cómo llamaban *Johnito* a uno de los dos niños.

—Felisa, ¿sabe si estos chiquillos son de por aquí? —musitó al oído de la criada, señalándolos con la vista.

La criada les dirigió una mirada fugaz y continuó con la tarea que tenía entre manos.

—Sí, señora. Son los críos bastardos de los ingleses, los *inglesillos*.

—Pero... —balbuceó Victoria, tan sorprendida con la revelación que solo se le ocurrió preguntar—: ¿Cómo puede ser eso?

La mujer la miró con sorna.

—Pues cómo va a ser, señora. Se lía algún inglés con una mujer nuestra de por aquí, y ya está hecho. Y estos chiquillos no son los únicos, que hay unos cuantos más en otras aldeas de la comarca. Fíjese bien y verá cómo los distingue.

Victoria se volvió hacia la chiquillería y paseó su mirada escrutadora entre las caritas alrededor. A su lado, Felisa continuaba hablando:

—A ver quién se cree que los ingleses que se hospedan en el caserón de solteros de Riotinto son tan santos y puros como quieren aparentar, que de eso nada, ¿o no, Toñi? —Felisa buscó el apoyo de su compañera, que no había dejado de moverse alrededor de ellas con la oreja puesta.

—Esos de santos tienen lo que yo de virgen, señora, con perdón.

Eso Victoria bien lo sabía. Conocía perfectamente la hipocresía de la puritana sociedad londinense, y sobre todo de los hombres, que en público ejercían de intolerantes censores de la inmoralidad y los vicios humanos, y en privado se liberaban de sus impulsos reprimidos y salían en busca de antros y burdeles por los barrios más populares de Londres en los que saciar sus más bajos instintos.

—Por lo que yo sé, la mayoría son clientes del prostíbulo que está detrás del Ayuntamiento de Riotinto, y por lo que se oye contar por los lavaderos, hay algunos que tienen gustos muy raros en la cama —añadió Felisa—. Pero no son esos los peores, señora. Los peores son los que engatusan a muchachillas decentes, les prometen una vida sin apreturas, y cuando las dejan *preñás*, huyen como ratas. Algunos les sueltan dinero *pa* callarlas y luego las abandonan a su suerte, pero otros desaparecen sin decir ni mu. Solo conozco a una, la Mati, que tuvo una cría con un escocés grandullón. El hombre las mantuvo hasta que terminó su trabajo en la compañía y se volvió a su país, pero no crea que se olvidó de ella; el escocés le sigue enviando un dinerito cada mes, no me pregunte cómo.

Jane había seguido la conversación con atención. No entendía lo que decían, pero los gestos, los tonos de voz y la expresión de desconcierto en el rostro de Victoria eran lo suficientemente elocuentes como para deducir que le interesaba de lo que hablaban.

—¿Le ha preguntado a la criada por los niños? ¿Qué le ha dicho? —le preguntó Jane. Victoria le resumió lo que le habían contado y la expresión de la mujer fue mudando de la sorpresa a la indignación—. ¡Dios mío! ¡Qué horror! ¿Y las señoras de la colonia no han hecho nada?

Victoria se lo preguntó a Felisa y esta le respondió:

—¿Y qué van a decir, si a las doñas no les interesa *na* de lo que ocurre fuera de Bella Vista? Sus esposos lo saben y bien *callao* que lo tienen.

Al cabo de una hora, la fila de personas había quedado reducida a un lento goteo del que podían hacerse cargo Felisa y Toñi sin su ayuda. Rocío regresó de su periplo médico por la aldea con gesto cansado; había muchos niños enfermos, demasiados, y dos mujeres que deberían acudir a un hospital porque ella no podía hacer nada por curar sus dolencias.

—Hay una paciente más a la que tendrías que examinar, una mujer recién parida —le dijo Victoria, enganchándola con suavidad del brazo—. Coge tu maletín y vente con nosotras, que vamos hacia allá.

Le hizo una seña a Jane y las tres juntas emprendieron

el camino hacia la dirección que le había dado la mujer. Encontraron la casa sin mayor dificultad. No había puerta como tal, solo una tela de arpillera deshilachada que Victoria apartó despacio para lanzar una voz al interior. Enseguida apareció la muchacha con una chiquilla asentada en una cadera y otra niña de unos doce años a su lado. La cría era preciosa. Tenía el pelito rojo y ensortijado, los ojos de un azul cristalino y unos mofletes tan regordetes y sonrosados que a Victoria le recordó a uno de esos angelotes que decoraban las cúpulas de las iglesias. Oyó a Jane a su lado murmurar un «*Oh, my God!*» que ella fingió ignorar.

—Hemos traído la comida y a la doctora, como te prometí —dijo mostrando el cesto que cargaba del brazo.

Los ojos de la chica se posaron en Rocío y sus labios se alzaron en una mueca que podía ser casi una sonrisa.

—Vengan conmigo, es aquí al lado.

Pasó por delante de ellas y se detuvo cinco pasos más allá, delante de una puerta entreabierta. Antes de entrar, puso el angelote en brazos de la niña y le dijo que esperara ahí fuera sin moverse.

Mientras, Jane se había arrimado a ella, presa de la inquietud.

—Por Dios, Victoria, ¿se ha fijado en los ojos de esa niña? ¿No cree que se parecen mucho a...? —preguntó en un susurro apremiante, que Victoria cortó con un gesto de la mano. Ese no era el momento, después lo hablarían.

Rocío se adentró tras los pasos de la muchacha seguida de Victoria, que quería dejar la comida en algún sitio. Nada más traspasar el umbral, ambas ahogaron una mueca de repugnancia ante el olor a podredumbre que inundaba el cuartucho, sin más ventilación que la que se colaba por un ventanuco con el cristal roto. A través de un agujero abierto en el techado de juncos penetraba algo de luz que les permitió distinguir los contornos de los muebles: una mesa de madera pegada a la pared, una silla baja de enea, y el camastro estrecho sobre el que yacía boca arriba una mujer entre un revoltijo de ropas sucias. Tenía la piel macilenta, los ojos cerrados, la respiración pesada, y parecía muy joven, más incluso que su amiga.

—¿Cómo te llamas? —le preguntó Rocío.

—Petra, señora. Y ella, Piluca. Parió hace dos días, un mes antes de lo que le tocaba, y el niño murió al poco de nacer... No pudimos hacer que respirara —dijo la muchacha en un murmullo apenas audible. Hizo una pausa y luego añadió, con voz temblorosa—: ¿Cree que habrá llegado aquí eso que dicen que hace que las mujeres aborten y los bebés se mueran? La semana pasada, otra vecina de la aldea a la que conocemos parió también antes de tiempo a un bebé muerto.

Rocío no dijo nada. En las últimas semanas había atendido más de diez avisos de mujeres que habían sufrido abortos espontáneos o que habían parido a bebés muertos sin que el embarazo llegara a término —y eso sin contar el aumento de bebés nacidos con dolencias respiratorias o de corazón que no superaban el mes de vida—, pero no encontraba ninguna razón médica que lo explicara, ningún punto en común entre todas ellas, salvo el hecho de que la mayoría se concentraban en las poblaciones de una zona concreta que abarcaba El Romeral, Zalamea y El Campillo. No podían ser culpa de los humos, razonó un día ante Victoria, porque los humos se desplazaban por toda la comarca sin distinguir fronteras ni lindes de municipios, y tan pronto envolvían los campos de Zalamea como descendían con la manta en Nerva o Riotinto, y hasta ahora no había notado que hubiera más complicaciones de lo normal en los embarazos de esos pueblos. Tampoco creía que se debiera a una enfermedad contagiosa, ya que carecía de lógica que solo afectara a unos pocos municipios, cuando el trabajo alrededor de las minas obligaba a la gente a desplazarse de un lado a otro por toda la zona.

—¿Y qué es eso que dicen? —preguntó Victoria, que había pasado un paño por la mesa polvorienta y comenzó a sacar la comida para dejarla sobre la superficie de madera.

—No sé... Que hay algo malo en el aire o en la tierra,

o en las fuentes... Yo no creo en las maldiciones, doctora, pero sí he visto cómo mueren las cabras...

—Los animales mueren cuando beben de abrevaderos contaminados. ¿Vosotras habéis bebido de alguna fuente con aguas agrias? —la interrogó Rocío, con mirada inquisidora.

—¡Claro que no, doctora! —negó Petra, muy rotunda—. Aquí cerca hay una poza contaminada, pero ya todo el mundo la conoce y nadie coge agua de allí. Nosotras llenamos los cántaros en el manantial de agua fresca que brota por aquí detrás.

Rocío se aproximó a la cama, retiró las sábanas manchadas de sangre y examinó el cuerpo desnudo de la parturienta.

—¿La has limpiado tú? —le preguntó mientras le tomaba la temperatura en la frente.

—Una vecina que la ayudó en el parto y yo. No tiene a nadie más.

Su familia era de una aldea muy pobre de Jaén, donde todavía tenía una hermana mayor casada y con cuatro chiquillos a su espalda. Piluca y su hermano habían venido a Riotinto hacía un par de años a buscarse la vida, huyendo de la epidemia de cólera que se cebó con aquella zona en especial. Los dos entraron a trabajar en la mina, como la misma Petra, que allí fue donde se conocieron ellas dos, al poco de llegar. Las dos eran barcaleadoras, recogían las escorias en el Filón Norte y se ganaban su jornal mal que bien, unos días se les daba mejor, otros días peor, porque les restaban reales si no alcanzaban a llenar las vagonetas hasta donde marcaban los capataces. A su hermano enseguida lo pusieron de saneador por las paredes de la corta, porque «tendría que haberlo visto, señora, era un muchacho muy fuerte, muy *echao p'alante*, con mucho nervio... —dijo la chica—. Pero un día se le soltó la soga que lo amarraba, cayó de mala manera y se rompió la crisma contra una roca, así que la Piluca se quedó aquí sola, sin nadie más que yo». Cuando supo que estaba encinta, se las había apañado para esconder su embarazo y que no le pasara como a ella, que la echaron sin ningún miramiento en cuanto se le empezó a notar la tripa, pero al cumplir el quinto mes, «una mujer del pueblo, una mala pécora, la delató para así ocupar ella su lugar en el tajo, que hay mucha mala sangre por ahí, señora», zanjó con un gesto de desprecio.

—Pero ¿quién es el padre de la criatura? —preguntó Victoria.

De eso ya no quería hablar. Se dio media vuelta, masculló que un tipo de la mina y ya no dijo nada más.

—Voy a necesitar agua caliente, jabón, algún trapo y sábanas limpias, Petra —le pidió Rocío, que hizo un montón con las ropas que había retirado y se lo entregó—. Llévate esto fuera de aquí, por favor. Tendrás que lavarlo bien.

La muchacha envolvió el montón entre sus brazos y asintió varias veces en silencio, sin dejar de mirarla, intimidada por el dominio con el que la doctora se había adueñado de la situación.

—Ya mismo, señora. Tengo una olla de agua al fuego y la señora Josefa me dijo que podía prestarme sábanas limpias.

Victoria aguardó a que la chica se hubiera marchado para preguntar a Rocío si necesitaba que la ayudara con algo.

—No, solo viérteme un poco de agua de la tinaja en la jofaina, necesito lavarme las manos —dijo arremangándose la blusa. Cuando terminó, se inclinó sobre la palangana y mientras se mojaba la piel, añadió, como si pensara en voz alta—: Voy a llenar un bote con una muestra de agua de ese manantial que dice Petra y otro de la fuente que tienen en El Romeral, los lacraré y se los mandaré a mi primo para que los lleve a analizar al laboratorio de la Facultad de Ciencias de Sevilla, a ver si encuentran algo.

—¿Crees que es por el agua? —inquirió Victoria, poco convencida.

—No lo sé, pero las mujeres tienen razón: esto no es normal, algo debe haber que provoque tanto parto prematuro y tanto niño muerto. Y por algún sitio habrá que empezar a analizar.

Piluca no tenía buen aspecto. Había perdido mucha sangre y estaba muy débil.

Cuando Petra regresó, traía la olla entre las manos y un hatillo de ropa limpia que depositó sobre la silla. Entre las tres movieron con cuidado a la parturienta, que emitió un pequeño gemido de dolor, y luego revistieron la cama con las ropas limpias de la señora Josefa que desprendían un agradable olor a romero. Rocío les dijo que podían salir mientras ella examinaba a la joven para asegurarse de que estaba todo bien. Petra prefirió quedarse, pero Victoria abandonó el cuarto para respirar un poco de aire fresco.

Fuera, Jane esperaba en una banqueta de madera, con la mirada absorta en la cría que jugaba en el suelo. Victoria le tocó el hombro y ella dio un respingo, azorada. No la había visto llegar, se excusó mientras se removía en el asiento para hacerle un hueco a su lado. Le dijo que había ido a entregarle la comida a la señora Josefa y que esta la había invitado a una taza de «¿*asicoria*?», pronunció en un español esforzado; Victoria la corrigió, divertida:

—Achicoria. Es parecido al café.

La señorita Jones asintió con la cabeza. «Achicoria, sí, sí...», repitió en español. Tenía un sabor raro, reconoció, pero la mujer había sido tan dulce y tan amable que no se atrevió a rechazarla. Se quedaron en silencio, observando a la cría. Jane alzó la vista y le dedicó una mirada inquisitiva. No hacía falta que le dijera nada, sabía lo que estaba pensando, las preguntas que le rondarían la cabeza al mirar a esa niña pelirroja sentada en el suelo. Las mismas que a ella.

—¿Es tu hermana? —le preguntó Victoria a la niña.

—No, es mi sobrinilla. —Sonrió ella, como si fuera evidente—. La Petra es mi hermana.

—¿Y su padre?

La niña se encogió de hombros sin responder.

—¿Y cómo se llama?

—Goya.

—¿Qué pasa? ¿Por qué hacen tantas preguntas? —irrumpió Petra, de pie junto a la puerta.

—Solo era curiosidad. Tienes una hija preciosa, pero...

—Pero ¿qué? ¿Qué pasa?

—No pasa nada, simplemente... ¿Su padre es de por aquí? —preguntó Victoria con cautela.

—No tiene padre y a nadie le importa quién es o quién deja de ser —le espetó—. La niña es mía. La he parido yo, la he amamantado, la he criado y velado noches enteras... Y si tiene ese pelo y esos ojos, no es porque sea un engendro del demonio, como sé que andan diciendo algunas viejas de Nerva.

Victoria intentó tranquilizarla: en ningún momento habían dudado de que ella fuera la madre. Era solo que la niña era tan distinta a todos los demás niños, que les había llamado la atención.

—No hay ninguna brujería en el pelo rojo, no haga caso. —Sonrió, intentando calmarla—, pero sí puede que haya heredado el mismo color de pelo que su padre...

Petra no respondió. Alzó a la cría del suelo con un movimiento enérgico, se la encajó en la cadera y desapareció con ella dentro de su casa.

19

Victoria se quedó observando cómo se alejaba la señorita
Jones con su andar nervioso y apresurado por el paseo de
adelfas de Bella Vista. Después de vaciar de comida las
sacas, los cajones y los capazos y dar por concluida la
caravana benéfica, Victoria y Jane se habían despedido de
las demás mujeres entre efusivas muestras de agradecimiento por el deber cumplido, y se habían montado en el
carruaje que las condujo de vuelta a la colonia. No fue
hasta ese momento en que se quedaron las dos a solas,
cuando Jane dio rienda suelta a la incredulidad y la vergüenza que le había provocado descubrir la existencia de
esos niños bastardos —empleó esa horrible palabra que a
Victoria siempre le había parecido demoledora para la
estima de cualquier persona, y más aún si se trataba de
niños inocentes— de los que hasta ahora no había oído

hablar, ni siquiera como rumor malintencionado, en el seno de la comunidad. Y, sin embargo, algo así no podía mantenerse tan oculto. Se preguntaba cuántos hombres de la colonia estarían al tanto.

—¿Cómo pueden ser tan hipócritas? ¿No cree que la compañía debería saberlo y obligar a sus empleados a hacerse cargo de sus hijos?

Victoria sonrió al escuchar sus palabras.

—Apostaría a que saben más de lo que usted cree. Sin embargo, tanto a unos como a otros les interesa mirar a otro lado y no hacer nada que revele unas conductas que empañarían el buen nombre de la compañía, tanto de puertas para fuera como de puertas para dentro. ¿Se imagina cómo reaccionarían las esposas de la colonia? Es más fácil dejar que cada cual actúe como le dicte su conciencia.

—¡Pero esa pobre y preciosa niña, Victoria! —Hizo una pausa antes de proseguir en un tono más contenido—: ¿De veras no le resulta familiar su rostro, esos ojos redondos, tan azules?

—Le aseguro que no, Jane. No le encuentro parecido con nadie. ¿Usted sí?

La señorita Jones cerró los ojos, como si necesitara hacer acopio de todo su atrevimiento para expresar la terrible sospecha que le reconcomía desde esa mañana.

—Jamás he deseado tanto estar equivocada, porque, que Dios me perdone, desde que he visto la carita de esa niña no he podido dejar de pensar en el señor Reid todo este tiempo...

—¿El señor Reid? —repitió Victoria, verdaderamente sorprendida. Por más que se esforzaba, no conseguía encontrar un parecido evidente entre la niña y ese hombre, más allá de que el señor Reid, ciertamente, era pelirrojo. Pero ¿cuántos británicos pelirrojos trabajaban o habrían trabajado allí en los últimos años? Máxime si se tenía en cuenta el gran número de escoceses que había entre ellos—. Creo que está realizando conjeturas un tanto aventuradas, Jane. Me temo que no es tan fácil adivinar la paternidad de un niño por uno o dos rasgos de su cara, bastante comunes, por otra parte, salvo que haya un parecido evidente. Y, en mi opinión, a esas edades tan tempranas, los parecidos que creemos hallar entre los hijos y sus padres son fruto más del deseo voluntarioso de la mente que de la realidad.

La señorita Jones la miró poco convencida.

—¿Eso cree? Ojalá yo estuviera tan segura como usted. —Hizo una pausa antes de proseguir—: No puedo dejar de pensar en los rumores que circulan sobre el señor Reid, ¿y si fueran ciertos? ¿Y si resulta que tiene una querida? Esa niña sería la prueba de que no iban tan desencaminados...

Victoria comenzaba a impacientarse con el candor de la joven.

—¿Y no será que se ha dejado influir por esos comentarios para sacar conclusiones precipitadas? Ayer mismo me decía que el señor Reid era un hombre honesto que no ocultaba nada, ¿tanto ha cambiado su opinión de él en un día?

Los ojillos de la señorita Jones se anegaron en lágrimas que se deslizaron en silencio por su rostro poco agraciado. Se sorbió suavemente la nariz y sacó un pañuelito de su manga con el que se limpió las lágrimas.

— Ya ve: debería ser yo la primera en defender la honorabilidad del señor Reid, y sin embargo es usted la que le da un voto de confianza, pese a que apenas lo conoce y ni siquiera le gusta —reconoció con la vista baja en el pañuelito que sujetaba entre las manos.

—No llore, por favor. Solo digo que no se precipite. Hay otros muchos empleados en la colonia, y no hablo únicamente de los solteros o de los que se encuentran aquí solos, también hemos oído alguna historia de hombres casados que han tenido aventuras fuera de Bella Vista, y estoy casi segura de que no serán las únicas.

Jane levantó la vista de golpe y miró a Victoria atónita, antes de que su rostro mudara a la expresión derrotada de quien ha perdido la certidumbre de sus propias convicciones.

—¿Y qué quiere que haga? En este momento no sé qué creer...

—¿Y si intentara preguntarle, de forma sutil, en confianza? A fin de cuentas, se va a casar con él.

La señorita Jones se sonrojó solo de pensarlo.

—¿Cómo voy a preguntarle algo así? Sería humillante para él y para mí.

A esas alturas de la conversación, el carruaje había llegado a Bella Vista y ellas habían recorrido el paseo interior hasta detenerse frente al porche de la residencia de Victoria.

—Entonces, querida Jane, deberá decidir si confía en él o no —le dijo a modo de conclusión antes de despedirse de ella.

Victoria apartó los ojos de su figura delgada y dejó vagar la vista por el paisaje que tenía ante sí. La luz del día comenzaba a adquirir esa tonalidad azulada, violácea, que precedía los atardeceres invernales en Riotinto. Los dos últimos días habían sido tan intensos en emociones, la actividad tan frenética, que no había tenido tiempo ni de pensar en el pequeño desencuentro con Phillip la tarde anterior, en el hospital. Lo había relegado a un compartimento apartado de su mente, al igual que había hecho con el sentimiento de vergüenza que la embargaba al pensar en la respuesta de Diego Lebrija a la atracción que había sentido por él. Durante todo ese tiempo había estado convencida de que el día que el doctor Thompson le extirpó el don de la maternidad de sus entrañas, le había extirpado también la capacidad de volver a experimentar en su interior el deseo apremiante que acompañaba el amor por un hombre, y esa revelación, la de su sexualidad intacta, la había impactado de una forma que todavía no se sentía capaz de calibrar en toda su extensión.

Elevó la vista al cielo surcado de nubes deshilachadas. A esas horas, Diego se hallaría en el tren de vuelta a Huelva, y decidió que era mejor así. Notó cómo sus músculos comenzaban a reblandecerse bajo el peso del cansancio acumulado.

Atravesó el jardincillo delantero y tocó el timbre de la puerta que Helen no tardó en abrir.

—¡Ah, señora Langford! Lady Clarissa ya comenzaba a impacientarse por su tardanza —dijo mientras la ayudaba a deshacerse de la pelliza. Luego, ella misma se quitó el sombrero y los guantes, y se los entregó a la doncella.

—¿Está el doctor Langford?

—Ha salido al hospital, pero ha dicho que no tardaría en volver. —Helen bajó la voz y confesó—: He oído que le decía a lady Clarissa que iba a visitar a los mineros accidentados.

Victoria se dirigió a la salita no sin antes pedirle a la doncella que pusiera agua al fuego, necesitaba tomar un baño antes de la cena. Encontró a Clarissa en su sillón habitual, sentada junto al fuego que ardía en la chimenea.

Tenía el bastidor en la mano, aunque en ese momento parecía dormitar con la cabeza recostada en el respaldo. Abrió los ojos de inmediato al oír el crujido de la madera bajo los pies de Victoria.

—¡Ah, ya estás aquí! —murmuró con un suspiro—. Empezaba a inquietarme. Me preguntaba si os tendrían retenidas esos mineros sublevados que al parecer hay por ahí.

—No hay ningún minero sublevado, Clarissa. —Sonrió Victoria, que tomó asiento en el sillón de enfrente y extendió sus manos para templarlas en la lumbre—. Lo más que hubo anoche fue un poco de tensión frente al hospital a la espera de que les dieran noticias de sus compañeros heridos. En cuanto el doctor MacKay salió a informarles, los ánimos se apaciguaron.

—No es lo que nos ha contado esta mañana la señora Richards al salir de la iglesia —replicó la anciana, recogiendo su labor—. Muchas señoras estaban asustadas, sus criadas no se habían presentado a primera hora a trabajar y el doctor Richards era de la opinión que podría estallar una revuelta en cualquier momento. Incluso la señora Osborne le reprochó a su marido que no hubiera impedido que la señorita Jones y tú partierais con la caravana benéfica.

—Creo que las señoras ven fantasmas donde no los hay. Le aseguro que tanto sus temores como los de la señora Osborne eran injustificados. La caravana ha recorrido las aldeas sin ningún problema. Tendría que haber visto cómo viven en algunos de esos lugares...

—Sinceramente, querida, nunca he tenido mayor interés en verlo. Cuando vivía Albert, realizaba cuantiosas donaciones de dinero a los pobres cada vez que me lo pedían las damas de las asociaciones benéficas, porque considero que es nuestra obligación ser caritativos con los más necesitados, tal y como manda la Iglesia, pero nunca he soportado la visión de la miseria y la suciedad que rodea a esas pobres gentes. Y tampoco me parece necesario, no creo que me haga más o menos caritativa de lo que soy.

Por supuesto que no. Haría falta que sobreviniera una hecatombe sobre Treetop Park para que Clarissa se conmoviera por la suerte de alguien que no fuera ella.

—Solo era un comentario sin importancia —dijo Victoria—. Creo que me voy a retirar a mi alcoba para descansar un poco y asearme antes de la cena.

Ya en su habitación dos pequeñas sorpresas le esperaban sobre el escritorio. La primera era una carta de don Cecilio que debía de haber llegado en el correo de la mañana, y la otra era un ramillete de espliego y romero atado con una cinta que no podía haberlo dejado allí nadie más que

Phillip. Se lo acercó a la nariz y olió el suave perfume que desprendían las plantas, tan sutil como el mensaje conciliador que creyó interpretar en el detalle. ¿Quién, sino ella, albergaría dudas respecto a la conveniencia de casarse con un hombre con las virtudes de Phillip? Pensó que le debía una explicación y, tal vez, también una disculpa. Decidió que hablaría con él después de que Clarissa se retirara a su habitación a dormir. Colocó el ramillete en un vasito con dos dedos de agua y lo depositó sobre su mesilla de noche. Luego se sentó en la cama. No fue consciente de lo doloridos que tenía los pies hasta que se quitó los botines y apoyó los pies descalzos sobre la alfombra mullida. Durante unos segundos, cerró los ojos y disfrutó de la sensación de alivio que se extendía por el resto de su cuerpo. Estaba agotada, pero era un agotamiento placentero que no le importaría experimentar cuantas veces fuera necesario. Rasgó el sobre de don Cecilio y leyó la carta escrita con la letra estrecha y puntiaguda del administrador de su tía. En ella le informaba de los escasos avances en las obras de su casa por culpa de la falta de formalidad de la cuadrilla de albañiles que había contratado: aparecían y desaparecían cuando les daba la gana, y como en Madrid sobraban obras de construcción por doquier y faltaban peones, no se atrevía a despedirlos. «Ya conoces el refrán: más vale malo conocido que bueno por conocer», añadía. También tenía buenas noticias para ella:

la primera era que Alfredo Vicenti, el director de *El Globo*, le había dicho que deseaba convertir su colaboración en una columna fija en el periódico. «Tengo la impresión —escribía don Cecilio— de que Vicenti quiere tener bien amarrada la pluma de nuestro Troyano a las páginas del periódico, ahora que su columna está generando tanto interés en los lectores, y está dispuesto a pagarla bien». Y en segundo lugar, al director de la *Revista Contemporánea* le había gustado mucho su relato fantástico y lo iban a publicar dividido en dos partes, la primera en el número de febrero y la segunda en marzo. «Por otro lado, ayer tarde coincidí con don Abelardo en el café de Fornos y me dijo que aguardaba con impaciencia las nuevas entregas que le has prometido de tus crónicas inglesas, lo cual, confieso, me causó profunda extrañeza. ¿Acaso estás pensando en volverte a Inglaterra y yo no me he enterado, querida?».

Oyó dos toquecitos en la puerta, tras los cuales aparecieron Helen y Ramona portando entre las dos una tina de agua humeante que depositaron en el suelo.

—No sabéis cómo lo agradezco, ha sido un día muy largo —dijo al tiempo que dejaba la carta a un lado.

Se inclinó y metió la punta de los dedos en el agua. Tenía la temperatura que le gustaba. Helen recordó que debía traerle las toallas y salió de la habitación dejándolas a solas.

—¿Ha ido bien el reparto de comida, señora? —le preguntó Ramona.

—Mejor que bien, gracias. Su consejo de llevarnos a Felisa y a Toñi fue un acierto. Las dos han sido de gran ayuda, no sé qué hubiéramos hecho sin ellas. —La criada esbozó una sonrisa orgullosa, y Victoria aprovechó para preguntarle—: Y usted, ¿cómo terminó ayer la jornada en el hospital? ¿Ocurrió algo más?

—Pues no sé, señora. Yo me volví *pa* Zalamea con una vecina. Pero, que yo sepa, no hubo *na* —respondió la mujer, que se sacó un trozo de jabón del mandil y lo dejó sobre el asa de la tina—. Los hombres volvieron al pueblo y seguro que algunos se irían a la taberna, pero hasta donde yo sé, Benito se marchó a su casa con su mujer y sus hijos, como la mayoría.

—Pero ¿qué se decía por ahí?

—¿Qué se decía de qué, señora?

Victoria la miró fijamente.

—Ya lo sabe, Ramona, de las protestas, de la compañía...

—Pues nada nuevo, señora. Lo de siempre —replicó la criada en tono seco—. ¿Necesita algo más? Porque tengo la cazuela al fuego con la cena y el doctor estará a punto de llegar.

No, no necesitaba nada más, y le dijo que podía marcharse, al tiempo que comenzaba a desabrocharse la botonadura del vestido. Ya iba conociendo un poco mejor a Ramona y sabía que por mucho que la respetara, era difícil sonsacarle nada que no quisiera contar.

Cuando Helen subió a avisarla de que iban a servir la cena, Victoria ya estaba casi lista. El baño caliente le había sentado tan bien, que notaba una agradable sensación de ligereza, como si se hubiera desprendido de una gruesa capa de sudores, humores y cansancio acumulados a lo largo no ya de la jornada, sino de las últimas semanas. Descendió la escalera envuelta en el suave perfume a rosas que destilaba su piel y se dirigió a la salita, donde la esperaban Clarissa y Phillip, a quienes creyó oír discutir. Por el tono lastimero de voz empleado por la anciana, dedujo que hablaban del tema que se alzaba entre ambos como una muralla infranqueable: el regreso a Inglaterra y la dejación de obligaciones de su hijo sobre las propiedades ducales. Sin embargo, en el instante en que apareció en el umbral de la salita, la conversación se interrumpió y los dos se volvieron a mirarla. Phillip la recibió con una mirada apreciativa que la recorrió entera.

—Cualquiera diría que te has pasado el día de excursión por las aldeas. Estás espléndida —dijo, halagador, como si su pequeño desencuentro en el hospital no hubiera existido.

—Si pretendes burlarte de mí, no lo vas a conseguir. Hacía mucho tiempo que no disfrutaba tanto de una actividad, a pesar de las circunstancias. Si se hubiera celebrado en condiciones normales, habría sido todavía más productiva —dijo, recordando la resistencia que habían encontrado en el primer poblado—. ¿Cómo están los mineros heridos?

—Parece que evolucionan bien, pero si no te importa, prefiero que hablemos de otro tema que no sea el hospital —respondió Phillip al tiempo que le ofrecía el brazo a su madre para dirigirse al comedor.

—Oh, esto ya empieza a ser una fea costumbre, hijo. No deseas hablar de tus obligaciones para con el ducado, ni del hospital, ni de las posibles candidatas a casarse contigo... Sinceramente, no sé de qué vamos a poder hablar contigo, querido —se lamentó Clarissa.

Victoria dirigió una mirada de soslayo a su cuñado.

—No sabía que tu matrimonio fuera un motivo de conversación entre vosotros, Phil —dijo en un tono de voz que pretendía sonar despreocupado; burlón, incluso.

—Y no lo es, por eso no hay nada de qué hablar.

—Por mucho que pretendas evitarlo, más pronto que tarde tendrás que tomar una decisión, hijo —replicó la madre, sentándose a la mesa—. Creo que no necesito recordarte que una de tus obligaciones es asegurar la sucesión del título.

Phillip guardó un obstinado silencio ante las palabras de Clarissa y en cuanto Helen terminó de servir la sopa de cebolla en los platos, dirigió la conversación a los planes de cara a las fiestas navideñas. La compañía detenía toda la actividad en la mina durante tres días consecutivos, desde la víspera de Navidad hasta el Boxing Day o día de San Esteban, por lo que algunos miembros de la colonia, como él mismo, solían aprovechar esas fechas tan especiales para alejarse de Riotinto en busca del ambiente más civilizado que ofrecía Huelva capital y, en especial, el establecimiento hotelero del señor Sundheim, el único que entendía la nostalgia navideña que embargaba a los británicos de la colonia y se preocupaba de que sus huéspedes se sintieran como en su propia casa. Al finalizar la estancia, unos tras otros regresaban a su «exilio minero» con el espíritu navideño rebosante y la vista puesta en la cena de Nochevieja con la que la comunidad entera recibía la entrada del nuevo año en el club de Bella Vista.

—Si os parece bien, mandaré un telegrama al Gran Hotel Colón para que nos reserven habitaciones esos días —dijo Phillip—. El señor Sundheim suele ofrecer unas magníficas cenas en Navidad y es más que probable que nos acompañen los MacKay, los Richards y los Patterson, que también tienen previsto alojarse en el hotel.

Clarissa aplaudió la excelente idea que había tenido su

hijo. Demasiado triste era ya celebrar las Navidades lejos de casa como para que, además, tuvieran que pasarlas encerrados ahí, en ese lugar tan oscuro y aislado de todo. No solo a Phillip, también a ella le sentaría bien alejarse un tiempo del horrible entorno de Riotinto, sus minas y sus gentes, que tanto le alteraba los nervios y hacía que su salud aún fuera más frágil.

—No sé si estás al tanto de lo que está ocurriendo con los obreros de la compañía, hijo, pero no me tranquilizan demasiado las informaciones que circulan entre las damas de la colonia. Esta mañana, en la iglesia, varias señoras se han mostrado muy nerviosas porque sus criadas no se habían presentado a trabajar, incluida la cocinera de la señora Osborne, que, por lo que tengo entendido, con la excusa de que tiene un hijo minero, dejó una olla al fuego y salió corriendo en cuanto se conoció la noticia del derrumbe, y si no llega a ser por una doncella, arde la casa entera... —La cucharada de sopa que iba camino de su boca se quedó suspendida en el aire como si hubiera perdido el hilo de sus pensamientos. Al cabo de unos segundos, pareció recuperarlo y prosiguió—: Bueno, la cuestión es que temían que la desaparición de las criadas fuera señal de que se estaba preparando un asalto a los muros de Bella Vista.

Phillip soltó una sonora carcajada que ocultó detrás de la servilleta.

—¡Dios mío, madre! ¡La imaginación de esas mujeres no tiene límites! —respondió después de limpiarse los labios—. ¿Y no es más fácil pensar en alguna razón más simple que explique la ausencia de esas criadas, como que han tenido un percance o se encuentran mal?

—Dados los últimos acontecimientos, no me parece tan descabellado pensar algo así. Y si eso ocurriera, si se produjera una revuelta en este agujero del mundo, hijo, ten por seguro que tomaré el primer barco que regrese a Inglaterra, aunque tenga que cruzar el océano sola.

Victoria intercambió con Phillip una mirada cargada de comprensión. Era lógico que el clima de inquietud y vulnerabilidad que comenzaba a calar entre las damas de la colonia ante las diversas informaciones que les llegaban de las minas afectara también a lady Clarissa. Phillip se afanó en explicarle con paciencia cuál era la situación real, y le aseguró que si por alguna razón se produjera un conflicto laboral entre los trabajadores y la compañía, no se extendería a las familias de la colonia. La RTCL contaba con infinidad de recursos y contactos entre las autoridades locales, provinciales y nacionales como para pensar que no podría controlar a sus mineros. Su madre no pareció muy convencida, y Victoria aprovechó para volver al asunto de los días de descanso navideño en Huelva.

—A mí me encantaría aprovechar un día para realizar una visita a los arenales de Punta Umbría de los que tanto hablan las señoras —sugirió—. Dice Alice Colson que la vida allí es tan sencilla y natural, que cuando va, se siente un poco como Robinson Crusoe en su isla desierta.

La misma señora Colson le había hablado de la cantina que había en el pueblecito situado al final del brazo de tierra que separaba la ría del Odiel del golfo de Cádiz, donde se reunían los pescadores al terminar la faena. El sitio no tenía nada: tres mesas de madera carcomidas por la humedad y unos cuantos taburetes bajo un techado de juncos, frente al mar. Pero a mediodía encendían una fogata en la arena y asaban el pescado fresco ensartado en unas cañas con las que lo servían, sin platos, sin cubiertos; nada más que las manos y un vasito de vino para acompañar. «Es lo más delicioso que he degustado en mucho tiempo», le había contado.

—¿Eso te ha dicho Alice? —se rio Phillip, que meneó la cabeza con un gesto condescendiente—. Me temo que tiene una idea un tanto romántica de lo que sería vivir en una isla desierta. En invierno, el clima en Punta Umbría es desapacible, las casas de salud son inhabitables a causa de la humedad y no hay ni un alma alrededor, salvo algunos pescadores de la zona. ¿Qué podríamos hacer allí?

—No sé qué sentido tiene huir de Riotinto para meterse en un arenal desierto, querida —sentenció Clarissa, que no estaba dispuesta a abandonar la comodidad del hotel por pasar frío y ensuciarse de arena en un sitio que no le atraía lo más mínimo.

Después de la cena volvieron a la salita de estar, donde acostumbraban a pasar la velada hasta la hora de acostarse. Poco antes, Helen había corrido las cortinas de grueso terciopelo verde del ventanal, y había avivado el fuego con un par de leños más que mantendrían la calidez de la estancia hasta la noche. Para Victoria, no había placer más reconfortante que ese rato de plácido sosiego al final del día, sentados al calor de la lumbre de la salita. Phillip solía acomodarse en su sillón y encendía su pipa, mientras que Clarissa se bebía su infusión de hierbas a sorbitos lentos y sonoros. El último trago, que prolongaba más o menos según su estado de ánimo, marcaba el momento de retirarse a descansar, dejándolos a solas un rato más para charlar a sus anchas. Sin embargo, esa noche Phillip anunció que se iba a acercar al club a beber una copa a la salud de Greg Gordon, que celebraba el aniversario de su nacimiento, y Victoria se preguntó si su relación con el señor Gordon era tan estrecha como para brindar con él o si, más bien, se trataba del pequeño castigo que le tenía reservado Phillip por la escena del hospital. Decidió que lo esperaría allí sentada hasta que volviera, aunque se hiciera tarde.

Clarissa dijo que ella tampoco tardaría mucho en retirarse a su habitación. Se sentía cansada y esa tarde había empezado a sentir unas leves molestias en la ciática, que se había tomado como una llamada de atención: si no se tumbaba y descansaba lo suficiente, se temía que el dolor creciera y se extendiera por la pierna hasta hacerse insoportable. Así pues, Victoria pronto se quedó sola en la salita, contemplando la lumbre en la chimenea. Todavía debía terminar el artículo sobre el accidente de la mina que estarían esperando en el periódico —y, para ello, le habría venido muy bien que Phillip le hubiera proporcionado algún detalle más de la salud de los mineros ingresados en el hospital—, pero en ese momento no se sentía con ánimo de escribir sobre eso.

En la soledad de la salita, dejó que sus pensamientos vagaran dispersos y sin rumbo por las vivencias de esos dos últimos días. Saltaban de un instante a otro, del anuncio del derrumbe en la sala de la señora Osborne que había sobrecogido a las damas, temerosas de sus esposos al igual que las criadas lo estaban de sus hombres en la mina; recordó las manos sucias de los niños pidiendo su ración de panecillos, algunos se los comían de dos bocados y volvían con los carrillos hinchados a por más; cuatro capazos llenos se habían quedado cortos, se lo diría a la señora Osborne y le aconsejaría que la próxima vez hornearan más, muchos más... si es que alguna dama se atrevía a organizarlo, porque le costaba imaginarse a esas señoras en medio de las aldeas, asediadas por la chiquillería, «pequeños nativos desarrapados», como los llamó una vez una de ellas, y pensó en los niños *inglesillos*, que cargarían toda su vida con ese estigma sobre sus hombros, el de ser hijos bastardos de los ingleses y, para mayor desgracia aún, crecer en el rechazo al inglés. Se acordó de la grave dignidad que reflejaban los rostros de los mineros en medio de la miseria, y lo enfrentó a otra expresión de dignidad no menos valiosa, la de las aldeanas que habían ido a llenar sus cestas para alimentar a sus familias y a sus hijos con la cabeza bien alta. Aún no sabía cómo ni de qué manera lo contaría, pero ya encontraría la forma, y con esa convicción en mente, se alejó del fuego y se sentó delante del secreter. Sacó unas cuantas cuartillas en blanco de un cajón, mojó la pluma en el tintero y comenzó a escribir.

20

Casi dos horas más tarde, oyó la puerta de la entrada y los crujidos de la madera bajo los pasos amortiguados de Phillip. Lo imaginó quitándose el sombrero y los guantes, que dejaría en el taquillón del recibidor, mientras ella guardaba en un cajón del secreter el mazo de cuartillas donde había plasmado todo cuanto recordaba de la jornada benéfica: hechos y nombres, así como las descripciones de algunas personas y lugares que le habían impactado. Impresiones que si no apuntaba mientras las conservara todavía frescas en su cabeza, terminarían perdiendo nitidez con el paso del tiempo o, peor aún, las olvidaría.

—¿Cómo es que todavía estás levantada? —le oyó preguntar.

Lo vio plantado en el umbral de la salita, con el rostro enrojecido por el frío y las manos en los bolsillos del pantalón, observándola con el deleite de quien regresa del inhóspito exterior a la calidez del hogar.

—Te estaba esperando. Pensé que teníamos una conversación pendiente y ya sabes cómo soy, no me gusta dejar que las cosas se maceren demasiado, me provocan insomnio —dijo, sonriendo conciliadora.

—Eso es porque le concedes demasiada importancia a lo que no lo tiene.

—Quizá. Pero, aun así, me quedaré más tranquila si hablamos de lo ocurrido en el hospital.

Phillip entró lentamente en la salita sin dejar de mirarla con expresión de curiosidad.

—¿Por qué? No es necesario.

—Para mí sí lo es. —Victoria se sentó en el sillón junto a la chimenea y extendió las manos hacia las brasas. Luego lo miró a los ojos para decirle—: Lo he estado pensando mucho... Creo que abusé de tu confianza al pedirte que atendieras al señor Lebrija. No debería haberlo hecho.

Phillip esbozó una leve sonrisa y se acercó al aparador sobre el que reposaba una bandeja con una jarra de agua y varias botellas de alcohol. Se sirvió dos dedos de brandy de Jerez en una copa y dos dedos de oporto en otra copa que le tendió a Victoria. Ella la aceptó gustosa y saboreó un traguito del vino en su boca, preguntándose si serían así de suaves y placenteras las veladas de su vida marital con Phillip. Si fuera así, le bastaría con eso para disfrutar de una existencia plena.

—¿Lo conocías de antes? —le preguntó él, al tiempo que depositaba su copa sobre el pequeño velador para abrir la caja de tabaco donde guardaba la pipa.

—¿A quién, a Diego Lebrija? —dijo mientras pensaba la respuesta correcta—. Sí, mantuvimos cierta amistad hace un tiempo, en Madrid. Coincidimos en algunos ambientes culturales y periodísticos a los que yo acudía con mi tía Clotilde. —Se calló rememorando aquella época—. No sé si llegaste a conocerla. Además de escritora, solía publicar colaboraciones en prensa.

—No la conocí en persona, pero sí me hablaste de ella.

—Mi tía se movía por esos círculos de periodistas, conocía a mucha gente, frecuentaba reuniones sociales de todo tipo que luego utilizaba como material para sus columnas de opinión en diarios y revistas —dijo, recordando con un poso de nostalgia algunas de las reuniones literarias en las que la introdujo—. En aquel momento, el señor Lebrija nos ayudó en un par de asuntos y al encontrármelo aquí, quise devolverle el favor. Si no hubiera sido una persona de mi entera confianza, no te lo habría presentado.

—Me pareció un insolente.

—No es eso. Solo se toma muy a pecho su trabajo, es así desde que lo conozco —dijo ella, desviando la vista al fuego—. Siempre busca llegar al fondo de los hechos, a la verdad, como él dice, por oscura o indigesta que sea. Anoche se las habría ingeniado para entrar en el hospital de alguna manera, conmigo o sin mí. No pretendo justificarme, por supuesto, pero sí deseaba que lo supieras.

Phillip removió despacio el líquido ambarino de su copa.

—Lo que haga él no me importa. Si accedí a hablar con él fue por ti, por nadie más.

—Lo sé, por eso siento habértelo pedido, y por eso te lo agradezco doblemente.

Victoria esperaba que él también se sintiera empujado a sincerarse, a compartir con ella la que —en ningún momento lo dudó— era su verdadera postura ante las muy cuestionables decisiones de la compañía, pero Phillip parecía demasiado complacido con su disculpa como para pensar que él le debiera alguna explicación.

—No lo sientas. Sabes que lo volvería a hacer cada vez que me lo pidieras. —Sus ojos se encontraron y, durante unos segundos, lo único que se escuchó en la estancia fue el crepitar de la madera ardiendo en la chimenea—. ¿Has pensado en mi proposición?

—Más de lo que imaginas. No es fácil olvidarse de ello cuando convivimos bajo el mismo techo —admitió ella, volviendo la vista al fuego. Y luego, como si pusiera voz a su pensamiento, murmuró—: Tu madre no lo permitirá.

—Lo hará. Ella te aprecia mucho, te ve casi como a una hija —dijo, muy convencido—. ¿Por qué habría de negarse?

—¿Que por qué? —Lo miró con expresión de incredulidad. Le parecía casi grosero que mostrara tan poco tacto con un tema tan delicado—. Obviamente, porque soy estéril. Nunca podré darle un heredero al título de los Langford, Phillip.

Victoria notó cómo su expresión, antes tranquila, mudaba en un instante y adquiría una seriedad desconocida. Dejó la copa sobre el velador y afirmó con el aplomo condescendiente del médico que era:

—Tú no eres estéril, Victoria. Si pudiste quedarte encinta una vez, podría ocurrir de nuevo.

Ella se alarmó. ¿Acaso Clarissa no le había hablado de las complicaciones que sufrió tras el parto?

—Eso fue antes del alumbramiento. Pero después... Ya nunca podré concebir.

—Lo dudo —insistió él, tozudo—. ¿Cómo puedes saberlo con tanta certeza?

—¡Porque el doctor Thompson me vació por dentro para salvar mi vida, Phillip! —exclamó ella con un asomo de enojo en su voz. Él la miró demudado, incapaz de reaccionar. Victoria aguardó unos segundos para tomar aire y recuperar el dominio de sí misma antes de proseguir—: Después de dar luz, comencé a sangrar mucho y perdí el conocimiento. Por lo que sé, el doctor Thompson dijo que tenía la cavidad uterina dañada y la única forma de cortar la hemorragia era extirpándola.

Phillip se levantó del sillón profundamente alterado.

—¡Dios mío, Victoria! ¿A quién diantres se le ocurrió llamar al anciano doctor Thompson? ¿Y por qué nadie me contó nada? —exclamó, más dolido que enfadado.

Ella guardó silencio. No sabía la respuesta, solo sabía que, en aquellos momentos, no estaba en condiciones de tomar ninguna decisión, por más que le afectara directamente. Y respecto a por qué Clarissa no se lo contó, eso tendría que preguntárselo a ella. Tal vez no fuera intencionado. La muerte de James, primero, y la pérdida del que habría sido su heredero, después, la golpearon con dureza también a ella, y si su ánimo no se quebró fue, probablemente, porque se volcó en la recuperación de Victoria como si fuera su tabla de salvación.

Phillip se dirigió hacia la ventana y se paseó de un lado a otro nervioso, sin dejar de restregarse la frente.

—Creí que lo sabías —murmuró ella—. Lo siento.

Él corrió hacia ella y se agachó a su lado, cogiéndole la mano con ternura.

—¡No digas eso! Tú no tienes la culpa de nada, Victoria —protestó—. Soy yo quien lo siente profundamente. Ojalá lo hubiera sabido. Ojalá el telegrama que me avisaba de la muerte de mi hermano me hubiera advertido también de tu estado y del peligro que corrías. No habría podido llegar a tiempo, pero habría ordenado que te trasladaran lo más rápido posible al hospital de Londres, donde ejerce el doctor Ellis, el mejor médico que conozco.

Estaba segura de que lo habría hecho, habría removido Roma con Santiago para que recibiera la mejor atención médica, pero no merecía la pena lamentarse por algo que ya no tenía remedio, y así se lo dijo.

Él la miró con toda la impotencia reflejada en sus ojos.

—No sabes cuánto lo lamento, Victoria. Cuánto lamento el dolor que te ha causado esta familia, consciente o inconscientemente. Te compensaré, te lo prometo. Me importa un comino si no le damos un heredero al ducado. Siempre quedará la rama familiar de mi tío Ernest, el hermano de mi padre, que ha sido muy prolífica en varones con sangre Langford. —Se puso en pie, decidido—. Te casarás conmigo e intentaré resarcir cada día todo el daño que has sufrido.

Victoria lo miró a los ojos sin dejar de sonreír. Sintió una suave presión en el pecho, como si su corazón hubiera duplicado su tamaño y no le cupiera dentro. No culpaba a nadie de lo ocurrido esos últimos años, sería como renegar de sí misma, de su propia capacidad de decisión sobre su vida, por limitada que hubiera sido en determinados momentos. Deseaba pensar que siempre tuvo margen para renunciar, y que por difícil que fuera, había sopesado, valorado y, finalmente, aceptado las circunstancias que le había tocado vivir. Ahora todo aquello quedaba atrás.

—Todavía no te he dicho que sí.

—Pero lo harás.

Si hubiera tenido que dar una respuesta en ese instante, no habría dudado en aceptar.

21

Huelva, 24 de diciembre de 1887

Los carruajes se sucedían uno tras otro a las puertas del
Gran Hotel Colón. Detenían sus ruedas a los pies de la
escalinata de mármol y un ejército de diligentes conserjes
y mozos uniformados se desplegaban alrededor y evacua-
ban los coches con tal celeridad, que por unos instantes
los pasajeros parecían mirar desconcertados a un lado y a
otro, comprobando el destino de sus equipajes y sin saber
bien qué hacer. Por eso, cuando los Langford se adentraron en el hotel, no se sorprendieron al contemplar el vestíbulo convertido en un bullicioso lugar de encuentro de
caras conocidas, miembros todos de la colonia, que se
saludaban, reían y conversaban como si llevaran tiempo
sin verse, liberados al fin, aunque solo fuera por unos días,

de la opresión latente en el entorno de las minas. Respiraban complacidos ante la visión de los cuidados jardines del hotel, examinaban muebles y paredes en busca de pequeños cambios que no recordaran de su visita anterior y, sobre todo, admiraban satisfechos el inmenso abeto navideño de más de tres metros de altura plantado en mitad del vestíbulo y decorado con profusión de guirnaldas, estrellas doradas y borlas de sedas de distintos colores, con el que el señor Sundheim cedía a la nostalgia de las Navidades en su Alemania natal, y lo convertía, al mismo tiempo, en un guiño de cálida bienvenida a sus huéspedes anglosajones.

—Avisa a mi hijo que lo esperaremos allí sentadas —dijo Clarissa, señalando el juego de confortables sofás tras el abeto.

Victoria miró inquisitiva a Phillip, de pie a su lado. La había oído perfectamente, pero desde hacía más de una semana, Clarissa se negaba a dirigirle la palabra, indignada por las palabras de reproche con las que su hijo había censurado su actuación ante el lamentable asunto de Victoria y el doctor Thompson. Durante dos días, la anciana se encerró en un mutismo airado que había extendido injustamente a Victoria, hasta que la mañana del tercer día, estando las dos solas en la salita de estar, Clarissa alzó de pronto la vista de su labor y le habló en el tono grave y tensionado de quien no deja de rumiar un pensamiento en la cabeza: «Será mi hijo, pero no tiene ningún derecho a hablarme así; ningún derecho en absoluto. Si no se lo conté en su momento fue porque no me pareció apropiado detallar esas intimidades en un frío telegrama como los que acostumbraba a enviarme él de vez en cuando. Si hubiera estado allí, como era su deber, yo no me habría visto obligada a tomar decisiones tan difíciles y dolorosas, y eso tú lo sabes tan bien como yo, ¿no es cierto?», inquirió en un tono velado de recriminación con el que parecía acusarla de malmeter entre madre e hijo. Victoria entrecerró el libro que estaba leyendo y prestó a su suegra toda la atención. «Por supuesto que sí», respondió con voz firme. Ella no tenía nada que reprocharle; al contrario, siempre le estaría agradecida por su apoyo durante la larga convalecencia que vino después.

Esta afirmación tuvo un efecto sedante en la dama. Su postura perdió la rigidez que tenía y el movimiento de la aguja entre sus dedos se hizo más pausado, más suave. Las dos se volvieron a concentrar en sus ocupaciones, sumidas, en apariencia, en un pacífico y agradable silencio. Pero entonces la voz de lady Clarissa volvió a interrumpir su lectura.

—¿Cómo van las obras de reforma de tu casa de Madrid? —preguntó suavemente.

—Oh, más lentas de lo previsto. Ahora que se acerca

la Navidad no creo que avancen demasiado, pero espero que terminen a principios del nuevo año.

—Principios de año... Ese tipo de obras suelen demorarse más de lo debido si no hay nadie que vigile de cerca el trabajo de los operarios. —Sus ojos se apartaron del bastidor y la miraron con gravedad antes de proseguir—: Imagino las ganas que tendrás de marcharte, después del tiempo que llevas aquí. Por mi parte, quiero que sepas que no deseo retenerte más de lo necesario.

No había que ser muy perspicaz para captar lo que lady Clarissa Langford le estaba dando a entender con sus mejores maneras: quería que se marchara, la estaba echando de allí.

—Lo cierto es que no me corre ninguna prisa regresar a Madrid. Allí no me espera nadie y no sé si me acostumbraré a estar sola en una mansión tan grande. Por otro lado, le estoy sacando más provecho del que pensaba a mi estancia en Bella Vista —respondió Victoria, imitando el mismo tono afable con el que le había hablado su suegra.

Resultaba extraño recorrer los pasillos y cruzarse con las señoras MacKay y Richards, camino del coqueto salón de chimeneas con sus bolsitos de labores colgando del brazo, donde se reunían a bordar con otras damas, o ver a la señora Gordon persiguiendo al jardinero en compañía de su abochornada hermana con el fin de interrogarle sobre la floración de las plantas que coloreaban los parterres, o adentrarse en el salón comedor y hallar las mesas ocupadas por las mismas personas que convivían a diario en Bella Vista, conversando sobre los mismos temas. Pero para Victoria, lo más asombroso de todo era comprobar cómo el Gran Hotel Colón se convertía, por el espacio de tres días, en una extensión más lujosa y confortable, eso sí, de la vida dentro de Bella Vista. Era como si los actores de una obra teatral se hubieran trasladado de escenario sin cambiar ni una línea de su guion. Nadie mostraba mayor interés en traspasar los muros del hotel y salir a pasear por las calles de Huelva, y si alguno se aventuraba a hacerlo, era desde el interior de un carruaje.

Como buen conocedor del carácter y las costumbres de los miembros de la colonia británica, el señor Sundheim había organizado un amplio programa de pasatiempos dentro del recinto hotelero, que incluía la lectura de los diarios ingleses llegados dos días a la semana en los vapores de la compañía, recitales de música a cargo de una virtuosa pianista contratada para la ocasión o la actuación de una pequeña compañía irlandesa de actores ambulantes que igual interpretaba una escena de *Hamlet* como escenificaban uno de los poemas dramáticos de Lord Byron. Después del almuerzo se organizaban partidas de *bridge* para las damas y de tenis para los señores (también se animaba a jugar a las señoras, aunque existía poca afición entre ellas), y al finalizar el servicio de la cena, amenizado con una orquestina, podían pasar al salón contiguo donde elegir los juegos de mesa o unirse a la tertulia de los caballeros.

El primer día, después de instalarse en sus aposentos y cambiar su vestimenta de viaje por otra más apropiada para el almuerzo, los Langford se dirigieron al salón comedor, donde los esperaban los MacKay, que habían reservado una de las agradables mesas junto a la cristalera que daba al jardín.

—John le ha pedido al *maître* que nos la reserve durante toda nuestra estancia aquí, así no tenemos que apresurarnos a bajar para conseguir una buena mesa, como hacen otros —dijo la señora MacKay, bajando la voz, como si los aludidos de otras mesas pudieran escucharla.

—Confieso que no he tenido que insistir mucho. Atendí a su hijo de una rotura en la pierna la primera vez que me alojé en el hotel, y me lo agradece siempre que vengo —explicó su marido, sin darle mayor importancia.

Clarissa alabó su encantadora previsión, para disgusto de Victoria, que habría preferido tener la libertad de decidir con quién se sentaban a la mesa cada día. No es que las esposas de los doctores no le agradaran, pero sabía que, junto con la señora Patterson y alguna otra dama, formaban un círculo cerrado y absorbente, con una agenda propia de actividades que lideraba la señora MacKay, y las demás la secundaban sin fisuras.

—Creo que deberíamos buscar otro rincón para nuestra partida de *bridge* de esta tarde. La sala de lectura suele llenarse de gente a esas horas y resulta molesta —advirtió la señora Richards, saboreando un trozo del pastel de crema que acababan de servir de postre.

—Podríamos preguntar en recepción si está disponible el salón de las chimeneas de la primera planta —dijo la señora MacKay—. Somos cuatro parejas, así que no necesitaríamos más de dos mesas. ¿Usted ha jugado antes con Dora, Victoria? He pensado que podrían formar pareja, ahora que Elaine no está.

—Oh, muchas gracias, Anne, pero me temo que no podré unirme a la partida.

—Pero, querida, contábamos con usted para completar una mesa.

—De veras que lo siento, había hecho otros planes para esta tarde. Tal vez podrían invitar a la señora Gordon o a la señorita Jones, tengo entendido que ambas son buenas jugadoras de *bridge* —dijo Victoria, que con un discreto gesto señaló la mesa a la que se hallaban sentadas las dos mujeres junto con el señor Gordon.

Todavía no había tenido ocasión de detenerse a conversar un rato con Jane, pero sabía que el señor Reid había optado por alojarse esos días en el edificio que la compañía poseía en la capital destinado a sus empleados allí, y para la señorita Jones eso había supuesto un pequeño alivio a la angustia que la embargaba cada vez que recibía la visita de su prometido. «Cuando lo miro a la cara y lo escucho hablar sentado frente a mí, no puedo dejar de preguntarme si es quien dice ser o si, en realidad, bajo esa apariencia de hombre decente y esas palabras amables se esconde un canalla sin escrúpulos, como dicen las malas lenguas», le había dicho unos días atrás, durante un largo paseo alrededor de Bella Vista. Y no es que deseara romper su compromiso —francamente, dudaba de que fuera capaz de enfrentarse a su hermana y a su cuñado si renunciaba a casarse con el señor Reid sin una razón de peso—, pero sentía la necesidad imperiosa de saber la verdad sobre su prometido. «Ayúdeme, por favor, —le suplicó a Victoria—. No deseo que nadie lo sepa, ni tampoco tengo la menor intención de denunciarlo públicamente, si es lo que piensa; es algo mío, íntimo y privado». Si se iba a casar con él, no deseaba ir engañada al matrimonio.

Desde entonces habían realizado discretas indagaciones entre las señoras de la colonia sobre la existencia de los *inglesillos,* y Victoria había preguntado a algunas de las criadas sobre las andanzas de los empleados alojados en el caserón de la compañía en el pueblo, antes de lanzarse de lleno a por el pobre señor Reid. En un alarde de audacia impropia en Jane, le había pedido a Victoria el favor de invitar a un té en su casa al joven John Foster, quien, al parecer, había trabado cierta amistad con Malcolm Reid. A Jane se le había ocurrido que a través de Foster podrían averiguar algún detalle más. «¿Y no cree que resultará extraña esa invitación por mi parte?», le había preguntado Victoria, con un punto divertido. Logró convencerla de que el señor Foster no le revelaría nada, no solo porque era un joven tremendamente discreto, sino porque llevaba poco más de un mes en Riotinto. No, a quien debían convencer de que hablara era a Petra. Solo ella podría decirle quién era el padre. Pero eso ya sería a la vuelta de las Navidades. Mientras tanto, lo mejor que podía hacer era disfrutar de esos días en la ciudad para olvidarse del asunto, le dijo. Y si eso incluía unas partidas de *bridge*, bienvenidas fueran.

La señora MacKay le dedicó una mirada airada que se prolongó unos segundos hasta que algo llamó su atención a espaldas de Victoria. Levantó deprisa la mano y la agitó en el aire, de buen humor.

—¡Alice, aquí! —alzó la voz sobre el suave murmullo reinante en la sala.

Las demás mujeres se volvieron y observaron a la recién llegada, cuyos ojos vagaban por la sala con aire distraído hasta detenerse en ellas. Su rostro se iluminó de repente y, con paso resuelto, la vieron venir hacia la mesa.

—No sabía que Alice pensaba viajar hoy a Huelva, pensé que vendría mañana con los Osborne —comentó la señora Richards a media voz antes de que llegara.

—Bueno, Tom se encuentra aquí y el último domingo no se le vio por Bella Vista, como acostumbra. Supongo que tendrá ganas de verlo —contestó la señora MacKay.

—A Elaine le vendrá bien descansar un poco de la compañía de su sobrina —añadió Clarissa, que había sentido poco aprecio por Alice Colson casi desde el primer día.

Victoria la observó mientras se aproximaba. Lucía un aspecto espléndido, como si los días oscuros y melancólicos hubieran pasado definitivamente, sin dejar ningún rastro en ella. Se había peinado con un favorecedor recogido que realzaba sus facciones delicadas, sus ojos brillaban vivaces sin la sombra de las ojeras y toda su figura parecía destilar una vibrante alegría al caminar.

—¡Esperaba encontrarlos aquí! —los saludó al llegar, mirando a cada uno de los presentes.

—¿Desea sentarse con nosotros a comer? Le hacemos sitio —dijo Victoria, que amagó con moverse antes de que ella declinara el ofrecimiento.

—No es necesario, muchas gracias. He almorzado antes de venir.

—¿Y dónde se ha dejado a Tom? —preguntó el señor Richards.

—Oh, bueno, ya saben: es incapaz de abandonar la oficina sin los deberes cumplidos. Se nos unirá más tarde, a la hora de la cena. Yo acabo de llegar, ni siquiera he pasado todavía por la habitación —explicó, con gesto despreocupado. Estaba tan emocionada de hallarse al fin en el hotel, que había dejado a su doncella con los mozos de equipaje y le había dado instrucciones para que se ocupara de acompañarlos y empezara a deshacer las maletas.

—Espero que el trabajo no le haya impedido ponerse en forma para el partido de balompié que disputaremos pasado mañana. Los de Minas de Riotinto hemos venido preparados para bajarle los humos a mi hermano Alexander y su equipo de oficinistas, ¿no es cierto, caballeros? —Sonrió John MacKay, mirando a sus colegas.

—Preparados y con buenos refuerzos: hemos reclutado a dos jóvenes llegados de Inglaterra hace poco, muy hábiles con el balón —se jactó el doctor Richards, que había entrenado con unos cuantos compañeros dos domingos atrás y había podido comprobar el estado de forma de algunos de los miembros del equipo.

—Eso tendrán que comprobarlo ustedes mismos, pero por lo que tengo entendido, su hermano, el doctor Alexander MacKay, los somete a un intenso entrenamiento dos tardes a la semana: una la dedican al críquet y otra al balompié —respondió la señora Colson, que de repente pareció perder parte de su entusiasmo y dirigió su atención hacia el jardín central que se veía desde allí, como si se hubiera cansado de la novedad—. Ah, ahí está doña Justa, la esposa de Sundheim. Es encantadora. Si me disculpan, voy a acercarme a saludarla —dijo, haciendo ademán de despedirse.

La señora MacKay reaccionó antes de que se le escapara y le dijo:

—Pues entonces contamos con usted para la partida de *bridge* que estamos organizando para dentro de un rato, ¿verdad, querida? La señora Langford nos ha fallado —apostilló, en un tono de velado reproche.

Tampoco Alice Colson parecía contar con ello. Sus ojos saltaron del rostro imperturbable de la señora MacKay al de Victoria, que se sintió obligada a justificarse:

—No tenía noticia previa de la partida y debo salir a la calle a realizar unos recados antes de que cierren los comercios...

Se produjo un curioso silencio en la mesa, que Phillip rompió al preguntarle con voz calmada:

—¿Es realmente necesario que vayas al centro esta tarde, Victoria?

—Si deseas acompañarme, estaré encantada —respondió ella, sin intención de cambiar sus planes.

Sus miradas se cruzaron unos segundos. Victoria casi podía escuchar la pugna que tenía lugar en la cabeza de

Phillip entre lo que mandaba el decoro y la confianza en ella.

—Me temo que no puedo, me he comprometido con MacKay y Richards a jugar un partido de tenis dentro de una hora.

—Ah, pero Victoria sabe bien cómo manejarse por esas calles, ¿no es cierto? Es tan nativa como cualquier otra española de aquí —dijo Clarissa con suavidad.

Victoria guardó silencio. Estaba acostumbrada a esos comentarios inocentes de su suegra cargados de fina malicia.

—Yo estaré encantada de acompañarla, Victoria —se ofreció Alice Colson, sin disimular la expresión desafiante de su rostro—. Creo que nunca hasta ahora había tenido ocasión de pasear por el centro y conocer esos comercios de los que habla.

22

Cuando Victoria bajó al *hall* de recepción, Alice Colson la esperaba inmóvil frente a la cristalera de las puertas de entrada, ataviada con un estiloso traje en tonos tostados que delineaba su esbelta figura, contemplando la vista de la ciudad más allá del enrejado que contorneaba la propiedad. Al verla pensó que, en otras circunstancias, ambas podrían haber entablado una buena amistad. A ella, al menos, le habría gustado. De entre todas las señoras de la colonia, la única que le suscitaba verdadero interés era la señora Colson. No solo porque notaba una corriente natural de simpatía mutua, sino porque en las escasas conversaciones que había mantenido con ella, le pareció percibir que Alice se refugiaba a menudo en un mundo interior más rico y apasionante que cualquier otra circunstancia a su alrededor. Lo cual, en Bella Vista, no era tan difícil, ciertamente. En el tiempo que llevaba allí, Victoria se había planteado algunas veces lo frustrante y angustioso que podría resultar la encorsetada vida en la colonia para cualquier persona con un mínimo de inquietudes personales, sobre todo si se dejaba imbuir de los temores y los prejuicios imperantes entre esas damas de moral victoriana. Quizá por eso no le extrañaba demasiado la actitud reservada que mantenía en ciertos momentos, ni sus reacciones sarcásticas ante las conversaciones insidiosas de algunas señoras, ni los ataques de melancolía que padecía.

—¿Desea que cojamos un coche? —le preguntó por cortesía.

—¿Lo pensaba usted coger? —replicó Alice Colson. Victoria se rio y admitió que no. El centro de la ciudad no quedaba lejos y le gustaba caminar. Se lo había ofrecido por si se sentía más segura en el carruaje—. Pues entonces caminemos. ¿Adónde desea ir?

Victoria siguió el mismo recorrido que había realizado en su primera visita a la ciudad. Su primer destino fue una pequeña librería que recordaba haber visto en una bocacalle de la plaza de las Monjas, en la que quería comprar papel de carta, sobres y unas plumillas nuevas. Mientras esperaba a que el librero, un anciano encorvado y silencioso, terminara de contar las cuartillas con sus dedos huesudos, Alice aprovechó para examinar los títulos en las estanterías.

—¿Cree que tendrá algún ejemplar del *Quijote* en inglés? —le preguntó a su espalda.

Lo dudaba mucho, pensó Victoria, recorriendo de un vistazo los estantes abarrotados de libros, perfectamente colocados e impolutos, sin una mota de polvo. Sin embargo, cuando le tradujo la pregunta al librero, el hombre se quedó un instante pensativo, se quitó las lentes de los ojos y, a continuación, fue directo hacia uno de los estantes, del que extrajo el libro solicitado.

—Solo tengo este ejemplar. Me lo pidió hace tiempo un inglés que nunca volvió a por él, y aquí está desde entonces —le explicó.

Victoria se lo enseñó a Alice, que dejó escapar un gritito de satisfacción. Lo hojeó entre sus manos con mucho cuidado. Tenía la letra pequeña y grabados salpicados por algunas páginas. Alice le dijo que se lo llevaba, hacía tiempo que deseaba leerlo.

Al salir de la librería, continuaron por esa misma calle hacia el establecimiento de curtidos en el que Victoria quería comprar unos guantes de cabritilla para Clarissa y otros para Phillip, como regalo de Navidad. El anciano librero les había dado las indicaciones precisas para encontrarlo: «Verán dos tiendas iguales, una al lado de la otra, cada una regentada por un hermano. La tienda original era del padre, pero al morir, los dos hijos se pelearon y levantaron un tabique que la dividió por la mitad, así que ahora son dos. Ustedes entren en la que pone "Casa Tomás" en el rótulo; de los dos hermanos, Tomás es el más habilidoso». No llevaban ni cien metros recorridos, cuando Victoria reparó en que Alice ralentizaba el paso hasta casi detenerse. Victoria siguió la dirección de su mirada y durante unos segundos no supo interpretar bien lo que veían sus ojos. En la puerta de una confitería, Tom Colson sostenía un niño pequeño en sus brazos mientras compartía un cucurucho de buñuelos con una llamativa mujer morena de ojos rasgados y silueta curvilínea.

—Vámonos, ya vendré otro día —le dijo Victoria, que la enganchó del brazo con la intención de dar media vuelta y alejarla de allí.

Pero Alice Colson se deshizo con suavidad de su brazo y se plantó en el sitio, muy tranquila.

—No, no se preocupe. Sigamos adelante —dijo, con la vista puesta en el final de la calle—. No he visto nada que no supiera ya. Me ha pillado por sorpresa, eso es todo.

—¿Está segura? Podemos dar la vuelta a la manzana y llegar a la tienda dando un rodeo —sugirió Victoria.

La señora Colson titubeó y eso bastó para decidirla. No tenía ninguna necesidad de exponerse a esa humillación. Tiró de ella suavemente y doblaron por la primera calle a la derecha. Caminaron unos minutos en silencio, hasta que Alice dijo:

—Ha descubierto usted mi secreto. —Sonrió con amargura.

—No tengo ninguna intención de contárselo a nadie, si es lo que teme.

Alice tardó en responder.

—Se lo agradezco. No es una situación agradable, que digamos.

Continuaron adelante sin hablar, cada una absorta en sus pensamientos. Una pregunta rondaba a Victoria.

—¿Hace mucho que lo sabe?

—Ah, mucho, poco... En estas cosas el tiempo adquiere una medida distinta, se vuelve insoportablemente lento para mí y, sin embargo, a él parece que se le escapa de las manos —reflexionó sin mostrar ninguna emoción—. Se estará preguntando por qué sigo aquí, ¿verdad?

Victoria asintió, expectante.

—Porque es la única forma que tengo de castigarle, de hacerle sentir mal —reconoció con tranquilidad. La miró fugazmente y sonrió—: No me mire con esa cara de susto. Si lo dejara y regresara a Inglaterra, él respiraría tranquilo y se habría salido con la suya, después de tantas renuncias y sacrificios como he hecho por él en estos años. Y no quiero, me niego a facilitarle la vida. —Suspiró—. No es algo de lo que me sienta orgullosa, pero así es como lo siento. Otras esposas hicieron el equipaje en cuanto se enteraron y zarparon en el primer vapor de vuelta. Y hay alguna que cierra los ojos y finge no saber, con tal de continuar con su vida como si no ocurriera nada, mientras su marido se inventa una excusa nueva para acudir por las noches a ese prostíbulo del pueblo...

—Entonces, imagino que también estará usted al tanto de la existencia de los hijos bastardos de la colonia —se aventuró a decir Victoria. Intuía que Alice conocía mejor de lo que parecía las andanzas de los empleados de la compañía en Riotinto.

La señora Colson le dirigió una rápida mirada de soslayo, pero no respondió.

—Por eso insistió en que fuéramos a esa aldea —añadió Victoria—. Usted sabía que allí viven algunas de esas mujeres con sus hijos.

—No fue solo por eso. Todos sus habitantes padecen mucha necesidad, no solo esos niños —respondió Alice, muy seria—. Pero sí, los he visto, y también sé quiénes son sus madres.

—¿Y los padres? ¿Conoce sus nombres?, ¿sabe usted quiénes son? Debería caérseles la cara de vergüenza de aprovecharse de su posición aquí para seducir a mujeres decentes con las que saben que no se van a casar jamás. Eso, si es que no están ya casados en Inglaterra. —Y como Alice no dijo nada, añadió—: Creo que si esos hombres no asumen las consecuencias de sus actos, debería hacerlo la compañía.

—¿La compañía? No sé cómo...

—Supongo que lo primero sería amonestar al empleado en cuestión y, después, retenerle una parte del sueldo para entregársela a las madres.

Alice Colson se rio con una carcajada sorda.

—No sé si es usted demasiado ingenua o demasiado idealista. La compañía no hará nada, no le incumbe. Piensa que su responsabilidad acaba donde empieza la de sus empleados. Y, aun así, sé que se han enviado varios comunicados advirtiendo de la obligación de respetar las normas morales de conducta establecidas por el presidente Matheson, pero ya ve de lo que han servido.

Precisamente por eso, la compañía podía exigir a sus empleados que asumieran las consecuencias de sus comportamientos indecorosos, especialmente si afectaban a la vida de otras personas, pensaba Victoria. Unos días después de su conversación con Phillip, se había vuelto a sentar con él ante el fuego y le había preguntado si sabía algo sobre «los niños de los ingleses», como los llamaban.

—¿Qué niños? ¿Los de Bella Vista? —preguntó, cauteloso.

—Creo que sabes de lo que hablo, Phillip —insistió ella.

Y aunque al principio se mostró un tanto reticente a hablar, al final admitió conocer el tema. Era un asunto delicado, reconoció. Él solo podía dar fe de la existencia de tres de ellos, porque había ayudado a traerlos al mundo, ya fuera a petición del padre, ya fuera porque hubo complicaciones en el parto, «y esas cosas siempre se terminan sabiendo».

—Aunque es muy probable que haya alguno más, siete u ocho —afirmó.

Lo sabía porque el director había encargado una investigación confidencial al jefe de personal de la empresa para que averiguara el «alcance real de la depravación», según sus palabras, y el diligente empleado le había entregado un exhaustivo informe con los resultados de sus pesquisas. En aquel momento —y hablaba de hacía dos años— había dado con siete madres y sus hijos, engendrados con otros seis empleados —uno de ellos había tenido dos hijos con la misma mujer—. Aportó nombres, fechas y hasta una evaluación de las condiciones en que vivían las mujeres después de que los hombres las hubieran abandonado. Él tuvo acceso al documento, al igual que el doctor MacKay, porque el director deseaba estar informado en todo momento si se atendía algún otro caso en el hospital. Y eso era todo lo que sabía, nada más.

Y aunque no se lo había preguntado, le creyó cuando declaró, un tanto a la defensiva, que él no tenía ningún hijo ilegítimo perdido por ahí, de eso podía estar segura.

Victoria oyó a su lado el amargo lamento de la señora Osborne: si hubiera sabido que el dichoso partido de balompié se iba a celebrar en el terreno salitroso frente a la fábrica de gas, y sin ningún lugar en el que resguardarse de la fría brisa que soplaba desde el mar, habría preferido permanecer en el hotel y disfrutar en paz de su última mañana en la ciudad. Así podría recuperarse un poco de las interminables celebraciones navideñas del día anterior que se prolongaron desde la mañana hasta la noche sin apenas descanso, y que siempre la dejaban con un poso de melancólica nostalgia por el recuerdo de los hijos y el resto de la familia en Inglaterra.

—Sinceramente, no entiendo qué placer puede haber en contemplar a un grupo de hombres con un atuendo ridículo corriendo de un lado a otro como potros salvajes detrás de una pelota de cuero —se quejó, señalando a uno cualquiera de los jugadores, un joven cuyas piernecillas enclenques asomaban por debajo de los pantalones bombachos blancos hasta la rodilla, como correspondía a su equipo, frente al color oscuro del equipo rival.

Victoria sonrió, dándole, en parte, la razón. Llevaban allí media hora sentadas en unas sillas plegables de lo más incómodas, protegidas tras un murete bajo de ladrillo, y todavía no se había enterado de cómo iba el juego. Veía a Phillip corretear desmadejado dentro del campo con sus largas piernas y sin saber muy bien qué hacer, a diferencia de otros como John Foster o el doctor John MacKay, que se movían con agilidad entre los jugadores contrarios, recibían el balón, lo hacían rodar, se lo pasaban a sus compañeros, lo reclamaban de vuelta y, al fin, lograban lanzarlo con fuerza hacia los postes de la portería de los rivales, sin mucho acierto, todo sea dicho. El portero del equipo contrario, capitaneado por Tom Colson, era un escocés de grandes dimensiones y aspecto fiero que aleteaba arriba y abajo sus brazos como si fueran aspas de molino cuando veía venir el balón.

—Debo reconocer que Alexander MacKay ha logrado formar un buen equipo de hombres. Creo que hace dos semanas ganaron a los de la mina de Tharsis sin apenas dificultad —oyó que les decía Patterson al director Osborne y a otro caballero, los tres sentados a su lado.

—Se lo toma muy en serio. Vienen aquí a entrenar dos o tres tardes a la semana. Ya le he dicho a Alexander que, a este paso, voy a tener que cobrarle una renta por los terrenos de la fábrica —dijo el desconocido, riendo. Tenía una cara redonda y amable, de expresión bonachona.

—Pero ¿para qué los necesita usted, Adams? ¡Si los tienen vacíos! Deje al menos que le saquen algún provecho nuestros hombres. Es una buena válvula de escape para los malos humores —replicó Osborne, riéndose también.

—¿Y quiénes son esos chicos? —Patterson dirigió su

mirada hacia dos jóvenes recios y menudos que corrían como gamos por el campo—. No me suenan sus caras...

—Ah, son los hijos de dos buenos colaboradores de Sundheim aquí en Huelva —respondió el otro caballero—. El más moreno es Ildefonso, el otro se llama Rafael Almansa. El doctor Alexander no le dice que no a nadie que muestre condiciones atléticas para el juego. Y está creciendo mucho la afición entre la juventud nativa de la ciudad... ¿Ven a todos esos mirones allí enfrente? —preguntó, indicando una larga fila de muchachos situados en el otro lateral del campo, que seguían el juego con interés y jaleaban a los jugadores del equipo local cada vez que se hacían con el balón—. Son chicos del instituto de educación secundaria que está aquí detrás. De hecho, Alexander y yo estamos sopesando la idea de constituir un club de balompié en la ciudad al que puedan unirse esos u otros muchachos y así ejercitarse en esta actividad recreativa y deportiva de beneficios indudables para el cuerpo y el espíritu. El nombre sería algo así como Club Recreativo o Deportivo de Huelva. ¿Qué les parece? ¿Se animarían a ser socios?

Victoria se inclinó a Alice, sentada a su izquierda, y le preguntó por el caballero que conversaba con su tío y con Patterson. La señora Colson le dirigió una mirada disimulada y luego le susurró al oído que era el señor Charles Adams, el director de la fábrica de gas, un escocés encantador, de trato muy sencillo y cercano, con quien la cúpula de la Río Tinto mantenía muy buena relación personal y profesional. Llevaba asentado con su familia en la ciudad desde hacía muchos años, desde que la Huelva Gas Company se hizo con la concesión del alumbrado de la capital gracias al apoyo del señor Matheson y le ofrecieron a él dirigir las obras, así que conocía a muchas personas influyentes, al igual que Sundheim.

Victoria asintió, y volvió su atención a la conversación entre los hombres.

—Ya somos demasiado mayores para meternos en un club de deporte, Adams. Por otra parte, a nosotros tampoco nos vendrían mal un par de esos mozalbetes españoles para completar nuestro equipo en Riotinto... —afirmó Patterson.

—¿Y por qué no lo hacen? Les bastaría con preguntar entre los obreros de sus minas, apuesto a que a más de uno se le daría bien. Y ya ven, los españoles son de complexión menuda, pero tienen empuje, son rápidos y bravos.

Osborne cruzó los brazos sobre el pecho y emitió un suspiro pesado.

—En estos momentos no está la situación para hacer experimentos, Charles. El ambiente en las minas es muy tenso. Hemos tenido varios accidentes desafortunados y sabemos que hay algunos sindicalistas infiltrados entre los obreros azuzando el descontento y las protestas. Todos los sectores, mineros, ferroviarios, barreneros, operarios de la fundición, de las cementeras, ¡y hasta las mujeres!, todos reclaman para sí mejoras laborales y salariales que la compañía no está dispuesta a asumir.

—Y eso sin contar las constantes quejas y declaraciones de los ayuntamientos de la comarca contra los humos... —añadió Patterson—. Estamos pendientes de lo que ocurra con otro consistorio, el de Alosno, que ha seguido la estela del de Calañas y también ha acordado prohibir las teleras en su término municipal excediendo sus competencias legales, según concluyen nuestros abogados, a quienes ya hemos dado la orden de recurrir. Si no lo atajamos de manera definitiva, nos dará muchos quebraderos de cabeza en el futuro y sentaría un precedente inaceptable para la compañía.

—Ciertamente, eso no tiene buena pinta —aseveró Adams, moviendo la cabeza—. ¿Y el consejo de administración conoce la gravedad de la situación?

—¡Por supuesto que lo conoce! Hace dos semanas remití una extensa carta a la oficina de Londres en la que exponía los hechos y los riesgos a los que nos enfrentamos si no accedemos a algunas de sus peticiones. Incluso sugerí aquellas que calmarían los ánimos y resultarían menos onerosas para la empresa, y ¿sabe cuál ha sido su respuesta? —Charles Adams lo miró intrigado a la espera de esa respuesta, que llegó enseguida—: Que el veinte de enero llega el nuevo director general nombrado por el consejo para sustituirme, un tal William Rich, y que él se encargará de tomar las decisiones oportunas. Me temo lo peor.

—Así que al fin se podrá retirar usted... —dijo Adams.

—Sí, pero yo no quería hacerlo en estas condiciones. Tal y como está la situación, se requiere una buena mezcla de conocimiento, flexibilidad y templanza para dirigir la compañía en este momento. Y dudo que Rich sea la persona indicada.

—Mírelo por el lado bueno, Osborne —le consoló Patterson—. Usted ha advertido de los riesgos y ha ofrecido soluciones. Lo que ocurra a partir de ahora no será responsabilidad suya.

—¡Eso está fuera de toda duda! —Resopló una vez más. Hizo una pausa y, bajando el tono de voz ligeramente, concluyó—: Pero mientras tanto, Adams, sepa que en Riotinto estamos sentados sobre un auténtico polvorín que puede estallar en cualquier momento. Debemos estar prevenidos.

Victoria se alarmó. Tenía al señor Osborne por un hombre prudente y sensato, con la suficiente experiencia como para saber de lo que hablaba. Dirigía la compañía con mano firme, pero no era tan insensible como pretendía aparentar a las condiciones de los obreros y empleados que tenía a su cargo. Si él estaba preocupado, deberían preocuparse todos.

23

Riotinto, 5 de enero de 1888

La temporada navideña había terminado en Bella Vista. Los ingleses no celebraban el día de Reyes, así que esa mañana fue como otra cualquiera. Al sentarse a desayunar, el aroma a bizcocho recién hecho endulzaba toda la casa, y le recordó el intenso olor a vainilla que se escapaba del interior de la mejor confitería de Viena cada vez que entraba o salía un cliente. Le extrañó encontrar el comedor vacío al llegar. La ausencia de Clarissa no le sorprendía, últimamente prefería bajar un poco más tarde, pero Phillip casi debería estar terminando su desayuno. Mientras Helen le servía el café con leche, Ramona entró en el comedor con una gran bandeja entre las manos.

—Les he hecho una torta de reyes *pa* desayunar —dijo, depositando la bandeja con el bizcocho en forma de rosco en el centro de la mesa.

Victoria saboreó un trozo con verdadero deleite. Hacía tiempo que no probaba el tradicional dulce navideño, desde que su familia se trasladó a vivir a Inglaterra.

—He pensado que a usted le gustaría —añadió la criada, observando satisfecha cómo Victoria cortaba otro trozo más grande aún.

—Buenos días —oyó la voz de Phillip, que pasó por detrás rozándola con una sutil caricia en la espalda. Llegó con gesto apresurado, envuelto en la frescura de su loción matinal, y se dirigió a la doncella, que acababa de entrar con una jarra de leche humeante—. Café, Helen, por favor. Se me ha hecho más tarde de lo normal.

—Dudo de que te pongan falta —bromeó Victoria, después de beber un sorbo de café.

—Esta tarde hay pasacalles y villancicos en el pueblo para festejar la noche de Reyes con los niños —dijo Ramona antes de marcharse.

—Podríamos ir a verlo, te gustará, Phil.

—Muy bien. Te recogeré cuando vuelva del hospital —dijo, terminándose el café mientras se levantaba de su asiento y salía a todo correr.

Tras el desayuno, Victoria recogió, una por una, las tarjetas navideñas que adornaban la repisa de la cómoda para guardarlas entre las páginas de su diario: la de don Cecilio, sencilla y cariñosa; la de su hermano Álvaro y Laura, que disfrutaban de las fiestas en Santander con los niños, y la tarjeta con la preciosa ilustración enviada desde Washington por Bárbara y su padre, junto con una carta en la que ambos se interesaban por sus planes de futuro y le anunciaban que tenían previsto viajar a España en el mes de junio a fin de disfrutar parte del verano aquí. Pero para eso quedaban casi seis meses y Victoria aún no tenía nada claro qué iba a ser de su vida hasta entonces. Era consciente de que no podría prolongar mucho más su estancia en Riotinto sin darle una respuesta definitiva a Phillip, y se mentiría a sí misma si se dijera que no le atraía la reconfortante sensación de saberse querida y respetada que dejaban traslucir los ojos de su cuñado al mirarla.

—Señora —escuchó la voz de Helen a su espalda. Al girarse, la vio junto a la puerta del dormitorio. No la había oído llamar—. Han llegado la señorita Jones y la señora Gordon. Las he hecho pasar a la salita.

Las hermanas, cierto, se dijo. En la reunión de Fin de Año les había hablado de las preciosas mantillas de novia que había descubierto en la mercería del pueblo de Riotinto, de un encaje tan delicado que hasta las jóvenes aristócratas de Sevilla, conocidas por su exquisito aprecio a estas prendas, no dudaban en realizar el largo viaje hasta el pueblo onubense donde se encontraba el taller de la encajera; a la señora Gordon le había faltado tiempo para rogarle que las acompañara hasta allí.

—Ah, sí. Gracias, Helen —dijo al tiempo que guardaba sus papeles en un cajón—, pero ya que estás aquí, retócame un poco el peinado, haz el favor. Lo noto demasiado tirante y me molesta.

Victoria se sentó delante del tocador mientras la doncella le arreglaba el cabello. Se contempló frente al espejo y reparó en el aspecto lozano y favorecido de su rostro: tenía la piel resplandeciente, los ojos le brillaban con fuerza y se veía las mejillas algo más redondeadas que cuando llegó, sin duda gracias a la buena mano de Ramona en los fogones.

—¿Así, señora? —preguntó Helen, mirándola a través del espejo. Victoria se retocó un mechón y asintió. Así estaba perfecto, a lo que la doncella replicó, orgullosa de su contribución—: Ese peinado le favorece mucho, señora. Está usted muy guapa, verá cómo se lo dice el doctor.

—Pero ¡Helen! ¿Por qué crees que el doctor me va a decir nada? —exclamó, fingiéndose asombrada por la insinuación—. Anda, baja y dile a las señoras que ya mismo estoy con ellas.

La muchacha inclinó la cabeza ocultando una sonrisilla antes de abandonar la habitación. Victoria sonrió también. En el tiempo que llevaban allí, Helen se había revelado como una chica más espabilada de lo que parecía en un principio. Había hecho cierta amistad con otras dos doncellas inglesas que servían cada una en las casas de la señora Osborne y la señora Richards, dos mujeres en la treintena que, según la muchacha, no hacían más que quejarse del trabajo, de las criadas nativas y de lo que harían con el dinero que llevaban ahorrado a su regreso a Inglaterra, una cantidad considerable, en opinión de Helen, que también había echado cuentas del tiempo que necesitaría permanecer allí hasta reunir el dinero suficiente para alquilar una casita junto a la de su hermana en su pueblo, cerca de Manchester. Pero con quien de verdad tenía trato la doncella, le confió un día Ramona a Victoria, era con el conserje de Bella Vista, el joven rubio y de piel enrojecida que andaba siempre de aquí para allá. «Tiene buen ojo la chica, señora, porque el Stuart es un buen muchacho, honrado y trabajador, aunque sea mohíno. Y se ha *esforzao* por aprender nuestra lengua, que eso ya dice mucho de él».

Cuando Victoria se presentó en la sala de estar, Jane y su hermana estaban terminándose el té que tan amablemente les había ofrecido lady Clarissa mientras esperaban a que bajara.

—Siento la tardanza, me he entretenido más de la cuenta guardando las tarjetas y los detalles navideños, pero, cuando quieran, nos vamos. Yo estoy lista.

Salieron las tres con sus sombrillas en la mano y se montaron en uno de los coches parados junto a la entrada. Las dos mujeres se sentaron frente a Victoria y en cuanto el carruaje emprendió la marcha, Jane se refugió en el dócil mutismo con el que solía dejar que su hermana hablara por las dos.

—No me extraña que Malcolm esté deseando salir de aquí e instalarse en Bella Vista —afirmó la señora Gordon cuando el carruaje pasó por delante del remozado caserón de piedra de dos plantas en el que se alojaban los empleados «solteros» de la compañía—. Allí, al menos, pueden salir a pasear al terminar la jornada o reunirse un rato en el club. Pero en este pueblo, ¿qué pueden hacer aquí, más que ir a las tabernas y a...? —Dejó la frase inacabada, como si le diera apuro referirse a «ese» lugar—. Bueno, usted ya me entiende.

—¿Se refiere al prostíbulo? —preguntó Victoria en tono suave.

Lisa Gordon la miró con expresión escandalizada sin dignarse a responder, mientras Jane, muy seria, desviaba la vista y contemplaba la calle a través de la ventanilla. Victoria también hizo lo mismo. A su vuelta de Huelva, había esperado encontrar señales que reflejaran la tensión de la que hablaba el señor Osborne, pero lo cierto era que la gente parecía seguir con su vida de siempre. Unos días atrás interrogó discretamente a Ramona por el trabajo de sus hijos en la mina y por las familias de los hombres heridos en el derrumbe, y la criada no le contó nada que sugiriera ese descontento.

—¿Han fijado ya la fecha definitiva de la ceremonia? —dijo por cambiar de tema.

—Oh, sí, ¡al fin, gracias a Dios! —se adelantó a responder la señora Gordon, con un suspiro—. El reverendo dice que será el primer domingo de febrero. En el fondo, nos ha venido bien que se haya postergado unas semanas porque nos ha dado tiempo a terminar el ajuar y el vestido de novia, ¿no es cierto, Jane? —Esta asintió en silencio y Lisa Gordon se volvió a Victoria—. Era el traje con el que se casó nuestra madre y que la modista ha adaptado a las hechuras de mi hermana —aclaró.

—Ah, entonces debe ser muy especial para usted, Jane.

—Lo es. Le prometí a mi madre que si me llegaba a casar algún día, sería con su vestido. Se lo había cosido ella misma.

El carruaje se detuvo en la plaza de la iglesia y se apearon para continuar a pie. Oyeron el sonido lento y pausado de las campanas. Tocaban a muerto, pensó Victoria. Apenas habían recorrido unos metros cuando vieron aparecer una carreta adornada con un festón negro que se dirigía hacia la iglesia. Transportaba un sencillo ataúd de madera de pino acompañado por un pequeño cortejo fúnebre de apenas diez hombres taciturnos. Las mujeres se asomaban a los balcones o se juntaban en los umbrales de las casas a mirar, murmurando y santiguándose a su paso.

Victoria y las dos hermanas se apartaron a un lado y observaron la escena en silencio hasta que la carreta llegó ante las puertas del templo, abiertas de par en par para recibir el ataúd.

—Debemos marchar, no vaya a cerrar —dijo Victoria, que se dio media vuelta y se encaminó hacia la calle de los comercios.

Fue entonces cuando se toparon con un grupo de mujeres que aguardaban afligidas en una esquina de la plaza a que los hombres portaran el féretro al interior de la iglesia. Victoria distinguió entre ellas a Petra, la muchacha de la aldea, con su hija en brazos. Al igual que su madre, la niña llevaba el pelito cubierto por una pañoleta negra; la pequeña intentaba quitárselo y su madre se lo impedía, apartando sus manitas de la cabeza. La joven no se dio cuenta de su presencia y ella tampoco hizo ningún gesto, no era el momento.

—¿Usted sabe quién se ha muerto? —le preguntó después Victoria a la mercera, mientras Jane y su hermana examinaban con admiración la mantilla extendida sobre el mostrador.

—Una chiquita que no era de por aquí... —contestó la mujer—. Dicen que trabajó en la mina un tiempo, hasta que alguno la dejó preñada. Y ya ve, eso es lo que la ha llevado a la tumba. Parió al nene muerto y después lo ha seguido ella.

—¿Vivía en una aldea cerca de Nerva?

—Eso ya no se lo puedo decir, que no lo sé. Pero hay gente que parece marcada por la desgracia porque dicen que su hermano murió aquí mismo, en la mina, hace un año.

No podía ser otra más que la muchacha que atendió Rocío en la aldea, la vecina de Petra, pensó, impresionada.

Después de comprar la mantilla y dos cajitas de té en el economato de la compañía, las tres mujeres regresaron a la plaza donde las esperaba el carruaje. La carreta funeraria ya se había marchado, pero quedaba un corrillo de mujeres junto a la puerta de la iglesia. De entre uno de ellos surgió Petra con su hija en brazos, Victoria la vio venir hacia donde se encontraban ellas.

—¿Se acuerda de mí? —le espetó con amargura. Ella asintió y la joven agregó—: Pues haga el favor de decirle a la doctora que mi amiga Piluca, la mujer que atendió después de parir, murió ayer.

Jane se volvió a ella para preguntarle qué había dicho y Victoria se lo tradujo brevemente. La joven inglesa soltó un gemido de aflicción, para sorpresa de Lisa, que las miraba a las dos sin comprender nada de lo que veía; en todo ese rato no dejó de preguntarle a su hermana qué ocurría, quién era esa mujer.

—Créeme que lo sentimos de veras, Petra. Descanse en paz —se condoleció Victoria, con voz apenada—. ¿Puedo hacer algo por ti?

La muchacha desvió la vista, con los ojos anegados en lágrimas. La niña entonces se llevó la mano a la pañoleta y tiró de ella hasta liberar su cabeza pelirroja de la molestia. Petra se agachó despacio, recogió la tela caída en el suelo y se la sujetó a la cinturilla. Se mordió el labio con fuerza, se limpió los ojos con disimulo, y luego acercó su boca a la cabeza de su hija, besándole sus rizos rojos.

—Se nos ha acabado la comida que nos dieron. Ya no tengo nada que darle a la niña.

Victoria no dudó en abrir su ridículo y entregarle lo poco que llevaba encima, cuatro billetes de una peseta y varias monedas.

—Es todo cuanto llevo, ya me gustaría darte más. Pero no debería ser así, Petra. Si me dijeras quién es el padre, podría conseguir que te ayudaran a mantener a la niña.

La joven dio un paso atrás.

—No, ni hablar. Eso, ni pensarlo. Ese hombre me dijo que si se lo contaba a alguien, vendría y me quitaría a mi hija. Se la llevaría tan lejos que no volvería a verla en la vida, y no voy a consentirlo jamás.

—Pero no podría hacer algo así, podrías denunciarlo.

—Esos hombres pueden hacer aquí lo que quieran. Son los amos y señores de todo cuanto se mueve en esta tierra, bien se encargan ellos de repetirlo en la mina —replicó la chica, negando con la cabeza.

—Te prometo que yo me ocuparía de impedírselo.

Sin embargo, Petra negaba con gesto obstinado.

—Déjelo, señora. Yo sola sacaré adelante a mi hija, no se preocupe.

Jane se acercó a Victoria y le dijo que si lo que quería era dinero, que se lo ofreciera, ella podría pagarle por la información. No, no era cuestión de dinero, le respondió Victoria, sino de miedo. Esa muchacha estaba atemorizada.

Cuando Petra se hubo marchado y se quedaron las tres a solas, Lisa Gordon se plantó delante de ellas dos y les espetó:

—¿Quién es esa chica y qué problema tenéis con ella? —Victoria y Jane guardaron silencio y la señora Gordon insistió—: ¿Es una ramera? Porque a mí no me engaña: esa niña parecía hija de algún empleado de la compañía.

Al llegar a la casa, Victoria cogió su bolso de equipaje y extrajo una caja de metal donde guardaba un poco más de dinero. Quizá podría hacerle llegar a Petra cien pesetas, doscientas. De esa forma podría aguantar una buena temporada. Pero ¿y después? ¿Quién la ayudaría? No entendía cómo podía haber hombres tan desalmados como para destrozar la existencia de una mujer, atemorizarla y condenarla a la miseria, a ella y a su hija, para el resto de su vida.

Esa misma tarde, en el trayecto de Bella Vista a Riotinto, le contó a Phillip lo ocurrido esa mañana en el pueblo, la muerte de la chica que conocieron en la aldea, su encuentro con la otra muchacha y su negativa a que le echara una mano.

—No puedes ayudar económicamente a todas las mujeres de las que te compadezcas —le dijo a Victoria.

—Lo sé, por eso pienso que la compañía debería hacerse responsable de las conductas inmorales y denigrantes de sus empleados con esas mujeres.

Phillip le tomó la mano enguantada y sonrió.

—Quién sabe, quizá al presidente Matheson le interese conocer tus ideas.

Ya había anochecido cuando llegaron a Riotinto. Había tanta gente en las calles que no tuvieron más remedio que apearse del carruaje en las inmediaciones de la plaza y continuar caminando entremezclados con los ríos de personas que se dirigían en la misma dirección. Las calles estaban iluminadas con farolillos y antorchas y se veían grupos de niños que corrían de puerta en puerta, cantando villancicos con sus zambombas y panderetas, esperando recibir a cambio caramelos o dulces navideños. Cuando al fin consiguieron desembocar en la plaza, la encontraron repleta de familias y de críos que correteaban de un lado a otro, a la espera de que los titiriteros comenzaran la representación de la adoración de los Reyes Magos en un teatrillo de marionetas, delante de la fachada principal de la iglesia.

—Nunca había visto el pueblo con tanta alegría y animación —reconoció Phillip, paseando la vista por toda la plaza.

—Claro; estoy segura de que en todo este tiempo no te has interesado por sus fiestas ni tradiciones. Ven, vamos a comprar unos churros —le dijo, tomándolo del brazo para guiarlo hacia una esquina donde había un puestecillo con una gran sartén humeante.

—No tenía a nadie que me las enseñara hasta que llegaste tú —admitió él, sonriendo.

—¿Y si no hubiera venido yo? ¿Qué habría pasado?

Él se echó a reír con una carcajada contenida.

—Probablemente no estaría aquí hoy. Seguiría centrado en el hospital y...

—Y llegaría el día en que aceptarías casarte con alguna señorita de buena familia elegida por tu madre en Inglaterra —concluyó ella, después de pedir media docena de churros recién hechos a la mujer del puesto.

Esta vez Phillip soltó una carcajada sonora.

—No, no lo haría —replicó—. Siempre dije que me casaría con quien yo quisiera, tanto si lo aprobaba el viejo duque como si no. Ahora solo estoy a la espera de que la preciosa mujer que quiero decida aceptarme. ¿Qué me dices? —preguntó, esbozando una sonrisa.

Victoria bajó la vista al papel de estraza caliente y aceitoso que le había entregado la tendera y se dirigió hacia un banquito cercano. Durante las últimas semanas se había imaginado muchas veces casada con Phillip y sabía que disfrutaría de una buena vida a su lado. Le transmitía tranquilidad, certidumbre, sosiego y, al mismo tiempo, le dejaría gozar de la libertad y la autonomía que necesitaba. Y, sin embargo, la idea de asentarse de nuevo en Inglaterra y frecuentar los salones de las damas londinenses le resultaba casi insoportable.

—No sé si aguantaría mucho tiempo la vida en Londres, Phil. Esa fue una de las razones por las que decidí regresar a España. Los ambientes que frecuentábamos me hacían sentir como una advenediza extranjera; en Madrid, en cambio, está mi sitio; allí tengo a mis amistades, a mi familia...

—Eso no volvería a ocurrir, te lo aseguro.

—Y tengo mis colaboraciones en varias revistas, a las que no quiero renunciar —añadió. A punto estuvo de revelarle su identidad tras las columnas que publicaba en *El Globo* sobre Riotinto, pero en el último instante se frenó: si quería escribir con libertad, sería mejor que Phillip no lo supiera.

—No te he pedido que lo hagas, Victoria —repuso él

con suavidad. Hizo una pausa antes de añadir—: Creo que me estás poniendo excusas para no aceptar.

—No es eso, te lo aseguro. Es solo que no quisiera volver a equivocarme, con lo que eso implicaría para los dos.

Phillip se revolvió, molesto.

—No hables por mí. Creo que tienes miedo a que sea como James.

—¡No! Jamás podrías ser como James. Y si de algo ha servido mi estancia aquí es para confirmar que eres todo lo opuesto a tu hermano.

—¿Entonces? ¡No entiendo qué ocurre, Victoria! —replicó él, con un atisbo de impaciencia en la voz—. ¿Que no estamos enamorados? Lo sé, pero nos une algo más sólido que eso: el cariño, el respeto, la confianza... ¿Qué es el amor sino eso? —inquirió, mirándola fijamente, sin esperar una respuesta. Hizo una pausa y, con un suspiro, agregó—: Yo te ofrezco disfrutar la vida que imaginabas al casarte y que te negó mi hermano, sin engaños, sin mentiras, sin humillaciones. Te ofrezco la vida que tú desees, a mi lado.

Victoria miró a los ojos azules y expectantes del hombre que tenía a su lado y se dijo que sí, que Phillip podría ser el marido, el amante, el amigo y el compañero perfecto con el que pasar el resto de su vida. Era tierno, honesto, sincero, y sentía por él un inmenso cariño que podría transformarse en amor sin mucho esfuerzo.

—¿Podría pasar temporadas en Madrid...?

—Tantas como quisieras. Alternaríamos estancias en España con otras en Inglaterra —la cortó sin dejarla continuar. Entrelazó sus dedos con los de Victoria, enguantados, y añadió—: Y respecto a lo demás, nos instalaríamos en Treetop Park, lejos de la vida social de Londres.

Una cuadrilla de niños llegaron corriendo, se plantaron delante de ellos armados con zambombas y panderetas y comenzaron a cantar un villancico desafinado. Victoria se les unió, acompañándolos con palmas. Al terminar, Phillip se sacó unos reales del bolsillo del chaleco y los repartió entre los chiquillos, que se alejaron tan rápido como habían llegado.

—Por cosas como estas me gusta esta gente... —murmuró Phillip—. Pero estábamos hablando de instalarnos lejos de Londres.

—¿Y tu trabajo como médico?

—Dudo que en Londres tuviera la oportunidad de ejercer en un hospital. Me querrían como miembro de sus consejos de administración, pero no sé si me admitirían como médico. Muchos se lo tomarían como una ofensa y temo que pondrían todos los obstáculos posibles para impedirlo —afirmó en un tono de voz resignado—. Por fortuna, el ducado goza de una desahogada situación económica, así que llevo un tiempo pensando en abrir una pequeña clínica destinada a la población de Hampshire, donde podría ejercer. Contaría con algún colaborador más, por supuesto, y disfrutaría de cierta libertad de movimientos.

—Suena estupendo, Phil.

—¿Eso es un sí?

Victoria asintió con los ojos brillantes de ilusión. Sí, volvería a intentarlo.

24

Madrid, 16 de enero de 1888

Esa mañana, al levantarse de la cama y plantar los pies en el suelo de loseta helado, a Diego Lebrija le entró un escalofrío en el cuerpo que no le abandonó hasta traspasar el umbral de la redacción del periódico. La estufa de su buhardilla se había estropeado una vez más y ya se había cansado de quejarse a su casera, la viuda del capitán de artillería que habitaba el principal del edificio, de que así no podía continuar. O arreglaba los desperfectos que habían ido apareciendo en el cuarto en el último año o no tendría más remedio que mudarse, algo que llevaba varios meses barruntando seriamente. No solo por los muchos inconvenientes que tenía habitar el sotabanco de un edificio viejo —sufría los peores fríos en invierno, calores insoportables en verano, y convivía con dos goteras recalcitrantes en el cuarto de estar contra las que no podía hacer nada más que acordarse de colocar debajo un cubo en los días de lluvia—, sino porque pensaba, llegado el momento, subir un escalón y permitirse un hogar un poco más amplio en el que le cupiera su pequeña biblioteca y un escritorio más grande, en un barrio algo mejor de Madrid. Y por mejor, pensó, se refería a un barrio de pisos modernos y con ciertas comodidades, como el que tenía rentado Julio Vargas en la zona de Cuatro Caminos —tal vez demasiado lejos del centro, para su gusto— o como el de Pachuca, que vivía en Chamberí, por la calle de Santa Engracia, y solía presumir de que le sobraba tanto espacio en la casa que no sabía qué hacer con él.

Se puso el abrigo, se enrolló la bufanda de lana alrededor del cuello y salió a la calle con cuidado de no resbalar en alguna de las placas de hielo formadas durante la noche. Por fortuna, la sala de redacción del periódico estaba bien caldeada esa mañana.

—Le he dejado en su mesa un sobre que ha traído un recadero hace un rato —le avisó el bueno de Perico, el recepcionista.

Lo examinó entre los dedos con curiosidad: no llevaba remitente, solo el membrete del Congreso de los Diputados. Rasgó el sobre y extrajo de su interior un tarjetón en el que leyó que el señor Gálvez le invitaba ese mismo día, a las tres de la tarde, a la presentación del informe elaborado por la comisión parlamentaria a la que había acompañado en su viaje a Riotinto. Debajo de su rúbrica había añadido una frase enigmática a modo de posdata: «Cuento con su presencia; se están produciendo movimientos relevantes en Huelva que tal vez le interese conocer».

—Lebrija, tengo entradas para el Teatro de la Comedia esta noche. ¿Te apuntas? Amparo me ha dicho que vendrá con una amiga muy guapa a la que quiere presentarte —le dijo Matías Cortés, el redactor de la sección de espectáculos, mientras se quitaba el abrigo y lo colgaba en el perchero.

Diego movió la cabeza, sonriendo.

—Miedo me da tu novia, Matías.

—Si fuera cualquier otra amiga, no te lo diría, pero esta es una chica muy agradable, que la conozco yo. Es compañera de Amparo en el taller de sombreros.

—No te digo que no, pero ya sabes que no soy una compañía muy recomendable. No me gusta cortejar a ninguna mujer que busque un compromiso serio.

—¿Cómo que no eres buena compañía? ¡Pero si no conozco un tipo más legal que tú! Venga, hombre, que Amparo tiene mucha ilusión en presentártela —insistió su colega, apoyado en el escritorio junto al suyo—. Vamos los cuatro al teatro y luego nos tomamos algo en algún café. No tienes por qué cortejarla. Si no te gusta la muchacha, al menos disfrutas de un rato entretenido y ya está.

Diego accedió a regañadientes, más por complacer a Matías que porque le apeteciera asistir esa noche al teatro, y menos aún con una señorita a la que le habrían llenado la cabeza de unas ideas respecto a él que no se correspondían con la realidad. Y la realidad era que el reencuentro con Victoria le había atravesado como un relámpago, le había removido todo su ser. Era como si le hubieran pinchado con una aguja en la piel y le hubiera sorprendido descubrir que de su interior brotaba un hilo de sangre tibia de un rojo intenso. Hasta entonces no había sido consciente del aletargamiento en que vivía, del régimen de clausura emocional que se había impuesto después de romper con ella. Durante su estancia en Riotinto, la simple idea de saberla allí, de pensar en cruzársela por algún lugar y tener que conversar, lo mantenía en vilo día tras día. Resistirse a ella no dejaba de ser un acto de autodefensa, de amor propio. Al regresar de Riotinto, había vuelto a llamar a la puerta de la Ducroix, que lo acogió de nuevo sin reproches ni preguntas, ni siquiera cuando en un momento de pasión le cambió el nombre de Valeria por el de Victoria. Tal vez no se hubiera dado cuenta o, peor aún, le importara un rábano.

Poco después de que finalizara la reunión de la mesa de redacción, Diego volvió a ponerse el abrigo y fue caminando hasta el edificio de las Cortes en la carrera de San Jerónimo.

El conserje de la entrada le indicó la salita donde tendría lugar el acto: «Siga por este pasillo, es la tercera puerta a la derecha». La presentación había comenzado cuando él llegó. Varios caballeros giraron disimuladamente la cabeza al oírle entrar, pero enseguida recuperaron su postura inmóvil frente al atril en el que hablaba uno de los señores que integraban la comisión parlamentaria de Riotinto. El diputado en cuestión hizo un repaso a las instalaciones de la Compañía Río Tinto inspeccionadas por la legación *in situ*, leyó dos testimonios de sendos mineros que no aportaban demasiado y describió la visita que realizaron con el señor Ordóñez, alcalde de Zalamea la Real, a una finca de cultivo aparentemente afectada por los humos sulfurosos, de la que no sacaron nada en claro. En resumen: no existía ninguna evidencia que demostrara de manera irrefutable que los humos de las teleras perjudicaban la salud de la población. De igual modo, tampoco se podía demostrar que los humos fueran responsables de la pérdida de cosechas y de animales en las tierras afectadas, como denunciaban sus propietarios, aunque sí habían constatado la presencia abundante de cenizas y partículas procedentes de los hornos sobre los campos de cultivo.

En consecuencia, habían acordado rechazar la petición de tramitar en el Congreso una propuesta de ley que prohibiera las calcinaciones al aire libre en la provincia de Huelva, como reclamaba la comitiva de representantes onubenses de los municipios implicados, aunque remitirían una recomendación al Ministerio de la Gobernación de que se realizara un seguimiento frecuente y riguroso de los efectos sobre los campos.

Diego cerró su libreta y la guardó en el bolsillo de su levita. La compañía había vuelto a salirse con la suya, se dijo, pese a que no le había sorprendido demasiado las conclusiones del informe. Los directivos ingleses habían paseado a los parlamentarios y periodistas por donde mejor les había parecido, les habían mostrado solo lo que querían que vieran. Él mismo había podido comprobar hasta qué punto ejercían un férreo control sobre todo cuanto decían los mineros o cualquier otro trabajador.

—Señor Lebrija, me alegro de que haya podido venir —le saludó Nemesio Gálvez con un cálido apretón de manos al concluir el acto—. Sé que le he avisado con poca antelación, pero no me informaron hasta anoche de que no habían enviado invitaciones a la prensa. Por lo visto, no deseaban darle mucha difusión al dichoso informe.

—Ya me imagino. Tampoco es que aporte demasiadas novedades.

—Es cierto, pero no menosprecie la recomendación al

ministerio, puede ser un asidero para solicitar nuevas actuaciones. —Ambos salieron de la sala y, ya en el pasillo, el diputado le dijo—: Si me acompaña al despacho de la comitiva de representantes, le enseñaré algo. Está muy cerca de aquí.

Diego siguió a Nemesio Gálvez hasta un viejo edificio de ladrillo rojo situado frente al Congreso. Traspasaron el portal pequeño y oscuro y subieron las escaleras de madera hasta la tercera planta. Un joven de expresión vivaz les franqueó el paso al piso alquilado por la asociación de municipios de la comarca del Andévalo como sede permanente de sus actividades ante las Cortes y ante el gobierno, si fuera necesario. Gálvez lo condujo a través de una primera estancia con una estantería medio vacía y una mesa solitaria ocupada por el joven de la puerta, que realizaba tareas de secretario para todo. Después continuaron por el pasillo angosto hasta un despacho con armario enorme y dos escritorios sobre los que se acumulaban varias torres de papeles y carpetas. Diego se fijó en que una de las paredes estaba empapelada por numerosos recortes de prensa publicados a lo largo de los últimos nueve años, desde 1879, en que empezaron los problemas con los humos en el pueblo de Calañas y su entorno, le explicó el diputado.

Gálvez abrió una carpeta que tenía sobre la mesa y extrajo un papel que le mostró a Diego.

—Esta mañana nos ha llegado el telegrama con la decisión de la Diputación Provincial de rechazar el recurso de los abogados de las compañías mineras contra el acuerdo de prohibir las calcinaciones adoptado en el Ayuntamiento de Alosno. Consideran que este es competente para tomar esa decisión y que el gobernador carece de las atribuciones que pretendía arrogarse para actuar contra la votación del consistorio.

—¡Pero eso es una estupenda noticia! —exclamó Diego, leyendo el telegrama.

Gálvez sonrió por primera vez.

—Mejor que buena: es la primera batalla ganada contra la todopoderosa compañía. Esto despeja el camino a los demás ayuntamientos para prohibir las calcinaciones, incluido el de Riotinto. —Volvió a colocar en su sitio el telegrama que le devolvió Diego y extrajo un folio que también le mostró—. Este es un borrador de la convocatoria que distribuirá la Liga Antihumista entre los habitantes de veinte municipios de la comarca del Andévalo —le dijo—. El objetivo es organizar una manifestación multitudinaria en protesta por las teleras.

—¿Quién la promueve?

—En principio, los miembros de la Liga, entre quienes hay varios alcaldes y terratenientes de la zona. Pretenden que se sumen otras asociaciones, porque cuantos más sean, mayor será el éxito de la convocatoria.

Gálvez volvió a abrir su carpeta y extrajo varios papeles más.

—Y ahora, lo más escabroso: esta es la copia de una orden remitida por el gobernador civil de la provincia al cuartelillo de la Guardia Civil para que refuercen la vigilancia en los pueblos mineros en busca de anarquistas y sindicalistas subversivos —dijo, tendiéndole la hoja con membrete oficial a Diego, que le echó un rápido vistazo, mientras el diputado le mostraba otros dos papeles más—. Y estas son dos copias de recibís por un importe de dos mil pesetas cada uno, firmados por el mismo gobernador, que demuestran que el susodicho está recibiendo sobornos de la compañía para defender sus intereses. —Diego examinó los dos papeles con atención y luego dirigió a Gálvez una mirada inquisitiva, a la que este respondió—: No me pregunte de dónde los hemos sacado, no puedo decírselo, pero le aseguro que son reales. Hay también sobornos a abogados, jueces y periodistas, pero todavía no disponemos de pruebas que lo demuestren.

—¿Qué quiere que haga con esto?

—Lo que usted crea oportuno. Lo que sí le puedo decir es que la situación está muy caldeada en la comarca. Y si consiguen convencer a los habitantes de todos esos pueblos, la manifestación a Riotinto puede ser histórica y marcar un punto de inflexión para la compañía.

Diego le devolvió los papeles que le había entregado y Gálvez los guardó de nuevo en la carpeta, que ató con un balduque. Mientras lo hacía, Diego se giró hacia la pared y examinó con atención los recortes de prensa sujetos con alfileres. Estaban ordenados de manera cronológica y los había de distintos periódicos y revistas, algunos nacionales, otros provinciales. Los recorrió todos hasta llegar a los últimos meses del pasado año, 1887. Comprobó con satisfacción que figuraban también sus crónicas publicadas en *El Liberal*, y justo encima se hallaban las columnas firmadas por ese hombre, Troyano. Sus ojos se fijaron en uno de los recortes, el del derrumbe en la mina. Lo leyó con curiosidad y, cuando iba a darse media vuelta, reparó en un detalle que casi pasó por alto: el artículo del Troyano mencionaba que uno de los mineros heridos, el de mayor edad, padecía una grave dolencia respiratoria anterior que estaba siendo tratada por los mismos médicos del hospital.

Solo había una persona, además de él mismo, que conociera en aquel momento esa información: la señora Victoria Langford.

Cuatro días más tarde, Diego recibió un telegrama en la redacción remitido por Nemesio Gálvez. Le extrañó que lo hubiera enviado desde Huelva, teniendo en cuenta que se habían visto esa misma semana en el Congreso. En el telegrama, el diputado le advertía de que se habían desencadenado una serie de acontecimientos de enorme gravedad en las últimas horas que amenazaban con provocar una revuelta en la comarca del Andévalo, por lo que había tomado el primer ferrocarril en dirección a Huelva. Cuando terminó de leer el telegrama, Diego se dirigió con paso apremiante al despacho del director, a quien encontró revisando su columna editorial que abría la primera plana del periódico.

—La situación en Riotinto se está complicando, Moya. Creo que debería marcharme de nuevo para allá —le dijo, sentándose en una de las dos butacas frente a él.

De manera resumida, le puso en antecedentes de lo que le había contado Nemesio Gálvez unos días atrás y de cómo aquello había saltado ahora por los aires al conocerse que el gobernador de Huelva había revocado el acuerdo adoptado por el Ayuntamiento de Alosno de prohibir las teleras en el municipio, contraviniendo así a la Diputación.

—¿El Ministerio de la Gobernación se ha pronunciado? —preguntó Moya, acariciándose pensativo la espesa barba castaña.

—Todavía no. Pero Gálvez ha cogido el primer tren a Huelva y está allí ahora. Dice que después de conocerse la noticia se han producido algunas protestas y, al parecer, un grupo de hombres embozados asaltaron anoche media docena de teleras con intención de apagarlas.

—¿Crees que hay peligro de que haya una revuelta obrera?

—No podría asegurarlo... Pero si Gálvez se ha marchado es porque la cosa está lo suficientemente tensa como para que ocurra algo grave. Y no es el único: la compañía ha remitido un escrito al gobernador exigiendo que aumente los efectivos de la Guardia Civil en la zona para evitar más ataques como ese.

Moya le observó unos segundos con la mirada penetrante que tanto temor inspiraba en los que no lo conocían.

—De acuerdo. Ve a Riotinto y a ver qué pasa. Si la cosa se pone fea, ponme un telegrama, quiero estar informado —le ordenó antes de volver de nuevo la atención a su texto. Diego se levantó para marcharse, pero cuando iba a salir por la puerta, Moya le dijo—: Y ten cuidado, no vaya a pasarte nada.

25

Riotinto, 24 de enero de 1888

—¿Qué opina? ¿Cree que aguantará más de seis meses? —le preguntó Alice Colson en voz baja, dirigiendo su vista hacia la mujer rellenita y menuda que caminaba unos pasos por delante de ellas, escoltada por la señora Osborne y la señora MacKay—. He oído que hay quienes ya han hecho sus apuestas.

—A mí me da la impresión de ser una señora bastante animosa, ¿no le parece? —respondió Victoria, sonriente.

Al menos era más agradable de trato que su marido, el señor William Rich, el nuevo director general nombrado por la compañía para sustituir en su puesto al señor Osborne. Su llegada, unos días atrás, había generado muchos recelos y algunas muestras de rechazo por parte de los miembros de la comunidad británica. Y no solo porque el director Osborne gozara del aprecio y el respeto de todos por su carácter ecuánime, más predispuesto a la negociación que al enfrentamiento en pos de los beneficios de la empresa y el bienestar de la colonia en su conjunto, sino porque desde el primer momento que pisó Riotinto, el señor Rich se había encargado de dejar claro, haciendo gala de unas maneras bruscas y desdeñosas con las que lo inspeccionaba todo, quién mandaba allí y lo poco que le gustaba recibir consejos o recomendaciones de nadie, ni siquiera de su predecesor en el cargo. Al parecer —les había confiado Elaine, dolida—, ese hombrecillo insolente le había dicho a su marido que se podía ahorrar sus opiniones («No con esas palabras exactas, pero el sentido había sido exactamente el mismo», aclaró la dama), ya que si el consejo de administración de la compañía le había nombrado director a él no era para que aplicara sus mismas recetas en la gestión de las minas («¿Se lo pueden creer?, como si John no se hubiera preocupado lo suficiente en su trabajo», protestó, indignada), así que el señor Osborne había optado por traspasarle rápidamente los asuntos que tenía entre manos justo antes de su relevo y mantenerse al margen hasta que al fin llegara la fecha de su retirada definitiva. Eso sería ya en febrero, después del pequeño homenaje de despedida que le estaban organizando entre Patterson y Colson, con el beneplácito del nuevo director, por supuesto.

Pese a todo, Elaine decidió que la afable señora May Rich no tenía la culpa de la falta de consideración de su esposo y, en su papel de anfitriona, le había organizado una pequeña visita en compañía de varias señoras, incluida Victoria, con el fin de mostrarle las instalaciones de que disfrutaban en Bella Vista y sus alrededores, entre las que se encontraba, por supuesto, el hospital, al que se dirigían en ese preciso instante.

—¿Tienen ustedes hijos? —le preguntó la señora MacKay.

—Sí, tenemos un varón de catorce años que está estudiando en Rugby y una hija de dieciséis que se ha quedado a cargo de mi hermana y su marido. Es la primera vez que nos separamos de ellos tanto tiempo y con tanta distancia de por medio —contestó la mujer, con la voz quebrada al borde del llanto.

—No le voy a negar que el estar lejos de los hijos y de nuestras familias es lo más difícil para cualquiera de nosotras, pero terminará acostumbrándose, ya verá —la consoló la señora Osborne en tono maternal—. Piense que es lo mejor para ellos, sobre todo al llegar a una cierta edad como la que tienen sus hijos. Aquí carecen de amistades, de colegios adecuados, de un entorno apropiado para sus intereses... Les conviene más permanecer en Inglaterra.

—Eso fue lo que me dijo la esposa del presidente Matheson —coincidió la señora Rich, mirándola con los ojos humedecidos—. Me recomendó que me viniera con William y, una vez instalados aquí, podríamos decidir el mejor momento para que ellos nos visitaran.

Las mujeres cruzaron la entrada principal del hospital mientras la señora MacKay le explicaba a la «nueva directora consorte» que los miembros de la colonia disponían de un pabellón exclusivo dentro del edificio con su propia puerta de acceso para ellos. Elaine se volvió hacia Victoria y le pidió que, por favor, le dijera al conserje que avisara al doctor MacKay de que habían llegado.

—Enseguida, señora —le respondió Isidro, que fue adentro sin perder un segundo.

Unos minutos después se presentó ante ellas el doctor MacKay con una sonrisa relajada, acompañado dos pasos por detrás de la enfermera Hunter.

—Las estábamos esperando, señoras. Bienvenida, señora Rich, es un placer recibirla en nuestro hospital. Le presento a miss Hunter, nuestra insigne jefa de enfermería y responsable de la intendencia del hospital, en cuyas manos las dejaré cuando no tenga más remedio que ausentarme a atender la consulta.

La robusta mujer hizo un enorme esfuerzo por suavizar la expresión severa de su rostro y saludó a las señoras con algo parecido a una sonrisa.

—La enfermera Hunter ha sido discípula directa de nuestra admirada Florence Nightingale —susurró la señora Osborne, inclinándose hacia la señora Rich, que la miró intimidada.

—Y alumna aventajada de su mal carácter —murmuró Alice Colson, dirigiéndose a Victoria, que disimuló una sonrisa.

—No sé si las señoras la habrán informado —oyó que le decía el doctor a la señora Rich —, pero sepa que puede recurrir a ella en cualquier momento para que acuda a su domicilio en caso de que necesite cualquier atención de índole... —carraspeó, incómodo—, femenina, ya me entiende. —Las señoras fingieron no haberle oído y él prosiguió, mostrándoles con el brazo el camino—: Sígannos, por favor.

John MacKay las condujo por el pasillo central hasta la sala de curas, donde les presentó a la enfermera Blackladder, que estaba ocupada colocando un vendaje sobre la herida todavía fresca de un obrero. Se había rajado desde la muñeca hasta casi el codo con un hierro suelto en una vagoneta y el doctor se había esmerado en cosérselo lo mejor posible. De ahí continuaron hacia la zona de las consultas, pasaron por delante de la sala de accidentados, donde cruzaron un respetuoso saludo con el doctor Richards, a quien la señora Rich ya conocía, y a mitad de camino se detuvieron en la sala infantil, en la que el doctor MacKay las invitó a pasar.

La sala estaba muy tranquila y más vacía que la última

vez que la visitó: de las diez camas que había, solo tres estaban ocupadas por chiquillos enfermos de piel blancuzca y aspecto desganado. Junto a una de esas camas vio a Rocío, que intentaba darle de comer a una niña pequeña que lloraba en voz baja, a hipidos.

—¿También trabajan en la mina? —preguntó la señora Rich, impresionada.

—No, no. —Sonrió MacKay—. Son hijos de mineros o de trabajadores de la mina. En este hospital atendemos tanto a los obreros como a sus familias. —Se detuvo a los pies de una de las camas y señaló a la joven—. Les presento a la señorita Alonso, ayudante de enfermería. Contamos con dos enfermeras inglesas y cuatro ayudantes de enfermería españolas, formadas aquí, por supuesto.

Mientras el doctor explicaba a las señoras qué tipos de enfermedades solían tratar con más frecuencia entre la población infantil, Rocío se levantó de la silla y, al pasar junto a Victoria, le hizo una seña apenas imperceptible para que la siguiera detrás de una cortinilla. Ella aprovechó que John MacKay se giraba para mostrarles un otoscopio, uno de los últimos aparatos médicos que habían recibido desde Glasgow, para apartarse disimuladamente del grupo y ocultarse tras la cortinilla.

—Ya tengo los resultados del laboratorio que ha realizado los análisis de las aguas de las fuentes. Adivina: han detectado concentraciones de arsénico procedente de las minas —susurró Rocío, con los ojos brillando de la emoción.

—¡Arsénico! —repitió Victoria, que conocía las propiedades tóxicas de esa sustancia química—. ¡Pero eso es espeluznante!

La joven asintió con la cabeza y mientras fingía ordenar el material médico de un estante, agregó:

—Esa podría ser la causa de tantos abortos en mujeres.

Victoria la miró, contagiada de su excitación.

—¿Estás segura?

—No, pero lo que sí sabemos seguro es que el arsénico administrado en determinadas dosis a lo largo del tiempo es venenoso y puede llegar a provocar la muerte. Es cierto que los niveles que aparecen en mis muestras de agua no son tan altos como para matar a un adulto sano, pero tal vez sí sean suficientes para afectar a la salud de los niños y de las mujeres embarazadas —explicó sin elevar el tono de voz, al tiempo que lanzaba miradas vigilantes hacia la sala, atenta a que el doctor MacKay no las echara de menos. Se volvió hacia Victoria, que no parecía tan convencida, y añadió—: Conozco bien los síntomas, los veo todos los días: irritaciones estomacales, dolores, diarreas, vómitos, y a eso hay que sumarle todas esas mujeres que han perdido a sus bebés.

—Pero, si es así, tendría que haber más gente afectada...

—¿Y quién nos dice que no la hay? Además, se me

ocurre que los niños y las mujeres que están encinta no salen apenas de las aldeas y la única agua que consumen es esa, mientras que los hombres van y vienen, beben de otras fuentes y en otros lugares...

La hizo dudar. Si fuera tan evidente, ¿no lo habrían detectado los médicos en el hospital?

—Pero el doctor Langford lo achaca más a la falta de higiene y a las malas condiciones de alimentación que a cualquier otra causa... —dijo Victoria.

—¿Sabes cuántas mujeres han tenido partos prematuros o abortos en los últimos dos meses? —le preguntó Rocío, dejando unos segundos para que lo pensara antes de responder ella misma—: Dieciocho mujeres frente a treinta y cuatro partos de los que hay constancia en los registros de Nerva, Riotinto y Zalamea, y que han llegado a buen término. Eso es un porcentaje altísimo.

—Ten en cuenta que si lo denuncias, deberás demostrarlo ante las autoridades.

La joven movió la cabeza, dubitativa.

—Ahora mismo solo tengo el informe del laboratorio y una libreta en la que describo los casos de los pacientes que atiendo dentro y fuera del hospital, los síntomas que presentan, el tratamiento que llevan, la evolución. Podría revisar todos los casos que he tratado en el entorno de estas aldeas e intentar relacionarlos...

—¿Y qué piensas hacer con el informe? Tal vez deberías contarle tus sospechas a tu padre o al doctor Langford antes de nada...

La voz de John MacKay enmudeció al otro lado de la cortinilla. Victoria se asomó con cuidado y lo vio girarse buscándolas.

—¡Estamos aquí, doctor! —le dijo, mirándolo con sonrisa inocente—. Enseguida vamos.

Rocío agarró una bandeja de metal y depositó en ella unas tijeritas de punta redondeada, un paño limpio que humedeció en alcohol y un termómetro de mercurio. Antes de salir de detrás de la cortina y dirigirse hacia la cama de uno de los niños hospitalizados, respondió a su pregunta:

—Voy a llevarlo a la reunión que ha convocado mañana la Liga Antihumista en Zalamea y a ver qué opinan. Ya le he dicho a Mariona, a Chara, y a alguna otra mujer del Romeral que vengan también, por si hay que levantar un poco la voz. Ya te contaré en qué queda todo —dijo, alejándose con su andar cimbreante.

Victoria la vio marcharse pensativa y luego se unió de nuevo al grupo de señoras, que prosiguieron la visita a lo largo del pasillo central. Vieron venir hacia ellas la figura espigada de Phillip en compañía del doctor Alonso, que el doctor MacKay también presentó a la señora Rich, antes de despedirse de ellas para regresar a sus ocupaciones.

—No sabía que tenías pensado sumarte a la visita...
—dijo Phillip, sonriente, y le dejó una discreta caricia en la espalda al pasar por su lado.

Victoria le dedicó una mirada de complicidad. Ambos habían acordado no comunicar su compromiso hasta que ella regresara del viaje a Madrid previsto para la primera semana de febrero, justo después de la boda de Jane. Para entonces, contaba con que las obras de la casa estarían finalizadas; además, debía resolver varios asuntos ineludibles en la capital.

—Ha sido culpa de Alice Colson: si no tiene a alguien con quien compartir sus comentarios sarcásticos, se aburre —le confesó en voz baja, inclinándose hacia él.

—Me gusta verte por aquí —repuso él—. Sobre todo cuando me espera una larga guardia por delante.

Tenía razón, lo había comentado durante el desayuno y se le había olvidado. Esa noche a Phillip le tocaba guardia en el hospital. Victoria volvió sobre sus pasos hasta la sala infantil y buscó a Rocío con la mirada.

—¿Crees que podría ir yo también a la reunión de la Liga Antihumista? —le preguntó—. Me interesa mucho escuchar lo que se cuente allí.

La joven le respondió con una amplia sonrisa. Claro que sí, la recogería en la entrada de Bella Vista con su carruaje al salir del hospital, en torno a las siete de la tarde.

26

—Yo me retiro ya. Que pases buena noche —anunció Clarissa en cuanto terminaron las dos de cenar, al tiempo que hacía ademán de levantarse de la mesa.

Helen le retiró la silla y se apresuró a ofrecerle el bastón que la dama había comenzado a usar en las últimas semanas, y también su brazo, al que se agarró con fuerza.

Victoria no intentó disuadirla, como había hecho en noches anteriores. Sabía que era inútil. Desde que discutió con Phillip, Clarissa había adoptado ciertos comportamientos domésticos con los que pretendía magnificar su papel de agraviada, y uno de ellos era, precisamente, ese: el de negarles su compañía en la salita después de la cena, y al mismo tiempo, hacerles culpables de ello, aunque ella fuera la primera perjudicada. Ya no se sentaba con ellos un rato al calor de la lumbre mientras saboreaba despacio la infusión con una gotita de láudano que le preparaba Helen antes de acostarse; ahora hacía que la doncella se la subiera a su habitación después de ayudarla a desvestirse y antes de meterse en la cama. Solía presumir de que el láudano le hacía efecto tan rápido que, apenas recostaba la cabeza sobre la almohada, ya se le comenzaban a cerrar los ojos. Eso ocurría normalmente poco después de las siete de la tarde, así que a Victoria le resultó sencillo sentarse en la salita como cada noche hasta ver subir a Helen la escalera con la bandeja de la infusión en las manos y aguardar a que la doncella se retirara a su dormitorio en el piso superior, para coger su ridículo oculto en un cajón de la consola, ponerse los guantes, la pelliza y salir de la casa con movimientos muy lentos y sigilosos. La llave de la puerta la escondió entre las hojas de una maceta del porche.

Si el guardia de la entrada se sorprendió al verla salir del recinto a esas horas, no lo demostró. Ella lo saludó con una leve inclinación de cabeza y se dirigió al coche de Rocío, que aguardaba unos metros adelante, a un lado del camino.

—No sabía si decirle al guardia que mandara a alguien a buscarte —le dijo con alivio la joven mientras Victoria se acomodaba en el asiento de piel.

Llegaron a Zalamea poco antes de las ocho de la noche, cuando la oscuridad había descendido sobre el pueblo y se había adueñado de las calles solitarias; el traqueteo de las ruedas al pasar por encima del empedrado resonaba con fuerza. Rocío avisó a Victoria de que necesitaba pasar un momento por su casa a recoger unos papeles y, de paso, le sugirió en tono vacilante, casi avergonzado, que tal vez sería conveniente que se cambiara el bonito traje de brocado negro tan distinguido que llevaba por otro más sencillo.

—Eres más esbelta que yo, pero creo que te servirá una de mis faldas de paño. Te ayudará a pasar más desapercibida —afirmó.

Tenía razón, no había caído en ese detalle, aunque dudaba de que en su ropero hubiera encontrado un atuendo apropiado para una cita así. El carruaje recorrió un laberinto de callejuelas estrechas y empinadas y se detuvo frente al portalón de una casona que, sin ser señorial, reflejaba la posición acomodada del doctor Alonso. Un criado les abrió la puerta y las dos mujeres pasaron al vestíbulo revestido de alegres azulejos sevillanos.

—¿Se encuentran mis padres en casa?

—No, señorita. Han salido a misa.

Rocío la condujo entonces a su habitación, en el piso superior. Rebuscó entre las prendas del armario hasta encontrar lo que buscaba: una falda de paño negra y una recatada camisa de color lila. Victoria se colocó la camisa por encima y se contempló en el espejo de la joven. Era una tontería, pero, de repente, se sentía extraña de abandonar, aunque solo fuera por unas horas, el luto que la había acompañado todo ese tiempo.

—Tengo también un mantoncillo para que te lo eches sobre los hombros, si quieres —le dijo Rocío, extendiendo el mantón negro sobre la cama, como si le hubiera leído el pensamiento—. Espera, que te ayudo a desvestirte; lo haré yo más rápido que si llamamos a la criada.

Daban las ocho de la noche en el campanario del pueblo cuando las dos mujeres abandonaron la casona, Victoria con su renovado atuendo y Rocío con el informe de las aguas entre las manos, y volvieron a acomodarse dentro del coche, que reemprendió la marcha.

La Casa del Pueblo se hallaba muy cerca de la iglesia, en un edificio bajo y esquinado. Era una casa sencilla, con dos ventanales enrejados a ras de calle y una puerta tosca de madera abierta de par en par por la que vieron entrar a numerosas personas.

—Cualquiera diría que han convocado a toda la comarca a la reunión —dijo Rocío, que en cuanto pisó el zaguán se quitó el abrigo y, junto con el de Victoria, los colgó de un gran perchero oculto bajo varias capas de prendas de abrigo y sombreros.

No estaba toda la comarca, pero sí una buena representación de ella, por lo que pudo comprobar Victoria al llegar a la bulliciosa sala. Una cuarentena de hombres de lo más variopinto abarrotaban la estancia, repartidos en numerosos grupos. Había un corrillo de señores ataviados con trajes de chaqueta, que Rocío identificó como los alcaldes de los pueblos de la zona. «El de la barba canosa es el alcalde de Zalamea y uno de los mayores terratenientes del pueblo, don José Lorenzo, y a su lado está su yerno, el señor Ordóñez Rincón, que lleva la voz cantante en la Liga Antihumista; el hombre a su derecha es el alcalde de Alosno, y el de la izquierda es el de Calañas, y el de las lentes es otro terrateniente de Valverde...», le fue diciendo. No muy lejos de ellos había un grupo formado por pequeños agricultores, y en el lado contrario, otro corrillo de hombres que Rocío no supo reconocer, ataviados con la indumentaria que Victoria les había visto a los mineros de Riotinto.

—Mira, allí están Mariona, Chara y las demás —dijo Rocío, señalando hacia un rincón apartado de la estancia.

—¡Señores, vayan tomando asiento! —gritó con voz altisonante el alcalde de Zalamea.

Victoria recorrió la sala de un vistazo rápido y de repente pensó cuánto había echado de menos esas escapadas, la posibilidad de salir de su entorno habitual y conocer a otras personas, otras realidades, participar de la vida pública y social. Eso era lo que siempre le atrajo de su actividad periodística, la que ejerció mientras residía en Madrid al amparo de la tía Clotilde, su gran valedora también en ese ámbito tan resbaladizo para las mujeres, y la que ejercía aquí, en Riotinto, aunque fuera de incógnito, a través de su colaboración semanal en *El Globo*. Le había devuelto la ilusión, la confianza en sí misma.

Los grupos comenzaron a disolverse y los hombres se repartieron entre las sillas en un aturullado desorden, mientras ellas atravesaban en dirección al grupo de mujeres. Victoria se coló entre varios hombres que obstaculizaban el paso y, al sobrepasarlos, se dio de bruces con uno que se cruzó en su camino.

—¡Diego! —se sobresaltó ella, que notó un vuelco en el corazón—. ¿Qué hace usted aquí? ¿Es que tiene que estar metido en todos los ajos?

—Yo podría decir lo mismo de usted. —Sonrió él, mirándola con la intensidad de sus ojos verde oliva.

Ella tampoco podía apartar la vista de él, de su rostro atractivo, de su sonrisa deslumbrante.

—Pero ¿no había regresado a Madrid?

—Sí, me marché con la legación de diputados, pero el señor Gálvez me ha traído de nuevo de vuelta. —Se giró y señaló hacia el diputado, que Victoria reconoció enseguida.

—¿Por qué? ¿Acaso ha ocurrido algo?

Diego soltó una carcajada cálida, arrulladora, y la imagen evocadora de su cuerpo abrazándola en un recoleto jardín de Madrid envolvió a Victoria con suavidad, mirándolo absorta. Él se inclinó levemente y bajando la voz, le respondió al oído:

—De ser así, creo que usted lo sabría mejor que yo y mejor que nadie, señor Troyano...

Notó que las mejillas le ardían con un fuego intenso.

—No sé a qué se refiere...

Él se limitó a contemplarla en silencio, como si se recreara en el rubor que coloreaba su rostro desconcertado.

—Sí lo sabe, Victoria, pero prefiero que me lo cuente usted misma, despacio y sin omitir detalles —respondió, y ella creyó detectar un brillo enigmático en sus pupilas. Luego lanzó un vistazo alrededor, como si buscara a alguien, y preguntó—: ¿Ha venido acompañada?

—¡Victoria! —La voz de Rocío le llegó con nitidez y solo entonces reparó en que la mayoría de los presentes habían ocupado ya sus asientos y el barullo de las conversaciones había enmudecido.

—Me reclaman —dijo al tiempo que le hacía un gesto a la joven enfermera—. Creo que van a comenzar, debo ir a mi sitio.

—No se olvide de que tenemos un asunto pendiente.

Victoria se alejó sin responderle. Con Diego Lebrija siempre parecía tener asuntos pendientes que nunca conseguían zanjar. Ocupó su asiento entre Rocío y Chara, como una más entre las mujeres de la comarca, y siguió con la vista la figura atractiva del periodista, que se dirigía a la silla que le tenía reservada el señor Gálvez unas filas más adelante.

—¿De qué conoce a Diego Lebrija? —oyó que le preguntaba Chara, a su lado. Tenía a su hija en el regazo, adormilada contra su pecho.

Victoria contempló la carita suave de la niña y reprimió el impulso de acariciar sus mofletes rosados.

—Hace un tiempo coincidimos en Madrid. ¿Tú lo conoces?

—Sí, crecimos juntos. Mi padre trabaja en la imprenta de su familia en Lavapiés y, de niña, me pasaba allí tardes enteras. Diego y su hermano eran aprendices y mi padre les enseñaba. Yo me ponía con ellos y aprendía también —le explicó—. Desde pequeñito se le notaba que era muy listo. Le gustaba estudiar y leer y curiosear por ahí, y mi padre le regañaba porque se le iba el santo al cielo mientras componía las líneas de texto delante del chibalete, pero en el fondo siempre fue su preferido... De jovencilla, yo estaba loca por él, aunque no me hacía caso. —Se rio—. Le interesaban otro tipo de mujeres... más como usted, creo yo.

—¿Como yo?

—Sí..., más ilustradas, más listas.

—¡Qué tontería! Tú también eres muy lista, Chara.

—Sí, pero de otra manera. Yo me rijo más por la intuición, por lo que me dicen las tripas, ¿sabe? Y las tripas algo deben de influir aquí —se golpeó la cabeza con los nudillos—, porque son muy sabias —concluyó con la rotundidad de quien constata una evidencia irrefutable.

Victoria se rio, dándole la razón. Cuando estaba preocupada por algo o les daba muchas vueltas a las cosas, lo primero que se le trastocaba era el estómago.

—¿Ve? Eso decía yo. —Chara dejó pasar unos segundos y después dijo—: He oído que quiere saber quién es el hombre que preñó a la Petra.

—¿La conoces?

—Sí, trabajó en la mina un tiempo, en el mismo corte que Gabriel, mi marido. Ella y la otra muchacha, la Piluca, la que se murió hace dos semanas... Pobre chica. Me dictó un par de cartas para su hermana, que vivía en un pueblo de Jaén, ¿sabe?

Victoria asintió, apenada.

—¿Has oído algo de quién es ese hombre, el padre de la niña de Petra?

—Yo lo vi una vez solamente. Era un inglés, pero no sé su nombre. Si lo viera, lo reconocería, pero Petra no quiere decírselo a nadie.

—No tendría por qué saberlo nadie más. Se trata de un asunto privado de una amiga de Bella Vista.

——Si es por usted, intentaré enterarme de algo más.

Diego observó a los cinco hombres sentados a la mesa sobre el entarimado y tomó nota de sus nombres a medida que Nemesio Gálvez se los dictaba: empezando por la izquierda, don Tirso Montero, alcalde de Alosno; a su lado estaba don José Lorenzo, alcalde de Zalamea, y en el centro, presidiendo el acto, don José María Ordóñez, jefe de la Liga Antihumista. A los otros dos Diego ya los conocía: Maximiliano Tornet, el líder anarquista, y Gabriel Pazos, el marido de Rosalía, sindicalista y obrero en las minas de Riotinto.

El primero que tomó la palabra fue Ordóñez, un tipo bien parecido, de maneras suaves y gesto ceñudo, que expuso los motivos por los que habían convocado esa reunión: a tenor de los acontecimientos ocurridos en las últimas semanas, existía la opinión compartida entre los responsables de la Liga, los alcaldes y ciertas personalidades relevantes de que se hallaban en un momento crítico en la batalla que mantenían contra las teleras de la Compañía Río Tinto.

—Una batalla que, en nuestra humilde opinión, se asemeja al enfrentamiento de David contra Goliat, o lo que es lo mismo, la lucha de los habitantes de unos municipios que, no porque seamos pequeños y estemos lejos de las grandes capitales, somos menos importantes que la todopoderosa Compañía Río Tinto, aunque nuestros gobernantes así lo piensen —expuso el jefe de los antihumistas.

Ante la tropelía cometida por el gobernador provincial contra la decisión en pleno adoptada por el Ayuntamiento de Alosno, creían que había llegado el momento de poner toda la carne en el asador y organizar una manifestación de todos los pueblos de la comarca contra los efectos de los humos de las teleras sobre los campos, los animales, sobre las dehesas taladas de encinas y carrascos, sobre sus vidas. Cuantas más personas acudieran, más fuerza exhibirían a ojos de las autoridades, que se verían obligadas a reaccionar de alguna manera.

—¡Hay que echar a los ingleses de estas tierras! —gritó una voz airada entre el público. Se oyó un murmullo alrededor, y el hombre, un agricultor menudo y enjuto, se levantó de su silla y habló para la sala—: Se creen los dueños de toda la comarca, hacen y deshacen lo que les da la gana en su provecho, sin pensar en las gentes del pueblo. A este paso, nos van a echar de nuestra propia tierra ¡y eso no podemos permitirlo!

—¡Así se habla! ¡Que nos devuelvan las minas! —le respaldó otro hombre sentado cerca de él. Sus palabras suscitaron un clamor de apoyo y aplausos que le animaron a proseguir—: Si alguien tiene que enriquecerse a costa de nuestra tierra, que seamos nosotros, sus habitantes, no unos extranjeros mohínos que nos desprecian.

—¿Y cómo vas a conseguir que las devuelvan, si son sus legítimos propietarios? ¿O es que quieres que venga alguien y decida quitarte lo que es tuyo por derecho solo porque no le gustas? —le replicó con sorna un tercer hombre desde la segunda fila.

—¡Pues que las expropie el gobierno! Entre nosotros tenemos a más de dos y de tres prohombres del Andévalo que podrían explotarlas como hacen los ingleses —replicó el primero.

De nuevo un murmullo enfervorizado interrumpió el curso de la reunión. José Lorenzo agarró una maza y dio dos golpetazos secos sobre la mesa.

—¡A callar todo el mundo! —gritó con la voz grave y rasposa del hombre acostumbrado a hacerse respetar—. ¡Déjense de tanto lloriquear y vamos a centrarnos en el asunto que nos ocupa, coño!

La sala enmudeció y el señor Ordóñez volvió a tomar la palabra con voz pausada:

—A ver, Emiliano, lo que usted plantea es poco realista, por no decir fantasioso. Ni el gobierno de España está por la labor de expropiar las minas a la compañía, ni dispone del dinero para hacerlo, ni creo que quiera provocar un conflicto diplomático con el Reino Unido por este motivo, así que no nos desviemos del tema y vayamos a lo que está en nuestras manos: unirnos, manifestarnos de manera pacífica, defendernos con la razón de la ley, que es lo que tenemos.

A continuación, pasó a presentar a los dos hombres

que tenía sentados a su lado, Maximiliano y Gabriel, que asistían a la reunión en representación de los obreros empleados en las minas, porque también ellos querían sumarse a la campaña contra las calcinaciones, como les explicó el segundo cuando se puso en pie y se dirigió a los presentes. Al principio le falló la voz, le temblaban ligeramente las manos. Se notaba que la oratoria no era lo suyo, que él se manejaba mejor en el tú a tú, en las honduras de la mina, en infundir confianza y arrastrar a los demás tras de sí, como si no le temiera a nada, pero a medida que hablaba, su voz fue cogiendo mayor seguridad:

—Alguien me dijo hace unos días que los mineros, al final, siempre terminamos bajando la cabeza ante la compañía, y no digo yo que no, a fin de cuentas, nos tratan como a otra propiedad más; nuestras vidas están en sus manos. Pero algo está cambiando, los mineros también estamos hartos de los humos y de que los ingleses los utilicen para imponer sus condiciones en el trabajo y en los jornales. Por eso estamos hoy aquí y por eso queremos unirnos a la causa contra las teleras que ustedes defienden, y hacerla nuestra también, por nuestro futuro y el de nuestras familias en esta comarca.

En cuanto concluyó, le cedió la palabra a Tornet, que carraspeó antes de levantarse a hablar con gesto solemne:

—El compañero Pazos ha hablado en nombre de miles de mineros y sus familias, que son muchos, pero no suficientes. Si nos enfrentamos a la compañía uno por uno y por separado, nos aplastará sin compasión. —El anarquista tenía una voz alta y clara que modulaba como si fuera un experto orador—. Comprará voluntades y moverá los hilos que tiene bien amarrados por todas las instancias e instituciones del Estado, aquí en Huelva y allí en Madrid; desde el dirigente más importante hasta el funcionario más gris. A todos utiliza, no se libra nadie. Como bien ha dicho el señor Ordóñez, no somos contrincantes para ella, pero si nos unimos y hacemos un frente común todos, los ayuntamientos con sus habitantes, ya sean ricos o pobres, los agricultores, los ganaderos, los pescadores y los más de cuatro mil obreros que trabajamos en la mina... —hizo una breve pausa para observar a los hombres, que le escuchaban muy atentos—, ah, entonces, señores, tendrán que empezar a ceder porque nos defenderemos como lo hizo Fuenteovejuna ante los abusos del comendador.

Diego admiró la elocuencia del discurso de Tornet, que se había guardado mucho de esgrimir ante ese auditorio de hombres tan pegados a la tierra y a sus posesiones, por pequeñas que fueran, los argumentos más revolucionarios del movimiento anarquista. Pensó que había sido muy inteligente al priorizar la batalla de los humos sobre las reivindicaciones obreras, de forma que les permitiera sumarse al que consideraba el frente con más posibilidades, el de la Liga Antihumista y los alcaldes de los municipios, sin levantar suspicacias.

Habían terminado todos de pronunciar sus discursos cuando se oyó una voz femenina alzarse al fondo de la sala. Diego se volvió hacia allí y reconoció a la joven que había llamado a Victoria, a quien vio sentada a su lado, muy atenta.

—Nosotras también queremos hablar —empezó diciendo, y se detuvo al escuchar unas risitas entre el público.

—No se la oye bien, señorita Alonso —dijo el señor Ordóñez—. Venga aquí delante, que todos la vean y la escuchen.

Diego la vio inclinarse a hablar con las mujeres sentadas en su misma fila, entre las que también distinguió a Rosalía con su hija dormida en brazos. La muchacha agarró unos papeles y atravesó la sala con paso decidido hasta llegar a la palestra.

—Muchos de ustedes me conocerán, soy Rocío Alonso, la hija del doctor Alonso —declaró en voz alta—. Como sabrán, trabajo de enfermera en el hospital de Riotinto, aunque he estudiado medicina y atiendo de manera gratuita a muchas mujeres y niños de las aldeas de los alrededores. Desde hace un tiempo, venimos notando que han aumentado los casos de niños enfermos del estómago y los abortos espontáneos en las mujeres embarazadas en algunas aldeas concretas, sin que haya motivos para ello, así que hace un mes mandé a analizar a Sevilla, por mi cuenta y riesgo, varias muestras de aguas tomadas de las fuentes de esas aldeas. Y aquí les traigo los resultados que me han devuelto —dijo, alzando los papeles que llevaba en la mano y que procedió a leer.

«¡Arsénico en las fuentes!», apuntó Diego en su libreta, tan sorprendido como los demás. Se dio media vuelta y miró a Victoria, que le devolvió una mirada henchida de orgullo.

Las palabras de la joven provocaron un gran revuelo entre el público, que deseaba saber más: si había notado esos mismos casos en más pueblos de la zona, cuáles eran los síntomas, si era mortal, si las autoridades sanitarias de Huelva estaban al tanto y, sobre todo, ¿lo sabían los médicos de la compañía?

Rocío fue respondiendo poco a poco a todas las cuestiones planteadas, pero insistió en que el motivo por el que habían acudido a la reunión tanto ella como las demás mujeres era para reclamar que se tomaran medidas lo antes posible para proteger a los niños y a las embarazadas de esas y otras aldeas donde, según los datos que ella tenía, las aguas también podrían contener arsénico.

—Y luego utilícenlo como mejor consideren en su campaña contra los efectos perjudiciales de los humos y las minas —concluyó.

27

Al finalizar la reunión, Nemesio Gálvez se disculpó ante Diego y fue al encuentro de José Lorenzo antes de que se le escapara, le dijo; necesitaba comentar con él cierto asunto. No tenía ni por qué disculparse, a él también le interesaba hablar con algunas personas que podrían proporcionarle más información para su columna. Desde que se apeó del tren la noche anterior, solo había tenido tiempo de pasearse por los alrededores de la mina, palpar el ambiente e indagar en el cuartelillo de la Guardia Civil sobre el asalto a las teleras. Todavía no habían averiguado nada de los embozados, le respondieron.

Se quedó unos minutos allí de pie, ajeno al bullicio que se había vuelto a montar en la sala en cuanto el señor Ordóñez levantó la sesión y los asistentes saltaron como resortes de sus asientos. Se desataron los comentarios, las discusiones, y se formaron otra vez los corrillos, incluso más animados que antes. Diego buscó con la vista a Victoria entre la gente hasta dar con ella en un recoveco de la sala, hablando con dos miembros de la Liga Antihumista, su presidente y otro caballero. Se fijó en la expresión seductora con que la miraba Ordóñez y sintió una punzada de celos. Fue entonces cuando reparó en la sencilla indumentaria que lucía, la camisa color lila con una lazada al cuello, la sobrefalda negra, y recordó esa manía suya de disfrazarse para confundirse entre la gente de otros ambientes distintos al suyo. De lo que ella no se daba cuenta era que sobresalía allí donde fuera, lo quisiera o no, quizá por los rasgos refinados de su rostro o por sus maneras de natural elegantes y el habla educada, o por esa distinción aristocrática que irradiaba su figura sin pretenderlo. La misma que se alzaba ante él como un muro invisible difícil de franquear.

Apartó la vista de ella y sus ojos se toparon con Rosalía, que lo saludó de lejos, con su hija en brazos. La niña se parecía mucho a su padre, eso era innegable, y así se lo había dicho a Quino cuando lo visitó a su regreso a Madrid para contarle que al fin había encontrado a su hija. El viejo tipógrafo se agarró con fuerza al respaldo de la silla, retrocedió tambaleante dos pasos y se dejó caer sobre la cama, como si le hubieran propinado un golpe. El pobre hombre se dobló sobre sí mismo, apoyó los codos en sus rodillas y, con la cabeza hundida, se agitó entre sollozos silenciosos.

—¿Y cómo está? ¿Sigue con Gabriel? ¿Qué te ha dicho? —preguntó con la voz todavía quebrada al cabo del rato, cuando se recuperó del impacto.

Diego le contó lo que sabía y, sobre todo, le habló de que tenía una nieta que se llamaba como él, Quina, una niña preciosa de casi cuatro años, con los ojos muy grandes y azules y el pelito muy rubio. «Eso le vendrá del padre y de la familia del padre, que son todos celtas», sonrió Quino, con los ojillos húmedos. Diego se guardó para sí que Rosalía todavía le guardaba algo de rencor y que renegaba de su vida en Madrid. A Quino solo le explicó que Gabriel tenía un buen trabajo en la mina, que la compañía minera les había asignado una casita nueva y muy apañada, y que no era fácil que pudieran venir a Madrid. «Claro, claro, lo entiendo», asintió Quino con varios cabeceos, y se alegraba por ellos, que la vida en la mina nunca era fácil, no... Si para el verano mejoraba de sus pulmones, igual cogía el ferrocarril y se plantaba en Huelva a visitarlos, «porque para qué quiero yo los pocos ahorros que tengo más que para darme el gusto de ir a ver a mi hija y conocer a mi nieta», añadió en un súbito alarde de optimismo.

—Señores, pasen al salón contiguo, que vamos a servir un vino con algún picoteo, que casi se nos ha pasado la hora de la cena —anunció el señor Lorenzo, alcalde de Zalamea.

Los hombres comenzaron a desalojar la sala.

La reunión de esa noche había concluido tras el acuerdo de celebrar la manifestación contra las teleras el cuatro de febrero. Ese día, toda la gente de bien de la comarca, incluidas las autoridades de otros municipios, marcharían hacia el Ayuntamiento de Riotinto para pedirle a su alcalde que prohibiera las calcinaciones como habían hecho los consistorios de Calañas y Alosno.

—¿Te vas a quedar hasta la manifestación? —le preguntó Gabriel cuando se cruzó con él.

—Claro que sí. En parte, es lo que me ha traído hasta Huelva —repuso al tiempo que sus ojos saltaban entre los rostros buscando a Victoria—. He oído rumores de una posible huelga minera. ¿Sabes algo de eso?

Gabriel desvió la vista hacia Tornet, que conversaba con Gálvez y dos de los alcaldes.

—Todavía no se ha decidido nada. Tornet piensa que antes de convocar una huelga nos conviene tener de nuestra parte a las autoridades locales de Riotinto y de Nerva, o, al menos, que no se nos pongan en contra. Les vamos a enviar un escrito en el que explicamos las peticiones laborales que le hemos planteado a la compañía, ahora que ha llegado un nuevo director. Son peticiones muy justas y razonables, como verán. Cuando la compañía nos responda, decidiremos qué hacer.

Los dos avanzaron hasta el salón, donde habían colocado una mesa alargada pegada a una pared con varias botellas de vino descorchadas y algunos platos de jamón y de queso de la zona.

—Si tenéis alguna novedad, házmelo saber cuanto antes. Imagino que también os interesa que vuestras reivindicaciones se conozcan en Madrid, y podría hablar de ello en mi columna de *El Liberal*.

Estaba alojado en la pensión de doña Encarna. Si lo necesitaba, podía hacerle llegar allí sus mensajes, que ya se encargarían de entregárselos.

Unos metros adelante, en el pequeño recibidor que comunicaba ambos salones, divisó a Victoria junto a otras mujeres. Se disculpó con Gabriel y se dirigió hacia ella, sorteando las personas a su paso.

—Espero que no esté pensando escaparse de mí, ¿verdad? —le dijo al llegar a su lado.

Ella se dio la vuelta y le clavó sus ojos negros.

—Quizá debería, ya que dice haberme descubierto. —Su boca esbozó lentamente una sonrisa retadora.

Él sonrió a su vez. Aguardó a que la gente alrededor entrara en el salón contiguo hasta quedarse a solas para decirle:

—No se preocupe, le guardaré el secreto.

—¿Cómo lo ha adivinado?

—Por casualidad —respondió, encogiéndose de hombros—. Cometió un pequeño desliz en su columna sobre el minero herido en el derrumbe, pero lo cierto es que no sé cómo no me di cuenta mucho antes. Debí haberlo imaginado al coincidir con usted en todos los sucesos que luego se publicaban en la columna de Troyano.

Ella bajó la vista, un tanto inquieta.

—Había otras muchas personas allí... Podría haber sido cualquiera —murmuró, restándole importancia.

Probablemente, pero... Diego meneó la cabeza. Solo una mujer como Victoria correría al hospital o se perdería entre la gente de las aldeas o estaría justo esa noche ahí, en la reunión, ataviada con un sencillo traje de faena con el que estaba tan guapa como si luciera uno de sus elegantes vestidos. ¿Cómo había estado tan ciego para no hilar lo que ahora era tan evidente a sus ojos?

—Confieso que no se me pasó por la cabeza que usted pudiera interesarse por los problemas que sufren estas poblaciones: los humos, las aguas agrias, la situación obrera... —se sinceró.

Diego notó cómo ella se envaraba, su expresión se endureció.

—¿Y se puede saber por qué?

—Supongo que juzgué mal su posición entre los ingleses de Bella Vista.

—Ese es su problema, que me mira a través de sus prejuicios y no ve más allá de mis apellidos o de mi condición social —respondió ella con sequedad—. No lo hizo en el pasado, cuando se empeñaba en remarcar nuestros orígenes distintos, ni tampoco ahora. En el fondo, sigue pensando que soy una de esas damas frívolas, egoístas e insensibles a la realidad que las rodea. Nunca me ha tomado realmente en serio y por eso le sorprende tanto darse cuenta de que se ha equivocado...

Él no pudo disimular su desconcierto.

—Acabo de admitir mi error, ¿por qué piensa que nunca la he tomado en serio? ¿Le pareció que cuando le conté lo que había descubierto sobre los sobornos de los Rothschild a políticos, empresarios y funcionarios en Madrid no la tomaba en serio? ¿O cuando leo cada crónica o artículo que publica en *La Ilustración Española* o en donde sea? —replicó con la misma firmeza, sin alzar la voz.

Ella lo miró fijamente desde las profundidades turbulentas de sus ojos negros.

—Ya no sé qué pensar, Diego.

—No he tomado más en serio a ninguna mujer en toda mi vida, Victoria.

Se quedaron en silencio, ajenos a las voces que les llegaban del interior del salón. Más tarde, Diego no sabría decir quién hizo el primer gesto, quién dio el primer paso. Solo sabía que se encontró con el cuerpo cálido de Victoria entre sus brazos y sus bocas se fundieron en un beso brusco, hambriento, como si llevaran deseándolo toda una vida.

Ella sentía los latidos desbocados del corazón en el pecho y le faltaba el aliento mientras todo su cuerpo despertaba al deseo bajo los labios ávidos y apasionados de Diego Lebrija. Cuando las bocas de ambos se separaron, Victoria fue consciente de lo que habían hecho, del riesgo que habían corrido si alguien los hubiera descubierto. Se apartó de él y lanzó una mirada nerviosa en derredor.

—Vayámonos de aquí, ahora —murmuró él, apremiante.

La cogió de la mano y tiró de ella hacia un recoveco de la pared, oculto a los ojos de cualquiera que saliera del salón.

Ella lo miró indecisa. Él volvió a rodearla por la cintura y la besó con suavidad, primero en los labios, luego dejó un reguero de besos en el cuello, en los párpados, en las sienes.

—¿Adónde pretendes que vayamos? —murmuró Victoria en su boca, con la respiración agitada. Lo deseaba, quería estar con él, abandonarse en sus brazos, y al mismo tiempo sentía el vértigo de lo prohibido—. No podemos, Diego. Esto no es Madrid. Yo he venido con la señorita Alonso en su coche, no puedo desaparecer de repente.

—Despídete de ella, yo le diré a Gálvez que me preste el suyo —le pidió sin soltarla.

Victoria se apartó de nuevo y se hundió en los ojos de

Diego que refulgían con el brillo de la ternura y la pasión. Y entonces pensó en Phillip y se sintió avergonzada.

—No, no puedo hacerlo.

—¿Por qué no? ¿Qué ocurre? Sé que lo deseas tanto como yo, Victoria.

—Porque estoy comprometida con Phillip Langford. Me voy a casar con él, Diego. Y luego regresaremos a Inglaterra.

Él la soltó de repente y la observó con una expresión tan dolida como incrédula.

—¿Con ese doctor estirado? ¿Por qué? —Victoria lo miró en silencio. Sería largo y complicado de explicar qué la había empujado a aceptar—. ¿Lo quieres?

—Creo que es mejor que vuelva adentro con Rocío.

—Solo dime si lo quieres, Victoria.

Ella no respondió. Se dio media vuelta y se perdió en el interior del salón, dejándolo allí solo.

28

Riotinto, 28 de enero de 1888

Al amanecer del día siguiente, la manta se desplomó sobre las calles de Riotinto y envolvió las tierras en sus humos densos y sulfurosos. La vida se detuvo en las minas, en los caminos, en las calles y en el ferrocarril, cuya locomotora, negra y pesada, tan pronto emergía como se desvanecía entre la niebla igual que un dragón durmiente sobre las vías. La compañía decretó dos días de manta, y como tantas otras veces, los habitantes de los pueblos y las aldeas mineras trancaron puertas y ventanas y se recluyeron en sus casas a la espera de que levantara.

Victoria sintió que también a ella la envolvía la niebla, una niebla oscura y confusa en la que se sumergió esas dos jornadas, presa de la ansiedad y la angustia que atenazaban su cuerpo. Tal era su estado decaído y febril que Clarissa temió que se hubiera contagiado de alguna enfermedad «de tanto andar correteando por ahí, entre el hospital y el pueblo». No, aquello no era ninguna enfermedad, bien que lo sabía ella, sino la expresión de la feroz lucha que se libraba en su interior. Su cuerpo se debatía entre el deber y la pasión, entre el compromiso adquirido con Phillip y lo que le pedía el corazón, la razón, cada parte de su ser. Deseaba correr en busca de Diego y, al mismo tiempo, tenía miedo de sí misma al encontrarse con él. Sentía que se ahogaba, que el corazón se le aceleraba sin ningún motivo, que un casco le aprisionaba las sienes y la congoja se le aferraba al pecho y la garganta envolviéndola como una planta trepadora, hasta dejarla derrotada y sin fuerzas.

—No es nada, son solo los nervios y una leve indisposición, eso es todo —le dijo a Phillip, que insistía en examinarla, con gesto preocupado.

Le auscultó el pecho, la espalda, le controló la temperatura. La obligó a comer, aunque fuera un tazón de caldo de los que preparaba Ramona, densos, aromáticos, suculentos. Ella hacía el esfuerzo, se sentaba a la mesa tocinera de la cocina y se lo bebía despacio, traguito a traguito, ante la mirada vigilante de la criada, que aprovechaba para contarle chismes y rumores que circulaban por Riotinto a la espera de que la compañía diera respuesta a las peticiones laborales que le habían hecho llegar los mineros.

—Que no son tan *descabellás*, creo yo —decía Ramona mientras removía la comida en la cacerola—. Bueno, a lo mejor alguna sí lo es, porque pedir que recorten las jornadas de doce horas que trabajan ahora a nueve parece mucho pedir. Pero en cambio, que quiten la peseta facultativa que les descuentan cada semana del sueldo (una peseta a la semana, señora, que se dice pronto) *pa* costear la atención médica, eso sí es de ley; y que no les descuenten medio jornal los días de manta, como hoy, también es de ley, digo yo, porque la culpa no es de ellos, sino de los humos, y ¿quién provoca los humos? —Dejó pasar un instante antes de responder ella misma—: Pues las teleras que funcionan día y noche sin descanso, también cuando hay manta, *pa* seguir sacando el mineral. Así que lo suyo sería que la compañía pagara el jornal completo a los obreros, digo yo.

Y al día siguiente, mientras arreglaba la alcoba de Victoria, le decía:

—A mí eso de que la compañía tenga que consultar con los jefes de Londres si les dan o no les dan lo que han *pedío* me da *mu* mala espina, ya ve *usté*. *Pa* mí que este director nuevo, el señor Rich, es *mu* listo y les están dando largas para que no convoquen la huelga, como andan pidiendo por ahí. Mi Benito, el primero, porque ya está bien de tanto abusar de la gente humilde, que bien que se embolsan los señores de Londres un buen montón de dinero a costa de estrujar aquí a los mineros como si fueran las ubres de una cabra.

La mujer hablaba con voz resuelta en un tono cambiante que tan pronto sonaba claro y alto, como se convertía en un murmullo, igual que si mantuviera un diálogo consigo misma.

—Y otro tanto pasa con los concejales de Riotinto —continuó diciendo—, que no saben *pa* dónde mirar, si *pa* los compañeros del tajo que les piden que prohíban tanta telera, como han hecho en Calañas y en Alosno, o *pa* la compañía que les paga el jornal. Pero me parece a mí que esos pobres hombres no van a prohibir *na* de *na*, porque ni pinchan ni cortan en el ayuntamiento, que quien manda ahí es la compañía, como en todos lados —sentenció, pasando un trapo sobre el escritorio. Cuando terminó, se giró hacia Victoria, que permanecía recostada en la cama añadió—: Aunque mire lo que le digo: cuando vean venir en manifestación a tantísima gente de los pueblos de alrededor hasta la plaza del ayuntamiento *pa* pedir que prohíban las teleras, será otro cantar, ya verá *usté*. Porque no es lo mismo que te manden una cartita con mucha palabrería, a que vengan hasta aquí cientos de hombres y mujeres y niños a pedirlo, ea.

Dos días después, cuando la manta se había desvanecido y la vida había retornado a la normalidad, Victoria se montó con Clarissa y las señoras MacKay y Richards en uno de los carruajes que conducirían a todas las damas de Bella Vista al homenaje de despedida del matrimonio Osborne que tendría lugar en Riotinto

—No entiendo por qué han elegido las oficinas de la compañía para celebrar el homenaje cuando podrían haberlo hecho en el club. Habría sido más agradable y cómodo para todos —se quejó la anciana en cuanto se pusieron en marcha.

—Lo pidió el propio señor Osborne, por lo que tengo entendido —respondió Anne MacKay—. Quería que pudieran asistir todos los empleados de las oficinas, los británicos y los españoles, y también algunos obreros de las minas.

—Quizá sea una malpensada, pero yo diría que lo ha hecho con la intención de alardear ante el señor Rich del cariño y el apoyo con que contaba entre todos los empleados, y marcharse con la cabeza bien alta —dijo la señora Richards.

—¿De veras lo cree? No me parece propio del señor Osborne algo así... ¿Tú qué opinas, Victoria? —le preguntó Clarissa, que le dio un toquecito en el brazo con la varilla de su abanico.

Victoria apartó la vista del paisaje y dedicó una mirada de soslayo a su suegra. Era su forma de llamarle la atención sobre lo descortés de su actitud, ajena a la conversación en un espacio tan pequeño como la cabina del coche.

—No sabría decirles, francamente. En todo caso, me parece muy loable por parte del señor Osborne que desee despedirse de todos los empleados que han trabajado para él en este tiempo, sin distinciones de nacionalidad ni de categoría —respondió con voz calmada.

Poco después, los carruajes llegaron al pueblo y se detuvieron delante de las puertas del enrejado que rodeaba la propiedad. A cada lado, dos guardiñas muy tiesos vigilaban de lejos a una cuadrilla de críos encaramados a la verja desde la que observaban con curiosidad lo que ocurría ante sus ojos, en el patio central del edificio con forma de u.

—Parece mentira que todos estos hombres sean empleados de la compañía. Son muchos más de lo que yo imaginaba. ¿Habrá llegado también Phillip? —inquirió lady Langford al entrar, engarzada del brazo de Victoria, que recorrió con la vista los numerosos grupos de empleados congregados allí.

Resultaba fácil distinguir a los británicos de los españoles, reunidos en sus propios corrillos aparte, y más fácil aún era reconocer al puñado de trabajadores, ataviados con sus sombreros cordobeses y las humildes chaquetas de domingo, que asistían al homenaje en representación de las distintas secciones que trabajaban en los yacimientos: mineros, ferroviarios, operarios de talleres o de la sección de construcciones. A Phillip lo divisó al fondo, en el grupo de los doctores —MacKay, Richards y Alonso—, en el que también le sorprendió distinguir a la enfermera Hunter con su uniforme gris y la cofia blanca. Y de camino allí, Victoria saludó de lejos a Jane y a Lisa Gordon, junto al señor Gordon y el señor Reid, que se disponían a ocupar sus asientos en las primeras filas.

—¿Te encuentras bien? —Fue lo primero que le dijo Phillip al verla.

Ella esbozó una sonrisa con la que pretendía tranquilizarlo. Se encontraba mucho mejor, la sensación de ahogo y el dolor de cabeza habían desaparecido; le quedaba todavía la congoja en el pecho, una leve opresión que descendía hasta la boca del estómago, ocluyéndola. Nada que no pudiera soportar, con tal de asistir a la despedida del señor y la señora Osborne, que tan amables habían sido con ella desde que llegó a Bella Vista.

Poco después, los asistentes fueron ocupando las sillas desplegadas en el patio frente a un pequeño atril. El primero en subirse a él y pronunciar su discurso fue William Rich que expresó su «más sincero agradecimiento a John Osborne, en mi nombre y, sobre todo, en el nombre de nuestro admirable presidente Matheson y de todos los caballeros del consejo de administración, por su dedicación y entrega al servicio de la Compañía Río Tinto, que permanecerán como un referente constante para mi trabajo y el de los que vengan detrás de mí», declaró en un tono de voz engolado, como todo él, pensó Victoria, que miró distraída alrededor. El estómago le dio un vuelco al ver a un lado la figura de Diego Lebrija, apoyado contra una de las fachadas laterales del edificio, observándola a distancia. Victoria desvió rápidamente la vista y la bajó a su regazo, intentando disimular el fuego que ardía en sus mejillas, el sofoco que ascendía por su pecho, alentado por los latidos desbocados del corazón.

Ya no pudo prestar atención a los discursos elogiosos que le dedicaron a Osborne el leal Patterson, su mano derecha todo ese tiempo, ni el que fuera su secretario, George Stevens, ni tampoco el campechano John MacKay, que alguna broma debió de hacer para que el público compartiera unas risas que a ella se le escaparon. Todos sus sentidos estaban puestos en ese hombre al que se resistía a mirar y, sin embargo, la atraía hacia él con la fuerza de un remolino. Cuando volvió la vista hacia él, Diego ya se había marchado de allí.

Algo más tranquila, escuchó el discurso de despedida que el señor Osborne pronunció en una mescolanza extraña de inglés y español que todos parecían entender, con la voz quebrada de emoción.

—En todos los años que llevo aquí, no había asistido a una despedida tan emotiva como esta —reconoció Phillip, que sonrió al ver que ella también tenía los ojos humedecidos.

—Y eso que, en los últimos meses, Osborne había suscitado mucho malestar entre ciertas secciones que reclamaban mejoras. Pero ya saben el dicho: «Otros vendrán que bueno te harán» —añadió el doctor Alonso.

Victoria paseó la mirada por los recovecos y los laterales del patio buscando a Diego, sin encontrarlo. Parecía haber desaparecido. Apresuró el paso y se situó al lado de Phillip, que llevaba a su madre del brazo en dirección a los carruajes que aguardaban fuera del recinto. Bajo el único árbol que sombreaba un parquecillo al otro lado de la calle, Victoria divisó a Chara, que le hacía señas con el brazo llamándola y, disculpándose con Phillip, fue hacia ella.

—Creí que no terminaban nunca, madre del amor hermoso —la saludó la mujer al verla llegar.

—¿Qué ocurre?

—Me han dicho que estarían aquí todos los empleados reunidos y he pensado, pues voy a ver si veo al cabrón que preñó a la Petra —soltó sin contemplaciones, y Victoria la miró alarmada—. ¿Quiere saber quién es?

—¿Lo has visto?

—Claro que lo he visto. Venga conmigo. Pero que quede claro: yo nunca se lo he dicho y si la Petra no quiere que se sepa, deberá guardar el secreto. ¿Estamos?

—Estamos —convino Victoria.

Chara echó a andar por la calzada en paralelo a la fila de carruajes estacionados junto a la verja. Poco antes de llegar al último, se paró y señaló con disimulo un corrillo de personas que conversaban al lado de la portezuela. Victoria dirigió la vista hacia allá y los reconoció de inmediato: eran Malcolm Reid, Jane y los Gordon.

—¿Estás segura de que es él? —le preguntó Victoria, mirando al señor Reid.

—Le dije que si lo veía, lo reconocería. Es ese, el calvo, el de la barba cobriza.

—¿El de la barba? ¿Estás completamente segura?

El hombre al que se refería Chara era Greg Gordon, no Malcolm Reid. En ese momento Jane se giró y sus miradas se cruzaron en la distancia. No hizo falta que Victoria hiciera ningún gesto, vio cómo la joven se disculpaba con su prometido y se dirigía hacia ellas con paso apresurado.

—¿Qué ocurre? ¿Saben algo? —las interrogó nada más llegar.

—Chara dice que reconoce al hombre que dejó encinta a Petra —respondió Victoria—. Lo vio con ella una vez, hace tiempo.

—¡Dios mío! ¿Es Malcolm? —preguntó con un gemido ahogado.

—No, no es el señor Reid. Es su cuñado, Greg Gordon.

Los ojos de Jane saltaron de Chara a Victoria y viceversa. No era posible, ¿Greg? ¿No se habría confundido con otro? Su cuñado era un hombre de moral muy estricta que se guiaba por unas severas normas de comportamiento, tanto en su casa como fuera de ella. Era inconcebible que hubiera actuado así.

—Pues en algún momento de su estancia aquí debió de relajar tanta severidad —repuso Victoria—. Ahora que ya lo sabe, le aconsejo que se lo guarde para sí. No hay forma humana de demostrarlo y él jamás lo admitirá. Podría perjudicar a Petra y a su hija.

—Pero esa niña... Si mi hermana supiera...

—Lo único que podemos hacer es hallar la manera de darle un dinero con el que pueda sacar adelante a su hija un tiempo y volver a su pueblo, con su familia —le dijo.

Victoria siguió la figura de Jane alejándose de ellas, aún perpleja. Luego vio a Phillip delante del carruaje, buscándola con la mirada, y se despidió de Chara.

—Espere, tengo algo más para usted... —Introdujo la mano en su faltriquera y sacó un papel doblado por la mitad que le puso en la mano con disimulo—. Me lo ha dado alguien a quien las dos conocemos.

Reconoció la letra angulosa y acelerada de Diego. Le pedía encontrarse con ella en una posada muy discreta de Zalamea donde nadie podría reconocerlos.

«Necesito verte, Victoria. Será solo por esta vez y si no deseas verme más, no volveré a molestarte jamás».

Le había dibujado sobre el papel un pequeño croquis con la dirección. La esperaba al día siguiente, a primera hora de la tarde.

29

Esa noche apenas durmió, dando vueltas y vueltas en la cama. Cientos de veces se convenció de que no acudiría a la cita y otras tantas veces se dijo a sí misma que no podía negarse, lo deseaba de veras, no podía pensar en otra cosa que en reencontrarse con Diego por última vez. Si no lo hacía, se arrepentiría el resto de su vida. Esa tarde se vistió con uno de sus trajes enlutados, avisó a Clarissa de que salía a hacer un recado al pueblo, otra visita a la mercería a comprar unos pañuelos de hilo que había visto el día que estuvo con Jane y Lisa Gordon y se le habían antojado. Estaría de regreso antes de la cena. Se subió a uno de los carruajes y le pidió al cochero que la llevara a la plaza de la iglesia, en Zalamea. Una vez allí, preguntó a dos mujeres mayores que pasaban engarzadas del brazo por la dirección que tenía apuntada. Le dijeron que no estaba muy lejos, a unas cuatro manzanas al sur. Si continuaba todo recto por esa calle de la izquierda, tenía que contar cuatro bocacalles, y la quinta era la que buscaba.

Victoria siguió las indicaciones hasta dar con la posada. Era una casa sencilla de dos plantas con cuatro ventanales enrejados que daban a la calle. La puerta principal estaba cerrada, pero rodeó el edificio hasta el callejón de la fachada trasera, donde encontró la discreta puertecilla entreabierta que le había dibujado Diego en el papel. Atravesó el patio interior recubierto de un bonito emparrado y se adentró en la casa, en lo que parecía un cuarto de costura. Allí la esperaba Diego, que fue hacia ella en dos zancadas y la estrechó entre sus brazos. Sus labios se fundieron en un beso anhelante y desesperado.

—No estaba seguro de que vinieras... —le dijo luego, mirándola a los ojos.

—Tampoco yo estaba segura de venir.

Él la agarró de la mano y la condujo por un corredor oscuro hasta el que debía de ser el recibidor de la entrada principal del que partía la escalera que conducía al piso de arriba. Una de las puertas interiores del recibidor se entreabrió y vieron asomarse una anciana de pelo níveo y facciones aún hermosas.

—Arriba, la primera puerta a la derecha —les indicó al tiempo que les entregaba una llave de hierro atada a un cordel.

Diego introdujo la llave en la cerradura y le franqueó el paso. Victoria entró en la habitación no muy segura, como quien de pronto se siente acosado por las dudas. Él se adelantó a encender los quinqués y una luz tenue iluminó la estancia. Era una alcoba amplia y pulcra, ocupada por una gran cama con cabecero de hierro, un velador con dos sillas y los muebles imprescindibles para guardar unas pocas prendas y asearse. Victoria se quedó de pie en mitad de la habitación, un tanto cohibida. Le parecía tan irreal, tan sórdido encontrarse en ese lugar con Diego a escondidas de todos, que sintió el impulso repentino de salir corriendo. Notó su mirada fija en ella, atenta a todos sus gestos.

—Solo quería un sitio donde pudiéramos hablar a solas, sin temor a que nos vieran juntos y pudiera perjudicarte. —Agarró el respaldo de la silla y la apartó, ofreciéndosela—. No tiene por qué ocurrir nada que no deseemos.

Ella depositó su ridículo sobre el velador y, a continuación, se quitó despacio el sombrero y la capita corta que le cubría los hombros. Él aguardaba expectante, sin dejar de mirarla, y Victoria se dijo que ya no era una niña, ni una jovencita inocente. Era una mujer que sabía lo que quería, lo que arriesgaba y a lo que se exponía. Ya no había marcha atrás.

—He venido porque es lo que quiero; deseo estar aquí contigo —dijo ella, volviéndose a mirarlo. Se soltó el recogido y la ondulada melena negra resbaló como una cascada sobre sus hombros.

Diego se aproximó a ella, la rodeó por la cintura y la atrajo suavemente para besar sus labios húmedos. Victoria pasó sus brazos por la nuca de él y se abandonó al beso con un suspiro anhelante que se le escapó del pecho. Parecía como si no hubieran transcurrido los años, como si volvieran a ser los jóvenes ingenuos e impetuosos que recorrieron las calles de Madrid a escondidas para besarse en la oscuridad de una buhardilla. Ahora no eran tan jóvenes ni dependían de nadie, pero seguían igual, buscándose a escondidas.

Se besaron despacio, con suavidad, como si tuvieran todo el tiempo del mundo. Notó las manos tibias de él colarse bajo su blusa, tirar de la lazada que sujetaba su corpiño y deslizarse por la espalda en una suave caricia que le erizaba la piel. Su cuerpo reaccionó de nuevo a su cercanía, a su dulzura, a sus caricias ardientes.

Se desnudaron los dos o, más bien, Diego la ayudó a desnudarse, a desabotonar la blusa, a retirar el corpiño que usaba desde que renunció a la opresión del corsé, a soltar los corchetes que sujetaban sus faldas y sobrefaldas y en cada parte de su cuerpo que quedaba al descubierto, sus labios rozaban su piel con un rosario de delicados besos. Casi desnuda, ella se apresuró a meterse en la cama mientras él terminaba de desvestirse con rapidez antes de tumbarse a su lado. Sus cuerpos se acoplaron el uno al otro de una manera tan suave, tan natural, que parecía que lo llevaran haciendo mucho tiempo.

—Cuando nos reencontramos en el club por primera vez me dijiste que regresabas a Madrid, que te ibas a quedar allí de manera definitiva —murmuró Diego después, mientras jugueteaba con un mechón de su pelo entre los dedos.

—Sí, eso era lo que tenía pensado. Mi intención era instalarme en el palacete que heredé de mi tía y vivir allí tranquilamente entre mis libros y mi escritura —respondió ella, abrazada a su pecho.

—¿Y qué ocurrió para que cambiaras de opinión? No lo entiendo...

Victoria se quedó callada unos segundos hasta que al final respondió:

—Phillip me propuso que me casara con él. Es un buen hombre, nos conocemos desde hace tiempo... Siempre nos hemos llevado muy bien, nos une un gran afecto y mucho respeto, que hoy por hoy ya es lo único que pido —musitó como si hablara para sí misma—. Y me quiere tal y como soy.

—Yo también te quiero tal y como eres —murmuró Diego, depositando un beso cálido en su hombro.

—No sabes cómo soy ahora, no conoces lo que he vivido, ni en qué condiciones he llegado hasta aquí —dibujó despacio con el dedo índice una línea imaginaria a lo largo de su torso desnudo.

—En las de una mujer hermosa, serena y más sabia que antes, que tiene toda la vida por delante para empezar de nuevo.

—Sí, eso es lo que me ofrece Phillip —admitió ella.

Tal vez a Diego le habría dolido escuchar eso si no lo hubiera dicho con tanta sencillez y tranquilidad.

—Yo también te lo podría ofrecer —repuso en un tono menos firme de lo que le hubiera gustado.

En realidad, ¿qué tenía él que ofrecer? Carecía de títulos, de tierras, de casa, y su único capital consistía en unos pequeños ahorros fruto de su trabajo que no daban para mucho.

Victoria esbozó una sonrisa y se encaramó a su pecho para mirarlo a los ojos.

—¿Tú? —inquirió en tono burlón—. ¿No eras tú el que huía del compromiso?

—Pero no contigo. Tú eras la única con la que me habría casado, pero nunca tuve ninguna opción. Y creo que eso no ha cambiado, ¿o me equivoco?

Sus ojos perdieron el brillo, su sonrisa se marchitó en los labios.

—No sabes lo que dices.

—¿Te casarías con un periodista burgués de origen humilde y sin capital?

—¿Te casarías con una viuda que no puede tener hijos? —Él la miró fijamente, incapaz de pronunciar una palabra que no sonara manida, falsa—. Eso es lo que soy ahora.

Victoria se dejó caer de espaldas sobre la cama con un suspiro cansado. Pero Diego no iba a dejar que se despegara así de él. Se volvió para tomarla entre sus brazos, hundió su boca en el hueco de su cuello y comenzó a explorar lentamente su cuerpo a besos, hasta arrancarle otra sonrisa de placer.

Al amanecer del día siguiente, corrió la voz por toda la comarca de que los mineros habían convocado tres días de huelga, a empezar desde ese mismo uno de febrero, a la vista de que la compañía no solo ignoraba sus peticiones laborales y económicas, sino que, además, el nuevo director había ordenado aplicar una serie de medidas en determinadas secciones mineras que les recortaba el salario. A Diego le llegó el mensaje de Gabriel advirtiéndole de los acontecimientos durante el desayuno, y en cuanto terminó, salió a recorrer las minas para comprobar el seguimiento de la huelga. Era prácticamente total. Las cortas estaban vacías; las bocas a las galerías subterráneas, trancadas; los trenes permanecían inmóviles sobre las vías, y las herramientas aparecían tiradas por cualquier sitio. Los yacimientos tenían el aspecto de una zona fantasmal.

Esa misma noche, otro grupo de embozados apagó numerosas teleras en protesta porque el ayuntamiento no hubiera votado todavía la prohibición de las calcinaciones, y el alcalde envió el primero de varios telegramas al gobernador provincial pidiéndole agentes de refuerzo para la Guardia Civil.

Diego dedicaba las mañanas a cubrir la información de la huelga, a hablar con Tornet, Gabriel y otros cabecillas, así como con la Guardia Civil, que intentaba controlar la situación en la que se hallaba sumido el pueblo. Y cada tarde cogía un coche de punto en la estación de Riotinto y se dirigía a Zalamea para encontrarse con Victoria en la misma posada del primer día. Después de amarse, besarse y acariciarse hasta la saciedad, pasaban el tiempo dormitando y hablando como dos amantes primerizos que desean saberlo todo el uno del otro.

La tarde del tres de febrero se quedaron dormidos y, cuando quisieron darse cuenta, se les había hecho más tarde de lo habitual. Al llegar Victoria a la casa, reinaba un tranquilo silencio. Debía de hacer un rato que habían cenado, porque Clarissa se había retirado a su habitación y encontró a Phillip esperándola sentado junto al fuego de la salita de estar, con una copa de brandy en una mano y su pipa en la otra.

—Siento el retraso, no me he dado cuenta. Fui a dar un paseo y me alejé demasiado.

Él no se volvió a mirarla, la había oído llegar.

—Me ha dicho mi madre que has salido todas las tardes a la misma hora —dijo él en un sutil tono acusatorio.

—Sí, tenía cosas que hacer —respondió, con voz calmada.

Phillip removió la copa con la vista fija en los lentos movimientos del líquido ambarino.

—No tienes por qué mentirme, Victoria. Sé que te estás viendo con ese hombre, el periodista —dijo sin mostrar ninguna emoción.

Ella observó su figura inmóvil bajo el fulgor de la chimenea y avanzó unos pasos hacia él.

—Es cierto —admitió—. Teníamos varios asuntos pendientes por resolver.

—¿Ahora se llama así? —Una mueca amarga le afeó la sonrisa, que borró con un trago de brandy.

—¿Quieres que te dé los detalles, Phillip?

—¿Lo amas?

Victoria se hizo esa misma pregunta antes de contestar. Sí, amaba a Diego Lebrija, pero eso no cambiaba nada. En el tiempo que habían pasado juntos, había escuchado de sus labios muchas palabras de amor, tiernas y hermosas. Esa tarde, incluso lo oyó murmurar un «te quiero» poco antes de quedarse dormido con ella entre sus brazos, pero no le había oído ninguna palabra que le permitiera hacerse ilusiones respecto a compartir una vida juntos.

—No, solo es... un buen amigo —respondió al fin, sentada en el brazo del sillón orejero delante de Phillip—. A veces merece la pena detenerse a resolver viejas historias inconclusas antes de proseguir.

—¿Y esta ya está resuelta?

—Sí, creo que sí —murmuró ella, con la vista puesta en las llamas.

Al cabo unos minutos se incorporó, le deseó las buenas noches y se dirigía hacia la puerta cuando Phillip la advirtió:

—Mañana es la maldita manifestación que tiene a la gente soliviantada. El director ha dado orden de que no salga nadie de Bella Vista, por lo que pueda ocurrir.

—¿Por lo que pueda ocurrir? ¡Eso es una tontería! —replicó Victoria, volviéndose hacia él—. No va a pasar nada, la gente viene de manera pacífica.

—Eso esperamos todos, pero es lo que ha ordenado Rich. El gobernador ha enviado más refuerzos de la Guardia Civil y un escuadrón de caballería para proteger el ayuntamiento.

30

Riotinto, 4 de febrero de 1888

Diego salió esa mañana a la calle con una libreta nueva en el bolsillo. Se notaba cierta excitación entre los corros de hombres congregados en la plaza, en ese cuarto y último día de huelga que culminaría con la llegada de la manifestación. Se esperaba que las dos marchas, la que partiría de Zalamea y la procedente de Nerva, se encontraran a la entrada de Riotinto poco antes de mediodía y, ya juntas, continuaran la marcha hasta la plaza del ayuntamiento, donde se reuniría la corporación para discutir la prohibición de las teleras.

El reloj del campanario marcó las diez y media. En uno de los corrillos oyó a alguien decir que habían desplegado guardiñas alrededor de Bella Vista y que a los ingleses les habían dado orden de no salir de allí.

—¡Cualquiera diría que tienen miedo de que vayamos a por ellos! —se rio uno de los hombres con una carcajada socarrona.

—Déjalos, mejor así. Aquí no pintan nada —dijo otro.

Sin embargo, Victoria le había asegurado la tarde anterior que acudiría a la manifestación. Había quedado en encontrarse en la plaza con Rocío, Rosalía y otras mujeres del Romeral, que vendrían caminando desde la aldea a través de los montes. ¿Y si no le permitían abandonar la colonia? Decidió coger un coche de punto en la estación y presentarse en la entrada de Bella Vista. La recogería allí y regresarían juntos a Riotinto.

Eran las once y cuarto cuando llegó ante las puertas enrejadas de la colonia. Estaban cerradas y reforzadas con una gruesa cadena, y una barrera de guardiñas protegían la entrada en el exterior. Cuando quiso acercarse a la garita del guardia, uno de ellos lo detuvo y le preguntó adónde iba.

—Estoy esperando a que salga una señora, solo quería preguntar por ella.

—Hoy no sale nadie de aquí, son las órdenes.

—Entonces no le importará si le mando una nota avisándola de que me voy, ¿verdad?

El guardiña no respondió, pero Diego se sacó la libreta y el lápiz del bolsillo y escribió un mensaje escueto para Victoria. Hizo ademán de entregárselo al hombre, pero este cabeceó en dirección a la garita y le dijo:

—Désela al guardia de la puerta. Él se la llevará.

Dio un paseo por los alrededores mientras esperaba la respuesta de Victoria. Los gruesos muros que rodeaban la barriada impedían ver u oír nada de lo que ocurría detrás, y Diego se imaginó a sus habitantes paseando por sus senderos o jugando al tenis o charlando tranquilamente en el salón del club, ajenos a lo que ocurría fuera. O quizá se hallaban todos recluidos en sus casas muertos de miedo, como había dicho el hombre de la plaza.

Al cabo de veinte minutos, notó un movimiento junto a la garita. La figura esbelta de Victoria apareció tras las rejas y, pegada a los barrotes de hierro, lo buscó con la vista.

—¡Victoria! —la llamó con el brazo levantado. Intentó aproximarse, pero el guardiña le impidió traspasar la barrera. Alzó aún más la voz para que pudiera oírle—: He venido a por ti. Pensé que necesitarías acompañante para ir a la manifestación.

Ella asintió con varios movimientos de la cabeza y luego le pidió al guardia que le abriera la puerta. El hombre se negó en rotundo y ella insistió, cada vez más nerviosa.

—¡Déjeme salir ahora mismo! Soy ciudadana española, ¡soy libre de ir a donde me plazca! Solo quiero hablar con ese hombre, no creo que sea una amenaza para nadie —exclamó furiosa.

Después de insistir de todas las maneras posibles, el hombre retiró la cadena y abrió el candado de la puerta.

La reja se abrió y Victoria corrió hacia él con paso apresurado.

—Menos mal que has venido, ¡no me dejan salir!

—Por eso he venido a buscarte. ¡Vámonos ahora! Nos uniremos a la manifestación y luego nos sentaremos en algún lugar apartado a redactar nuestras columnas y telegrafiarlas a Madrid.

—No puedo; si me voy, quizá ya no me dejen volver a entrar... —dijo vacilante. En el seno de la colonia se tomarían su salida como un acto de insubordinación o de desobediencia a la autoridad del director Rich.

—¿Y qué si no vuelves a Bella Vista? —se desesperó él. Ella lo miraba ausente, como si no lo escuchara. Diego le tomó el rostro entre sus manos y de su boca salieron las palabras que llevaban tiempo resonando dentro de su cabeza—: ¡Vente conmigo a Madrid, Victoria!

—¿Qué estás diciendo? —Sus ojos negros lo miraron fijamente, con una mezcla de anhelo y recelo.

—Te quiero, Victoria. Quiero estar contigo, es lo único en lo que pienso cada minuto desde que te vi por primera vez —afirmó, tan seguro como jamás lo había estado de nada—. No puedo ofrecerte grandes propiedades ni riquezas, pero te ofrezco lo más valioso que tengo: mi vida entera.

Una potente voz en inglés los interrumpió de repente.

—¡Victoria! —se oyó desde el otro lado de las rejas.

Victoria se giró y, durante varios segundos, contempló inmóvil al hombre que la llamaba. Luego su rostro se volvió indeciso a Diego, que aguardaba expectante.

—Vente conmigo, Victoria —le suplicó de nuevo—. No habrá nadie que te quiera más que yo.

Phillip Langford seguía llamándola a gritos, cada vez más irritado. Victoria se apartó de él y, dando media vuelta, regresó corriendo a las puertas de Bella Vista. Diego vio cómo tomaba las manos del médico inglés a través de los barrotes de hierro y sintió que el corazón se le partía por dentro. Ella ya había elegido, no tenía nada que hacer allí.

Pero entonces, Victoria se soltó de Phillip, retrocedió dos pasos y la vio venir a su encuentro con un trotecillo apresurado y con una sonrisa deslumbrante en su rostro.

—¡Vámonos! —exclamó, agarrándole de la mano—. La manifestación se va a marchar sin nosotros...

A las doce del mediodía del cuatro de febrero de 1888, la plaza del ayuntamiento de Riotinto estaba abarrotada de hombres, mujeres y niños que gritaban proclamas a favor de la agricultura, del orden público, de la salud y contra los humos. Reunidos en grupos, cantaban entre palmas, campanillas y castañuelas y reían con el sonido de fondo de un pasodoble interpretado por la banda de música.

Diego y Victoria atravesaron la multitud y llegaron hasta las primeras filas que se congregaban bajo el balcón del consistorio. Las puertas acristaladas se abrieron y apareció la figura del gobernador escoltado por dos militares que permanecieron un paso por detrás de él mientras se dirigía a la muchedumbre.

—¡Se acabó el espectáculo! ¡Es hora de volver a sus casas, paisanos! ¡Márchense o daré orden a la guardia de que disuelva la manifestación por la fuerza! —clamó, desgañitándose.

Diego echó un vistazo alrededor y reparó en la excesiva presencia de fuerzas de seguridad en la plaza. Varias parejas de guardias civiles se paseaban de un lado a otro vigilantes, pero lo que más le llamó la atención fue la presencia de dos compañías armadas, una a pie y otra a caballo, dispuestas en formación frente a la multitud, a ambos lados del edificio. Sabía que era el regimiento Pavía, llegado la tarde anterior por orden del gobernador, después de que las autoridades municipales de Riotinto se hartaran de remitirle más de una decena de telegramas reclamando refuerzos para la Guardia Civil.

El gobernador salió de nuevo al balcón y volvió a exigir a la gente que se marchara, que no se iban a votar ni acuerdos ni resoluciones de prohibición de las calcinaciones porque la reunión de los miembros del consistorio se había cancelado, no tenían nada que hacer allí. Bajo el balcón, un grupo los hombres comenzaron a insultarle, se burlaron de él, le lanzaron unos cuantos huevos con mejor o peor puntería. El teniente coronel, situado un paso por detrás de él, le susurró unas palabras al oído.

—Deberíamos movernos de aquí, no creo que vaya a salir el alcalde a anunciar nada, como pide la gente —le dijo Diego a Victoria, que se había encontrado con Rosalía, Gabriel y la niña aupada sobre sus hombros.

—Están dentro Tornet, Ordóñez y el señor Lorenzo para intentar convencer al alcalde de Riotinto y los concejales de que sigan adelante y aprueben la prohibición de las teleras —les dijo Gabriel, que había marchado hasta allí con Tornet, dos compañeros mineros y los cabecillas de la Liga Antihumista, incluido su presidente y el alcalde de Zalamea.

—Olvídalo, no aprobarán nada con el gobernador ahí dentro —replicó Diego, inquieto. Tenía un mal presentimiento—. Acaba de decir que se ha cancelado la reunión.

El gobernador apareció por tercera vez en el balcón, extendió los brazos ante los manifestantes, que enmudecieron de inmediato, atentos a lo que pudiera decir, y entonces, sin mediar previo aviso, los soldados abrieron fuego contra la multitud congregada en la plaza. Los disparos de las escopetas retumbaron en las fachadas de las casas, en los cristales de las ventanas. Los gritos de la gente que huía despavorida se diluyeron en el estruendo de la pólvora quemada y la plaza entera se convirtió en un coso de humo y sangre.

A Diego apenas le dio tiempo a agarrar a Victoria del brazo y gritar que se tirara al suelo. Permaneció acurrucado durante el tiempo que duró la descarga. No sabría decir cuánto exactamente, pero a él se le hizo eterno. Cuando cesaron los disparos, Diego levantó la cabeza y contempló la escena dantesca que tenía ante sus ojos. La plaza había quedado convertida en un campo sembrado de cadáveres y heridos, de quejidos, muerte y desolación. Vio a Gabriel tendido inerte dos metros más allá. A su lado, su hija lloraba desconsolada llamando a su madre, con el vestidito salpicado de sangre. Diego gateó por el empedrado hasta llegar a Victoria, que yacía bocabajo, inmóvil, en una postura poco natural. Notó cómo el corazón le martilleaba el pecho con tanta fuerza que parecía que le iba a estallar, y una bocanada de hiel le subió por la garganta hasta la boca. Volteó con cuidado su cuerpo desmadejado y apartó uno por uno los mechones de cabello que le tapaban el rostro. Estaba muy pálida, dos lágrimas le caían de los ojos cerrados y una mancha de sangre se extendía por la tela de su vestido, encima de su corazón.

—¡Victoria! ¡No te vayas! ¡Quédate conmigo, amor! —le suplicó, acunándola contra su pecho.

La sujetó entre sus brazos y su voz dolorida rugió en medio del caos, pidiendo ayuda a gritos.

Epílogo

Madrid, febrero de 1891

Victoria soltó la pluma en el tintero y recostó la espalda en el sillón, masajeándose el hombro. Desde que le extrajeron la bala alojada bajo la clavícula, cerca de la axila, acusaba el esfuerzo de escribir varias horas seguidas. El cansancio le provocaba un dolor más o menos agudo, más o menos persistente según los días y las estaciones, que le recorría todo el brazo hasta la punta del pulgar. Eso, o se le dormía la mano y entonces no tenía más remedio que tomarse un descanso, por mucho trabajo acumulado que tuviera. Entre las colaboraciones periodísticas y la escritura de su novela ambientada en Riotinto, apenas daba abasto. Alguna vez le dictaba las columnas a Diego cuando regresaba del periódico, pero era un mal apaño que le generaba más tensión que alivio: para escribir, necesitaba sentir la pluma entre los dedos y dejar que sus pensamientos fluyeran hacia el papel casi sin pensar. Y no escuchar los comentarios y sugerencias de Diego —cargados de buena intención, de eso no tenía ninguna duda—, que la desconcentraban.

Desvió la vista al jardín y descubrió en el almendro pelado los primeros brotes de flores. La tía Clotilde lo mandó plantar junto al ventanal de la biblioteca solo por el placer de anticipar la primavera y contemplar la floración albirosa desde su escritorio. Y ahora allí estaba ella, sentada ante el mismo escritorio en el que siempre la recordaría, inclinada sobre los apuntes y lecturas que leía con ojos neblinosos a través de la enorme lupa con mango de carey.

La puerta de la biblioteca se abrió discretamente y apareció Rosa, la mujer que se ocupaba de que todo funcionara en la casa sin necesidad de su supervisión.

—Ha llegado la correspondencia, señora —anunció, depositando el lote de cartas en una esquina de la mesa.

Victoria se fijó en el sello de la primera misiva. Un grabado de la reina Victoria de Inglaterra. Rasgó el sobre con el abrecartas y extrajo una cuartilla con el membrete del escudo de los Langford en la cabecera. Sin embargo, la carta la remitía el señor Collins, el administrador de Phillip. Con un lenguaje rimbombante y enrevesado, le comunicaba que, tal y como estipulaban los acuerdos matrimoniales firmados en su día, la celebración de su enlace con el señor Diego Lebrija implicaba, a todos los efectos, la pérdida de la asignación anual de viudedad que había percibido hasta ese momento. Aun así, su excelencia el duque había dispuesto que le devolvieran la mitad de la dote que ella aportó al matrimonio.

Phillip, honorable hasta la médula, pese a todo, se dijo esbozando una sonrisa. ¿Alguna vez lo había dudado? No, nunca.

Fue él quien la operó en el hospital de Riotinto después de que Diego consiguiera trasladarla hasta allí y le mandara aviso de que la habían herido. Hasta Phillip se había sorprendido de la entereza y el valor que demostró el periodista al acudir a él en primer lugar, arrinconando su orgullo. «Debe de quererte mucho. Si no me doliera tanto tu rechazo, supongo que debería alegrarme por ti», le reconoció un día mientras le cambiaba el vendaje de la herida.

En honor a la verdad, en cuanto la noticia de la masacre llegó a Bella Vista, todos los médicos se ofrecieron de inmediato a atender a los heridos, fueran empleados o no de la compañía, eso no importaba. Hasta el señor Rich, impactado por el fatal desenlace de lo que después calificó como «una serie de despropósitos propios de un inepto», dejó de lado su arrogancia y puso los carruajes y el ferrocarril de la compañía a disposición de quienes los necesitaran.

Y algo de remordimiento debía de sentir para que, al cabo de unos días, la compañía anunciara que pagaría los jornales completos a los mineros en los días de manta y que suprimía el descuento de la peseta facultativa en los salarios, lo cual fue un triste consuelo para los mineros. Por lo que le contaba Rocío Alonso en sus cartas, el pueblo entero se había quedado muy afectado después del tiroteo. «La gente tiene metido en las entrañas el miedo, la impotencia y la rabia, querida Victoria —le escribió unos meses después—. Parece que no existe demasiado interés en exigir responsabilidades al gobernador o al militar al mando del regimiento de Pavía por parte de las autoridades provinciales y los jueces. Y ya sabes cómo funcionan por aquí las cosas: la sombra de la compañía sobrevuela la comarca y, si me apuras, la provincia entera». Una vergüenza.

«Para vergüenza, lo de la prensa», le había dicho Diego cuando le leyó las palabras de la joven doctora. Todavía se indignaba al recordar las noticias que se publicaron en ciertos diarios provinciales y nacionales a lo largo de la semana siguiente. Inventaron falsedades, tergiversaron los hechos, ocultaron las verdaderas cifras de víctimas —se empeñaban en repetir que fueron trece muertos y cuarenta heridos, cuando los registros oficiales contaron, al menos, cuarenta y ocho muertos, niños incluidos, y más de ciento cincuenta heridos—, y lo peor de todo, acusaron a los manifestantes de atacar y usar la violencia, con tal de justificar la actuación del ejército.

Aquellos fueron días muy duros para todos. Los mineros volvieron al tajo con la cabeza gacha y el ánimo oscuro. El alcalde y los ediles del ayuntamiento dimitieron casi en bloque. Las campanas de la iglesia tañeron a mediodía durante varias semanas en recuerdo de las víctimas. Y luego estaba lo de Gabriel. Solo de pensarlo se le inundaban los ojos de lágrimas. Ella lo vio un instante antes, bajando a la niña de sus hombros, y de pronto, la bala le atravesó la cabeza. A partir de ahí ya no recordaba nada hasta que despertó en la cama del hospital. Mientras ella se recuperaba, Diego se ocupó de las dos, de Quina y de Chara —de Rosalía, como él la llamaba—, que vivió esos días como ida, ausente de la realidad, le contaba Diego. Las alojó con él en la pensión de doña Encarna, y arregló los papeles del registro y del entierro. Fue a las oficinas de la compañía, se presentó en el departamento de personal, ante un empleado español de rostro inexpresivo, al que le entregó el acta de defunción de Gabriel Pazos, perforista, treinta y un años, natural de Ponferrada, provincia de León, a causa de herida de bala con entrada frontal, en la manifestación del cuatro de febrero. El hombre meneó la cabeza, le expresó su pésame, «qué fatalidad, hay que ver». Le dijo que la compañía lamentaba mucho lo ocurrido, pero no, no había pensión ni ayuda alguna prevista para las viudas y los huérfanos del suceso de Riotinto. Chara se negaba a volver a Madrid pese a la insistencia de Diego, que deseaba llevársela consigo de vuelta, «aunque solo sea una temporada, Rosalía. Te vendrá bien alejarte de esto, cambiar de aires. Os vendrá bien a las dos, a ti y a la niña, y tu padre te espera con los brazos abiertos, ya lo sabes». No hubo manera. Permanecería allí mientras le quedaran fuerzas para mantener a su hija. Sin embargo, no habían transcurrido ni dos semanas del fallecimiento de Gabriel cuando la compañía le comunicó a Chara el desalojo de su vivienda.

—Me matan a mi marido, me quitan mi hogar y me dejan sin nada, ¿qué más quieren de mí? —se quejó llorosa una tarde en que Victoria la visitó en la pensión donde habían vuelto a instalarse. Lolilla se había llevado a Quina a dar un paseo por el pueblo.

—¿Qué más estás dispuesta a perder? Aquí ya no te queda nada, Chara.

—Aquí están todos mis recuerdos con Gabriel —replicó.

—Los recuerdos más importantes vivirán siempre en tu memoria, no tienes por qué enterrarte con ellos en este lugar, ni tú ni tu hija —repuso Victoria con suavidad. Dejó pasar unos instantes en los que contempló cómo un cierto sosiego se adueñaba lentamente de Chara, y luego añadió—: En unos días cogeré el ferrocarril con destino a Madrid. Veníos conmigo las dos. —Y como quiera que la notó proclive a ceder, le ofreció un motivo al que agarrarse—: Todavía no he recuperado por completo las fuerzas y mi cuñado no me dejará viajar sola. Necesitaré a alguien que me ayude un poco durante el trayecto...

Llegaron las tres a la estación de Delicias de Madrid un veintiséis de febrero de 1888. Diego las esperaba impaciente en el andén, junto a un hombre de rostro macilento que permanecía sentado sobre un pequeño taburete de madera y observaba con ojos ávidos a los pasajeros que se apeaban del tren. En el momento en que las vio, su rostro se iluminó con una sonrisa incontenible.

Victoria reparó en que Rosalía aminoraba el paso, se quedaba atrás. Miraba sobrecogida al hombre encorvado y consumido en que se había convertido su padre, quien apenas podía ponerse en pie sin la ayuda de Diego. Las lágrimas brotaron de golpe en sus ojos y corrió hasta fundirse con Quino en un silencioso abrazo. Cuando se separaron, Rosalía aupó a su hija en brazos y le presentó al abuelo, del que tanto le había hablado.

Luego, ya a punto de montarse en el carruaje, Chara buscó un momento a solas con Diego para quejarse de que no la hubiera avisado antes del grave estado de salud de su padre.

—Me prohibió que te lo dijera, no quería obligarte a venir —repuso él. Y antes de que ella protestara de nuevo, agregó—: Ya lo conoces, Rosalía. Los dos sois iguales.

Victoria oyó el sonido de la puerta de entrada seguido de un rumor de voces. Poco después apareció Diego en la biblioteca con un periódico en la mano, que lanzó sobre una butaca.

—¿Has leído la prensa hoy? —le preguntó al tiempo que se quitaba la chaqueta y la colgaba en una silla.

Victoria fue a su encuentro con una sonrisa en los labios.

—No, ¿qué ocurre?

Cada vez que lo veía sentía la misma agitación interna que las primeras veces. La misma emoción, el mismo deseo. Y pronto cumplirían un año de casados, tiempo suficiente para imprimir un poco más de serenidad a la relación. Pero no era así, y a menudo se preguntaba extrañada cómo pudo pensar en casarse con Phillip y renunciar al amor de Diego. Con su cuñado habría llevado una vida apacible y cómoda, como un tranquilo paseo en barca por aguas mansas en el que no tenía que hacer nada más que dejarse llevar por la corriente; con Diego, sin embargo, sentía que, para bien o para mal, estaba al timón de un destino que ambos compartían. Él decía que hacían un buen equipo tanto en lo personal como en lo profesional. Ella no lo describiría así: ¿equipo? Lo primero que le venía a la cabeza era un grupo de hombres en calzones corriendo sudorosos tras una pelota. Prefería pensar que formaban una pareja compenetrada y bien afinada, con espacio más que suficiente para los dos. Y no lo decía por esa mansión enorme en la que podían perderse si así lo querían. Lo decía más bien por la sensación de libertad y poder que sentía desde que estaba con Diego, y que le había dado alas para volver a ser ella misma en ese Madrid visceral y callejero, de reuniones, tertulias y chascarrillos que tanto disfrutaba.

Él la acogió con un cálido beso en los labios, que a Victoria le supo a poco.

Diego desplegó las páginas del periódico y leyó que la Compañía Río Tinto había despedido a más de doscientos mineros como consecuencia del decreto de prohibición de las teleras aprobado a finales de aquel fatídico febrero de 1888, que se había dado en llamar el «Año de los Tiros». Un decreto que apenas había servido de nada, porque concedía a la empresa tres años de plazo para aplicarlo y, en ese tiempo, muchas habían sido las presiones internas y externas —el gobierno inglés, por supuesto, intervino en defensa de la compañía— para impedir que se aplicara, como finalmente ocurrió. Tres meses antes de que entrara en vigor, en diciembre de 1890, había sido derogado.

—¿Cómo pueden ser tan cínicos? La compañía sigue dirigiendo la comarca desde los despachos de Madrid. Deberías escribir sobre esto.

—Ya lo hago —afirmó Victoria, que se dirigió a la licorera y sirvió dos copas de oporto, antes de añadir—: Y con mucha más frecuencia de la que vosotros tratáis el asunto de Riotinto en las páginas de *El Liberal*, por otra parte.

Diego tuvo que callarse porque sabía que tenía razón, muy a su pesar. A fin de cuentas, era el jefe de redacción del periódico y por sus manos pasaban los temas que publicarían o no al día siguiente. Ella solo tenía la tribuna de sus colaboraciones periodísticas —las que firmaba con su nombre en varias revistas culturales y las que publicaba bajo seudónimo para *El Globo* y *El Heraldo de Madrid*, el nuevo periódico liberal que dirigía José Abascal—, con las que había conseguido un cierto renombre en la capital.

—No podemos estar hablando todo el día de Riotinto —se defendió Diego sin demasiado empeño. Estaba junto al enorme ventanal contemplando el jardín. Decía que era lo que más le gustaba de la casa, ese jardín romántico y decadente tan dado a la meditación. Victoria le tendió la copa de vino, que él aceptó agradecido—. Moya quiere noticias que levanten pasiones entre la gente, que enciendan discusiones acaloradas en las tertulias de los cafés, que generen tanto ruido que al final todo el mundo desee ir al quiosco a comprar el periódico para poder opinar.

—Lo que Moya quiere es vender diarios, como todos los dueños de publicaciones. Cuantos más lectores, más capacidad de influencia en las altas esferas, lo sabes muy bien.

—Pero ¿a costa de llenar páginas con crímenes escabrosos y debates patrióticos?

Victoria dejó sobre el velador su copa y le abrazó por la cintura.

—A costa de lo que tú sabes hacer muy bien: escribir de lo que le interesa a la gente, aunque no lo sepan.

Diego se giró y la estrechó con fuerza entre sus brazos. Volvieron a besarse, esta vez más lento y profundo, regodeándose en el placer de sus labios ardientes.

—Y si no, siempre podríamos aceptar ese puesto que me ofreció Nilo Fabra para poner en marcha una sucursal de su agencia de noticias en México —dijo él, sin soltarla.

—¿Es que echas algo de menos?

—¿Contigo a mi lado? Nada.

Apuntes históricos y agradecimientos

Viajé a Riotinto hace casi una década sin conocer mucho del lugar ni de su historia. Todavía no me había lanzado al mundo de la escritura, y sin embargo, mientras paseaba por el exclusivo barrio de Bella Vista imaginándome cómo sería la vida de los británicos dentro de esos muros, aislados de la población local, pensé que ahí había una buena historia que contar. Incluso fantaseé con enviarle la sugerencia a una escritora muy conocida por si le interesaba. No lo hice por vergüenza (no la conocía personalmente), pero ahora sé que lo más seguro es que no hubiera servido de nada: las ideas que te ofrecen otros para que las escribas no suelen cuajar. Al menos, en mi caso. Me tienen que nacer de dentro, ilusionarme, atraparme, obsesionarme lo bastante como para que me siente a escribirlas. Y cada una tiene su momento, también.

El momento de Riotinto no llegó hasta que terminé de escribir *Un destino propio*, y me di cuenta de que disponía del conocimiento y del material histórico suficientes para armar la historia que flotaba en mi cabeza. Al igual que mis anteriores libros, *Una decisión inevitable* es una novela de ficción en la que me valgo de la interacción entre personajes surgidos de mi imaginación y algunos otros de la época para sostener la trama en el contexto histórico de la Huelva de finales de 1887 y principios de 1888. He intentado reflejar con cierta fidelidad aspectos del conflicto que enfrentaba a las poblaciones de la comarca y a los mineros con la Compañía Río Tinto, pero también me he tomado las licencias literarias que he considerado oportunas para el desarrollo de la novela. Una de ellas, por ejemplo, se refiere al hospital. El primer hospital construido por los ingleses estuvo en el barrio del Alto de la Mesa y solo cuando este se quedó pequeño, a principios del siglo XX, se construyó el hospital de Riotinto. También el pueblo que en la novela llamo Riotinto en realidad se llamaba Minas de Riotinto, y desapareció unos años después bajo las excavaciones de la mina a cielo abierto. La ubicación actual de Minas de Riotinto se encuentra en lo que antes se conocía como El Valle, donde se encontraba Bella Vista.

Entre los numerosos trabajos e investigaciones académicas publicadas sobre Riotinto y lo que supuso la explotación británica de las minas en la provincia de Huelva, quiero destacar dos obras que me han servido de referencia constante para gran parte de mi novela: la primera es *Nunca en el cumpleaños de la Reina Victoria*, de David Avery, un minucioso repaso a la historia de las minas a partir de los archivos de la Compañía Río Tinto, de imprescindible lectura para conocer las implicaciones de la presencia británica en aquella zona. La otra es *Capitalismo minero y resistencia rural en el suroeste andaluz. Río Tinto, 1873-1900*, de M.ª Dolores Ferrero Blanco, tan imprescindible como la anterior para ayudarme a contrastar, contraponer y matizar algunos de los pasajes reflejados por David Avery a fin de dar una visión más completa de los acontecimientos que rodearon aquel año 1888. También fueron muy instructivos los materiales e instalaciones del Museo Minero de Riotinto, didáctica memoria del lugar, gestionado por la Fundación Río Tinto.

En el ámbito literario, no quiero dejar de mencionar *El metal de los muertos*, de Concha Espina, escritora famosa por aquel entonces, que reflejó con una sensibilidad difícil de igualar la dureza del trabajo en las minas y las reivindicaciones de los mineros ante la compañía ya en el siglo XX, hacia 1920, y cuyas descripciones me han inspirado algún pasaje de las minas. Los acontecimientos de aquel febrero de 1888 han sido también el tema de novelas como *El corazón de la tierra*, de Juan Cobos Wilkins y *1888. El año de los tiros*, de Rafael Moreno.

Con sus luces y sus sombras, la Compañía Río Tinto explotó las minas adquiridas al Estado español desde 1873 hasta 1954, año en que su propiedad volvió a pasar a manos españolas.

Una decisión inevitable cierra la trilogía que inicié con *Un destino propio* y continuó en *Una pasión escrita* como un retrato social a la España decimonónica de los primeros años de la Restauración monárquica, con el foco puesto en las mujeres y, en concreto, en aquellas que no se conformaron con el papel que les tenía reservada la sociedad de la época. Muchas de esas mujeres (literatas, maestras, empresarias, artesanas, obreras y sindicalistas, médicas, músicas, etc.), con Concepción Arenal y Emilia Pardo Bazán a la cabeza, fueron las precursoras de lo que más tarde sería el feminismo en España, las primeras en reclamar la igualdad respecto a los hombres, empezando por el acceso a la educación y la cultura.

Finalmente, quiero agradecer a todas esas personas que me han acompañado y apoyado todo este tiempo. A amigas como Leticia Ojeda, M.ª Teresa Martínez, Tusti Gutiérrez de Cabiedes, Lidia Cantarero, Marisa Sicilia, Mara Batanero, Ana Iturgáiz, Elena Bargues y Helena Tur. Al grupo de amigos de las cañas de los viernes y a mis queridos compañeros de tertulias de la asociación Caballo Verde con los que comparto tantas lecturas.

A mis editoras, mi querida Carmen Romero, siempre pendiente y cercana, y a Ariane Ruiz de Apodaca, lectora entusiasta y paciente. A Nuria Alonso, que me cuida tan bien, y a todo el equipo de profesionales de Penguin Random House, que hacen posible que mis novelas lleguen a las librerías.

A Pablo Álvarez, mi agente, por su complicidad, y a David de Alba, que se ocupa para que yo me despreocupe.

A Martín, que me apoya cada día y en los peores momentos, y a mis hijos Diego, Guillermo y Pablo, que soportan mis largas jornadas de escritura. A mis padres, a mi familia entera.